阡陌情

武建华 ◎ 著

山西出版传媒集团 北岳文艺出版社
BEIYUE LITERATURE & ART PUBLISHING HOUSE

·太原·

图书在版编目（CIP）数据

阡陌情 / 武建华著. —— 太原：北岳文艺出版社，2019.8
ISBN 978-7-5378-6006-2

Ⅰ.①阡… Ⅱ.①武… Ⅲ.①散文集—中国—当代 Ⅳ.①I267

中国版本图书馆 CIP 数据核字（2019）第 197611 号

书　　名	阡陌情
著　　者	武建华
策　　划	刘卫红
责任编辑	刘晓京
装帧设计	嘉晟文化传播有限公司
出版发行	山西出版传媒集团·北岳文艺出版社
地　　址	山西省太原市并州南路 57 号
邮　　编	030012
电　　话	0351-5628696（发行部） 0351-5628688（总编室）
传　　真	0351-5628680
网　　址	http://www.bywy.com
E – mail	bywycbs@163.com
印刷装订	南阳市双丰印务有限公司
开　　本	890mm×1240mm　1/16
字　　数	361 千字
印　　张	20.75
版　　次	2019 年 8 月第 1 版
印　　次	2019 年 9 月河南第 1 次印刷
书　　号	ISBN 978-7-5378-6006-2
定　　价	68.00 元

作者近照

作者与中国作家协会副主席高洪波（左）合影（2018年12月）

作者与中国散文学会原会长、中国鲁迅研究会原会长、中国社科院博士生导师、著名散文家、散文理论家林非老师（左）合影（2010年8月）

作者与著名作家二月河（左）合影（2015年2月9日）

作者与著名作家梁晓声（右）合影（2017年12月）

作者与中国诗歌学会驻会副会长、中国报纸副刊研究会会长曾凡华(左)在全国第二届百家诗会上合影。作者诗集《时间的片羽》在该诗会作品评选中荣获图书类一等奖(2019年5月25日)

作者与文学博士、著名诗人、文学评论家、《北京文学》副主编师力斌(左)合影(2019年5月23日)

作者在河南方城望花湖与妻子王小玲合影（2009年5月）

寻找那颗星
——弁言
武建华

在苍穹,群星灿烂。

在苍穹下,群星照耀,我们感到的光明,使黑暗退却。她为我们提供了一个人类精神世界的窗口,更为我们开启了一面民族灵魂的镜子;她闪烁的光芒,让我们仰慕和追寻——

她创造的人类精神文化的宇宙,距我们遥远。她用光芒和未知,吸引我们;她用神奇和神秘,吸引我们;她用我们能够企及和拥有的,吸引我们;她用无限的崇高和永恒,吸引我们……

在寻求她生命突围的目标中,没有路途,只有距离;在朝向她的努力中,不能止步,只能永涉。我们知道,她所拥有的高度和光明,是她用超越于我们的持恒跋涉而获得的,所以,我们一直在努力,不会放弃。

而拥有对于她的向往和寻找,是上帝的赐予。仿佛拥有对于她的追寻,无法达到世俗和平庸;仿佛拥有对于她的追寻,无法成为多数和常态;仿佛拥有对于她的追寻,即拥有了她的光芒和温暖……

无法止步,在霞光中和在大地上行走,她在前方和天空;无法止步,在夜以继日的行走中,无法携带安逸和自足;无法止步,尽管在陡峭的攀爬中,不断地否定着自我;无法止步,尽管在一次一次的飞跃中,也无法摆脱自我的窠臼;无法止步,尽管在一次一次胜利中,又一次一次失败……

我们走在通向她的自我与大地、自我与世界的桥梁和纽带上,似在通往大海的河流上搏浪前行——

她的未知、无限和永恒,像我们否定地球中心说一样,否定着太阳系中的第九大行星;她的未知、无限和永恒,让我们像寻找外星生命一样,被开拓出无限的可能……

那颗属于世界的星,不仅在黑夜里闪亮,她构成了无边的海洋!所以,她于我才有巨大的吸引力。寻找那颗星,就是永远朝向前方和天空,依靠我们的寻找,获得非常的光明——

专家简评

　　武建华的散文把自然的明亮与沉郁的远眺相并而发,从灵魂内部唤醒那些飘逝的记忆,不时闪耀动人的光芒。他的语言朴实谦和,在时间的拔节与生命的燃烧之中,将读者引入灵魂的故乡,那里是生命的灿烂、泥土的芬芳、自然的呢喃……

——王彬(鲁迅文学院研究员、中国散文学会副会长)

武建华的文字阡陌中,生长着一种诗意的朴实。

——师力斌(文学博士、著名诗人、文学评论家、《北京文学》副主编)

武建华同志的散文,明快晓畅,阳光灿烂,与民族复兴的时代脉搏紧紧相扣。

——摩罗(著名文学评论家、中国艺术研究院中国文化研究所研究员)

武建华的散文饱含诚朴谦逊的悲悯之心，依情写真而言辞切至，寂然凝虑而意绪迢远，弥朴弥简的文字音泣与欢歌全然发于心灵深处，郁陶处感疼痛，慰藉处见光亮，个体的时光见证和生存经验激活并荡漾着大地丰饶的赞美之歌。散文集《阡陌情》明澈厚重，纯粹精审，在自然风景与人文地理相互打开里，感悟光芒的澄澈与飞翔的阴影，叙述中富有感人的对话祈望，饱含着情感凝结的精神重量和灵魂跃迁的诚挚呼唤，在敞向洞悉存在的万象包容里，诸般岁月的沧桑与沉积的眷恋，彼此相连会集为生命心象的温暖交响……

——张高峰（北京交通大学海滨学院著名诗人、文学评论家）

武建华先生以写作的姿态匍匐于大地，饱蘸激情的浓墨，书写对故土的眷恋，对亲情的热恋，对友情的颂念。一篇篇佳作，文字汩汩流淌，犹如一幅幅水墨满纸烟云，让读者沉浸在意趣盎然的南阳中原，流连忘返。

——张造云(《当代文学〈海外版〉》总编辑、画家)

目 录

寻找那颗星（弁言）   武建华 / 001

专家简评   / 001

第一辑　亲情：无声的爱

天　镜   / 003
无声的爱   / 006
雪落无声   / 012
父亲的抵抗   / 022
芦　草   / 024
火车头房子   / 027
妻子从娘家回来了   / 030
大三前夕写给儿子的十六个字   / 031
高粱䅟子锅拍与丝瓜瓢儿的亲情   / 033
草民的劳作   / 037
小雨润物悄无声
　　——悼著名诗人李小雨老师   / 040

第二辑　乡情：回望村庄

回望村庄　／045

冷风正从他身上掠过　／047

永恒的生命之源（散文组章）　／049

泪水浸渍的伤痕　／053

拾麦的钟声　／055

下　午　／056

九月，开满村头的牵牛花（外二章）　／058

走进樱桃沟　／060

再进樱桃沟　／062

南水北调中线渠首一位移民的倾情述说（外一章）　／065

中国之香
　　——写在中国木瓜之乡：河南方城柳河木瓜采摘之季　／067

朱先生解梦　／070

千年古砚绽新辉　／075

第三辑　民情：城市声音

城市的声音　／081

平民的生存空间　／084

门的命运　／087

联想以及城市绿化　／091

大年初一　／093

飞越生命的爱　／095

绽放在都江堰上的生命之花（外一章）
　　——悼济南军区某师炮兵指挥连南阳籍士官
　　抗震救灾英雄武文斌烈士（一）　／099

送　别
　　——悼济南军区某师炮兵指挥连南阳籍士官
　　　抗震救灾英雄武文斌烈士(二) / 101
缴　枪 / 103
写在今日"人类的生日"里
　　——为今日(丁酉年正月初七)"人类生日"而写 / 107
劳动颂歌
　　——写给"为实现伟大复兴中国梦"的劳动者 / 109
白衣天使,人民健康的忠实护卫军
　　——写在第105个"国际护士节"之际 / 114
家长培养孩子写作能力　观察体验阅读是关键 / 117
人活百岁不是梦 / 121
66集电视剧《乡里彩虹城里雨》:
　　时代壮歌　人民心声 / 123

第四辑　风情:窗外风情

窗　外 / 129
在春天的明亮里 / 132
回归的羊群 / 134
书桌上的小甲虫 / 136
喂养与试飞 / 138
自然光(散文诗三章) / 140
小　溪 / 142
大雾弥漫 / 143
飞翔的阴影 / 144
地平线上,又升起一轮新日(外一章)

————中国进入新时代献诗 / 146
　　天堂历险 / 148
　　雨中漩涡 / 155

第五辑　爱情:女人花朵

　　女人的花朵 / 159
　　深沉的吻痕 / 166
　　飘逝的红玫瑰 / 168
　　爱情(外二章) / 169
　　凝　视 / 171
　　如果你的光芒照亮我的阴影 / 173
　　回　眸(组章) / 175

第六辑　思情:思想情感

　　渺　小 / 179
　　放　弃 / 181
　　拒　绝 / 183
　　让存在大于消失 / 185
　　站在你的用品和食品的背后 / 187
　　站在世纪的交接点上 / 189
　　掮在肩上的心 / 191
　　一切,刚刚开始 / 193
　　请把你放进历史 / 195
　　跟我18年的办公桌 / 198
　　20年前后的时间生命 / 200
　　片羽拾录 / 204

第七辑　友情：友情永远

面对你们我如此激动
　　——致《诗刊》2007年10月号（下半月）迎接全国青创会青年诗人作品特集《青春万岁》的诗人们　　　／219
曾经的足迹　　　／220
一遇的风景　　　／221
一支笔的歌唱
　　——献给辛勤耕耘在方城县一线的新闻爱好者　　　／224
与文友王欣凯　　　／226
飞翔的信鸽　　　／230

第八辑　诗情：诗性内外

诗　人　　　／235
诗歌将填补未来物质残缺
　　——诗集《七情（上、下卷）》代后记　　　／237
诗歌以宝石般的尊严站立大地　　　／241
诗或者诗人　　　／243
阳光下的诗行　　　／245
诗歌应从幽径中走向原野
　　——我的诗观（一）　　　／248
诗歌是绽放在语言顶巅上的艺术花瓣
　　——我的诗观（二）　　　／250
走在情感的世界里
　　——诗集《七情》代自序　　　／251

在"世界诗歌日"里 / 253
《北京文学》引领我重返创作 / 257
一生读书 快乐一生 / 259
书 缘 / 261
简议《诗刊》的《茶座》及组诗《鹰死的时候,飞得最高》 / 264

附录 对武建华作品的评论与报道
为人民而歌,为自然而写
——访南阳诗人、作家武建华 / 267
原乡记忆里,我们如何点亮内心的灯盏
——谈诗人武建华诗歌的乡愁元素 / 274
文学的默化力量
——武建华散文《下午》读后 / 279

武建华在地市级以上报刊
发表的文学作品及获奖年表(1988—2018) / 281

无法确定的命题(代后记) 武建华 / 305

第一辑

亲情：无声的爱

父辈

天 镜

父亲在天上，我在地上；
父亲是天镜，照着我的征程！
有了这天镜，我才不会迷路。

——题记

父亲走时留给我的钱刚好能够简单地办完他的事。父亲好像故意留下这么多钱，刚好能够为他办最后的一件事。他好像盘算好了没让我再破费，拿出自己微薄的工资作为补贴。这是父亲留给我的只能心领神会的关照！父亲最后无私的表现，诠释着他一生的无私！

父亲一生很少照相。后来我在他仅剩下的几件遗物中找到退休证上一张一寸照片：消瘦的面庞，双颊下陷，浓眉凝聚在高高的眉骨上，额头宽大，横刻着几道深深的沟纹，头发花白，向后梳着，露出智慧的额头，一双眼睛始终炯炯有神。我把这张照片小心翼翼地取下，藏在我心中。这时候，我不禁自问：如果不是发现了这张不经意留下的照片，我该怎样在思念之时重睹父亲的遗容？我该怎样让他的孙子看到爷爷的容貌？父亲生前从未主动照过相，在我的印象中他一生中可能仅有过几张照片，但现在早已不翼而飞了。作为他的儿子，我怎么在他生前没能想到主动与他照个合影或全家福？而到他晚年病重时，我也未能做到这一点。那时我始终认为那场病不会夺去他的生命，所以没做到这一点。但事实上，他确没按照我想象的那样，就在一个我外出的日子旧病复发而逝！假如没有那张证件照，那将是何等的遗憾！

父亲最大的遗产应该是他退休后，1986年用800元钱在村上买下的那三间生产队的仓库瓦屋。但那三间瓦屋在他辞世之前为了还债却又被卖掉了。记得卖掉乡下的房子时，从乡下拉到城里一架子车桌椅瓢盆之类的生活用品，但父亲真正的遗物却寥寥无几：一辆自行车，一把刮胡刀，一个退休证，一个购粮本，仅此而已。

说到父亲的自行车，我不禁又有遗憾。仅剩下的这件像样的遗物"永久牌"自行车也让村上的表哥推走了。那是父亲去世后的第三年，当时由于我没有自己的住房,只得将自行车摆放在租住的楼房过道上。自行车已破旧不堪,曾有人将其喻为"黑龙江把,广州带(轮胎)",意思是自行车扶把已生锈变黑,车胎已是破旧得广广之有。但骑起来还很灵活。一天,村上的表哥来,说要推走这辆自行车,当时我没多想,屋内无处摆放,放在楼道上,风刮日晒旧得更快,就让表哥推走了。但后来的许多日,以至许多年,我的心里总有一种失落感,总觉得少了点什么,不够充实。我知道,自行车不值几个钱,但对于我,它确有重要的保存价值,更有特殊的纪念意义!当年听父亲说,这辆自行车是他在20世纪五六十年代用120元钱从一个老同事那里买到的"二手货"。直至父亲1992年冬去世,几十年来,这辆自行车不仅是他唯一的交通工具,也是承载全家生活的"家庭乐园"。

父亲一生仅骑过这一辆自行车。父亲对他唯一的交通工具爱惜得胜过对他自己!每隔一段时间,他总要用抹布擦拭车子的前后轮圈、车轮钢条,还有车把、车梁等。他几十年如一日,记得仅换过几次外胎及闸皮,但整个架身都保持得完好。父亲一生以这辆自行车为伴,形影不离。60年代他从方城县第一高中下乡后,任方城县券桥乡几所小学的校长。学校建房、扩大规模时,他外出购物、办事、开会,都骑自行车。学校离我们家远的有几十里,近的有十几里,他除了住校时,每天回家都要骑着它。在父亲的苦心经营下,一所破旧狭小的学校变得崭新和壮大,组织上又将他调到另一所更破旧的学校,而另一所学校又经他而得到发展。在一个叫马岗村的荒岗上,组织上决定让他在上面兴建一所小学。有一次他陪同一农工到百里以外的城北深山里拉建房木材,返回途中,农工用架子车拉着满载木料的车子艰难前行。父亲在自行车后架系一根麻绳,绳子的另一端系在架子车的轮轴上。父亲骑着自行车为农工当"纤夫"。在深山凹凸不平的归途上,父亲好几次险些跌进山涧中。经过两天的日夜兼程,建房木材才运到荒岗上。建校所用的所有木料都是父亲与农工这样一车一车地从深山里运回的。每次出行,父亲都是骑着自行车为农工当"纤夫"。在父亲的苦心经营下,马岗小学便在那座荒岗上艰难地诞生了!

在我的印象中,因为父亲有了这辆自行车,他从没在城里吃过一顿饭,无论早晚都要赶回家中;因为父亲有了这辆自行车,他从来没有坐过汽车。就是路途再远,他也要骑自行车去。记得有一次,母亲犯病,听人说内乡县乡下有专治这病的药物,200多里的路程,他就骑自行车一天赶到,第二天折回。父亲回到家里后,他的脚和脚脖子一连肿了好几天,但他总是乐滋滋地讲路途上的所见趣闻,从未谈到过累和脚肿的话题。记得我和姐姐在县第一高中上学时,父亲经常骑自行车到学校食堂为我们送粮食。在一个冬日里,天上飘着雪花,地上结着溜冰,父亲为我们送粮,他驮得太重,路光滑难走,又是顶风冒雪,就是步行也难以行进。但父亲却硬是将上百斤的粮袋子从20多里远的城南乡下运到了城里。到后来才听人说,父亲那次给我们送粮,由于双腿冻僵不听使唤,他连自行车一同从公路上滚到了路旁深沟里。村上路过的人看见后,赶忙将他拉了上来。父亲仍然坚持北上。但这惊险的一幕,他从未给我们讲过。

不管是冬天迎风冒雪,还是夏天顶日冒雨,父亲的自行车始终没有停止过。在我童年时,有一次,我坐在自行车前梁上问父亲:"车轮咋会左右摇晃?"父亲风趣地说:"那是车子饿了,在吃路两边的草,不吃草,车子咋会向前跑呢?"当时仅两三岁的我听后信以为真。

是的,父亲就像那辆自行车一样获得得很少,而奉献得很多!他除了承载几十年多所学校的事务和发展,还要承载一个家庭的重量!就是再困难再艰险的时候,也没让一所学校停步,也没让一个家庭搁浅!有时我想,父亲骑在自行车上目视前方勇往直前,从不停步,他就是一所前进的学校和一个前进的家庭!而如今,父亲已经长眠十多个春秋,数十年与他相伴的自行车也已不复存在,唯有那一张一寸照片成为父亲留给我的唯一遗物。这是何等珍贵的遗物!我已将它放大,装在镜框里,挂在正房中,作为一面镜子。每当我在困难、彷徨、忧伤、浮躁、贪婪之时,就对照对照父亲,让他不断传承给我乃至他的孙子坚韧、清廉、务实、乐观、向上、不畏艰险、勇往直前的力量!

注:此作品创作于2007年,原题为《父亲的遗物》,后更名为《天镜》,先后发表于:

1.2007年台湾《中原文献》季刊第2期(总第39卷),题目为《父亲的遗物》。

2.2009年南阳《躬耕》文学月刊第3期。同年,参加《躬耕》文学月刊"庆祝建国60周年优秀文学作品"评选活动,此文荣获优秀奖。

3.2010年5月,《北京文学》第5期《真情写作》专栏。

4.2012年4月,台湾《中原文献》季刊第2期(总第44卷),题目为《天镜》。

5.2012年8月28日,《河南日报(农村版)·家园》。

6.2013年8月23日,《南阳日报·白河》。

7.2013年10月,河南省文联主办的《散文选刊(原创版)》第10期。同年,此文荣获"中国散文年会"评选二等奖。

无声的爱

> 我们应该记起我们应该记起的；我们应该忘记我们应该忘记的……

——题记

窗外飘落着雪花,悄无声息、洁白无瑕……雪花牵着我的思念飞落到母亲的身边……

世间的事情很奇妙,有的是在意料之中,有的是在意料之外。比如爱,有的爱是开始的爱,有的爱却是最后的爱;有的爱能够得到回报,有的爱却得不到回报;有的爱你能够知晓,有的爱你却永远不知……爱是在理解之中生长的,爱又是在生长之中理解的……爱是一种生命,爱没有终点!

母爱和父爱是人世间最真诚、最纯洁、最无私的爱,这是毋庸置疑的。我的父亲临终前在医院里不让我们再花钱抢救他,同时又给我们留下刚好能够为他办后事的钱,以这种形式来表达他对我们最后的关爱(关于父亲,我在《雪落无声》和《天镜》中已经谈到)。我的母亲用更简朴的形式表达她对我们最后的爱。母亲临终根本没让我们将她送进医院,根本没有得到我们的特殊照顾,像雪花一样悄无声息地飘落了。尽管这是母亲对我们的最后的关爱,却为我们留下了终身的遗憾!

母亲是一个平平常常的人,母亲是一个平平常常的不被人知的农妇。她苦度一生! 18岁是个青春浪漫的季节! 18岁是个芳华初绽的春晨! 然而,我的母亲,却是在这一年百花绽放的初春,从一个含苞欲放的少女一瞬间变成了一个人间的"病魔"! 就是在这年春季的一天,日本的战机在低空狂飞、吼叫,像撒米粒儿一样撒下许多炸弹。大地到处弥漫着硝烟。村庄上"烧光、杀光、抢光"的鬼子肆虐。母亲们和少女们无处藏身……我的母亲和村上的几个女孩惊恐地躲进了不足一尺高的麦田里,慌恐地趴下,凝视着在敌机震颤下发抖的麦子……飞机轰炸后,母亲怀着恐惧的心情回到家里。她发现院里有几个陌生的人(实际是逃难的人)。她认为是鬼子进院了,要抓人了! 当时就吓得昏倒在地。被人救醒后,母亲因被惊吓自此患上了精神病。这种时常发作的"病魔"纠缠了她大半个人生……解放后，母亲曾以一名大龄生的身份走进小学校堂，读了几年的小学，意外地考入了方城师范学校。但后因生病而肄业仅差三个月，失去了毕业就业的机会。母亲曾代课教书，却因"鸣放"时讲了一句实话而被解雇。母亲也曾是一名城市职工，却又因父亲响应号召而被"下放"到农村成为农民。母亲用她羸弱的身体支撑起一个充满生机的家庭，用她勤劳的双手在农村编织着一个个希望的梦，用她的智慧把她的子女培养成才！而如今她却走过艰难、走过曲折、走过痛苦，走到了生命的终点……

  母亲是在父亲告别我们一个月零两天的时候悄无声息地离开我们的。父亲是在1992年腊月二十四走的，母亲是在次年正月二十六走的。父亲是在他走的前一天旧病复发，住进医院的。这些母亲是知道的。但我们怕惊动母亲，没让母亲到医院去看父亲。母亲是最经不起惊吓的人，这是我们很小就知道的。我们对母亲撒谎说父亲不要紧，不让她挂念。直至第二天父亲突然辞世，以至后来的几日为父亲办后事，我们都没让母亲知道，怕惊动她而伤她的身心。如果她受惊吓，就要犯18岁时因日军惊吓而落下的精神病。她一犯病就彻夜难眠，就不吃饭，就到处乱跑，像有多个灵魂在支配着她。我们吓怕了，很不愿她犯病。在我十一二岁时，母亲受了惊吓，犯了病，爸爸、姐和我三人不分昼夜轮流护理她。她三四天不吃饭、不睡觉，依然很精神。那一晚是父亲、我和村上的几个哥哥将母亲捆在架子车上，冒雨赤脚蹚着泥泞将她送到几十里以外的专科医院的……还有一次犯病，我们在家护理她，一眼没看见，她便失踪了，一失踪就是半个多月。我们心急火燎，噙着泪水，整整找了半个多月，仍杳无音信……我们认为母亲肯定是掉进了哪个井里或坑里，淹死了……在我们绝望的时候，意外地，几十里以外的深山里的表舅用架子车将母亲送回家中。表舅说，他在野外见到她时，已认不出她了，蓬头垢面，披头散发，瘦骨嶙峋，几个小孩子正在用小石块砸她、追她……所以，父亲去世，我们怕母亲经不住打击再犯病，我、妻、姐就提前商量决定要骗她一段时间。等事情放凉了再慢慢说也不迟。

  我们为父亲办完后事回到家中，母亲也不知道与她相伴近半个世纪的老伴已经走远。父亲走后那几天，母亲总是有点惊慌似的问我们："你爸呢？"我们每每若无其事地对她说："爸在医院里，放心吧！"母亲发现我们总是不很着急到医院去，半信半疑地又问："谁在医院照顾他？"我们假装父亲病很轻，漫不经心地扯着嗓音说："——放心！我们雇了保姆照顾着……"但母亲还是半信半疑。半信半疑就半信半疑吧，总比不信不疑好，我想。但纸是包不住火的，迟早要露马脚。又过了几天，母亲更加怀疑，总是不停地问。我们总是不停地欺骗。这是我有生第一次欺骗母亲！可是，马上就要春节了，这事情可不能在春节期间让母亲知道。

　　除夕夜,我们平平安安地过去了;大年初一,我们又平平安安地过去了。但我发现母亲这两天好像有点变化,不怎么问起父亲,好像什么也没有发生一样。她愈是这样,我们愈是担心。是啊,过年了,父亲也不回来,如果病轻,过年为什么不回来呢?母亲为什么不怀疑呢?母亲并不是好骗的人。从认知方面讲,她是师范肄业的人,只是年岁大了,眼睛不好使,精神比较脆弱,这是有历史的了,我们很清楚。

　　大年初二这天,母亲显得很平静,好像什么事情也没有发生过。行啊,总算我们的计划没有落空!我想。但有些事情却不是你想象的那样自自然然和平平常常。吃罢早饭后,母亲把我叫到她跟前认认真真地问:"快给我说实话,你爸在哪儿?"我想不到母亲会突然问起这个,心咚咚跳个不停。我支支吾吾地说:"他……他在……在医院……""在哪个医院?我要去看看!"母亲说。我惊讶得更是无言以对,假装镇静地又支吾道:"在……在……""不要说了!我什么都知道了!"母亲好像是愤愤的。我不知所措地脱口而出:"谁告诉你的?""没人告诉我也知道!你爸已……已……"母亲哽咽得说不出话来,接着便号啕大哭起来……母亲整整哭了一天。我们边劝边解释:"妈妈,我们诓你是为了你好,爸爸既然走了,那就让他走吧,你老要多保重身体呀……"母亲只是哭,并没有过多地埋怨我们,这也许是她对我们骗她的本意有所理解的缘故。

　　后来的日子,母亲总是时断时续地悄悄地抹泪。但她将她的悲痛压在心底,生怕我们再为她的悲痛而伤心;母亲将她的思念放在夜里,生怕我们再为她的伤心而悲痛。

　　后来的日子,母亲总是寡言少语,但见我们时却没话找话。

　　后来的日子,母亲总是闷闷不乐,但见我们时却没乐找乐。

　　后来的日子,母亲的身体总算不错,只是老毛病气管炎犯了,但没有大碍……

　　母亲的"烟龄"已有数十年了。她嗜好抽烟,但烟瘾不大。她命途多舛,抽烟是为了解忧消愁?我们小时候对她抽烟无法理解,后来长大了,知道母亲抽烟是为了解忧消愁。她是一个有文化的人,她有她的理想,但命运折磨得她无法向她的理想迈进!她有抱负,但她的抱负却成了她心海沉石!她有理由、有资格成为一个没有精神病的健康的人,但是她没有,18岁时那次侵略者的惊吓,使她终身被病魔纠缠,让病魔不断改变着她的命运……她有理由也有机会成为城市的人,成为国家的有用人才,她原本就是一名代课教师,她原本就是城里的职工……但如今她成了农妇,成了病魔缠身、连一位合格的农妇也不能充当的人……这些天她总要烟抽,我们怕她的气管炎加重,总找理由推脱。她要烟的次数多了,我们就给她买一两盒。让母亲戒烟是常年的话题,控制母亲抽烟是经常的事情。我们时不时地劝她:"抽烟有害健康。"母亲认为她抽得太少无伤大雅。后来几天,母亲比往日抽得多一些。我们断断续续地给她买点烟交给她,这样既不太伤身体而又不伤感情,我们这样"和平共处"了好多天。

这几天,我有意窥视母亲抽烟的情形。我发现母亲这几天抽烟时好像愁上加愁,比以往又多了层悲痛、思念和痛心。是啊,父亲与她已相依为命近半个世纪了,她对父亲有着真诚的爱。平时,父亲对她无微不至的关怀,她记忆犹新,她感激不尽,她留恋难舍。另外,她又对我们更加心疼,她清楚,父亲去世,她的负担全压在了我们身上,她不忍心……你看她抽烟时的情景:她用看不清的眼睛默默地寻找烟盒上开封的丝线,将烟盒贴近高度眼镜的镜片,翻转,又翻转,十多分钟才找到,抽掉丝线,去掉透明的塑料包装膜,打开烟盒盖,抽出一支,然后将烟盒盖盖上,装进兜里,顺便又掏出火柴,擦燃。在傍晚,火柴的火苗照亮她的面颊:整个面部憔悴、苍老,饱经风霜的脸上刻满皱纹;前额上深深地刻着几道沟痕;雪白的头发从头上垂下来,紊乱,不像瀑布,而像乱麻!她的眼在高度镜片背后眯成了一条线,她点着了烟,抽一口,然后将白色的烟雾吐出来,烟雾在她的面前渐渐消散……这时她好像得到了一种解脱,得到了一种释放,便长长地出了一口气……紧接着就是连声的咳嗽……

正月二十三这天,母亲又要起烟来,我找理由推托了;正月二十四这天,母亲又要起烟来,我决定给她买,但这天工作较忙忘记了。母亲很少自己去买烟,她的双眼曾患白内障分别做过手术,左眼已经失明,右眼稍能视物。她说她对烟不知好坏。好坏烟都是一个味儿。人们曾称她是"烟盲"。正月二十五日这天,母亲没有要烟,但我记起了昨天忘了给母亲买烟。晚饭后,我与妻一同到街上给母亲买了两盒烟,并又到医院找了医生,将母亲的病情向医生讲了讲,取了点止咳的药物,拿了回来。当我们走到家门口时,发现母亲的室内已熄灭了灯。这时才晚上八点多。母亲睡了,就让她睡吧!我们蹑手蹑脚地来到母亲的门前,顺便将药物和香烟轻轻地放在母亲门外的窗台上,便又蹑手蹑脚地回到自己的房间。我们平时常常为母亲能够多睡一会儿而高兴。所以,这次我们没有叫醒她。

谁知我们以后再也没有叫醒母亲的机会了!谁知这竟是我们对母亲的最后一次的关照!但这次关照母亲并不知晓……

正月二十六,是一个阴雨的日子。大清早我来到母亲床边,看见母亲和往常一样睡得很安稳。牙齿全脱的嘴微张着,面容慈善而安详,侧着身,被子盖得很严,只是两只胳膊露在外面。我想让母亲多睡一会儿,又怕她感冒,就将被头轻轻掂起，又小心翼翼地轻轻地盖在她的胳膊上，然后轻手轻脚地走到门口，对妻小声说："让妈再睡会儿。"我们怕惊醒母亲就悄悄地吃了早饭。

大约40多分钟后，妻慌慌张张地跑到我的办公室门口，泣不成声，说叫不醒母亲了。我不相信这我不愿发生的事情会是真的，我心中一直在默念：不会！决不会！我拼命赶回家，推开母亲的房门，站在母亲的床边，望着母亲安详的样子，轻轻地边推边唤："妈妈！妈妈——"母亲没应声。我开始还幻想着母亲可能睡得还熟。我轻轻地将我在40多分钟前盖在母亲胳膊上的被头揭开，拉着母亲的手，一种冰凉的感觉迅疾传遍全身！直至此时，我才相信不愿发生的事情真的发生了！我的脑子一片空白，仿佛一声炸雷贯穿于耳，头晕目眩几乎跌倒……

我有生第一次这样惊愕，第一次这样不相信自己的耳目，第一次在瞬间里千万次地否定自己——世间不合理的逆规律的事情的存在，也许是另外一种合理？也许是另外一种真实与自然？难怪黑格尔说，存在就是合理！

我在恍惚中下意识地走到门口，视线透过泪水落在昨晚放在窗台上的两盒香烟和止咳糖浆上，它们还在那里原封未动。它们怎么会动呢？我后悔昨晚没叫醒母亲，没有把最后的爱献给她。我拿起这烟和药紧紧地握在手中，返回到母亲的床前，不禁潸然泪下……我久久地站着，泪水滴在母亲的手上、臂上……心如刀绞地忏悔着自己对母亲的这份最后的关照——

这是一次迟迟未到、劳而无功的关照！

这是一次心酸、心痛、心碎的关照！

这是一次永生难忘、永生自责、永生遗憾的关照！

就在昨天，母亲还是一日三餐，但这一觉却睡到了另一个世界！这天晚饭时，母亲吃了两碗饭，没有任何异样的表现。她只是比以往更沉默寡言，没有跟我们说一句话。她的沉默寡言，我们是理解的，自从父亲患重病以来，她就沉默寡言。我们知道，那是父亲带走了她的心……第二天与母亲在一起同床住的十一二岁的侄儿告诉我们，昨晚奶奶睡得很熟，只是半夜的时候奶奶拉亮了电灯……医生诊断后说，她的被窝还有余温，可能是急性心肌梗死后半夜猝死的……

——这是没有语言的道别！

——这是没有累赘的诀别！

——这是无声的关爱！

母亲临走没给我们留下半点儿预示她要离开的惊动，宛若窗外静静的雪花悄无声息地飘落而又悄无声息地融化……没让我们为她请医生，没让我们为她买一粒药物，没让我们为她花一分钱！母亲是1993年正月二十六的后半夜悄悄地不辞而别的。她也许对我们已经放心，也许不想给我们留下累赘，用悄然离去的方式给我们献上了她一生最后的母爱！姐姐、妻和我共同商定：母亲一生简朴、辛劳，没穿过一件像样的衣服，要为她买来一身当地一流的寿衣，给她穿上，以此作为我们献给母亲最后的一片挚爱！

母亲悄然离去，下葬时，天空默无声息地飘落着雪花，为母亲默默地盖上一层纯洁无瑕的被……母亲叫王玉珍，这个珍贵的名字与她一同走完了73年艰难劳苦、风雨飘摇的人生！

母亲最后献给我们的爱，将使我们在一生的遗憾中无法报答，只有永恒的怀念！我们最后献给母亲的，并不是最后的爱，我们对母亲的爱将是永远、永远的，没有终点……

1995年2月20日—2007年1月10日

注：此作品曾发表于：
1.1995年2月22日《南阳日报·白河》，原题为《母亲》，后来有改动。
2.2007年台湾《中原文献》季刊第4期。

雪落无声

　　生命一旦走到终点,爱是无法挽救的;我们只有在有生的时间里,珍惜生命,好好地爱……

　　其实,爱也是一种生命,一旦爱走到终点,生命是无法挽救的;我们只有在爱的时间里,珍惜爱,好好地生活……

　　爱在平常,活在平常;生命如纸,爱如钢……

——题记

1

　　又是一个冬日的下午,没有风,窗外的雪花静静地飘落。不知不觉中,大地已经披上了银装。每当这个时候,我总想到父亲,想到父亲与我们告别时的情景,想到那送别时静静飘落的雪花和他雪样的人生……

　　父亲是在14年前的一个冬日走的,像窗外的雪花,静静地飘落,又静静地融化……

　　在转院途中,我在车上紧紧地抱着父亲。这是我有生第一次这样紧紧地抱着父亲。谁知这竟是最后的一次拥抱!世间有些事情就是如此蹊跷得令人心碎!在我一生唯一一次对父亲的拥抱中,分明感到了父亲在我怀中有一种挣脱的力量!谁知这竟是父亲生命终结时刻最后的力量!他终于没能从死神手中挣脱出来,却在我的怀中——他独生儿子的怀中,默默地呼尽了他71岁生命的最后一口气……

　　在县人民医院急诊室,我抱着父亲,一位富有经验的女医生走过来,听了听心脏,又用手轻轻分开父亲眼睑看了看,然后,用并不怀疑的目光看着我,低声问:"是你什么人?""父亲。""他的瞳仁已经扩散了……""什么?"我惊诧地问。"马上抢救吧!"我请求医生。"用不着了,用药也是无效了。"医生说。我不相信自己的听觉,但我已知道这是事实了。泪眼模糊中,我感到刚才父亲在我怀中挣脱的力量!这分明是父亲与死神最后争斗的力量!

　　我抱着父亲,视线穿透泪水落在父亲的面颊上:父亲已经瞑目,炯炯有神的大眼睛,就此关上了门!嘴巴紧紧闭着,半脱的牙齿在口中安睡!这张朴素的、能言善辩的、具有鼓动力和号召力的嘴巴,这张能熟诵《水浒》《三国演义》的嘴巴……就此而紧闭!死神轻轻地按了一下他声带的开关!我已经听不到他的声音了——那洪亮的、不加掩饰的真诚的声音!那铜钟般的正直的声音!那热爱生活、热爱生命、朴素而平常的声音!……他的面颊消瘦而微黄,红晕的色彩已经褪尽,颧骨高高的,像没有草木、没有生机的岗丘,失去了光泽,失去了表情,失去了神韵……眉骨凸起,像山峰,浓眉黝黑,但失去了往日的威严,失去了往日的魄力……宽大而隆起的额头上,昔日智慧的光芒如今消失得无影无踪……我的视线顺着他瀑布一样从额头散落下来的白发,滑落下来,泪一样,流淌到他港湾似的长满花白胡须的下巴上……然后,顺着他左肩流淌到他那五指半伸已没有力量的左手上……我不自觉地紧紧抓住父亲的双手,像抓住了维系父亲生命的绳索,牢牢地,不可放松……这双勤劳纯洁的手,在生活的山峰上攀登的手,在忧闷中荡漾出二胡悠扬音调的手,已经失去了知觉,已经开始降温了……我这时的泪并没有泉涌。但,我的心是激跳的。这是父亲依然存活的信念在律动?是的,我依然坚信:父亲依然活着!他不会从这个世界上消失!他还在!他的形象、他的精神还在!他值得我们继承的东西,值得我们永远记住的东西,在我以及了解他的人们心中永生!

一个生命在世间的消失就是这么简单,这么匆忙,这么不可抵挡!万物依然运动!万物依然匆忙!其实,生与死仅一纸之隔!一旦这张纸在不经意中被捅破,生命便通过那洞口抵达死亡的世界!好像空气透过去那样方便、简单而迅速!这一天是1992年腊月二十四,我将这个日子永远铭刻在心中……

父亲名叫武运程,他是在豫南一个普通县城内的转院运送途中终止生命的。这个事实怎么与他的名字那么吻合——"运送路程中一个生命化为乌有"。这一巧合又一次令我心碎!

2

腊月二十三是祭灶的日子,也是"小年"。常言说:"腊月二十三,打发老灶爷上天。"而我这天打发的却是父亲的生命?这一天晚上家家户户都要吃灶火烧饼。然而,我的父亲没能吃到"灶火烧饼"。他是在这天下午心脏病突然复发的,比以往哪次都严重,突然呼吸困难、胸撑难忍。下午,父亲一个人坐在床上。我出差到南阳日报社送稿去了,母亲也出去了,妻外出买晚上准备做的灶火烧饼豆腐汤的食料去了。下午五点钟,妻回来走到楼梯门口,听见父亲在唤她的名字。妻知道父亲又犯病了，飞快地跑到屋里，发现父亲心脏病复发了。她将购来的物品丢下，快步跑到附近的一家医院，找经常给父亲看病的那位医生。医生诊断后说，心律已是180多次了，马上送医院抢救。

"他儿子呢？"医生问。

"到市日报社送稿子去了。"妻说。

"他女儿在哪？"医生又问。

"在城关三小。"妻说。

医生看着妻一个人孤零零焦急的样子，急忙说："那……那我去三小叫你姐去，你在家好好照看他，不要乱动。"

医生匆匆地骑着自行车到三小找到了姐姐。

姐姐和姐夫匆忙往我家赶，在大街上借来了一辆架子车。姐夫将父亲从楼上背到楼下架子车上，大约6点钟时将父亲送到附近的那家医院。父亲的心脏病是在1991年春天首次发作的。当时，母亲为治病来到城里，住在我家。父亲一个人守候在城南老家里。突然有一天，村里表哥打来电话，说父亲有病了，很严重。我急忙回到家里，把父亲接回城里，送进了城里的一家医院。医生诊断后说是气管有炎症，给父亲输上了药液。这是父亲一生中第一次输液。当天父亲的气管炎稍轻。但第二天，父亲的心脏病却发作了。后来，我们找原因，可能是头天输液时，药液下得太快的缘故？药液压迫心脏，从而引发心脏病？

腊月二十三这天上午，我写好了一篇题为《方城农民手中"白条"全部兑现》的新闻稿件，下午三点钟修改完毕才决定送到南阳日报社的。当时我很迟疑：父亲患类风湿性关节炎卧床不能动弹，心脏病又偶有发作，需要我在家护理，但由于记者的责任和职业习惯，我的稿子写好后急于发表，最后我决定去日报社送稿。也许是我不该到南阳送稿，由于班车出毛病，我经过两次倒换班车，才到了南阳。我来到日报编辑室时，已接近下班时间了。一位副总编审过我送的稿件后，立即将其编入了第二天的报纸头版。

我离开报社时，四周已是灯火通明。这时小年的鞭炮声接连不断，春节热闹的气息已扑面而来。待我赶到家时已是晚上八点多钟了。我进屋后有一种空荡的感觉。床上的父亲不见了。这种空荡感觉并没有使我想得太多。室内只有我双目近乎失明的年迈母亲在做灶火烧饼。"爸爸呢？"我问。"犯病去医院了！"从母亲不快的脸色上，我感到父亲病情的严重。但没能意识到这次犯病是他最后的一次。人有病进医院是正常的事，父亲那样刚强，不会有大问题。这个意念在我脑海中轻轻地一闪。就在前一天，父亲还按照一位老中医提供的偏方，自己制作治疗风湿性关节炎的药物。父亲自己找来一个蓝色瓦片，将乡下我表哥送来的剥过皮的黄鼠狼肉洗净切碎,放在洗净后的瓦片上。然后,找来三块砖头支起蓝瓦片,用他之前找来的麦秸,慢慢地烧炙,将黄鼠狼肉炙黄,再碾成碎末。烧炙时麦秸的烟雾在院子里飘散开来,像病魔被烤焦散发出的气味在慢慢升腾消散……这天早晨父亲第一次喝了这个偏方。父亲说偏方治大病。我知道这是父亲为掩饰自己舍不得花钱治病的一种理由……或许能够治病?不知道。我看着父亲烧火的举动:他从身后麦秸堆上用手轻轻地抓一小撮被碾碎的淡黄色麦秸,向其中两个砖头的缝隙里一投,然后又用一根细细的铁棍在瓦片下挑动,让麦秸慢慢地燃烧。烤炙这东西,需要的是文火,父亲也许在这样想。他时而还在火大时,用火棍拍打一下那燃起来的麦秸……由此我不禁想起父亲早年冬日烤火取暖的情景:他将去掉玉米的棒芯用手从中间折断,将折断的一端向内摆一个碗口大小的圆圈,然后一圈一圈地层层垂直向上垒,像农人建砖窑,将土一层一层地向上垛。大约有一尺高的时候,他找来干燥的玉米叶,擦着火柴,点着,放进摆好的玉米芯圈内。片刻,玉米芯圈内便蹿出一尺多高的火苗……父亲把手伸上去,对着火苗不停地翻转、翻转……火光照着父亲的脸,他得意地讲起《水浒》或是学校的趣事来……后来我才知道父亲为什么在冬日里总爱烤火。那是因为他穿得太薄。由于母亲身体不好和经济拮据,父亲身上的一件棉袄总要穿上几年或十几年,拆了又套,套了又拆……

3

母亲将灶火烧饼递给我,说:"快给你爸送去!"我接过烫手的烧饼向医院走去。

在医院,我发现父亲正蜷曲着身子坐在病榻上,后背有两条被子支撑着他的躯体。他闭着双眼,在默默地喘息。输液瓶里的药液顺着透明的胶管静静地"滴嗒"。这种无声的运动在烘托着病房内的静谧,在表达着病人平静的病情和护理人员平静的心情……父亲好像意识到是他儿子归来了,睁开了眼睛看看我,但没有说话。他的眼睛不像平时那样炯炯有神,看了片刻又闭上了,父亲没说一句话。这是一种病情稳定时的平静?

后来才知道这竟是父亲人生中最后的一瞥!这是父爱走向终极时向儿子最后的一瞥,还是生命留恋人世的最后一瞥?这一瞥并不富有神采,但对于父亲、对于我,都是何等珍贵!

后来我曾想:假若父亲这一眼看到的不是他独生儿子的面孔,他也许还会再延长一段生命!因为,他最终希望的就是能够看一眼他的独生儿子的面孔!

我当时并不知道这一瞥是他的诀别,是我的送别。

这具有送别与诀别意义的目光相碰,闪烁出生与死撞击的火花,撞出了生存以及生命的哲学光芒!撞出了如何爱、如何被爱、如何在生存中珍惜爱的哲学光芒!

让他睡吧,我想。氧气瓶发出"嘟嘟"的声响。输液瓶的药水在静静地"滴嗒"。此时的平静给人一种平安的感觉。手中的烧饼暖暖的,已不太烫手,这温度正适合父亲食用。但为了让父亲多平静地休息一会儿,我最终没有叫醒他……

腊月二十三的午夜是那样平静。这小年的鞭炮声早已停息。人们慌年吃灶火烧饼的喧嚣早已消散。我、妻、姐、姐夫几个人守候着父亲。我们是在守候着生命的希望?当时我们都不相信这是最后的守望。氧气瓶里发出"嘟嘟"的声响。只要它发出声响,生命就不会终止!我想。突然,我们听不到这种声响。我们这时手忙脚乱,不知所措,紧张了好一阵子,才发现显示瓶里的水冻结了。氧气依然透过胶管抵达父亲的鼻孔。这并不意味父亲生命的终结。我们虚惊一场,明白过来之后才意识到我们犯了一个错误:室内温度已进入零下,为什么不知道在室内燃起煤火或是炭火?!

灯光下,父亲躺在床上,我们听得见他平静的呼吸。父亲一夜很平稳,没有气喘,只说了一句话。我们认为他的病情在逐步好转。那是在午夜的时候,父亲似乎听见了姐姐在说话。他没有睁开眼,只是身子微微地动了一下,用低低的声音对姐姐说:"……回……去吧!"我们听得很分明。姐姐说:"不要紧,天还早着哪!"有谁能想到,父亲这句只有三个字的话语,却是他一生发出的最后的声音!

这缓缓的、低低的、只有三个音符的声音,是一个生命发出的最后的声音!这声音散发着一个父亲在弥留之际依然关心他的独生女儿的温暖,这声音放射出人间大爱之光!

他用最简朴的方式向亲人恋恋不舍地道别!这声音仿佛告诉我们:"我已经不需要再让你们费心了,我将要走了……"

但是,我们当时都不知道这是父亲最后的道别!是父爱最后的表达!是父亲语言的句号……

这时我脑海里回响着我刚出生时的第一声啼哭!那一声啼哭宣告着一个新生命的到来!一个全新的世界已开始向一个新生命展开!而父亲最后只有三个字的话语,却宣告着一个黑暗世界将向他走来!这声音是生与死的隔离墙,还是迷雾一样的隔离墙,一旦这迷雾消散,死亡将会来临……我想到了父亲平时对我们的关爱,他的关爱像这低低的声音一样默不作响,在我们心中永生!在我们姐俩上高中时,在一个冬日里,天上飘着雪花,地上结着冰。父亲知道我们的饭票快用完了,冒雪踏冰从乡下用自行车为我们往城里的学校送粮食,道路光滑难走,就是不带东西步行也难以行进。但父亲骑着自行车拖着百余斤粮食依然向北方20多里的县第一高中进发。在途中,由于地面结冰光滑难走,父亲四肢冻僵,突然连车带人掉进了汽路边的雪沟里,久久爬不上来。村里路过的人发现后,才将父亲从深沟里拉了上来。但父亲没有退却,依然坚持北上……父亲对我们的爱是默默的,这一场景是后来听村里人说到的。我们上高中那几年,父亲每隔一段时间就用自行车到学校为我们送粮食,一次一次从不间断,不管刮风下雨还是入九严冬,从没让我们断过一次饭票。他用爱默默地供养着我们的生活,我们在这种爱中成长,在这种爱中增长着知识和智慧……

父亲躺在床上很平静。药水和氧气都静静地向父亲缓缓地流动……这一夜,我们虽然没有合眼,但我们的心是平静的。因为,我们很自信,父亲一定没事的,父亲一定会好起来的……

腊月二十三晚上,父亲并没有吃到"灶火烧饼"。腊月二十四上午八点钟左右,妻做好了一碗小麦面汤,放了两个荷包蛋。荷包蛋雪样地白,用洁白的皮肤包裹着黄色的蛋黄。这软软的蛋黄就是我当时的心情。我当时的心是软软的。我不相信死亡,但我恐惧死亡。

我们将父亲平躺的弱小躯体从床上扶起来,将两个软软的被子垫在他的背后。这种棉被最质朴,是用农人们的汗水浇灌出的花朵做成的……这种棉被比席梦思床上的靠背更柔软更富有弹性……

父亲没有睁眼,没有说话,只是顺从地任我们摆布。他坐着,显得很平静,昨天下午那种与死神搏斗的呼叫早已停止。父亲像一座不太高、刚刚被敌人袭击过的山峰,仍然坚强地矗立着!妻将那碗冒着热气的小麦面鸡蛋汤端到父亲面前,用羹匙将面汤一勺一勺地向他嘴里送过去。父亲微张着嘴,一口一口地喝下。

"爸爸!吃点儿鸡蛋吧!"妻说。

父亲点点头。

他吃了两口,就又停下来。

"再喝点儿,爸爸!"妻说。

父亲点点头。

"再吃口鸡蛋,爸爸!"妻说。

父亲微微摇摇头。

一碗饭没喝完,两个荷包蛋只吃一个,父亲就停下来。我们认为这是暂时的停歇。谁知这竟是父亲一生最后的早餐!后来我后悔我没有亲手喂父亲这顿最后的早餐!我当时以为这并不是父亲最后的早餐。所以就没有亲手喂父亲。这是我永生的遗憾!

我们扶着父亲慢慢地躺下,将棉被搭在他身上。父亲这顿简单的充满着爱的早餐,像父亲朴素的一生那样清廉和温馨。父亲与贫穷争斗了一生!父亲紧握清廉坚守了一生!在父亲大半生里用每月五十二元五角的工资,维持了一个家庭几十年的生计。他没有在贫穷的边缘用不正当手段向"富裕"伸手……他当几十年校长,有好多次涨工资机会,他都让给了一起工作的同事们。他说:"你们工资更低,但你们干的工作都比我多……"由于母亲身体不好,在农村不能充当一个棒劳力挣工分。我们年岁又小,正上学。我们家年年缺粮。父亲一生仅骑过一辆自行车。他用骑了几十年的"永久牌"二手自行车在每年春荒时节,到街上购买小麦、薯干之类,用自行车运回,接济一家的生活,让家庭一年年充满着生机茁壮地生长。上世纪六十年代初,父亲响应号召,带领全家,下放到我舅爷家居住的券桥乡李许庄村王士文庄自然村。他开始在券桥乡几所小学当校长。母亲由一个城市职工变成了一个农妇。下乡后,我们住在村上亲戚家的房子里。一住就是十几年。后来,父亲在村西边建成了一间背东面西用麦秸覆盖房坡的"麦秸糊"草房。在这间房子的南墙,接盖了一间低小的厨房。一家人就在这房间里生活。到七十年代中期,我们大了,父亲又亲手在厨房南边接盖了一间比厨房还矮小的"牛毛毡房子"。这在当时我家建房史上也是一大进步。在"牛毛毡房子"南边又建成一间厕所。村上人们风趣地称我家住房为"火车头"房子。即房子由北向南、由大到小"一"字排开,像火车向北进发。村民们用艺术的眼光概括出了我家住房的特色。父亲说,这些房子,可以作为将来堂屋主房的配房。可最终也因经济困难而没有盖起主房。八十年代初,父亲退休后,用八百元钱买下了生产队三间仓库瓦房。并亲手砌起了院墙和门楼。我们住进去,我们真正住进了一个自己的家园。父亲终于了却了一个长久的心愿。

"快叫医生!"妻发现平躺着的父亲突然气喘,棉被在他身上频繁地高低起伏,妻紧张地叫起来。我迅速到医务室叫来医生。

医生听了听父亲心脏,表情沉沉地低声对我说:"他的心力已经衰竭……"

"马上抢救吧!"我紧张地催促。

医生声音更低:"抢救恐怕也希望不大了。他的心率仅剩三十多次了……"

"那……那马上转院!"我好像没加思索地脱口而出。

我不相信更不愿让这令人悲痛的事情发生。

慌乱中,我叫来了一辆吉普车。我们慢慢将父亲抬进车里。我坐在车内紧紧抱着父亲。父亲并没有大的气喘,并没有生命泯灭前的那样呼叫和挣脱,而是十分平静,仿佛没有大灾降临到他头上。汽车缓缓地向西进发,发出低微的马达声响……我当时想象父亲在我幼年时抱着我的情景:父亲抱住刚出生不久的弱小的我,在春天开着紫花的楝树下,向我嘴里灌他用鸟枪打下麻雀研制出的苦胆汁。我张着小嘴,摇着头,哭着挣脱……那时我贫血,耳朵透明得像张薄纸。当时父亲抱着的是一个新生命!而我如今抱着的也应该是一个生命的希望!我依然固执地相信父亲没有大问题,到县人民医院抢救后,他定会恢复正常的。父亲刚毅的性格使我坚定了这一信念。我让小车师傅慢慢地开车,怕震动父亲衰竭的心脏。然而仅仅十分钟之后,我们到达县医院急诊室时,父亲的瞳仁已经扩散……

4

父亲的一生并不是轰轰烈烈的一生,并不是辉煌的一生,而是像小草在不显眼的地方默默地生长,默默地给大地涂抹着一抹抹春绿;像秋日某一株小树在风中由青变黄,装点着大自然的风景!他是大自然中热爱生活、热爱生命、争强好胜、乐观向上、不求索取、只求奉献的生灵!他是一生正直无私、宽宏大度、谦逊谨慎、博学博爱的生灵!他是一个不畏艰难、知难而进、勇往直前、永进不息的生灵!他童年逃过荒,十几岁时到外地打过工。在兵荒马乱、饥寒交迫的年代,爷爷挑着一个担子,在坎坷的征程上,艰难前行……担子一头的竹筐里装着幼年的父亲,另一头的竹筐里装着一些维持生存的食物和衣被……父亲在这样的境况下,度过了他天真的童年!在一次"抓丁"中,十几岁的父亲被抓进了一个兵营里,他靠他的机智和流利的口才,与士兵周旋、辩论,士兵最后不得不用兵车将他又送回到爷爷的身边……解放后,他在乡下当过采粮员,通过自学,后来在县第一高中教书。他一生热爱教育事业,爱教育事业像爱他自己的眼睛。在农村,他一干就是几十年。父亲遇事不怕困难,每件事都要做得更好,超乎他人!他每换一所学校就将那里建设得焕然一新!在一个荒岗上,他建起一所小学,在买建房木材时,他与搬运工一同到百里以外的深山里拉木材。他骑着自行车,为搬运工当"纤夫"。他事先用一根绳索系在自行车后架上,另一端系在拉木材的架子车轮轴上。他骑在车子上,在前面用力拉绳索,绳索绷得紧紧的。他们在山路上艰难前行,用了两个昼夜才赶到学校。像这样的"拉纤"在他的工作生涯中不知有多少次……他艰苦朴素、勤劳务实,20世纪六七十年代,在为学校建伙房时,他亲自为学校垒锅灶。他发明了一种节能锅灶——"自来风锅台"。烟囱要垒几丈高。他在几丈高的架子上亲手垒烟囱,俨然像高楼上的建筑工人!当时幼小的我站在烟囱下,看着父亲用青砖砌成的高耸入云的烟囱和在云间劳作的父亲,感到父亲是一个顶天立地的英雄!父亲用他的坚强和勤劳,将乡下几所学校建设得焕然一新!父亲每次将一所破旧的学校建好后,组织上又将他调到另一所更狭小破旧的学校。父亲又将另一所更狭小破旧的学校建设得焕然一新……他爱打篮球,五六十岁时在篮球场上比赛,一跳就是几尺高,像一个小伙子。赛场上他最活跃,谁跟他一队谁准赢。父亲性格开朗,爱说笑话,好像从未发过愁。父亲记忆力超群,我童年时,每到农闲时,他到村上牛屋里,给村里人讲故事。村里人最爱听父亲讲《水浒》《三国演义》。他能将《水浒》《三国演义》中的人物、细节讲得头头是道。村里人给他起了一个绰号"瞎话将"。但父亲却是一个实事求是的人,他从不说假话。父亲性格耿直,终生廉洁,从未占过公家的便宜。父亲的刚强、耿直、勤劳、乐观、向上、争胜、廉洁的性格和品德影响着周围的人和我们姐弟俩,使我们成为国家的有用之材。

给父亲送别的日子,天空飘着雪花,大地一片银白。并没有更多的人给父亲送别。父亲悄无声息的一生,与他悄无声息的一死,多么像一朵雪花飘落在大地,而后静静地融化。冬日里,大自然正是因为有了这雪花的集结和覆盖,才有了美丽的冬景;阳光下,积雪悄悄地融化,泅润着大地,万物才在这泅润里复苏,一个新的春天才会又一次诞生!

5

窗外的雪花依然飘落,银白的世界充满生机。这个世界没有冬眠,大雪融化之后,又是一个新的世界!我望着落雪,感悟着父亲的一生和他的告别,感悟着我第一次也是最后一次跟父亲的拥抱……我想,我们在生活中,若能更细致、更成熟、更科学、更冷静地把握每一个细节,传达每一份爱,纠正每一次错误,我们也许会少些缺憾,多些圆满。尤其对生死相隔的那张纸,我们要更细心保护,不要用粗心和冷漠去碰撞它,要用谨慎、细心去维护这张纸,让它化为生命的刚强!

我想,假若父亲第一次输液的药水再慢一点,也许他的心脏病会晚一点发作?假若父亲腊月二十三早上不喝那黄鼠狼炙粉,也许心脏病不会在当天严重复发?假若腊月二十三那天我不外出送稿,在家守候父亲,也许会更早点儿将父亲送进医院抢救,父亲也许会晚一些日子告别我们?

其实,人类的进步源于人们不断地总结过去,不断地回顾历史,不断地通过过去的启迪和历史的经验指导和开创未来。是的,生命一旦走到终点,爱是无法挽救的;我们只有在有生的时间里,珍惜生命,好好地爱……是的,爱也是一种生命,一旦爱走到终点,生命是无法挽救的;我们只有在爱的时间里,珍惜爱,好好地生活……

爱在平常,生命在平常……

2007 年 1 月 16 日—1 月 18 日

注:此作品修改前曾发表于:

1.2001 年 2 月 15 日《南阳日报·白河》,并被收入 2001 年 10 月远方出版社出版的文学作品集《七峰春晓》。

2.2002 年 4 月,台湾《中原文献》季刊第 2 期(总第 34 卷)。

父亲的抵抗

"四眼狗"突然蹿出门去迎接,紧接着就听到自行车轴承里的钢籽在"嘀嗒嘀嗒"碰撞的响声,这种声响,只有在父亲推车走进院子时才能听到。这时透过窗子望出去,往往是满院的月光,明亮而寒冷。

但第二天父亲又是何时将自行车推出去的,我并不知道。当我从梦中醒来,已是满院的日光了。那时,没有责任田,母亲一人下地干活,父亲整日忙他乡下小学校长的事务,学校多次变换,但离家都不太远,远者十多里,近者五六里。除了节假日,父亲几乎每日都是骑自行车早出晚归的。

在寒冷的冬天,父亲骑着自行车回来,有时已是很晚很晚了。他回来后的第一件事,不是吃饭充饥,而是烤火取暖。仿佛冷比他的饥饿还重要。而烤火是他对冷的最佳抵抗方式。但我从未见到过父亲除了三餐之外,用任何一种形式抵抗过饥饿。那时,由于母亲身体不好,挣工分不多,我家是村上顶尖的缺粮户,每年村上依据工分分到我家的粮食不够全家吃,父亲总要从52元5角的月工资中拿出一点,从粮市上购粮回来补贴,以维持全家四口人全年的生计。

玉米棒子每当脱掉籽粒,留下的便是红色或是白色的棒芯了。当雪花卷在北风里飘落下来之时,这些棒芯的水分已经脱得一干二净了。这是父亲每每踏雪归来,烤火取暖时爱用的上等柴火。

他用穿着深蓝色棉裤的膝盖,作为支架,两手握住玉米棒芯两端,用力在膝盖上一碰,一支棒芯便会从中间"咔嚓"一声断为两截。父亲将这刚刚折断的新茬子一端朝内,另一端朝外,由低到高,垒成一个碗口大小的"空心棒筒"。"空心棒筒"圆得像一轮满月,有一尺左右的高度,站立在屋内地面上,像农村低矮的烟囱。然后找来废弃的笤帚茅子或干燥的有纸样厚薄的玉米叶,将其点燃,放入芯筒内。很快,红彤彤的火柱子就蹿上来了。白色的火焰干净利落地闪烁,有一尺多高,很少有烟雾打扰。

父亲烤火,主要是烤手,一反一正地,在明火前烘烤。火光映照着他的脸,消瘦而慈祥,一双眼睛炯炯有神。后来长大了我才明白,父亲缘何在冬天那样喜爱烤火:每当夜晚顶风冒雪回来,满身冻得冰凉,但又无衣可增,烤火是他取暖增温、抵抗寒冷的唯一办法。

在我的印象中,父亲一生好像从未抵抗过什么,包括同他意见相反的同事。他只用原则去坚持,但不抵抗。他用坚持维护原则,但不用刺激抵抗对方。这就形成了他既坚持原则、维护正义,又平易近人、和蔼可亲的为人风格。

父亲一生从未用过空调、导热油汀、电暖风扇等现代取暖设备,他用火柴点燃柴火,火苗和烟雾构成他最好的取暖"空调"。

后来我才明白,父亲每每回到家里,无论是深冬或是盛夏,无论是午后还是深夜,他总是忍受着饥饿的,从没像找火柴点燃柴火取暖一样对饥饿予以抵抗。

2018年1月5日晚首稿,2月26日晚改毕。

注:此作品发表于2019年1月9日《南都晨报·梅溪》。

芦 草

说到芦，人们就会想到芦苇、芦根、芦笋、芦席、芦苇荡之类，想到当年芦苇荡中藏身避敌的故事，想到紫色的芦苇花齐刷刷地蹿出来，在阳光下掀起此起彼伏的海浪，又在秋风中飞扬起轻飘透明的丝羽，一群群小鸟啁啾地飞进飞出，孩童们在芦苇荡中钻来钻去……

这里我说的是芦草。在乡下，农人们称其为芦草，称其根为芦草根。这与芦苇不一样，芦苇长得高高的，挺拔秀气，趾高气扬，块田相连，规模气魄。而芦草则非然。她们星星点点地散落在河崖、沟坡、田头、水边、丘缘，并不形成规模优势。她们低矮、分散、隐蔽。有的长在草丛中，为高高低低的杂草所遮掩，根本显不出她们秀拔的气度和优雅的风姿。长在河崖上的，在黄褐色的崖层沙土中孤零零地立着，在风中孤独地摇曳着青青的茎叶，但其他一些植物却在这里无法生存。而芦草，却在这里悠然地生长。如果你不注意，肯定会踏上了，还不知道她们的骨肢已经破碎；如果她们对你无用，你肯定不会想到她们。

她们样貌普通，有的甚至丑陋。好像她们并没有美丽、鲜艳、眩目、逗人的花。印象中，我从没见过她们开的花。她们的叶子是条状的，青青的，尖尖的。她们的叶尖，总带有锋芒，有不屈的刚毅。尤其是你抓住她们时，有硬硬凉凉的骨感，没有柔软的温馨感。她们那尖尖的叶尖刺着你，你的肌肉有点疼。她们的性格很倔犟，但内心很谦虚。她们生长在旷野，而不在膏腴之地；她们生长在沟沿、河岸，而常常处于危险；她们生长在阒静之中，而少有城市的喧嚣和浮华；她们生长在几乎被遗弃的埂边瘠田，而少有艳丽的鲜花相伴和复合肥料的关照；她们默默无闻地生存着，春青秋黄，年复一年，装点着春光，点缀着秋色，与野草相伴，与鸟语相伴，与溪潺相伴，与牧歌相伴……

她们的茎、干外坚内虚（空）。其茎不像高大的树干那样充实、威武和挺拔，不像大树那样经不起暴风雨，有的经过暴风雨的洗礼就倒下，连根拔起，或拦腰折断；她们的根芽在泥土中钻行，在黑暗的缺氧的泥层中寻求光明，一旦她们若雏鸡尖喙样啄破土层，进入光明，便长成青青的茎叶，迅疾建立起一个葱郁的家园，而留于土层中的就变成了苍黄的根。这些根深扎于泥土，在底层团结着，手拉着手，在无人知晓的土层里紧密相连，像家族的血脉那样传递着种族生命的基因……

　　小时候在乡下,每到星期天和暑假,我总要一手握着镰刀,一手攥着草绳到田野里割草,晒干做柴。但有些日子,母亲总指使我去河崖上刨芦草根。母亲说:"芦草根是个宝,清热解毒离不了。"我就从邻居家借来鹰爪(一种安在长柄上的只有两根铁齿的刨土农具),攀缘在河崖陡坡上刨芦草根。芦草根深植于土层,在我的能力下,能挖出一尺多长的就算是了不起的战利品了。我从没有顺着一根芦草根挖到过尽头。她们的根愈苍老,其颜色愈与泥土的色彩相似。她们根根相连,深入土层,就是暮秋茎枯叶黄,而根仍在土层中活着。待来年之春,那些根又萌生新芽再钻出土层,生长出蓁蓁的茎叶。每到春秋季节流行病盛行之时,母亲将刨回的芦草根,加上茅草根、黄花苗(蒲公英)根熬成茶让我们喝。农人称之为"三根汤"。喝了这些汤,那些病毒性疾病就会被拒之门外。也许是因为芦草根的缘故,现在我从没有关于少年时代患流感发烧的记忆。

　　去年清明节,我们一家到乡下给母亲扫墓。母亲的根十多年前就扎于那荒岗上了,坟冢上长满野草。我们怀着对母亲的怀恋和伤感扫完墓,在离坟茔不远的岗径边,在一个荒凉低凹的沟叉口,我突然发现了一大片枝叶青翠的芦草。小时在乡下的河岸上遵照母亲的嘱咐挖芦草根的情景又一次在眼前浮现。在这生长着密密麻麻芦草的凹地的不远处,我们看见有几个农人正在田地里耕耘。两头土黄色的牛拉着耙,耙上站着一位农夫,他一手拉住缰绳,一手持着牛鞭,目视前方,在土浪上前行。这时,我认为那农夫是个捕鱼人,正站在一只小木船上向海的深处挺进。另一个农妇在撒肥料。这时天上有层阴云,阴雨欲滴又止地保持着沉默。另外一个幼童正在一个泊在地头的木质架子车上熟睡。架子车的轮旁,蜷坐着一条土色的狗,那狗正昂着头颅,目视远方,仿佛在眺望着庄稼海彼岸的动静,它也许在希望着什么或在不希望着什么……

　　我们回到村上,找到了铲、锛、粪耙子,但没有找到鹰爪。我和妻、儿子返回荒岗开始挖芦草根。我几乎回到了我的童年,母亲的声音在我耳畔回响。这些芦草的根很深,我们无法挖到更长的根藤,就把它斩断了。在斩断的时候,我不免想到了母亲的命运:因为时代的风雨,她由一个城市职工变成了一个地道的农妇,由一个知识分子变成了一个半文盲。但她没有倒下,像秋天芦草的茎叶,虽一度枯萎,但深入土层的根,却充满着生命力!冬天过后,就又萌生出新芽。在乡下,她以默默无闻的奉献造福于人,让我们像春芽一样生长……我又不免想到了在田间僻壤劳作的农人、因为劳动而致残的人、在医院被截肢的人,想到了为己人或为他人献血、捐器官的人……这时,我抓起一把刨出的芦草根凝视着,我认为我们正在干着一件残忍的事情。我们把她们拦腰斩断,将她们放进沸水里煮,然后喝下泛着浅青淡黄的茶水,通过她们的药力,祛除我们的邪火和病毒。但我仍然坚持想,这些芦草以牺牲自我的生命,以忍受截肢的疼痛,以饱尝被煎熬和被践踏的痛苦奉献着自己的力量,让这力量换取另外的平衡与和谐,换取另外的安宁与和平。我怀着一种矛盾的心理刨着,到中午的时候,我们刨了一大束,有根,有茎,也有叶。

我们将她们束起来,背在肩上,走回故乡的村庄。这时,我觉得身后有母亲的目光,她在目送着我们回家,像童年时她每一次目送我出门一样……

下午我们回到城里。我将这些芦草放在阴凉处,等待阴干。后来的一年多,我就用开水沏这阴干的芦草根、茎和叶,喝这沏得浅青淡黄的茶水,每隔一两天就喝上几杯。同时,让儿子和妻也喝这样的茶水。我发现,这一年多来,我们均没有上火或被病毒侵袭的迹象。过去春季或秋季,流感总侵袭我们,而这一年多来,我们没有遭受到一次病毒、邪火、流感的袭击。我们获得了身体热寒的平衡。

我永不会忘掉芦草,像不会忘掉母亲一样。我为母亲扫墓归途中,母亲又让我想起了芦草,好像她指使着我们挖芦草,是她又让我们借助芦草获得了身体热寒的平衡。后来,我就想,我的母亲不也正是一株生长在低处,外实内虚,意志坚强,默默无闻的芦草吗?是的,母亲的一生正是以残折的命运,以自身饱受的煎熬,以自己诸多伤心的疼痛,以自己逐渐耗尽的生命,为我们及他人谋福、谋利、磨合着平衡……

当然,我这时也想到了像母亲一样的其他的人们,想到了田间劳作的农人,他们无不以芦草的精神装扮着春天,以奉献自我的精神创造着生长和生命的平衡!

注:此作品创作于2007年6月,荣获2018年度中国散文年会评选二等奖,发表于2019年《散文选刊》(下半月)第2期。曾发表于2008年台湾《中原文献》季刊第2期;2009年南阳《躬耕》文学月刊第3期等。

火车头房子

火车头房子,是村上一位大婶为我家的住房命的名字。那是 20 世纪七八十年代我家的住房。一次,东乡老家一位亲戚第一次来我家,进村后,向一个我称大婶的人问及我家住在哪里,大婶脱口而出:"村西头火车头房子。"亲戚听后不明白,反问道:"咋是火车头房子?"大婶说:"你能找到村西头,有家东屋的房子,北头一大间,中间一小间,南边又有更小的一间,最南边又有一个厕所。那家,就是你要找的。那房子,就像向北跑的火车,头大,身子小,尾巴更小。"

亲戚恍然大悟。按照大婶讲的,她很快就找到了我家。

说起来也真有意思。关于我家的住房,说出来可作为记忆,也许对后人会有启示。的确,人类的住房,能折射出一个时代的面貌。比如当下,仅三四十年的光景,城乡所有居民的住房,都发生了翻天覆地的变化。而这种变化前所未有,开历史之先河!城市的楼群如林,高者数十层。而各种楼群的命名也富有诗意,什么阳光水岸,什么龙腾花园,什么春暖花开,室内也装修得新颖别致、美观大方,具有现代气息。

说到我家那时的住房,真是令人心酸。

20 世纪 50 年代,我家居住在方城县城,父亲在县第一中学教学,母亲在县服装厂上班。60 年代初,由于我家生活拮据,父亲主动申请把我家下放到我舅爷家所在的村庄——城南 25 里外的券桥乡李许庄村王士文庄自然村。

最开始租住在我十三表伯(舅爷的三儿子)家的西房靠南两间。一年后,十三表伯家急用房,我们又租住村东北刘氏表伯家西房。在这里,一住就是八年。我的童年就是在刘氏表伯家度过的。相处八年,我家与表伯家关系相当好。表伯家有我的四个表哥,一个表姐。我们相处得十分融洽。后因大表哥结婚需要住房,我们又租住到村中的十六表叔家(是舅爷家的同族)。大约住有两三年时间。就是在这个表叔家居住时,母亲的陈病复发了。那时我正上小学,半夜醒来,曾发现母亲在日历的背面写日记。这些日记的内容多是她白天经历的事件,不会写的字她用"o"表示。母亲犯病时,很少睡觉,语无伦次,脾气暴躁,爱寻找事端。经多方医治,仍无好转的情况下,有一村医向父亲建议,说我母亲的陈病复发,是从城市搬到农村,思想上想不通、压力大诱发犯病的,若再搬回城里住,她的思想会轻松,精神会愉快,病情自然会好转。还说精神病必须靠精神治疗,精神治疗要比药物治疗效果还要好。父亲听从了村医的建议,经过多番寻找,我家就又搬到县城居住了。位置在县城西小口向北200米路东。租住的是一小间西房,后墙就临着街道。我和姐姐也都转入县城里父亲原来所在的学校(现改为县第八中学)上学。

　　在城里居住了一年多时间,父亲发现母亲的病情并没有好转。城市比农村热闹,母亲到处奔跑,更不好管理。当时父亲已从一中调到券桥乡某小学任校长,所以,我们三人的生活用粮都由父亲用自行车从乡下往城里送,这样给他增添了不少负担。最关键的是,母亲的病情反而有所加重。父亲又决定将家再搬回到王士文庄。

　　刚搬回王士文庄时,父亲没有联系到住房,我们就暂时居住在舅爷家。舅爷原跟着他小儿子,小儿子因病猝死,小儿媳也改嫁了,身边有一个孙儿。他家是南屋三间,我们刚搬到他家时,好像夏天,我们就住在他家的门外。到了这年冬天,我家的做饭煤炉就摆在他家的院里。在舅爷家暂住的半年里,父亲张罗着开始盖房。父亲当时每月是52.5元的工资,这在当地小学校里,属于高工资了。但靠这50多元工资,要养活我们母子三口,再加上给母亲治病,可想我们的生活是何等困难。由于母亲常年有病,挣工分又少,我和姐姐又要上学,我家是村上顶尖的缺粮户。父亲原打算盖三间北房瓦屋,宅子地都批好了,可无能力盖房,就先在宅子地栽上了杨树。父亲说,这树长得快,到盖主房时都能派上用场。由于经济所限,父亲决定先盖一间陪房暂时居住,待经济好转了,再盖北屋主房。

　　好像是在舅爷家居住的第二年春天,这间大约有15平方米面积的东屋配房就盖起来了。记得房根脚用了从河里捡回的"砂礓石",根脚的外围砌了一层蓝砖,墙体是用"犁铡坯"砌成的,房坡上码的是麦秸。当时盖草房,黄麦草是上乘的房坡用草,但比麦秸贵。父亲就用了当年喂牛的麦秸作为房坡用草。这种房子在当地被称为"麦秸糊"房子。这种麦秸作为坡草,不如黄麦草,下雨时,黄麦草沥水较快,且耐沤,而麦秸就不同了,麦秸沥水慢,不耐沤,所以不耐用。大约三四年时间,房坡就漏水了。记得我们居住在这房子里的几年中,有过好几次的修房经历,主要是换房草和换房坡里子。

　　这间草房便成为我家的主房了。房门向西开,门南边留一个木格子窗子。每到冬天,就用油光纸糊上;每到夏天,便将这层纸撕掉。在屋内,靠东墙南北方向的是父母睡的最简易的木床,有四条木腿,中间有五六条木格子,上面铺上高粱秆织成的箔,箔上面再铺上用麦秸织成的苫子,不像现在的"席梦思"床垫。靠南山墙是一张用土坯砌成的东西方向的小床,这是姐姐睡的床。由于屋内空间小，没法再布置床了，所以，我就跟母亲睡在同一张床上。

靠着这间主房的南山墙，父亲又搭建一间比这间主房低矮、狭小的配房，作为我家的厨房，面积大约有七八平方米的样子。

这样大约住了二三年，我已长成了十三四岁的大孩子了，与父母同床已感到特别狭窄了。当时我正在李许庄学校上初中。父亲利用一个暑假时间，亲自制泥坯，从河里拣来"砂礓石"作为房根基石。在我的帮助下，建成了比厨房稍矮一点的土坯房，门同样向西开，作为我的住房。房坡是用"牛毛毡"铺成的。这间房子大约有十平方米。父亲还为我用土坯砌成了一张南北方向靠东墙的土坯床。靠南边，父亲为我用土坯砌成了一张土桌子，算作我的学习用桌。

在这间房子的南边，父亲建了一个厕所。他用前些年他为筹建主房预先购买的部分蓝砖，在厕所东边、院子南边砌成了一道院墙。在院子的西南方向，建成了一座猪圈。记得曾养成过一头猪。

在院子里，留下的堂屋主房的空地上，父亲栽满了杨树，以备盖主房时派上用场。前两年，杨树还没有成长大树，还能有阳光从中透进，父亲就将空隙里的土地弄松软后，种上大蒜、苋菜之类的小菜，作为我家的小菜园。菜园的四周，为防家禽、牲畜践踏，用棉花秆扎起了栅栏。

这样的"火车头"房子，我家居住了十多年。到了1987年，父亲用平日积攒的800元钱，买下了生产队里的三间瓦房（大集体时作为生产队仓库，后来分田到户了，集体的仓库已派不上用场）。直到1990年，父母随我搬到了城里，居住在县委院内两间职工用房内。次年父亲将那家生产队仓库瓦屋又卖给了村里的住户。当时父亲已经患上了心脏病，用卖房的几百元钱，偿还了他住院治病时所欠下的债务。

买下那三间生产队仓库瓦屋时，由于盖院墙、建门楼，父亲就将那几间"火车头"草房扒掉了，用那些房子的根基"砂礓石"和院墙的蓝砖，又建成了新家园的院墙和门楼。

从此，那被村民们唤作"火车头"的房子——我家居住过十多年的几间草房，从我的家乡王士文庄永久消失了。但它在我的记忆里却永远存在，它已被写进我家的历史，同时见证着那个年代我家居住条件的艰苦，也照映着我家先后八次搬家的事实，成为今天我国全民住房大发展大变化的对应物，成为中国居民住房历史变迁的见证。

2018年8月11日—8月22日

妻子从娘家回来了

　　妻子带着八岁的儿子在"十一"长假里，回娘家去了。我一个人在家很孤寂。去年"五一"逮回的猫咪，现在好像想念我的妻子和儿子了，"喵喵"地叫着总不吃食。

　　几天以后的一个下午，妻子从娘家回来了，从百里以外南阳白河东岸白河村一个叫毛葫芦庄的自然村，带着儿子回来了。猫咪早就听到了他们的脚步声，从沙发上跳下来，蹲在门口等待它的主人回来。妻子一手提一塑料壶刚摘下的花生挤出的油，另一只手提一兜嫩嫩的红薯秧尖尖；儿子一只手握着三根青青的竹竿，另一只手握着一个碗口粗的青竹筒锯成的"竹罐"，刚摘下的青青的辣椒在里面"咣咣"地响……

　　傍晚时分，我们用刚带回的花生油和青辣椒，把红薯秧尖尖爆炒成一道20多年前我吃过的菜肴。我们围在一起，吃着这用乡下纯天然的食物做成的菜肴。我不由想起了早逝的母亲早年在乡下，给我炒同样的红薯秧尖尖。那时是为了糊口把肚子填饱，而现在纯粹是图一个纯天然的新鲜。妻子拿来那个青青的碗口粗的"竹罐"，说："这里可以放盐。"我点点头："外加上青竹节锯成的竹盖，免得含锌的碘盐风化，免得用塑料罐子装盐产生污染……"

　　第二天早上，我发现我穿的西装上，爬上了一条小青虫。妻子说："别怕！这肯定是红薯秧尖尖上的青虫爬到了上边。"我捏着20多年来没有见过的小青虫，心里突突跳着把它放进了垃圾桶……这时，我的耳边响起了红薯地里蝈蝈"吱吱吱"的叫声，眼前浮现出母亲在红薯地里为我们剪红薯秧嫩尖时的背影。她的背影在黎明的微光中弯下又直起，直起又弯下，"咔嚓咔嚓"的剪刀声在我耳边响成一片……这时，猫咪仍在不停地嗅着那竹筒、竹竿和炒剩下的青嫩青嫩的红薯秧尖尖……

2007年10月9日—11月12日

大三前夕写给儿子的十六个字

你的大学四年已经过半,前两年,你的表现相当优秀,取得了2018年河南省高校"三好学生"称号,荣获了2018年全国高校大学生创新创业大赛奖励,双学位学科考试没有挂科,考过了英语四级,并获得了一次国家励志奖学金。这些成绩的取得,都与你的勤奋执着、坚韧不拔分不开。希望你在最后两年里,再接再厉,创出更多的惊喜。在你大三前夕送给你十六个字,供你参考。这十六个字虽属于老生常谈,平平常常,但对你的身心健康、学习进步也许会有点益处。这十六个字是"保护眼睛,锻炼身体,践行目标,珍惜时间"。

保护眼睛。手机不可长看,一小时之内必调整,转换视线5—15分钟;能用电脑,不用手机;能用纸质书、手写,不用电脑。手机离眼太近,且光线又强;电脑距眼稍远;纸质书或手写,所看的图文离眼睛较远,且无光线刺激。另外,不可睡着看手机、看书,那会影响头部血液循环,对眼睛伤害极大,要特别注意。保护眼睛是日常学习中时刻要注意和警惕的。

锻炼身体。大三、大四你有考研理想和行动,又加上所学的是经贸、法学专业,学业任务相当繁重。所以,必须保持强健的身体,才能承受住较重的学业负担。在上学期间,不仅有学业的竞赛,也有体质的竞赛。因此,必须坚持每日锻炼身体不少于一小时,打球、走步、跑步等锻炼均可。不可养成晚睡晚起的习惯,以及早饭少吃或不吃的习惯。再者,学习时,不可长坐,每隔一小时,必须起身走动、转换视线十分钟左右。有强健的身体,才能精力充沛,保证学习效果。

践行目标。考研已成为你自定的未来学业目标,这就很好。你已确定考新闻专业,这符合你的实际特长。考研必须选定自己最喜欢的专业,且又与自己的特长爱好相匹配,只有这样,将来才会有所成就。一旦确定了目标,即可立即行动,且要持之以恒,树立不达目的决不罢休的志向。"开弓没有回头箭""好马不吃回头草"。目标要宏大,理想要高远。一旦考入理想的学院,将会步入又一新天地!登高才能望远,居高才能临下!

珍惜时间。对于经营者,时间是金钱;对于学生们,时间是阶梯。即在一两年的时间内,学生通过不懈的努力,在学业上,就可能会迈上一个新台阶。实乃一个台阶一重天,一天更比一天远。珍惜时间,就是将时间更有效地利用,不浪费分秒。时间对于每一个人都是平等的,珍惜它的人,会取得良好的成果。在学业上,不可依靠后来的时间,要将所学的任务分解到每一年、每一月、每一周;不可有"东方日头一大堆"的时间观念,如将任务积累起来,待临考时突击运用,那样劳神重且效果差。要把功夫下在平常,个个击破在平常。最忌平时松懈,考前打突击。机会可重复出现,但时间却不会复返。可将任务分解到各时间段内,按规划不折不扣地、一步一个脚印地践行。书到用时方恨少,时过境迁方知贵!

在你大三开学前送给你这十六个字,看上去是俗话套话,简简单单,但若行动起来,却不是易事。希望你对此重视,作为镜鉴,付之实践,相信将会有一定的收益!任何哲理教诲,只有通过实践来验证,只有通过实践才能转化为成效。相信你在最后的两年里,一定会开创出新的辉煌!

2018 年 8 月 26 日

高粱莛子锅拍与丝瓜瓤儿的亲情

现在,随着城区的扩大,舅舅所住的城东北六里以外的大官庄,基本上成了城区的边缘。

现在,舅舅当年挑茅粪浆走过的乡间狭窄的土路,已经变成了直抵城市中心的柏油大道。86岁的舅舅是从前年开始不能骑自行车的。在他刚好不能骑自行车的时候,城市通向舅舅的村庄的那条路变成了一条柏油大道。这条大道飘带样地从这座城市飘出,悠然地经过舅舅的村庄,与一条纵贯中原的高速公路相连。每天,6路车从城区出发,驶向大官庄,又一趟一趟地从大官庄返回城区。这样往返不断,使城市与乡村联系得越发紧密。

在城市,有时工作忙的时候,我竟然忘记了舅舅!但舅舅却每时每刻都没有忘记过我!舅舅总是每隔一段时间,就要到城里来一趟,不是送来点儿西瓜、甜瓜、丝瓜,就是送来点儿嫩苞谷棒子、大豆、芝麻之类的东西。舅舅的心中时刻装着我们!

这天,舅舅坐着6路车从大官庄赶来。中午,他爬楼时用手抓住栏杆,像登山抓住树权,艰难地向上攀,一直攀到四楼我家的门槛。这时已是暮春时节,他大汗淋漓。当我们把门打开时,舅舅已满脸汗水、满脸微笑地站在了我们的面前。我忙接过他肩上背的蛇皮袋,扶他进屋。舅舅喘着粗气,坐在沙发上。蛇皮袋里鼓囊囊的,不知装的是什么东西。稍等片刻,耄耋之年的舅舅从蛇皮袋里掏出来一张手工纳制的高粱莛子锅拍。舅舅说:"这是你妗子纳的,好盖锅。"舅舅的话语很简短、平淡和朴实。舅舅又掏出一个个看上去已摔打过、脱过皮、籽粒,风干了的丝瓜瓤儿。这是去年秋天的老丝瓜瓤子了,泛着浅淡的白光。舅舅说:"这好刷锅用。"我拿起锅拍,翻转,审视。这锅拍是双面的,淡黄色的,朴素无华,表里如一,外圆内直。外部无凸露,无刺尖,无凹陷;内部莛子直直匀匀地平行排列,一根挨着一根,犹如一个个农人耿直的性格。上面还有一行行红色的针脚,红色的针脚将这些莛子串连在一起。锅拍圆圆的,表面十分平坦、广阔,像盆地上麦子丰收时节的万里平畴!这些针脚是妗子纳上的。这些针脚像田畴里的纵横笔直的道路!这些道路把一个个农家和农人联系在了一起!妗子纫针的情景,我是不难想象的。妗子在阳光下,头顶雪样的白发闪着银光,她将粗糙的捏针的手指举得很高很高,对着太阳眯着眼找那细微的针眼儿,另一只手捏着线头儿,对着针眼儿,小心翼翼地纫、纫、纫……一次一次又一次,需要十几次才能成功! 我看着锅拍,妗子纳锅拍时被针刺破手指的情形在我脑海里清晰浮现:尖细的钢针一次次地穿透莛子,将无数的莛子一根根地连起来。由于妗子的眼不太好使,尖锐的钢针尖一次次地刺破她的左手指,每次刺破后,指尖上的针眼儿,向外渗出一滴滴鲜红的血来。妗子习惯了,她并没有管这些,只是在针尖刺伤的瞬间,心紧张地一颤……我又拿起丝瓜瓤儿,凝视——那丝瓜瓤儿白花花的,大约有两虎口那么粗,有一尺多长,上边有许多小缝隙,中心又有三个粗粗的孔洞,贯穿瓤体。那细细而坚韧的纤维,密密麻麻地规律地相连! 这是去年初秋丝瓜秧子爬到舅舅家的屋檐上结下的丝瓜。那一次我到舅舅家,舅舅指着从屋檐上垂下的泛着青色光亮的嫩丝瓜说:"让它长,长老后,瓤子有韧劲儿,好刷锅,这瓤子刷锅碗瓢盆去油腻,不用去污的东西,就能刷干净。"这时,他年幼的孙子为了表现自己,淘气地用棍子捣那丝瓜,舅舅说:"不要捣它! 这是最先结下的,让它们长老! 好给你城里的表叔、表婶作刷锅刷子……"他孙子看着我们尴尬地笑笑。现在,舅舅、妗子把风干的丝瓜摔打,去掉了僵硬的皮子和饱满的籽粒,就给我们送来了。舅舅在我们跟前总是少言寡语,有的只是行动,有的只是望着外甥、外甥媳妇和外孙那质朴而灿烂的微笑!

　　我望着舅舅松树枝般弯曲的手指,不禁想到了当年他从城里挑一担茅粪浆,向官庄瓜田赶路的背影。那颤悠悠的赤裸着的脊背,在夏日的阳光下,泛着紫铜色的光芒! 汗珠子像雨水,一道道地从脊背上向下滑落,落在烫热的土路面上。想起我上高中时,与舅舅一同在城里租住在我表姐家一间十平方米的厨房时的情景。舅舅给我做一日三餐。上午和下午,舅舅在城市的机关院和居民区的茅厕里刮茅粪浆。刮满茅桶后,再一担一担地用肩挑着送到乡下六里以外村上的田里,再用茅勺一勺一勺地泼洒在庄稼的根部……扁担在他肩上忽闪忽闪的。为预防茅粪浆溅出桶外,舅舅放下担子,在城外的沟边地头掐几片青青的麻叶丢在茅桶里,麻叶在茅粪浆上漂浮,这样可以预防外溅。我们租住的房屋是一间厨房,门向西开着,锅台底部到北墙之间,刚好能铺下一张三尺多宽用麦秸秆织成的苫子。舅舅睡东头,我睡西头。就这样,舅舅坚持了两年时间,我在那苫子上睡了700多个夜晚。我吃着舅舅做的饭上完了高中,考上了大学。记得那时,舅舅逢人便说:"俺外甥学习操心,星期天河湾里三台大戏,他都不看,他躲在戏台远处的河湾里背书。"也许,是舅舅的勤劳、俭朴、坚强和朴素的人格影响了我,使我变得像他一样。舅舅挑茅粪浆时,对庄稼丰收的渴望,犹如我星期天或平日早晨到河湾里读书背书时对考学的渴望! 舅舅牛一样干活与我牛一样读书那么相像!

　　中午做饭时,舅舅不让我们费事,只让我们做"捞面条"。这是豫南乡下最普通的面食,既省事又快捷。舅舅说:"你们都忙,下午上班,中午时间紧,做饭不能太费事,自己人,越简单越好。"但我总感觉欠舅舅的情,对他尚未报答,总想利用这多日不遇的机会做点儿好吃的饭菜表达一下心情。但舅舅坚决不同意。他说:"酒不喝,肉也不多吃,鸡蛋捞面条就好。"我无奈之下,只好依了舅舅,做了鸡蛋捞面条。舅舅的性格我是早领略过的。他朴素无华、默默无闻,犹那高粱莛子锅拍和白花花的丝瓜瓢子!

　　中午吃饭时,我又望着舅舅那松枝般弯曲的手指,问:"舅,妗子多大年纪啦?""88岁了。""你和妗子结婚多少年啦?"我不知怎地突然问起这个问题。"我20岁、你妗子22岁那一年结的婚。"舅舅说。舅舅已66年婚龄了,但他们没有一个亲生孩子。他们最后抱养了一个孩子。他们把儿子养大成人后娶来了媳妇。但没几年,那儿子就意外地早亡了,留下两个年幼的孙子。后来,北山来一个汉子,"倒插"在舅家。这样一个家庭,开朗、豁达、大度的舅舅、妗子与他们相处得十分和谐。现在,舅舅他们兄弟姊妹七个只剩下他一个人了。现在,舅舅、妗子是大官庄自然村近两千口人唯一的一对健在的80多岁夫妻。

　　吃罢饭,舅舅要走,他从蛇皮袋里掏出一个大塑料瓶子,瓶子里有少量块状的东西,咣咣当当地响。我问这瓶子里是什么,舅舅说是木瓜。舅舅说要到街上灌点散酒,泡这木瓜喝,治他的腰疼。我说:"上街灌干吗?咱屋里有瓶酒,瓶酒比散酒质量要好得多。"我说着就从他手中夺过了瓶子。舅舅说:"不中不中!瓶酒度数低,劲儿小,散酒度数高,劲儿大!"舅舅心疼我们花钱,我知道他是故意这样说的。他每每都这样,找理由推脱,这是我早领教过的。你对他表达心情时,必须坚决,才能成功。我说:"你用几斤?你这塑料瓶子顶多也只能装二三斤的酒。"说着我攥着瓶子,倔强地找来了陈年高度瓶酒。打开封盖一瓶一瓶地往塑料瓶子里灌。一连灌进三瓶酒,塑料瓶口酒满外溢。对舅舅我不知道用什么报答。我认为舅舅虽然眼下身子骨硬朗,但也许几年、十几年,或是更短的时间内,他也许就会倒下。这仿佛是无法估计的。我不知道为何要想起这些。当我想这些时,心里总有一种无以言表的伤感,心田像布满了伤痕!想这些干啥?但不这样想是不行的,这样想是不自觉的。因为,这样的判断是基于事实的存在。舅舅今年毕竟是86岁的人了。对于老人,我每每这样判断。也许,在老人跟前,这样地判断老人,是会有益处的。当你不断地思考生命的短暂和脆弱时,你的生命才会不断地滋生力量!我每每发现,舅舅对生活始终充满信心!你看他泛着红色的面颊上总是充满着笑意。我又把十多瓶牛乳饮料装进舅舅的蛇皮袋。也许这是舅舅这一生中第一次带这么多的牛乳饮料,或许他从未喝过牛乳饮料!

我送舅舅下楼梯,这么重的饮料加上酒,若是舅舅带着下楼一准会跌倒。我发现舅舅的脊背明显地驼了,像一棵弯腰的古树!与当年挑茅粪浆时那笔直挺立的脊背大相径庭!但佝偻的舅舅的面颊却充满红晕。我扶着舅舅下楼后,舅舅说他要到药店给我妗子买几张五毛钱一张的麝香虎骨膏药。我说:"你不用操心了,我去健康人超市用我的充值卡给你买吧。"舅舅说:"不中不中!用卡不也得掏钱吗?"我说:"卡是不用掏钱的。"我连骗带哄地将舅舅带到健康人超市门口。我进去买膏药,让舅舅在门外等着。我买了两盒出来对舅舅说:"五毛钱一张的没有透气孔,我给你买的是一块二毛钱一张的,上面有透气孔,用这皮肤不容易发痒或过敏。"舅舅乐滋滋地听着,微微地笑,嘴中还低声说:"现在真先进,还有买东西不掏现钱的卡,膏药片子还有透气孔……"舅舅平常有病很少到医院里看,大多是用乡间偏方治愈的。他对现在先进的医疗技术了解不多。在技术的飞速发展变化中,舅舅对我们的亲情却丝毫没有改变!舅舅对我们的亲情是世界上最真诚、最无法计算重量的,也是最有生命力的!那张88岁的妗子纳的高粱莛子锅拍以及那脱过皮儿的丝瓜瓢子,让我们在一种朴素的亲情中体味到了人间的真爱和真暖!

我把舅舅送上6路车,望着载着年迈的舅舅的6路车远去的车影,那张高粱莛子锅拍和那几个白花花的丝瓜瓢子在我脑海里浮现……我仿佛看到舅舅在高粱地里砍高粱时,为我们挑选最适合纳锅拍用的高粱莛子时的情景:舅舅在秋日中午成熟的高粱地里,赤裸着弓形的脊背,寻找高粱穗子下方那含有既不粗又不细,既长又直的莛子的高粱,每找到一株,他就先用左手抓住,再扬起右手握着的镢锛,砍、砍、砍……再将这些高粱一株株地从高粱地里抱出来,捆好,另放(每张锅拍要用200根左右的莛子)……这时,舅舅赤裸的弓形脊背上,雨水般的汗水正一道道地向下流淌,汗水冲刷掉脊背上的许多瓢虫、浮尘,那条条被锋利的高粱叶子拉伤的浸润着血液的拉痕,清晰可见……

舅舅叫王金钟。

2007年3月27日—4月28日

注:舅舅王金钟于2011年3月去世,享年91岁。同年8月13日,妗子去世,享年93岁。

发表于2019年《散文选刊》(原创版)第7期。

草民的劳作

在《辞海》里并没有找到"草民"的影子。但这个词语已为人所用,指代如草一样的普通民众,具有民间自称自谦的味道。而非自称自谦时,它又在无意间形成一种带有轻蔑意味的含义。但每当我看到这个词语的时候,总油然而生一种无以言表的情感。这情感,不仅蕴含着一种认知、理解和尊重,而且还暗含着一种同情和讴歌。这缘于他们的朴素、正直、平和、沉默、无欲,更缘于他们平凡而永无终结的劳作。

他们的劳作一般都是不声不响的,有时甚至是无人知晓的。即使是发出一些声响,比如捶击木桩、镰刀霍霍、耕耘时犁轮的尖鸣等,都是劳作时他们作用力的反响。他们的名字在《辞海》里没有记载,在歌声里没有声调,在奖金名单里没有位置,在高速公路上的豪华轿车里以及高档餐桌上,也很少找到他们的身影。当然,在奢靡、贿赂的行列里,更没有他们。然而,我每每记起他们,总是认为他们的队伍很庞大,像春天大地上遍布的野草,密密匝匝。每当这时,我才明白"草民"这个名字的真正意义!这种命名恐怕也是民间的约定俗成。这个词语在当今小学《语文》课本中,究竟被列为"贬义词"还是"褒义词",我并不知晓。但它背后却是一代代、一帮帮、一个又一个可歌可泣的普通的民众!

现在我想到了我舅舅。这里我不说他的一生,只说他的一次劳作。也就是在今年夏日里的阳光下,他坚持从城里向乡下挑粪浇禾的一次劳作。

夏日的阳光扇动着火辣辣的翅膀,耄耋之年的舅舅身子骨还算硬朗,他挑着空茅粪桶从城东北六里远的大官庄走来,他要到城市茅厕里刮茅粪浆。

"这人废弃的东西,可是庄稼长身子骨的粮!西瓜不上粪不甜,芝麻不上粪不香,苞谷不上粪不长,光上化肥久了会地死苗亡……" 舅舅在城市茅厕里给城里人答着话。他刮满了两茅桶,把扁担搁在肩上,赤裸的脊背上豆大的汗珠子与城市屋檐下空调外机的滴水比赛着流淌……舅舅的扁担像忽闪忽闪地扇动着的苍鹰的翅膀,古铜色的脊背颤悠悠地飞进了灼骨的阳光。舅舅蹒跚地走出城市的水泥地炕,踏上了正午乡间炙热的土路。怕茅粪浆溅出桶外,他轻轻地放下担子,在路边伸出松枝般的手,掐几片青圆的蓖麻叶,丢进桶里,扁担又开始在那赤裸的肩上扇动翅膀,几片蓖麻叶子在茅桶里漂浮、漂浮、漂浮……压住了茅桶里外溅的浪尖！舅舅脚下弯弯的土路，像一条割不断的草绳，一头系着乡村，一头系着城市，又像肩上的扁担，一头坠着城市，一头坠着乡村。夕阳挂在大官庄西地的古柏枝上，西南风吹着，摇摇欲坠。血红的余辉抹在一垄垄嫩嫩的苞谷禾上，也抹在舅舅头顶雪白的发上，滚烫的汗水从松皮样褶皱的面颊上淌下来。他把茅粪担小心地放进田畦，再把茅粪浆一勺一勺地舀出，顺着禾苗的根部，一禾一勺，一禾一勺，不偏不洒，浇在苞谷禾的根部，浇在绿莹莹的生命的根部，像爱子的母亲给婴儿喂奶一样，把一勺一勺的奶水轻轻地送进婴儿的嘴……

夕阳沉入大地。暮色中，舅舅担着空茅桶顺着田埂来到不远的河边。他走下河岸，将茅桶灌满河水，洗净茅桶内外的粪便，然后将刷茅桶的水挑上岸，来到田里。他的腰直起又弓下，弓下又直起，将这些含有粪便的水又一勺一勺地均匀地浇在苞谷禾的根部……直到这时，一次喂养禾苗的劳作才算完成，他才能穿过暮色，向大官庄自己的家园返回……

舅舅，你爱禾如子如命，你永远站立在大地上，你面对土地永无休止地弓腰屈身……在农村、农业、农民这部从远古到今天的历史里，你用你的人格和生命书写的是一句话，是一个字，还是一个笔画？你在每年麦熟季节里是一支麦穗还是一颗麦粒，或是一片麦叶？每年365天里，你今天送粪又算作什么样的劳作？有谁能看见你，又有谁能注意到你，记起你？甚至会有人嫌你脏？是吗？这里，我不想写你挖薯抠土、薅草喂牛的姿势，松枝般弯曲的手指形成的过程，你饱经风霜的面颊上沟痕的生长，以及你86岁种了多少地，打了多少粮，在火热的打麦场上，扬起过多少万次使麦粒飞上空中接受夏风涤荡的木锨，还有麦粒在风中骤落成暴雨，落在你赤裸的脊背上，你那种幸福的感觉。我不想写你扬起数万次松土锄草的锄板以及你薅了多少亿株的杂草……我只想知道你今天的劳作的意义。是愚笨，还是一种死不改悔的责任？是紧贴泥土的挚爱，还是千年秉承的传统？你的劳作、你的付出与你的所获又是如何？如若除去亲缘关系的话，现在你只是我眼中的一个草民，我只是一个普通的城里人。那么，即使这样，从我的良知上讲，当我吃到白面馒头或是吃到鲜嫩蔬菜的时候，我总想起你。舅舅，尽管你在文化的深海里，对于我，你占据的仅仅是一个小小的称谓而已；你的名字和实绩，在人类历史上恐怕连一个标点符号也不能充当，但你在生命、生存的海里，却以朴素的劳作，演绎着另外的更深的意义！——草民的劳作，总是与风声相伴，与雨丝相伴，与烈日繁星相伴，与鸡鸣犬吠相伴，与冬雪严冰相融，与生命悄无声息的终结相随；总是以超负荷的付出换取微小的获得；总是以过量地消耗自身来超然地丰盈他人；总是以个体的美装扮世间的大美。草民的劳作，有时还要付出代价。历史上保护土地的战争和牺牲,就是为了保护劳作,维持生命;现实中,以自然消亡式的泯灭着自我,同样是为了保护劳作,维护生命的延续。这种泯灭有时像野草一样无声无息,生长于劳作之中。比如与舅舅是同样的农人身份的他的儿子(非亲生),我的表哥,就是十多年前在大官庄通往田野的土路上,像牛一样突然倒下的,倒下时并无人知晓。瞑目时,右手还紧攥着春耕的犁把,不远处,田野里刚刚耕好的土浪还散发着土腥的热气。这时,他的两个年幼的儿子,还以为爸爸是在回家路上打瞌睡跌倒了呢。当他彻底睡熟,两个儿子明白过来后尖叫,路边的野草为之战栗!这时,居然飞过来一方阴云,遮住了阳光,星洒起雨来。路边树上刚刚萌生的叶芽用尖尖的喙在空中啄下滴滴滚烫的泪水……他的一条溅着泥渍的裤腿压倒了路边的一株野草。但他被抬走不久,那小草就又直起了腰杆儿……在那个春耕的季节里,田野里的庄稼依然泛绿生长,阡陌上的嫩草芽依然在风中摇曳……几天后,这片原野里,仿佛并没有缺少什么,而是多了一个像倒扣在大地上的土碗样的坟茔,坟茔的旁边只站立着一个在风中瑟瑟作响的花圈。不久,这坟茔便被野草覆盖,与大自然融为一体……

　　现在,我的视线仍然没有离开舅舅送粪浇禾的身影——

　　舅舅,你的腰弓下又直起直起,又弓下,是向土地鞠躬?还是向大地提出的问题?而你直起了你一生都直立的腰杆儿,站成了立于田野写于天空的惊叹号?!你今晚躺下来,是蜷曲成一个句号,还是直挺成庄稼海梦中的航标?

　　舅舅,我现在仿佛明白了:即使你在人类历史或是在农村、农业、农民的历史中连一个标点符号都不是,那你也应该算作连《辞海》里也没有记载的"草民"吧?尽管如此,当我在春天的原野,在餐桌上手握雪白的馒头,口中咀嚼着富含维生素的蔬菜和富含高蛋白的牛肉时,在饥寒交迫时,在躺下睡觉,从身上脱下纯棉的棉衣,跨上用蚕丝织就的"席梦思"床垫时,在看到"草民"这个词语时……总会想到你,以及你的伙伴们!我内心涌动着一种感恩、拜谢、敬仰的感情!

　　舅舅,我现在仿佛明白了:正是你及你的伙伴们的劳作,才使人类繁衍,才使历史延续,才使生命轮回!

2007年6月4日—6月19日

小雨润物悄无声
——悼著名诗人李小雨老师

　　李小雨，著名诗人、中国诗歌学会副会长兼秘书长、诗刊社原常务副主编，于2015年2月11日23时与世长辞，享年64岁。

　　2010年9月，诗刊社在河南安阳举办"2010年《诗刊》诗歌创作研讨会"，本人应邀参加。会上，我听取了李小雨老师授课，并与之合影留念。这是我与李老师唯一的一次短暂相处。2011年12月，我出版诗集《七情（上下卷）》，将我与李老师的合影收入《七情》中。后与李老师多次通过电话、短信联络，结下师生情谊。今写拙作，以悼念之。

　　"今天，大雪纷纷，
　　　我仍然要向世界，
　　　扬起一面小小的旗帜！"

　　红纱巾在风雪中飘舞，在雨中飘舞，
　　在春日、夏日、秋日和冬日里飘舞，
　　无论红纱巾飘在风中雨中或雪中，
　　无论红纱巾飘在白天或黑夜，
　　那都是小雨一生的期待——

　　从中国诗歌学会的讣告中得知你的消息时，已是2月20日，窗外正下着小雨，淅淅沥沥……

　　你于2015年2月11日与世长辞，感到突然，怎么没能早点得知你的消息？

　　小雨，淅淅沥沥……泪眼观雨，万木垂泪呀！万木眨巴着泪眼，没有风，只有雨，只有泪雨滴滴……

　　大地上的枯草叶在雨中哆嗦，是悲恸，还是心伤身冷？

　　河流蒙冰，雨水熔凌！雨水打湿麦苗，冬青在枝头，在雨中，把枝叶摇动，那是大地在挥泪如雨呀！

小雨，淅淅沥沥……就这样悄无声息地落，就这样悄无声息地落在早春，落在"春雨贵似油"的谚语里。久渴的土地正缺乏一场雨。

　　小雨，春雨。你漂浮在轻盈之中，你垂落在大地之上。有你的诗歌一样的小雨润泽万物，大地在启蒙中苏醒，万物在母亲般的轻唤中睁开眼睛……

　　小雨在诗里飘落，又飘落在诗里；小雨以默然的身姿孕育着大地的诗梦；小雨以广阔的胸襟揽括万亩新芽；小雨以泼辣的身姿播撒万顷诗行；小雨以亲人的心语慰藉万众心灵……

　　小雨，淅淅沥沥……灵魂化雨，无雷无风，无雪无冰；抓一束诗行抛向天空，化身为雨，雨化为虹！

　　小雨停息，太阳从东方冉起！大地饱饮甘露——

　　十万只绿喙啄梦醒，

　　十万亩平畴绿成海，

　　十万株桃李花绽放，

　　十万颗心灵暖融融……

2015 年 2 月 22 日—28 日

　　注：文中所引诗句："今天，大雪纷纷……小小的旗帜！"摘自李小雨写于 29 岁生日的诗歌代表作《红纱巾》。本文发表于 2015 年 3 月 5 日的《裕州心声》，以表怀念之情。

第二辑

乡情：回望村庄

牧归

回望村庄

　　走近你时,并不知道你的渺小,我的童年却被你的伟大包围。从北方流过来的清河宽阔而悠长,田野遥远,道路蜿蜒,天空蔚蓝,大雁南飞,但它们带不走我一寸的视线。

　　独自来到河边垂钓,小鱼沉默而善良。弹丸射进绿树冠,惊飞一群麻雀,落下几片青叶。自制的鼠夹,在黑夜里灭鼠。小村,装得下巨大的成功,装不下我微小的心事。

　　我们是黄土里的孩子。夏日,车辙里的热土能够杀灭我们脚趾上的病菌。尿泥是最好的塑泥,用手指塑造的小鸟不会飞翔,但在河岸上开挖的炉灶,却升腾起歪歪扭扭的炊烟……

　　冬雪覆盖住了小村和四野,温暖钻进村庄的深处,种田的手开始安歇。来年丰收的憧憬,越过冬风向春天的尾端飞翔,五月的麦黄翻动着大海的金浪……

　　成群叔家的新房已经建成,拉土垫地,架子车在风雪中穿行。一座新房树起了一个家庭崭新的希望。再有一车的黄土就能将院内的凹陷填平,成群叔的心中也将平静,春节也可住进新房。可成群叔在西北地的风雪中,永远熟睡在了装满黄土的架子车的车轮旁,陪伴他的黄狗惊慌失措……

　　舅爷用火石取火,用火纸燃烟,用麦秸糊房。舅爷的胡子在下巴上挂成了冰挂。清苦的日子,比冰挂还要寒冷。谁能记下这些日子,舅爷家表叔去世时还很年轻,这个消息只在我童年的听觉里存活。

　　王士文庄的清贫伴随我长大,地图没能记住她,可她在我心中却铸成了丰碑;王士文庄的善良陪伴我长大,我的心中一直生长着爱、槐花、水草以及美好的希望,她在我的诗中长成了参天白杨和无边的田野……

　　30年的风雨,一生的牵挂,我是小村孕育的娃娃。头顶白雪回望小村,守望远方,这小村站成我一生的灯塔!消失的面影,又在庄稼地里丛丛而生……

2016年05月18日午

注:1.曾以《小村记忆》为题发表于2016年12月25日《南阳日报·白河》。

2.2017年6月在瑞士苏黎世发行的文学期刊《当代文学(海外版)》第21期。

3.2017年10月《散文选刊·下半月(原创版)》第10期,并荣获2017年度中国散文年会评选活动二等奖。

4.2018年3月河南省人民政府发展研究中心主办的《农村农业农民》A版第3期。

5.2018年4月《老人春秋(下半月)》第4期。

6.2018年7月台湾《中原文献》季刊第3期(总第50期)。

冷风正从他身上掠过

成群叔的母亲想多要几个孩子,就给成群叔起了"成群"这个名字。小时候,我只管叫,不会写,现在才理解了"成群"这个名字的含义。

印象中成群叔整日用架子车往田里送粪,给庄稼上肥料,往村上拉土,垫牛棚,不分昼夜地往返,用沉重的轮子辗出他希望的路。

成群叔的媳妇经常吵他的母亲,他的母亲也经常吵他的媳妇。炊烟携带着吵架声在清晨或傍晚的茅草房檐上袅袅而升,成群叔听着,每每沉默着送他的粪和土。日复一日,年复一年。

成群叔的媳妇生了一个一个孩子,孩子一个一个地成长。成群叔的母亲只生一个孩子,成群叔的媳妇却生了一群孩子。

成群叔的架子车越拉越沉重,炊烟越升越缓慢,吵声越来越密集,密集得像成群叔院子里石榴树上结满的石榴。

在夏日的当午,成群叔的母亲在院子里头顶着白雪,挪动着小脚。成群叔这时还在玉米地里手握锄把,锄!锄!锄!草们倒下,阳光照上,草们蔫了。

每到初秋的傍晚,秋粮快收的季节,我听见成群叔蹲在他家的土坯山墙底下,"吸溜、吸溜"地喝红薯面条。土碗里青青的是红薯叶子,红红的是苋菜叶子,紫紫的是紫苏叶子,照见人影儿的是稀溜溜的面条子汤。

成群叔的孩子一个一个地长大,两间茅草房七八口人无法容纳。成群叔便开始盖房,他亲手脱坯,一车一车地向窑洞里拉,窑洞里的土坯由黄变红,又由红变蓝,他又一车车地向院子里搬运蓝砖。

成群叔的房子盖了起来,为了防水,房脚用青砖垒到三四尺高,成群叔又一车一车地从沟边向院子里拉土,向院里屋里,垫!垫!垫!上百车的土坯,上百车的蓝砖,上百车的黄土,终于,成群叔一家搬进了新瓦房,四间。炊烟和吵架声又从新瓦房房檐儿向上升。

院子里还差一车黄土才能垫平,在冬日中午的阳光下,积雪慢慢融化,空气还暖。成群叔又到地里拉土去了,他用鹰爪(一种铁制农具)刨开冻土,一锨一锨地向架子车上装。日头偏西了,成群叔还没有回来。天黑的时候,成群叔还没有回来。村上人到家里报信:成群叔倒在了架子车的车轮旁,再也起不来了。这时,冷风正从他的身上掠过,夜幕正向他包围……

2007年7月3日—9月27日

永恒的生命之源（散文组章）

头顶白雪回望村庄

走近你时，并不知道你的渺小，我的童年却被你的伟大包围。从北方流过来的清河宽阔而悠长，田野遥远，道路蜿蜒，天空蔚蓝，大雁南飞，但它带不走我一寸的视线。

独自一人来到河边垂钓，小鱼沉默而善良。弹丸射进绿树冠，惊飞一群麻雀，落下几片青叶。自制的鼠夹，在黑夜里灭鼠。小村，装得下巨大的成功，装不下我微小的心事。

我们是黄土里的孩子。夏日，车辙里的热土能够杀灭我们脚趾上的病菌。尿泥是最好的塑泥，用手指塑造的小鸟不会飞翔，但在河岸开挖的炉灶，却升腾起歪歪扭扭的炊烟……

冬雪覆盖住了小村和四野，温暖钻进村庄的深处，种田的手开始安歇。来年丰收的憧憬，越过冬风向春天的尾端飞翔，五月的麦黄翻动着大海的金浪……

成群叔家的新房已经建成，拉土垫地，架子车在风雪中穿行。一座新房树起了一个家庭崭新的希望。再有一车的黄土就将院内的凹陷填平，成群叔的心中也将平静，春节也可住进新房。可成群叔在西北地的风雪中，永远熟睡在了装满黄土的架子车的车轮旁，陪伴的黄狗惊慌失措……

舅爷用火石取火，用火纸燃烟，用麦秸糊房。舅爷的胡子在下巴上挂成了冰挂。清苦的日子，比冰挂还要清寒。谁能记下这些日子，舅爷家的表叔去世时还很年轻，这个消息只在我童年的听觉里存活。

王士文庄的清贫伴随我长大，地图没能记住她，可她在我心中却铸成了丰碑；王士文庄的善良陪伴我长大，我的心中一直生长着爱、槐花、水草以及美好的希望，她在我诗中长成了参天白杨和无边的田野……

三十年的风雨，一生的牵挂，我是小村孕育的娃娃。头顶白雪回望小村，远方的守望，站成我一生的灯塔！消失的面影，又在庄稼地里丛丛而生……

2016 年 5 月 18 日午

从券桥桥孔望过去

用浪漫主义的目光,从券桥的桥孔望过去,发现一个现实主义的村庄。在很早以前,一个叫王士文的人,带领全家,在两条相邻的河流(潘河、清河)以西,开荒造田。炊烟升起来,向茅屋的周边弥漫过去。王士文成为今日村庄的始祖。

多少的庄稼,从年头迈过去,村庄又增添了几户人家,开荒造田,向周边扩展。王士文庄命名的叫喊,源自他们自己,从历史的券桥桥孔里传出来。

周边的庄稼,聆听到了王士文这一命名的叫喊。名叫王士文庄的小村就此诞生。如今,一个一直存活到今天的小村,一个至今才拥有 300 口人的小村,依然被丛林掩盖。我看见,有一双手将她写进了券桥历史的角落里,有一株老槐树至今仍站在村西口,垂着满头的青发。

谁人记起,谁人又忘记;谁人看见,谁人又没看见?王士文就此而存活、繁衍。尽管她隐身于历史图纸上的脉络里,但谁人也无法抠掉她烙进土地的深深印痕。

从券桥桥孔望过去,衍生的悲伤和复活的希望在目光里弥漫。鸟声在树冠上弹奏着古老的谣曲。如今,谁人用机械的车轮碾碎那古老的车辙,用钢筋水泥衍生出茅屋的子孙?

历史的风化和时代的变迁,无法抹掉她的存在。在潘河以西,在清河西岸,在土山以南,在沈营以北,在一个名叫王士文的村庄的历史深处,写下持久的生命乐章。

她曾因清河夏日的洪水而惊恐战栗,也曾因冬日河道的干涸缺乏饮水;她曾因干旱内涝绝收、风调雨顺丰收而喜怒哀乐,也曾为明日的憧憬而翘首以盼……

劳累让她丰盈,历史让她苏醒,春天让她生长,严冬让她安歇……尽管她的脚步缓慢,但她已被写进了券桥的内部和我的记忆,永不消失,永不消失……

2016 年 4 月 25 日晨

永恒的生命之源

你在我心中站成泰山顶上的雕塑,流淌成大海上的瀑布。你曾把我牵引至遗忘一切的海洋,给我所有的第一次,让我无法用双手捧给你激动的感言。

上帝之手把我拉给你,与你邂逅,你成为我忘记一切的永恒存储。最终的分离是云与雨的分离,一个在天上飘散,一个在大地生根。

　　我不能用记忆忘记这永远的怀念,我也不能逃离这永恒的生命之源!你曾在隔着雨帘的空间睁开美丽的眼睛,你可能看到了一个遥远的思念,正在一个春天的凌晨悄悄地复苏。

　　世界之大,世界之小,世界让我忘记和记起,在同一田埂生长又飘向秋天的飞羽,成为我记忆的羽毛,多少次用温暖包围一个曾冷却的心灵。头顶白雪从远方回望,才刚刚明白眼下该弄懂的一切。

　　是大地上的神灵,或是村庄的爱意,把一个诗人的灵感交给一个迟步迟思的孩子。他从此将一个美丽的女神写进他生命之册和诗歌之册。他不能也不会忘记,他相信她也像他一样记起,一种生命的抵达,一种爱的诞生和尝试!

2016 年 4 月 26 日

你让我明白为何消灭战争

　　有一种行动,像病毒,传染给了一群人。一群人不约而同地行动起来。我在混沌之中,加入了这支队伍。感染一种习性原本这样轻松而简单。后来我才明白,这种盲目并非源于你。

　　有时只需一句话,或一个手势,一群人就跟了上来。当时并没有考虑,许多人共同干一件事的危害性。这就是所谓的人云亦云,所谓的随波逐流。后来我才明白,你并非在真空之中。但你的行动在时间里已经被检验成为一种教化。

　　当时,一个表兄要杀一条狗。他也许受到了周边的某种感染,他将一根绳子挽成了绳套,运用诱惑的方法将他家的一条狗套中。一根绳子就这样轻而易举地套住了一条生命。

　　然后,表兄拉着绳子的一端,示意让我拉另一端。我因天生的好奇,拉上了另一端。我们团结而共同用力,拉、拉、拉……后来我才明白,战争往往源于某种利益的争夺,但有时它也源于某种盲目或无知。

　　就这么简单,一种示意就这么简单,一种跟从就这么简单。当狗明白过来将要没命时,它已经失去了反抗能力,更失去了讨好和献媚的能力。它已经不可能再高声狂吠或声嘶力竭或恼羞成怒了。

　　就这么简单,一旦被控制,挣脱是不可能的,挣扎是没有用的。复仇的心理,只能伴随着命运一同消亡。

当表兄发现一个生命原本不很容易失去时,他就用一碗水淹没了这条生命的最后通道。原本一个人的举动,要比一个动物垂死挣扎时凶狠得多,高妙得多。

　　——我由此不断地记起和联想,不断地忏悔和自省,不断地用行动争取消灭一切战争……

2016 年 4 月 6 日

　　注:1.2016 年 12 月 25 日,散文三章曾以《小村记忆》为题发表于《南阳日报·白河》。这三章分别是:《头顶白雪回望村庄》《从券桥桥孔望过去》《永恒的生命之源》。

　　2.2017 年 6 月,全文四章发表在瑞士苏黎世发行的文学期刊《当代文学(海外版)》第 21 期。

　　3.2017 年 11 月,《头顶白雪回望村庄》《从券桥桥孔望过去》两篇发表于《南阳民俗》季刊第 4 期。

　　4.2018 年 2 月,南阳《躬耕》第 2 期发表《永远的生命之源》(散文组章八章),其中有:《头顶白雪回望村庄》《从券桥桥孔望过去》《永恒的生命之源》《你让我明白为何消灭战争》四章。

泪水浸渍的伤痕

1.刺刀挑起的孩子

你说,你多少次从梦中惊醒,鬼子在家乡进行了三次扫荡,先把村民的房屋点燃,火光冲天,浓烟阻塞着呼吸,火光将你的眼睛刺伤。然后,再用刺刀挑起一个个孩子,像挑起一捆捆柴草,鬼子疯狂的笑声,使村庄战栗。那些孩子已经失声——

"孩子们的鲜血燃成怒火

"将鬼子的刺刀烧红

"凝结成万年血债!"

刺刀挑起的孩子、鲜血,早夭的生命,村子房屋燃起的火光、浓烟,饥饿,奔跑而无处躲藏的村妇、儿童,不眠的夜……

一片片的哭声,流干泪水的眼睛;一阵阵的惊慌,颤栗的心,不长庄稼的田地、荒草……

它们燃起了你心头的怒火,长成你参军报仇雪恨的誓言和行动——

2.陈赓赠送的鞋子

在急行军的路上,在那个大年三十的晚上,战士们只喝一碗小米粥就又紧急上路。在一连蹚过九道河流之后,你的鞋子深陷在泥沟里,旅长陈赓让战士们送来一双鞋子,激动的你穿上鞋子又紧急上路……

从此,这双鞋子成为你铁打的脚板,一次次踏进战火硝烟中,又一次次浸入你的泪水里……

如今,你又一次次将这双鞋子,从记忆里打捞出来,浸泡在你的泪水里……

3.子弹从肚脐下穿过

敌人凶狠的子弹,从你的肚脐下穿过,又从你的背后飞出。你的命真大,大过你无数次刺死的鬼子。

盐水灌进伤口消炎,你咬咬牙,你只流汗不流泪,你在昏迷中呼喊——
"杀!杀!杀死鬼子!"
在战地医院,你仅吃八个萝卜馅饺子。那是你一年养伤中唯一的营养餐。
伤恨让你活下来,只有活下来,才能继续战斗。
信仰让你活下来,我们必胜,是信仰给了你第二次生命……

4.永恒的伤痕

百余场战役的枪声、刀光,多少次你从梦中惊醒,面部、颈部、腹部,遍体鳞伤,
每一道伤疤都是一道鬼门关,都是一道铭刻心底的仇恨——

如今,97岁的你,生命不可能永存。远去的战士的伤疤、生命,平常百姓的冤魂,所有的伤恨,不仅永远刺痛你的心,也在中国历史的内部,刻下永恒的伤痕……

2015年9月

注:此文根据丝路源头千年古镇河南省方城县小史店镇97岁抗战老兵刘庭振的含泪倾诉所写。曾以诗歌形式发表于:
1.2015年8月28日,《南阳日报·白河》。
2.2016年1月,瑞士苏黎世多语种文学期刊《诗眼》第1期(创刊号)。

拾麦的钟声

　　傍晚或是幽静的黎明，券桥乡李许庄村王士文庄自然村的上空，"当当当"响起一片大生产队里的钟声！这是生产队长拉着那钟绳敲响的钟声！这钟声不像校园里上课的钟声有规律的间歇，而是像部队紧急集合的钟声，急促而连贯，震耳欲聋……

　　满地金黄的麦子都已经收割，两头黄牛架起的牛车满载着麦子，颤悠悠地一车一车走出麦田。牛把儿将系着红布条子的牛鞭在空中一扬，发出"啪啪"的声响，牛在响鞭声中，越过了一个个埂坎，朝着村西头打麦场悠悠进发……布谷鸟仍在天上"布谷布谷"地叫，麻雀们"叽叽喳喳"地叫着，一群一群一会儿从田头树上飞到了割过的麦田，一会儿又从割过的麦田飞到了树上。打麦场上，一车一车的麦子卸下来，生产队长吆喝着，村民们将牛拉回的麦子一杈一杈地挑起上垛。一岭一岭的麦垛垛成了一座座小山！

　　村上的男女老少没有商量，听到这钟声就知道这是抢拾麦子的号令，呼啦啦地走出了各自的家门，又呼啦啦地跑进了收割过的麦田！满地齐刷刷的麦茬泛着傍晚或黎明的光亮，一颗颗割麦时掉下的麦穗在麦茬上熟睡，一转眼，几十亩的麦田撒满了拾麦穗的人们……

　　村民们争先恐后地弯腰、伸手，目光沿着麦茬垄向前、向左、向右移动……这是一次集体行动，村上不成文的规定——这钟声响后的行动中，谁拾的麦穗都不上缴，都归自己所有。

　　拾麦的钟声只响了一遍，不到30分钟，50亩的麦田不慎掉下的上万支麦穗，被100多个村民拾得一干二净……

　　接下来，就是母亲将她和我、姐姐三人拾回的麦子捆在一起。到了晚上，她便用捶布槌子，将这捆儿齐头的麦穗在院子里用心地捶打，将捶下来的麦粒及麦糠撮进簸箕里去掉麦糠，留下麦粒，然后装进袋子。每次拾麦的钟声敲响之后，我家拾的麦粒多则五六斤，少则三四斤。在每次行动中，我们在母亲的带领下，都非常积极。因为，在我们长年缺粮的年代，这是不小的"合法"额外收入。

2007年10月9日—11月12日

下 午

　　这是农历新年刚过,一个周六下午的一段时光。时间就在我的面前流动,我想用笔托住这一刻的光阴——那是不可能的,因为秒针每时每刻都在转动,嘀嗒、嘀嗒,像古老的牛,拉着提水的车在不停旋转,蹄声均匀而仓促……

　　这时,阳光已经减弱,温度渐低。南风停息,北风还没有到来。温度应该是5℃—12℃。窗外的歌声从喇叭中传出,这是一家夹在居民小区的家具门店,用居民都十分反感的超音量歌曲在招揽顾客。有时歌声并不是欢乐,而是让人厌恶。

　　显然这歌声没有全然将街道上的声音压倒,偶尔传来一阵隆隆的摩托车声响。孩子们的叫声从楼下传来,混杂于这歌声与隆隆之中。从流动商贩的叫卖声中更不能分辨出他们喊出的内容,这种叫卖声已被电器化的喇叭克隆,相似而不真实,时断时续,由远而近,由近而远。透过窗玻璃,远处突出楼顶的树冠,勾勒出暮冬时节的苍黄,枝叶残缺而稀疏,在橘黄的天空背景下,勾画出一幅冬日萧条的素描。

　　2014年的旧挂历仍挂在室内白色的墙壁上,彰显着旧年12月的光景;2015年的新挂历,已揭开了封面。旧挂历与新挂历并肩站成时年更替的微状态。秋天的衣服在衣架上悬挂着,与新挂历平行下垂,被白色的墙壁衬托着,显出它的真诚和无奈。现在深冬已过,"八九"的时日已经进入,惊蛰将至,年味消尽,大地万物复苏,百花待放。

　　皮靴仍装在盒子里,在深冬睡了一长觉,它的梦到今年年终或许也难醒来。白酒停靠在墙角箱子里,大约已经十年,它并不嫉恨我没有把它破顶而饮。电暖器片仍停靠在床边,仿佛不愿意离开,像一只旧船停靠在码头,耐心地等待着远行的起航。

　　谁说,冬寒已过,用电量下降;谁说,电业效益依靠的是工业机转。空调的电源线,已经从插座的位置起身,从机身垂下来,耷拉着小小的脑袋,像永远没风的旗帜。

　　两只木瓜在床头泛着金黄,它油光满面,像刚刚从餐馆走出的胖哥,笑嘻嘻地还用牙签剔着牙缝。它是在一个秋日从山坡地的树枝上走进我的室内的。它当时并不明白到哪里去,是会粉身碎骨,还是被器重地摆放在床头、书架或电脑桌上。这两只木瓜十分幸运,在深冬的日子里,依然能够接受到窗外斜照进来的阳光。它没有把自身的污点表露出来,也许不是在掩藏自身的弱点,它也许是一个健康的家伙,以健康的美态一直让主人宠爱至来年的初春?暮春?初夏?然后霉变、发黑,最后被抛掉……

桌子上的半瓶"消炎退热合剂"口服液,并不为自己半拉子的用场而伤心流泪。它静默地站立在桌子上,无动于衷,表情冷漠。它明白,它已经为一个感冒的主人除去了不少热量。冬日的寒冷往往让人增衣,增衣就使体内增加热量,而积蓄的热量一旦超越了体内的平衡,火就先在一个人喉咙里燃烧。这时,"退热合剂"就有了用场,它的到来并没有让人想到要减下衣服。因为,冬天并没有告诉你,寒冷什么时候离开。

这时,太阳刚刚沉入西天,窗外的天空仍然泛着橘黄的金光,透明,没有一丝的云彩。树冠稀疏的枝条间,红旗依然在微风中摆动着,暮色开始笼罩大地。什么时候,家具店内的喇叭声已经停息,孩子们的叫声消失了,流动商贩的叫卖声也消散在夜幕里。这时,并没有摩托从窗外楼下的巷道里飞过,窗外分外寂静,能听到楼顶上传来移动桌椅的声响。城市的傍晚并没有炊烟升起,也没有农家孩子傍晚的奔跑、嬉闹,有的只是偶尔的寂静和耳边间断传来的车的隆隆声和尖尖的笛鸣。

这个下午就像水面波动的深潭,它静默于一个人的视野里和心境中。它似乎在践行着时年的拨节,或者进行着一种平静时日的轮回。在人的世界里,心迹和时间一样不可能停留,是需要和满足拨动着时间。正是因为我们,不满足于拥有,人在生命中才开启诸多的"重启","重启"有时意味着搁置或淘汰,但这种"重启"永远向时间讨要我们永恒的需求:天与地,博与厚,高与明,创与造,清与洁,悠与久……

2015 年 1 月 3 日

注:此文发表于:
1.2015 年 2 月 6 日,《南阳日报·白河》。
2.2015 年 6 月,《散文选刊(原创版)》第 6 期。
3.2016 年 4 月,瑞士苏黎世多语种文学期刊《当代文学》创刊号。

九月，开满村头的牵牛花（外二章）

　　我愿用现代最快捷的手法，让这绿海中闪烁的星星，照亮所有盲目的眼睛；我愿把我秋天所有的收成，都堆放在这里。在这里，做一头脚踏实地的耕牛——像那来路不明但渐宽渐坦的道路，延续大地的乡音和安静。

　　我愿永远在这里耕耘和翻晒，成为你所拥有的河岸里的小船——

　　是你用燃亮河堤的火把，点亮村庄，以及周边所有玉米、大豆、花生的黄昏，圈留所有连结野草的情感，消解季节的内涝和干旱，保持一种清醒的守卫和丰收——

　　像河流，用低矮而透明的持续流动，以及宽厚的容纳和隐忍，抵达曲折向前的永远——

2017 年 10 月 13 日晨草就，10 月 15 日晨改毕

谁在唤我的乳名？

　　我已被热闹得充耳不闻了，我已被闪烁得视而不见了，我似乎成了聋人和盲人。

　　反而这时我更能看到一种光，照亮了我的来路。我更能听到一种声音，改变着我的行程——

　　这时，我径直往回走，越走越接近，来路的方向——

　　我更听清了，前夜的歌声，以及谁在唤我的乳名？

一只麻雀，总用枪口对准我

　　自那以后，一只麻雀，总用枪口对准我。那天，我分明放飞了它，它尖叫着，用一只眼睛飞向天空。

　　从此，就开始有一只黑洞洞的枪口对准我——

　　被我用鸟枪打瞎的那只凹下去的眼睛——

它开始运用半个天空的黑暗开辟余生（我认为,它也许不会活多久）,每时每刻都在用枪口,对准我的一切行动……

诗人手记:《一只麻雀,总用枪口对准我》这首小诗,奉献给尊敬的读者,成为呈奉给你们早晨的一杯清茶。当一个人做错了事情,就会反悔,只有让反悔去监督你的新途,新途才会少有新反悔。这是其一。其二,这首小诗,我所阐述的不仅是一个人的自我完善,而且还是人类的自我完善。人类本来就是自然的一员,哪有理由去破坏自然？谁能有权利去破坏自然？破坏自然,就是破坏人类自己,就是把自己关在死亡的笼子里。什么是自然？自然就是我们睁眼能够看到的一切。而不仅仅是一只小鸟,一颗花草,一滴水,一小捧空气……呼唤人们保护自然,保护人类自己！

2017年10月8日草就,10月24日改毕

注:1.2017年10月,《九月,开满村头的牵牛花》单首发表于《南阳宣传》2017年第10期。

2.《谁在唤我的乳名？》单首发表于2017年10月27日《南阳日报·白河》。

3.诗歌三首发表于2017年11月《连云港文学》。

4.诗歌三首发表于2017年12月《南阳工人》玉都(冬季刊)。

5.诗歌三首中英双语发表于2018年1月在瑞士发行的《当代文学(海外版)》27期。

走进樱桃沟

走进赵河镇第二届樱桃采摘节,不能不让人想到陶潜的《桃花源记》,不能不让人想到埃利蒂斯的《疯狂的石榴树》。陈庄村吴家庄樱桃沟的樱桃,你以少女的红唇在绿叶间闪烁春天的光辉,你以四月阳光的璀璨涂抹红玛瑙的斑斓,你以密集的果实的甜美铺满整个陈庄的沟壑和堤岸,你以绿叶为天空铺展春天殷红的星系……

你曾以粉红的花海包容过万千灵感,你又以春季第一轮成果的晶莹,幻化出无数渴望中的希望……

在陈庄,你以百岁老人的双手新编一个个春天的花篮、果篮,一双少女稚嫩的纤指伸向你,正在采摘大地诚实的馈赠。这是从城区楼阁里伸向你的手,这双手在采撷一种选择的自由,她将挑选有机的最亮的那颗。她小心翼翼地将一颗仙果送入她樱桃般的口中,无须咀嚼,一种百年酿造的天然微酸,一种大地滋生的甜蜜,一种酸甜融合的甜美……抵达一种崇高的渴望。你并不只抵达她的内心,同样也抵达所有前来采摘者的内心,包括那些头顶白雪走进来的老人以及闪烁着梦想之光的幼童。

你以陶潜笔下《桃花源记》的清新、纯净、青春、真实,在乌云山南麓再造一方新世纪的"世外桃源":阡陌交通,鸡犬相闻,往来种作,黄发垂髫,怡然自乐……在花期,在采果期,他们为何从市嚣里成千上万地涌来,那是在追赶一位诗人用想象和意象勾画的"新世界"!他们愿意拥抱你,进入你的花海、绿海、果海、乐海,洗涤满身铅华,放下内心沉重,丢掉满目的高楼和满耳的市嚣。他们在你的襟怀中徜徉,以你深广的海水沐浴和荡涤,不仅在视觉中回归纯美的天然境域,还在嗅觉、味觉、感觉中被一种神秘的爱引诱进诗的意境和梦幻!

我从你诗化的景域中,读到了希腊诗人埃利蒂斯的《疯狂的石榴树》的浪漫情调——

吴家庄吴氏孩童爬上你,在枝桠间,体悟猕猴的滑稽和攀爬,黄莺的栖息和歌唱;陈庄村年愈七十的老妪爬上你,用树枝般的双手,采摘大自然的神奇,她用树枝捧给你百年酿造的樱桃酒,她将这香醇的美酒洒向人间,她想陶醉所有的心田。

在四月的裙裾和中午的阳光里,"南风悄悄拂过",告诉我,是那疯狂的樱桃沟,"在阳光中跳跃,在风的嬉戏和絮语中,撒落她果实累累的欢笑";告诉我,是那疯狂的樱桃树,带着新生的枝叶和红果,在枝叶间跳跃。你以满沟的绿旗和硕果向大地的远方招手和欢呼,以大海般千万次的涨潮,以红霞跌进海洋的身姿,欢迎着,欢迎着世间的所有,欢迎着向往你、进入你、用你的纯美荡涤灵魂的人们!

在大自然的怀里,在我们最深沉的梦中,你张开朝霞的翅膀和大地温暖的襟怀,欢迎我们,让我们品尝着世纪的仙果,去感受,永远如春天的鲜花与成果的疯狂拥抱!

注:发表于:
1.2016年5月6日,《南阳日报·白河》。
2.2017年4月,台湾《中原文献》季刊第2期。
3.2017年6月瑞士苏黎世发行的文学期刊《当代文学(海外版)》第21期。
4.2018年2月,《永远的生命之源》(散文组章八章),发表于南阳《躬耕》第2期。其中有《走进樱桃沟》。

再进樱桃沟

樱桃是在春天的某一日开始成熟的,就像我少年时的心事,在春天的某一日成熟。红色是樱桃成熟的标志,樱桃是樱桃树的面颊。

我心事成熟时,有一种信息向外传递,面色泛起一抹红晕,红晕是我的彩云。樱桃的红,是樱桃树的面颊在泛红,是樱桃沟飘动的红云——樱桃沟的红晕。

我的心事就是这样告诉春天的。我发现,赵河陈庄樱桃沟的樱桃也如此。而我的心事成熟时,总含有某种稚嫩的苦涩,而樱桃沟樱桃的成熟,只有成熟的甘甜。

樱桃沟的樱桃扬起她的旗帜,向世界传达她的成熟。这种旗帜由千万颗圆形的红果连结而成。她不是一张布面,而是一团一缕的红霞。她借助春风,飘动……

人们走过来,向她招手——

那个姑娘走过来,站在她面前,向她述说心事。她的心事,带着喜悦,不像我少年时。

樱桃的成熟需要阳光,不需要阴雨。这与姑娘的成熟一模一样。姑娘把美丽的倩影留给樱桃,成为樱桃的一种装点,使樱桃的色彩更加靓丽。姑娘明白,她同样想借助樱桃,让它成为自己的装点,使自己更加靓丽。她还要采摘成熟的樱桃,甜蜜自己的心灵。她伸出纤嫩的手指,像在绿色的琴弦上弹奏——

那红色是闪出的火花或是飘飞的音符?她想借用享用的内心的甘甜,将自己的心事,告诉给心仪的人……

我分明看见一位老大爷走过来,他被春色湮没,消失在海的深处……他成为樱桃沟的又一风景。他的白发和白胡须,构成林子里的一捧白雪,挂在枝头,摇曳……他满脸的皱纹织成老树皮,他是何种树木?但他的笑成为樱桃沟里绽放的花朵,在阳光下灿烂。他伸出他树枝般的手指,采摘一撮红樱桃,送入口中,甘甜流入他的心底。他笑眯眯的,他想起了一件最顺心的事,就好像想起他少年时的那段爱情……

在樱桃沟里沐浴,她洗清你的不仅是铅华,还有沉重,以及尘埃。你走进她,她运用一种遥远的乡音和色彩,将你与城市隔开。她隔离了你双耳充盈的市嚣!是的,你一旦走进她,就会忘掉一切,甚至你自己。

你成为樱桃的某一个部分,你成为会走动的树,樱桃树!融入其中!

她没有你,就会孤单,尽管风声响起,但她也是孤独的。

反之亦然,似乎,你一旦走出樱桃沟,你便成为孤独者。

她的怀抱不仅有古老的枝臂,更有青春的纤指;她不仅有少女樱桃般的红唇,更有你尝试的甘甜。

当我走进或走出樱桃沟,迅速会产生一种定理:无论在花期时赏花走进她,还是在果期走进她,一旦进入或离开,就会感到珍惜。

是的,每年仅一次,花期或果期,都是不可错过的机遇。尽管目前她还完整地保留着乡音中的神韵,她也许将继续保留着这种自然淳朴的神韵,但她对于你的给予,一年仅一次,是的,仅一次……

她告诉你的,不仅仅是在她花开或结果时,需要你的一次从城市中的逃离。她把你多余的心事清洗,保留着单纯生命的那种,回归的那种,让你变得返璞归真,好像你走进她,就是对大自然的古老的报答,或谋求,或占有……

我见到的那群中午牧归的羊群,似乎是飘浮着的雪白的云团。从乌云山的南麓,从樱桃沟的边缘,紧贴地面,滑向陈庄的村庄……

它们无须到日落时回归,它们有足够的天然青草,还不到中午就饱饱地美餐了。

羊群与红樱桃对视,更能显示出樱桃的色彩,以及绿叶的荣华。樱桃们在风中向它们招手、鞠躬,而它们只是,垂着头,顺着蜿蜒的黄土路,向前走,朝着家的方向——

这时,似乎《桃花源记》中的桃花十分遥远,《疯狂的石榴树》中的疯狂十分渺茫,唯有这乌云山下的陈庄樱桃沟,才是最贴肤入心的亲近。

她让现代乡村传承着古老,又用天然的伟大,反衬出城市的某种渺小和拘谨;她不仅让你悦目,还能让你尝试;她不仅让你返璞,还能让你归真!

再进赵河樱桃沟,重入大地的云与海……

她于你,并不是邂逅,而是预约;你于她,谁脱离谁,都是孤独……

2017年5月2日—5月3日

注:发表于:

1.2017年6月,瑞士苏黎世发行的文学期刊《当代文学(海外版)》第21期。

2.2017年6月,《新雨》季刊第2期。

3.2018年2月,《永远的生命之源》(散文组章八章)发表于南阳《躬耕》第2期。其中有《再进樱桃沟》。

南水北调中线渠首一位移民的倾情述说（外一章）

据报道，南水北调中线水利工程于2014年12月12日正式通水。该工程从河南南阳丹江至北京，全长1432公里，移民总数达34.5万人，其中南阳移民就达16.2万人。

——题记

渠水，就从我的村庄向北流淌，我站在渠岸，聆听——

我的村庄就此消失，我的家园就此消失，我房前彩蝶飞舞的桃林就此消失，我屋后蝉鸣弥漫的杨树林就此消失，我童年的乳名就此消失……

我抓一把黄土，掬一勺清河水，离开村庄，离开故乡……

我捧一捧祖父祖母的遗骨，我从祖屋取下父亲母亲的遗像，离开祖茔，离开家园……

我噙满两汪热泪，一路北移，北移……

但我明白，从国土中部，从豫西南南阳丹江出发，一路蜿蜒北上，隆起的是一脉生命，润泽的是北方神圣田园的渴望！

但我明白，这渠中流淌的是白色的血液。她源于大地，源于中原伏牛山脉的根部，源于南阳盆地一千万民众的心底，源于我的村庄，源于我，源于一位移民的祖根地……

但我明白，我的村庄的北移，家园的北移，祖骨的北移，与一渠清水的北流，同等光荣和重要——

我失去的正是祖国获得的，我失去的正是北京需要的，这并非单单的迁移和流转，这并非单单的对水平衡的寻求……

我为此感到激动，心头发热；我为此，仿佛担当起了一肩的神圣！

渠水，就从我的村庄向北流淌，我站在渠岸，聆听——

这汩汩的流淌，就是我的心脉的流动……

我激动的心跳，永远，永远也不会平静……

在移民新村村口

在移民新村村口。移民新村清晨的风,依然吹来丹江的水声。远处,桃花粉红,故乡散布的土屋在此站成楼林,新栽的白杨啄出水鸟的绿喙。

旭日东升。沼气点亮灶台,谁家村姑的酒窝盈满霞红……

站在移民新村村口,感受新春的晨风——

我听见,是谁又唤起我的乳名?

"北京!北京!"——

今年,南水北调中线通水的水声,已把我今日的梦唤醒……

注:1.《南水北调中线渠首一位移民的述说》原为诗歌,题目为《渠水,从我的心脉流过……》,2011年发表在《南阳日报·白河》,并荣获南阳市移民局、南阳日报社、南阳诗歌联谊会举办的"'移民情'诗歌有奖征文"活动优秀奖。

2.2014年5月,该诗歌荣获由中国散文学会、中国名城杂志社、南阳市旅游局主办的"南阳'卧龙杯'全国征文大赛"优秀奖。

3.《南水北调中线渠首一位移民的述说》与《在移民新村村口》构成姊妹诗篇,发表于南阳《躬耕》杂志2014年第8期上。该姊妹篇还发表于2013年《南阳税务》杂志第3期上。

4.2016年3月,以诗歌形式发表瑞士苏黎世多语种文学期刊《当代汉诗》总第19期。

5.2016年8月,中英双语发表于瑞士《2015当代汉诗精品双语诗选》(2015当代汉诗双语年鉴)。

6.有关专家对姊妹诗的评价:语言质朴、寓意深远、情感真挚、关注社会是这两首诗共同的显著特点。"南水北调中线工程"既是"国家工程",也是"世纪工程",于2014年12月12日正式通水。诗人将渠首南阳一个普通移民的心声、胸怀以及与大地融合、与祖国共融的向上向善向美情怀,表现得淋漓尽致;诗人写出了一个渠首普通农民移民通水后站在渠岸聆听渠水时的澎湃心潮、真情话语;渠水流动的就是他的心脉!诗歌关注社会民声、讴歌时代心声,传播正能量。尤其是当下,诗人的价值追求、审美境界和艺术倡导值得提倡!

第二首诗,表现了移民新村的新变化,想象、色彩、声音、动静……都通过短诗映现出来,既是一幅画,又是一首诗!

两诗搭配,能够整体反映在这一"国家工程""世纪工程"中,民众的精神面貌和现实状况!

中国之香
——写在中国木瓜之乡：河南方城柳河木瓜采摘之季

> 丁酉之秋，我们走进柳河龙凤山采摘木瓜，果实已装满篮子，金灿灿的成熟，芳香四溢……
>
> ——题记

这种香一直弥漫着。不仅仅在秋季，也在冬季、春季和夏季，这种香一直弥漫着……

不仅仅在柳河，也在方城、河南和中国，这种香一直弥漫着……

这种弥漫的香，沁人肺腑；这种弥漫的香，悄无声息地越过省界、国界，向世界漫延，像中国的风，传递着春天的馨香——

这种香，不仅仅是从春天木瓜花上起飞。这种香，还从秋天满树满冈金灿灿的木瓜果上起飞。同时，它还在一年四季365个日子里，从柳河乡7.5万亩木瓜种植基地中央，从南阳道地金木瓜生物科技有限公司起飞，像中国的风，把中国木瓜之乡的馨香，吹向它能够抵达的每一个角落——

这种香，饱含着树木周身转化的瑰宝。这种香，不仅仅是春天柳河乡漫山遍野的木瓜树上的花香，它还包括用先进的现代深加工之手，把木瓜树生长的全过程转化为周身的瑰宝——花茶之香、果酒之香、果醋之香、果汁之香、果油之香、香精之香、废渣饲料之香……

谁让这木瓜树的全部身心，转化为香型的珍品？

似乎从这山冈上，开辟了一道道更深的河流，载着美梦一样转化而成的小船，抵达郑州、西安、北京、上海，抵达韩国、马来西亚、美国，驶向更远的四面八方……

我们走进这林海里，在金光中仰慕。我们在这金秋之日，走进这果林之海。秋风在这里不仅将林木的叶子吹黄，还把它们吹落，铺就木瓜果的绵软之床。我们看到了天下什么叫"叶落果出"的风景，什么叫"金果满园"的风景，什么叫"金果满目"的风景……

它让母语中能用来贴切表达的词，列队而来，描绘这金色的世界——

漫山遍野，金果满枝，硕果累累，芳香四溢……

它们融入了金色的阳光里，金色的光亮在天空闪烁，在我们的仰慕里。秋风在这透明的光芒里，让馨香像光芒一样飞翔，照亮世界——

这木瓜之香，想让世界明白什么：原来一方水土，不仅能养育成果木；原来一棵果木，不仅能结出果实；原来一只拳头大小的果子，还能抵达更远的生命彼岸；原来一棵果木满身都能闪烁光芒，用它的芳菲温暖世人的心灵……

这些，似乎历史并不知道，山坡山冈并不知道；时间也不会有如此的推断以及真实的展望；山坡和山冈以及那些秋风中舞动的彩色的枝叶，它们并不知道，它们仿佛无动于衷；在无限的平衡和静止里，它们保持着原生态。然而，只有这里的现实，能够告诉你眼前的一切；只有现实让你嗅到这种馨香之后，你才会真实地感到，只有这里的香，才是真正的中国木瓜之香！

这里紧贴泥土的深耕、育种和移栽，并不局限于泥土，而且还要向泥土的内部，果树的周身开犁——

把果树的周身耕耘成崭新的土壤，运用科技专利技术，向树木的深处挖掘更深度的效益，依靠一种更神奇的手嫁接、粉碎、发酵、转化，让这看似虚无的土壤再生出新芽，开出新花，结出新果。过往的人也许不会看到这神奇之变！而我们，却通过双目，为柳河十多年的巨变感到震惊。

它是被写入山冈的现代诗歌。这里的神奇能让你明白的，就是一棵树周身发出的馨香，并不仅仅来源于果，又不仅仅来源于它的味道，它似乎颠覆了人们的传统观念。原来有一种馨香发源于果树的深处，发源于土地以及荒冈神智者的谋化和设想，发源于一批领先者、智者的奇想和实践，它仿佛是被写入山冈上的现代诗歌，那金黄并不是天空的彩云，那山冈上站立的并不是房屋和标示。从它们的表面，你并不能看出内在的含义。然而，它们的内部有一种神秘的原动力，正旋转出一种风，以一种开辟无限的可能，抵达更远的远方……

我嗅到的是中国之香。我被河南方城柳河——中国木瓜之乡的芳香熏染而醉，但我的眼前十分明晰，我并不是站在中国中原的这个角落里，而是站在中国土地的中央。我嗅到的是中国之香，我感受到的是中国未来无边的土地上，绽放出的新希望——

2017 年 11 月 11 日

注：1.据悉，南阳道地金木瓜生物科技有限公司"阳之南"牌金木瓜原浆酒系列产品，已远销到十多个国家和地区，继"茅台"之后成为第二个获得国家

"有机酒"认证的品牌;有机木瓜原浆酒及木瓜酵素饮料填补国内空白;木瓜香精油超临界萃取填补世界空白。

2. 以诗歌形式中英双语发表于2017年12月在瑞士苏黎世发行的文学期刊《当代文学(海外版)》第26期。

朱先生解梦

朱先生是个算卦先生,在这街上是出了名的。方圆十里八乡的村民办红白事、出门做生意、开门店、生娃子看时辰、起名的都找上来。朱先生的门前总是稀稀拉拉地不断人儿。

街上有三个光棍儿汉子,好逸恶劳,靠耍嘴皮子度日。老大、老二较老三稍好一些,偶尔还坚持一下正义,顺便还帮人办一丁点儿好事。老三则不然,好吃懒做不说,遇事还好耍二百五。

一日上午,光棍儿老大跟老二、老三说:"人们都说朱先生算卦算得准,你们信不?今儿个咱仨去考考他,看他算得准不准。"说着,老大就领着老二、老三向朱先生所在的地方走去。他仨边走边说,咋考考他?老大说:"都让他算算命,看看准不准。"老二说:"算算咱们啥时候能发财,看看准不准。"老三说:"不中!不中!咱不如叫他解解梦,昨晚俺做了一个梦,梦见了猪哼哼,让他算算有什么寓意。"老大说:"我看不如这样,我问命,老二你问发财,老三你就问解梦。"老三说:"不中!不中!这你没法儿考验他,倒不如咱仨都问梦,都说昨晚梦见了猪哼哼,看他咋回答,然后咱就看准不准。若不准,咱再来收拾他。"老大、老二听后,觉得这个方法还不错,能考住这个朱先生。老大、老二说:"中!中!中!就照你说的办。"老三尽管年龄小,但有点子,就是有点儿犟脾气,任性,不吃亏。有时,老大、老二都让着他。

正说着,他仨就来到了朱先生的门前。朱先生的屋子就在一个不太显眼的背街上,面向南,门前道路宽宽的,但这街道形不成市场,人也稀少。仨光棍儿走进朱先生的屋里。先生在,这会儿还没有人来算命。

老大说:"朱先生,俺想叫你解个梦,咋样?""行!行!行!"朱先生爽快地答应。说着,朱先生就从桌上拿起老花镜戴上,那眼光从镜片中射出来,还真有点儿深谋远虑、老谋深算劲儿和斯斯文文的学究味儿,让人琢磨不定,神神秘秘的。"俺昨晚梦见了猪哼哼。"老大盯着朱先生说。朱先生听后眼睛向远方望了望,他的门对面是一个弹花铺子,脚踏弹花机"隆隆"地响,两个壮年正在用脚不停地踏踏板,弹棉花。在旁边等着的是个姑娘,花枝招展的,挺吸引人,穿着旧是旧,可看上去,挺讲究,也干净,说不定她弹花是因为快要当新娘了。不多时,朱先生将视线收回来，就拉开了抽屉，搬出了一个厚厚的本子，打开，找，好像找到了什么，看。片刻，他口中好像念念有词，但没有声音。晚上猪哼哼，朱先生这样想着，口中就吐出了这几个字："那……那今天有人请你吃饭。"老大听了后，一阵惊喜，笑笑，说："还行哩！今天有人请俺吃饭，好久没有人请俺吃饭了。"老二说："朱先生，俺昨晚也梦见了猪哼哼。"朱先生听后，依然先目视远方，眨眨眼，这回没有拉抽屉，只是低头翻了一下本子，口中念念有词，然后说："猪又哼哼了。"想想，好像想到了什么，说，"那……那今天有人给你送衣裳穿。"老二想，今儿没白来，今儿竟有人给俺送衣裳，如果送，俺真得接着，如果没有人送衣裳，那俺回来问他个究竟。这时，老三忍不住了，还没等老二说话，老三就挤着问了："先生，俺昨晚也梦见了猪哼哼。"朱先生听着，又目视前方，然后又翻本子，想了片刻，问："你也梦见了猪哼哼？那你可不胜他俩，你今天要挨一顿打。"老三听后，恼了："咋着？今儿个有人打俺？俺还得找个人打哩！除了早去的老爹敢打俺，还没人敢打俺哩！"说着就乜斜着眼睛看朱先生。朱先生说："别慌别慌！有破法儿！"老三说："破法儿？俺才不让你破呢！看谁敢打俺！俺就要试试！说着就拉着老大、老二走。刚出门，朱先生说："还没给钱呢！"声音不太大，好像也没强求的样子。老三拽着老大、老二转过脸说："钱？给你个屁！"说着，仨人就跌跌撞撞地走远了。

他仨走出来，就开始相互挖苦起来。老二说："老大！有人请你吃饭，可不要忘了喊俺。"老大说："那你得把人家给你送的衣裳让给俺穿。"老三说："那有人打俺，你们得替俺疼！"老大说："你也别委屈，咱主要是想试试先生算得准不准。若准，就算了，若不准，咱可真得回来找他算账。"老三说："那可不行，若准了，俺挨顿打，你们替俺疼？"说着，笑着，他仨就散开了。

你说灵不？说灵也算灵，说不灵也算不灵。反正老大的应验了。到了中午的时候，就有人请老大吃饭了。那是因为几个月前，老大替街北头二晃子卖了五亩薄地，二晃子很感激，总想请他吃顿饭，喝两盅儿，但总是找不到他，今儿个，总算遇上了。就在老大与老二、老三分手之后，他又拐了几个弯儿，刚走到街东头儿的弹花坑沿儿上，就碰上了二晃子。"可找到你啦！"二晃子说，"今儿晌午俺得请你喝两盅儿。你帮俺卖了那几亩薄地，够沾光的，你得喝俺两盅儿酒。"老大听后，感到这也真巧，没推辞就答应了。他俩来到街中央，找了个饭铺子，弄了两碗散白酒，两盘子肉，就吃喝起来。

到了下午后半晌，葫芦庄的伍老婆子来找老二，给他拿来了一件自织自做的粗棉布衫子，口中说："老二呀老二，你给俺那陋娃子说成了媒，俺得感谢你，陋娃子跟精妮子过得还不错哩！陋娃子在刘家湾子主儿家扛长工，不管咋着，总算有碗饭吃。陋娃子很勤快,不怕累,混得也不错。精妮子明白事理,有礼貌,知孝敬,俺娘儿俩处得很好。"老二说:"伍婶子,俺有穿哩!有穿哩!"但他嘴里说着,也就伸手接过了那件棉布衫子。

论心里不畅快,还要属老三了。老三从朱先生那里出来,就憋了一肚子的气。老三是个强梁头,甭说挨打了,他还不知道整天想打谁哩!他整天想操气儿(即找事——作者注)整人。今儿个让朱先生咒一顿,心里憋得慌。下午一整响,他就在街上转悠,嘴中不停地说:"谁敢打俺?谁敢打俺?"他跑得热了,就干脆将那件补丁上衣脱下来,搭在右肩膀上,大摇大摆地在街上横冲直闯,嘴中念念有词:"谁敢打俺?谁敢打俺?"听到的人不知所云,以为他是个神经病。碰到的人比着躲闪,怕撞着。到了后半响,街南头的柴火市儿上,柴火渐渐地少起来,农夫们卖完了柴火,就将麻绳子用手一挽,挽一个绳鼻子,又将绳鼻子套在扁担的一端,背在肩上走上街来,买点儿东西就往家赶。这些农夫都是大清早起五更步行带干粮去街北20来里的老荫山上拾柴火的。到了晌午或是午后,就拾满了一大挑子,忽悠忽悠地担着柴火就往市上赶。扁担两头一头一大捆柴火,像两个会移动的柴火垛。扁担在农夫肩上忽闪忽闪的,还吱咯吱咯地叫。两捆柴火中间的农夫光着膀子,那膀子红褐色的,脊梁沟沟里还流着汗。他们忽闪忽闪地挑着担子,嘴里还哼着大调曲儿,乐哉乐哉地向前行。这会儿,街上这些背空扁担的人渐渐地多了起来。

老三转来转去,转到了街南头儿,快到柴市儿的地方。他光着脊背,时不时地乜斜着眼看肩背扁担的人。他认为这些人傻,出的是牛力,日子也没有他过得滋润。他整天不干活,也有饭吃。他仍是目空一切地晃悠着,时不时地将脸扭到了天上,口中仍念念有词:"谁敢打俺?谁敢打俺?……"正走着,迎面过来一个花姑娘。花姑娘就是上午在朱先生对门弹棉花的那个姑娘。她弹完了棉花,包好,背在肩上,花包大大的,但不重,陡然看去,这村姑还怪有力气。但实质上,这棉花也无非是一二十斤重的样子。这棉花让机器一弹,就虚了,变大了,用大包单也包不住,大包单四个角儿绑在一起,那雪样的花絮往外挤。花姑娘忽悠忽悠地,走了过来。那棉花包裹太大了,时不时挡住了姑娘的视线。一阵风吹来,花姑娘就是一个趔趄。老三仰着脸不看路,嘴里念念有词向前走。碰巧,老三和花姑娘撞了个满怀。老三转过神儿来,见是个花姑娘,心中一阵惊喜,但口中还是高腔高调:"咋啦?眼被刀儿剜啦?"花姑娘看上去腼腆,但可不是个瓢茬儿,而是远近都知道的恶茬子,但论理,不封建。"你咋啦!是你撞上俺啦?还是俺撞住你啦?"花姑娘反诘道。老三哪能服输?"你这个臭娘们!撞上俺还不说好话,反倒不依俺!"说着就向姑娘身上撞。花姑娘高声叫道:"快来人呀!这大白天的,这大男人调戏俺哩！"说着,这地方就围上来了许多人,那些背扁担的也上来了。他们将扁担从肩上往地上一竖,一头点着地,另一头指向天,不一会儿,就竖起了十多个扁担来,看上去像个"无枝树"森林！这些背扁担的农夫们见这个彪汉光脊大梁的大白天调戏妇女,气不愤儿,听着听着,就想打抱不平,替弱者上前。说话不及,一个叫狗剩儿的扁担农夫就冲上去,照着老三"啪啪"就是两个耳光。老三哪能吃这亏,抬起手腕就想还手,手还没有伸出去,另几个扁担就挤上来了。说时迟,那时快,他们向老三劈头盖脑地打起来。没几分钟,老三就痛挨了一顿,抱着头,提着裤腰子逃窜了！

老三气不打一处来,要不是朱先生瞎捣鼓,咒俺挨打,俺今儿也真不会挨打。他的火在心里憋着,没处发,就顺便叫上老二,一同找老大。到傍晚时分,仨人又聚在了一起。老大说:"果真灵,应啦！有人请俺客啦。"老二、老三异口同声:"请你客你也不言一声！"老二说:"灵是灵的,今儿个,葫芦庄的伍老婆子真给俺送来了一件衣裳。"老三说:"她为啥给你送衣裳？"老二说:"俺给她家陋娃子说成了媒,她感激俺。"老三又说:"老大！谁请你的客？""二晃子！""为啥？""俺帮他卖了他家的几亩薄地。"老二紧接着问老三:"老三！那……那你说说你为啥挨打？"老三说:"俺是被那朱先生给咒啦！俺还得找他算账哩！""胡扯！"老大对老三说,"人家算得也真准！准了,你还要算账,那要是不准了呢？""不中！不中！"老三说,"俺得去问个究竟,他凭啥给咱们下断言？他要是胡诌,俺真得打他。""胡扯！"老大说。

一说问究竟,老大来了兴趣。老大说:"对！咱得去问问朱先生,他是咋算的,就恁准！"说着,仨人就又向朱先生的方向走去。不多时,他仨就来到了朱先生的门口。朱先生正在给一个老太太掐指算。老太太见人来了,就礼让了,口中说:"前客让后客,屋里地方窄。"老大说:"先生,你算得真准,俺们三个都应啦！"先生说:"准吗？""准！"老二说。老三站在一旁憋着一肚子的气。老大说:"先生,你给俺说说,你是凭啥算得恁准？"先生说:"凭时辰,时辰就是时间,再加上凭自然,自然就是常规。""你再讲细讲细"老大说。先生说:"我恐怕不敢讲,讲了恐怕你们不依我。"老大说:"你尽管讲,俺们主要是想问个究竟,没关系。"先生说:"那行那行！你们不都是说昨晚梦见了猪哼哼了吗？我想,昨晚,猪第一次哼哼时,那是猪饿了,该吃食了,主人晚上忘了喂食了,就起来喂喂。所以,我就想到有人会请第一个做梦的人的客。喂饱了猪,可猪还是哼哼,我想那是猪冷了,主人就给猪抱来了一掐子苞谷秆,扔在猪窝里,所以,有人会给第二个做梦的人送衣裳。再后来,猪吃了食,也有了苞谷杆子当褥子铺,但还是哼哼,我想,那就是猪要找事了,主人就上去用棍子打起猪来,所以,第三个做梦的人今天要挨打。我就是按照这样的常规推算的……"老大、老二洗耳恭听,认为先生讲得有道理,这先生也真有两下子。

　　先生正说着,老大、老二正听着、想着,可老三早就憋不住了,他听得清楚。他开口说:"你这先生不仅咒俺,还诌俺俩哥哥!什么常规不常规?!老大、老二根本就没做梦,根本就没有梦见猪哼哼,你这老头子净瞎诌哩,还把俺们比作猪,骂俺们,指桑骂槐的!要不是你胡诌俺,今儿个俺会挨打?你算的准个屁!俺不信你这一套。"老三说着,就拨开老大、老二,走上前,"哐哐"就向先生掴了两耳光。先生没想到要挨打,他顶多想到要听两句二话(即难听的话作者注)。他先是一怔,后来眼睛就一闪一闪的,冒金花了!老大、老二忙上前拉住老三,往外拽。说话不及,先生就倒下了……

　　就在这时,朱先生所在的街道上,走过来了那位叫狗剩儿的拾柴卖柴的扁担农夫,他肩上背着空扁担,身后的一端还挂着那捆柴火的麻绳子。他左手扶着扁担,右手提着刚给老婆买的一件新衣裳,正往家赶。他看见前面街道上又挤满了人,边走边唱着大调曲儿,加快了脚步向这里赶。他唱道:

　　　　给你吃呀,给你穿,
　　　　可是你还是要叫唤,
　　　　老头子我不打你手痒里慌,
　　　　我叫你温了饱了还要戳事儿干!

　　　　给你地呀,给你天,
　　　　就是没给你要懒懒,
　　　　掉在地上你呱呱叫呀,
　　　　长大成人了你瞎胡乱,
　　　　老头子我不打你手痒里慌,
　　　　看你还懒还不懒!

　　　　给你笔呀,给你砚,
　　　　你一肚子墨水不正经干,
　　　　坑呀骗,坑呀骗,
　　　　写出文章还要把人来骗,
　　　　老头子我不打你手痒里慌,
　　　　枯了你骨头俺心里才甘甜……

2007年2月25日—2月28日

千年古砚绽新辉

黄石砚，因产于河南省方城县独树镇黄石山而得名。它被宋代书法家米芾视为"天下之瑰宝"，受到书画名家的极力推崇。但由于种种原因，黄石砚却似昙花一现，被后人遗忘。如今，沉寂千年的黄石砚又异军突起，在短短20多年间已发展成为方城县的文化领军产业之一。

砚为研墨的文具，集书法、绘画、雕刻等多种艺术为一体。它因其特有的色调和造型，加之巧琢，成为庄重、风雅的文房"四宝"之首。河南省南阳盆地东北缘的方城县，就盛产一种闻名遐迩、位居中国五大名砚之首的优质砚台——中国黄石砚。

黄石山为伏牛山脉延伸的低山余脉，因山中有汉代张良拜师及祭奉其师黄石公的遗址，而始称黄石山。以山为砚命名，既体现出鲜明的地域特征，又具有深厚的文化底蕴。

方城黄石砚历史悠久，它孕于汉，兴于唐，盛于宋，闻名于明清，衰败于民国，复兴于20世纪90年代。其主要原料是产于黄石山的墨石、青石、紫石、青紫石、凤眼石、玉黄石和七彩石。与众不同的石材，造就了黄石砚独具一格的品质。所制上等砚，石含七彩，有的彩如写意画浑然交融，有的彩如工笔画勾勒分明，非人工所能为之，恰如天外来笔。其砚玉质镜光，哈气成雾，着墨即研，墨光如油，不渗不涸，储久如新，所以深受历代达官贵族、文人墨客称道。宋代大书法家米芾在《砚史》一书中，罗列全国26种砚台，将黄石砚列为石砚之首。在此之后，书法家黄庭坚更是对黄石砚倍加推崇，曾为此写下了"乃知此山自材美，物欲致用当穷搜"的著名佳句。到了明代，文学家马愈在专著《方城石》中，极力推荐黄石砚，称其为"石中之上品"。中国书法协会名誉主席启功先生对黄石砚作了很高的评价，并亲笔题写了"中国黄石砚"。中国当代工艺美术大师韩美林先生也为黄石砚题词。中国著名书法家、书法理论家孙敦秀先生书赞黄石砚为"砚中极品"。由此，在众多文人名流影响之下，黄石砚开始走出黄石山北麓的"砚瓦石沟"，闻名遐迩，广为天下人所知所用。

黄石山南山脚下，有一个最早生产砚台的村庄，叫砚山铺，现为方城县独树镇境内的一个村。砚山铺，原名研山村。据说大书法家黄庭坚畅游黄石山时途经研山村，看到各家各户刻磨的石砚堆积如山，而将村名易为砚山铺。村名的形成，也正说明了这里的先辈自古就以磨刻砚石为生。村中至今仍有"砚山铺的闺女不纺花，人人都会刻砚瓦"之说。古代女子无不以精通女红（指精通纺花织布做针线活的女子）为荣，谁人不善女红，便是无能无德，甚至羞于言嫁。而砚山铺村的女子却不以为然，她们冲破世俗，竟然一个个掌握了刻磨砚石的手艺，这在当时实为难得。

黄石山峻雄突兀，海拔近700米。人们从山上采下如玉般温润的青、紫等砚石，再运至山下制砚，一条通往舞文弄墨的斯文之路，却是在肩扛背驮中，用脚板一点一点从陡峭的山涧踏出来的。千百年过去了，即使现在，山上狭窄的羊肠小道依然无法通过任何现代运输工具。于是，黄石山中便经常可以看到背负石块的采石人蹒跚走下山来的场景。

妙"笔"能生花，石砚不能"言"。因为有了笔的进化和发展，文房四宝中的"砚"不得不在历史中沉浮。到了20世纪80年代，久已不闻的采石、刻砚之声又回响在黄石山间。1989年，方城县与香港联贸国际集团有限公司联手创建了方城县裕联黄石砚工艺有限公司，迅速恢复和发展了黄石砚工艺生产，并积极参与国际市场竞争，黄石砚产业发展呈现出勃勃生机。从90年代初，方城县华宝黄石砚厂等十几家开发黄石砚的私营企业逐步崛起，制砚队伍逐渐壮大，出现了一批工艺精湛的雕刻大师，创作题材实现了由单调向丰富的突破。经过20多年的不懈努力，方城黄石砚文化产业终于迎来了蓬勃发展的春天。黄石砚之所以能够穿越漫长的历史时空，重获新生，最主要的原因是它有着宝玉般的石质、优良的砚品和精湛的工艺。如果说建国后黄石砚由浮雕造型变为透雕造型是其发展中的关键一步的话，那么，由单一品种迈向多元化品种更是黄石砚得以重获新生的一次"革命"。黄石砚根据石质、石型、石色设计图案，花鸟风景人物，无不形神兼备，惟妙惟肖。1993年，中国黄石砚荣获中国国际书画博览会金奖；1994年，中国黄石砚参加全国石砚展览，并获石质、工艺双项金奖；1995年，中国黄石砚又被国家轻工业部推荐为名牌产品；2006年，经国家邮政总局批准，"黄石砚"邮票跻身"文房四宝"前列，并在全国发行。

随着方城黄石砚的重振与发展，近年来，涌现出了一批典型的黄石砚厂家和雕刻大师。

有的企业实现了设计、雕刻、销售一条龙，摆件、奇石、展厅相搭配，县内、县外销售一体化。黄石砚在题材选取、造型设计、品种构造等方面都得到了前所未有的丰富、创新和发展。砚品的艺术性、观赏性和实用性也显著提高。目前的方城黄石砚既继承和发扬了传统的雕刻风格，又结合现代的工艺雕刻技法，各种产品更加古朴，雕刻工艺更加精湛，体现出了传统工艺的历史悠久和现代技艺的精湛。

河南省工艺美术大师、方城县黄石砚协会会长张伟较早兴建了方城县华宝黄石砚厂，创办了在县内外直销的连锁店"奇石名砚阁"，实现了产、供、销一条龙，砚台、奇石、摆件一体化的发展格局。"奇石名砚阁"成为奇石名砚文化交流的桥梁、文化艺术阆苑中的奇葩。当你走进其连锁店铺"奇石名砚阁"，触摸着一方方多彩多姿的黄石砚台，细腻而温润的触感迅速传向指尖，似默默向你讲述着穿越千年的砚台荣辱兴衰史。

自幼生长在砚山铺村的任永廷是个有着20多年从业经验的制砚人，他一手创办了方城县方源黄石砚工艺厂。他在继承传统工艺的基础上，博采众长，大胆设计，吸收融通木刻、雕塑、玉雕、石刻、篆刻、书法、绘画等技法，并赋予其时代精神，标新立异，形成了自己独特的风格和特点。目前，已精雕出龙凤呈祥、喜鹊闹梅、岁寒三友、龙凤戏珠、月满西楼、锦上添花、鱼跃龙门、虎啸山河、唯我独尊、福禄贺寿等上百个品种。2010年，他将生产制作的黄石砚亮相于京城，相继参加了"第三届中华民族艺术珍品文化节""第五届中国北京国际文化创意产业博览会"。其中，他的作品"三思砚"被中华民族艺术品珍馆收藏，成为我国石砚界一支瑰丽的奇葩。

近年来，方城黄石砚的重振速兴，得益于方城县委、县政府对此项事业的高度重视。县委、县政府把黄石砚作为方城一大文化名品着力打造，在资金、政策、人才等方面予以扶持，引领产业以继承、创新为两大重要抓手，着力提高产品质量，以质取胜，开拓国内外市场，有效地促进了这一产业的快速发展。

2011年7月29日，方城县委、县政府、县委统战部在国务院新闻发布中心举行了中国黄石砚进京展新闻发布会。中国"文房四宝"专家名人评审委员出席了会议，国内外数十家新闻媒体作了采访报道。2013年，方城县黄石砚协会又应运而生。

目前，方城县开发黄石砚的企业已达上百家。在县城繁华街道，已经形成了一条具有相当规模的黄石砚销售专业街，每年都有数万方黄石砚从此走出方城，走出国门，走向世界上十多个国家和地区，成为南阳联系国内外的一条文化纽带！

注：此稿初成于2011年。发表于：
1.2011年9月24日《人民日报》海外版。原题为《耀古烁今黄石砚》。
2.2013年《农村农业农民》杂志第3期。原题为《方城黄石砚：千年瑰宝绽新辉》。
3.2015年南阳市委宣传部主办的《南阳宣传》月刊第4期。
本文合作者：河南省方城县人民广播电台新闻部主任王小玲。

第三辑

民情：城市声音

蒼生

城市的声音

在城市,你静静地聆听它的声音,也许能够听懂它的内心,它也许能够给你些许故事和想象。

节假日是我们内陆小县城一些小商小贩的晴雨表。比如楼下这个十字路口的天然小菜市,每到节假日或双休日,它清静无市;每到上班的时日,它热闹非凡。看来,他们的菜是全部卖给"上班族"的。这些小卖主只要买来一只小录音喇叭,就能播放那些自编自录的关于自己小摊点的广告语。"本地好茄子、倭瓜、洋葱,才摘的黄瓜,都是八毛钱一斤,便宜!"这是一个小菜贩自制的录音广告。"五香辣椒在这里,又辣又香又有味!"这是五香辣椒三轮车上的自制录音广告。这位老人已经卖自制五香辣椒20多年了,由原来的小地摊到现在的流动三轮车,由原来的高声叫卖到现在的自制录音叫卖。他们录制的叫卖广告语都是豫西南南阳盆地极纯粹的地方语。依然是他们的叫卖声,可现代的录音手段,使他们录一次音,就能反复播放成百上千遍,并能持续数日不改变。除非出售的东西变换,录音的内容才随之改变。他们为此既节省了自己的力气,又获得了最佳的宣传效果。

在这清静的上午,小城的居民区几乎与乡下的村庄没有两样。这里所没有的是炊烟和牛羊的叫声。而狗叫仿佛就优于乡村了。城市人养狗除了少数是为了看家之外,多数是为了消遣。城里人养的多数是"洋狗",大多都给它们起一个娇里娇气的名字,什么"宝宝""壮壮""妞妞"之类。有的还以外国城市、人名的译音来起名。在夏日,有的人将狗的毛修剪,剪出一种新的造型:胖爪瘦腿,狮头凤尾,马蜂细腰。似乎修剪后,除了美观滑稽外,连叫声也要优美动听得多。到了冬天,有的人又将狗当人打扮,给它们穿上合体的马甲。他们牵着狗,或出门让狗拉便,或一同散步,悠然自得,其乐无穷。城市白天的狗叫比乡村频繁,因为城里人习惯对门不说话,关门闭户。那些狗们除了家人和频繁串门的朋友,见到的都是生人,为何不狂吠?乡村的邻居,三人一团,四人一伙,在门前、在村口、在河边、在树荫下、在阳光中,相互交流,说东道西。狗和村上的大人小孩,几乎每日都能见上几面,房屋之间又缺乏高高的围墙。所以,乡村的狗,除了外村人来,或是在夜间,一般看见村里邻居不是摇尾,就是撒欢,根本不叫不咬。

　　小县城不同于大都市，还是有鸟鸣的，但在市嚣涨潮的时刻，你是听不到鸟声的。它们即使在某一个院落的树桠间歌唱，也是无人听到的。车笛声、机隆声、叫卖声、广告喇叭声……混杂在一起，让人根本无法分清声音来源的方向。而鸟鸣，在清静的黎明、节假日、双休日的房前屋后方能听得清晰。燕子、麻雀、斑鸠、鸽子、喜鹊、白头翁……最为多见。麻雀叫声零碎；斑鸠、鸽子叫声沉稳老成，有一种忧郁感；喜鹊叫声火辣，犹如村妇"咔嚓！咔嚓！"的剪辫声，唯有燕子、白头翁的叫声最为优美。每当我听到白头翁的叫声，总认为它们在模仿人的叫喊声："小花儿姐姐！小花儿姐姐！"这也许是因为我孩子一个表姐叫小花儿的缘故。我在心理上对它们的这种译音始终无法改变，已经持续好几年了。这些鸟儿栖息在枝头、桠间、房顶、屋檐、墙垣……若无其事地歌唱，或呼唤，或互动，或卖弄，或彰显……各尽其能，无话不说，无歌不唱。这些叫声和歌唱，总是在人声的空白处显出其优美。但这些鸣叫并不形成规模，多数是单枪匹马，多则三五只，少则一两只。叫声也是稀少的。在暮秋时节，寒气袭来，麻雀们总要集中在某个较清静的街道两侧浓密的树冠上，形成七嘴八舌的潮声。即便是这样，若忧心忡忡的市人从这树下走过，也是听不到头顶上的喧嚣的。在城市，静心有鸟鸣，忧心无鸟歌。

　　而另一种声响在乡村是很少听到的。当你在绿地游园的某个高处坐下，静下心来，从拔地而起的建设中的楼林里，不仅能够听到喇叭里传来的高密度的房产开盘广告语，还能够听到"咣当"一声的钢管、钢板坠落地面的撞击声。这声响单一、清脆而嘹亮，仿佛夜幕上流星运行时留下的光束，有着悠长的韵脚，由高到低，由大到小，由强到弱。它们没有丝毫的规律和程序，带有偶然性，突然传出，一闪而过，迅速消失在城市的深处。它能够给人带来一种空旷和高远的感觉。有的像银针穿过市嚣，给人以刺耳的惊悚感。它能让你想象到一根钢管从高空跌落地面的景象。

　　城市的机器隆隆声像乡村庄稼枝叶摩擦声那样遍及和阵发。凭它声音的高低、长短、宽窄，足以能够判断出机器的大小，速度的高低，承载的轻重，距离的远近。有一种声音浑厚、沉稳、悠远、持续，那是从市区某个小加工厂里传来的，它不分节假日、双休日。它成为城市的底色，给城市以沧桑、厚重之感。

　　笛鸣是城市一大特色。在市区，小轿车的笛鸣几乎是城市经济富裕程度的最好体现。这正如城市街道一样，随着经济好转，人员、车辆增多，街道渐渐变窄，城市花费九牛二虎之力扩宽了街道，但骤增的小车又霸占了街道两侧，使扩宽的街道与没扩之前没有两样。笛鸣的密疏与市人的多少几乎成正比。笛鸣与你最近,声音最亮,你是无法拒绝的。听到笛鸣,总会想到鸟鸣,总会愿意听到更多的鸟鸣。

至于孩子们的嬉闹欢叫声,它只能显现在城市校园、巷道和小区花园里。它与鸟鸣相仿,只能在清静或单一的地方间断存在。它的温存和天真,总让成人想象出孩子们花朵一样的笑容,以及打闹奔跑的身影。它给你愉悦的同时,还能带你到童年时母亲的身边。

城市的声音是城市的语言。它是一种外象,它与城市的色彩一样,粉饰着城市的容貌。而城市的色彩多数是静态的,偶有花朵的摇曳,那是风的力量使然。就连那五颜六色的灯光,也多数是在静默之中闪烁的。城市的声音比城市的色彩更能体现出它的内在动力和含义。城市的语言,每时每刻都在讲述着城市的故事,它的背后蕴含着庞大的队伍和巨大的力量!它讲述着一支支队伍关于生活、劳作和创造的故事!它具有的色彩和亮度,能够照映出城市的容貌!鸟鸣愈密,文明愈高;歌声愈亮,欢愉愈烈;机声愈响,速度愈快。城市的声音随着城市的发展进步将不断优化和丰富它的动听故事……

注:此作品发表于:
1.2015年8月7日《南阳日报·白河》。
2.2016年4月瑞士苏黎世多语种文学期刊《当代文学》创刊号。
3.2018年1月台湾《中原文献》季刊第1期(总第50卷)。
4.2019年《北京文学》(精彩阅读)第2期。

平民的生存空间

中国很大,平民很多。其实,我们都是平民,都是平平常常的人,只不过是我们的职业和待遇有所差别罢了。每个人的生活、生存都是不易的。比如我今天谈到的小刘。尽管不易,但他还是充满信心地愉快地生活着。我发现,他用衔来的知识的羽毛和技能的草,像喜鹊,在不停地飞翔中搭建着自己的生存空间……

昨天傍晚六点钟,我接到表侄小刘的电话。他说他来见我,想让我帮他租间住房。我家早年在乡下租住表伯家的房子,小刘是表伯家我三表哥的儿子。他现在在县城里一家家具城租了个摊点做修手机的生意。三表哥前天晚上来找我,说让我给他儿子租间住房。昨天我给他打听到了房子,就在离我们不远的一个独家小院里。

我接到小刘的电话时,还没有下班,在办公二楼的电脑前发稿子。他来时,我刚刚将文章粘贴到网站的发稿栏内。他敲门进来,我第一眼看见他,发现他的确个子有点儿矮,是个小巧玲珑的男孩,眼睛大大的,很精明,面色黄白,面颊消瘦。我们大约有十多年没见面了,我对他没有大印象。我在乡下时,我们同村,住家仅隔一排房子。我们当时年龄小,现在他30岁了,我像见到一个陌生人一样。我问:"我们有几年未见面啦?"他说:"至少十年了。"我对我们十多年前最后的见面没有大印象。他坐在我的办公桌前等了片刻,等我忙完了,就一同来到我的家。

到家时已是晚七点。妻还没有做好晚饭。我们聊。妻做好了饭,就先去租房的地方谈价钱去了。一会儿,妻回来说,这一间房两家争着租,原说每间50元,现在又60元了。小刘说60就60吧!他很乐意地同意了。我们带小刘去看房子。房东说用电自己安电表,自己出电钱,用水每月5元,每月共65元。小刘满意地缴了三个月的预租费。小刘说,他原来租的一间房是每月70元,离上班的地方还没有这里近。便宜5元钱,小刘很满足。

我们回到家里又聊起来。他说,他虽然30岁了,但还没有结婚。前年他父亲给他介绍了一个朋友,比他大,他嫌大,就没同意。他说话很流利,外向型,是个见过世面的人,好像视野也很开阔。他说,由于当时家里没钱供给他上高中,他初中毕业就外出打工去了。他先在洛阳他大伯那里找到一些活干,学习了修手机的技术。由于原来没有积攒几个钱,没有开起门店。前年他又转到广州打工去了,与他妹妹同在一个公司,每月1000多元工资。他攒了点儿钱,妹妹又支持了一点儿,就回来在城里同村一个姓包的家具店内租间房子修手机。

  我与小刘聊时,我问到现在的生意怎样。他说,他来了两个多月,第一个月赔钱,第二个月没赔钱,但也没赚钱,这个月就赚钱了。他说,除去租房、电费及手机零件费等各种费用,每天能收入50元左右。我又问他对电脑的熟悉情况,看来他对电脑也精通,他说他学习了电脑应用技术,在广州打工时就在公司里操作电脑。我问,我的手机有时接话方说声音小,是不是送话器的毛病?一次打手机,对方听不到声音了,我就将手机交到一家维修店托熟人修,那人就换了一个送话器,花了10元钱。小刘说,一般送话器是不会出毛病的,多是电路问题,你的送话器也许不会有问题。我说,但他换了送话器。他说,他可能给你仍能用的送话器换掉了,又装上了一个送话器。我说,现在打手机,接话方有时仍说声音小。他说,仍是电路问题,不是接话方的电话就是你的手机电路不畅了,若真是电路有了问题,那就不好修了,得测好多的电器件,检验哪个有毛病,挺麻烦的。他说,他刚才给我打手机,听得很清楚,声音也不小,你的送话器没问题,若不是接话方手机有问题,就可能是你说话时,嘴离手机下端的送话孔比较远的缘故。我说,对!有时我就是离得远。我们在对话中,我时常看到他诚实的目光。我说,现在手机市场很大,农村几乎每家都有手机了。他说,有的人家一家几部手机。尽管修手机的多起来了,但用手机的人也在增多。我说,这个市场很大,同时又在发展之中,这个生意是能赚钱的生意,并且是个短时间内比较稳定的生意。他说,关键还得选好场地,还得有资金作保证,还得技术过硬,信誉过关……这样才会立于不败之地。我听着,小刘的见解已不是一般的土里刨食的农民的见解了,十多年的市场洗礼和生存迫压,让他已经开始嗅到了经营圈的气息了。他的视线,像霞光一样,已经开始漫向大地的经济林的边缘了……一个因为家贫只能上到初中毕业的人,一个便宜5元钱就能得到满足的人,一个已过而立之年仍没有触到个人家庭温暖的人,在生活、生存的磨难和艰辛中,我并没有感到他的忧郁、彷徨、徘徊、沮丧、失望,他的天空并没有人工的阴雨,只有自然的晴朗!

  小刘的父母都是文盲,父亲当过兵,自学学会了修理电动马达电器技术。父亲好学的精神和父母优良的品德,以及市场和生存的需求陶冶着这个普普通通的农村青年的心灵!他在一种通向生存的空间里不断地成长着、完善着、成熟着……

小刘的时间观念很强,房子租好后,稍聊一会儿,就立即告别我们,回他的住处去了。我感到,他的时间观念,是经营者的时间观念。尽管他晚上也许不去上班了,但我感到了他的"时间就是金钱"的观念了。他已经开始从无知走向有知,从无技走向有技,从无生存之地开始走向自己的生存之地……他通过自我的拼搏,通过不断地丰富自己的知识,培养自己的市场嗅觉,用衔来的知识羽毛和技能的草,开始搭建自己的生存空间。这是一个仅初中毕业的农村青年的小小的生活片断。我们透过小刘,可以窥见我国农村多数青年的身影。中国农村之大,农村青年之多,像小刘这样的人,何止成千上万?小刘的生意会好起来的,从我与他的第一次接触中,我已经看到这个青年未来成功的曙光了。

2007年2月9日

门的命运

小时候在乡下住,对门没有大印象。只记得从城里下放到舅爷家的村庄,租住表伯家的西草房时,东房是表伯家住的,院子北边是一堵墙,院子南边也是一堵墙,南墙中间是两扇大木门,算是大门,没有安过锁。每当出门,院里没有人时,最后出去的人,就将大门关上。门框上方中间有一个两寸长、一寸宽的门闩孔,木制的门闩从上向下穿进孔里,下端突出一寸长,上端宽大,门闩在闩孔内能上下移动,但掉不下来。最后出去的人,将大门对齐关上,然后,将上端的门闩用手指向上一顶,再将门一拉,门闩在两扇门对齐的最上端的里边垂下来,就将两扇门闩上了。外边来的人,只要不知道这秘密,是无法打开大门的。表伯自己发明的这种方法,他称为"反锁",也称暗锁。由于年龄小,每每返回院子时,只要院内没人,我们就傻眼了。因为我们个子矮,手够不到大门上边的门闩,无法打开这大门,每次打开门就要费多番周折。三四岁时,就会出门找来村上的大人来帮助;七八岁时,就用手抓住大门上边的拉环,两脚向东西两个门框上一登,身子就上去了,手就够到了门框上端的门闩,将门闩向上一拉,大门就开了。

参加工作后,我在乡下一所高中教书,住处的门都是一扇,门沿儿上安装上一个铁匠手工打制的铁链条。每当出门,将铁链条扣在门框粗糙的铁制门鼻儿上,再锁上"蜜蜂牌"的小黑锁儿,就万事大吉了。只要你在校,是不用锁门的。院子里到处都是人,是不会招贼的。后来,进城工作了,开始住在机关院的单人宿舍楼里,门是单扇的,用的是铜制的暗锁。出门落锁,进门开锁,对门仍没有大印象。再后来机关要修房了,所有居住在这里的人都要搬出去住。搬出去住后,前两三年,我们租住了两三家城内的民房,既有大门,又有小门的。日出而出,日落而归,关于门,没有什么深刻印象,所以,记忆也就浅了。

前年秋,我们买了一套坐落在城区中心的集资家属楼房,便开始对门有了印象,且这种印象在一步步地加深。这排家属楼共一个门洞,每层东西共两套房子,楼梯门洞向北开着。这排楼房前面,就是一条居民区比较宽阔的人行道。人行道向东不远处,便是大街了。楼房后边靠西边,是楼房的大门;靠东边,是一排储藏室,共八间,每家一间。平时,出大门到前边的人行道上,再到不远的大街上,很是快捷,很是方便。由于这几排家属房,没有一个统一的院落,所以,无法雇用看大门的人。正是因为没有看大门的人,这关于门的小故事也就多了起来,我对门的印象也渐渐地深了起来。

记得我们刚搬过来不久的一天夜里,风、雨、雪搅和得窗外很热闹,人们在风雪中最容易提前安睡。第二天起床后,窗外还飘着小雪花,地面上的雪花并不厚,薄薄地大约有一寸厚,但风还在刮着。听见楼下院子里人们的说话声很热闹,我便走下楼。几个家属站在院里议论着关于昨天晚上储藏室被盗的事情。这院里东边八间储藏室有五间的门都被撬了。丢了一辆摩托车,一辆电动自行车,还有两三辆自行车。最南边那家的储藏室丢的东西最多,一辆摩托车,一辆电动车。这家一次性就丢失价值几千元的交通工具,这对于一个普通家庭来说,真是一个不小的损失。我看看我家储藏室的门,安然无恙,内心就平静了许多,庆幸我的门没被撬。这也许是我的储藏室的门安有一个"双环牌"大锁的缘故?

去年,院内这排储藏室又有两次门被撬,但丢的东西少多了。因为有的室内干脆不放摩托车、自行车了。比如最南边那家的储藏室,不仅不放东西,而且每天门还大敞开着,就是小偷提前探路,发现这门开着,里边空空如也,晚上来,那肯定不是偷袭的目标了。这两次,我家的储藏室又安然无恙。我发现,另有两个门也安有"双环牌"大锁,所以也没被撬。当时我想,安上大锁,有点好处,起码小偷儿撬时得费工、费时,一般该放过就放过去了。

至到今春,情况就有变了。有一天夜里,楼下储藏室又被盗了,我家的储藏室也"贼撬临门"了。我丢了一辆自行车,好一点的是我家孩子的小自行车还安静地立在室内。从这以后,有三四家的储藏室就干脆不放东西了。楼上老张组织家属们交点儿钱,给大门修好了门锁。要求晚上楼上的人,谁回来得最晚,谁就落锁。我请来电焊工将储藏室门又焊上了一个门鼻儿,又买了一把"双环牌"大锁锁上,用双重的大锁锁上门,小偷们看到后,肯定会感到"头痛",会将其隔过去的。我安锁时这样想。我不得不买了一辆新自行车,把车子放进去,心里就安然得多了。因为有两把大锁在门上系着,再加上大门也修复了锁,这肯定没啥危险了。

今秋的一天晚上,大门的锁被撬了。院内有两家储藏室的门被撬,又丢了两辆自行车和一辆电动车。我家的储藏室幸免。我推测,也许是因我在门上安了两把大锁,贼们怕麻烦,就将我家的门放过了。

今年初冬的一天午后,妻带上钥匙下楼提煤球。她将两把钥匙握在手中,去开储藏室的门。她走到门前,却找不到锁了,门还关得严严的。她立即意识到,这肯定是被盗了。她拉开门,只见刚买不久的新自行车及孩子的小自行车都不翼而飞了。后来才知道,两个门鼻儿都有电锯的痕迹。看来这贼早有预谋了,下了功夫,用上了现代化"武器"了。后楼的一位房主说,昨天午夜,他听到了前院有"喀嚓"的响声,便打开了电灯,透过窗户向前院看,没见有异常,就又睡了。这次,几家的储藏室,唯有我家的被盗,其他的安然无恙。看来,这贼或许认为,这双锁的门内,肯定有"贵物",不妨"重点击破"之。

到了春节前这些天,听说是城区的贼们的行窃高峰期。楼上的住户都小心起来,储藏室干脆都不放东西了,只放些煤球、铁锨之类的东西,贼们即使打开门,一看没什么贵东西,也只好"拜拜"了。我干脆连门锁也不买了,只是将门关上,将门鼻儿上系一根细米铁丝,让贼们视而不见吧!让贼们由"重点击破"转化为"重点错过"吧!

前几天的一个下午,一楼老张屋的房门总是开着。对门的房主下午没上班,出出进进总见老张家的门开着,但没见人。快到下午下班时,这房主突然意识到,老张家是不是被盗了?这样想着就到后楼叫来老孙,他们一同走进老张家开着的门内。果真不出所料,老张家的确被盗了。这可不是储藏室,而是住室了。室内箱、柜、被、褥都被翻得乱七八糟,书本、鞋袜扔得满地都是。老张两口子回来了,一看屋内有突变,张夫人就坐在地上哭骂起贼来。老两口是下午两点多钟一同外出的。这贼好像算好的,待老张走出门,他们就走进门了。老张家丢了一辆摩托车,还有少量的钱。看来是这贼觉得储藏室偷不到东西了,该偷主房了;晚上偷不到东西了,该白天干了。

楼上又有两家这两天换上了防盗门。老张开始动员房主们:干脆都安上防盗器吧!

就在昨天下午,一楼老张外出卖菜回来,手拿一杆秤,走到楼门洞口,突然发现一青年正在他家对门的房门前弯着腰用"万能钥匙"开门锁。由于那青年专心开锁,老张的鞋又是泡沫制底,走起路来悄无声息,他没有注意到有人已到他身后了。老张断定这青年一定是贼,想起前几天自家被盗的事,怒火油然而生,他将手中的长杆秤一抖,秤钩撞击秤杆发出"喀嚓"一声响,然后将秤的末端直顶住贼的后腰,怒喝道:"上班这么早!我抓你好久了!快趴下!再动我就开枪啦!"那青年感到后腰被枪眼顶住了,听到那"喀嚓"扳枪栓的响声,加上那呵斥声,他认为这下可糟啦!遭遇了公安啦!他心一惊,脑一蒙,身一抖,就顺从地趴下了。老张右手用秤顶住那青年,左手掏出手机,拨了110:"抓住贼啦!快来!光明路口西20米1号!"这时,我从外边回来,见此情景,灵机一动,返回大门口,将大门闩上了。这地方离派出所仅1000米,不到五分钟,警车鸣笛而至。那贼一直在地上趴着,连声求饶:"饶了我吧!饶了我吧!永不再犯!永不再犯!"不敢反抗,最终束手就擒。

今天得到消息，那青年的同伙某某也被抓到，并得知三年来这里的盗窃案件均是二人所为。

2007年2月1日—4日

联想以及城市绿化

我们为什么会产生联想?这是个很难回答的问题。它也许与一个人的视、听、嗅、触觉有关。比如,每当我看到美国在韩国部署"萨德"的新闻,就会想到战争、霸权;每当燃着蜡烛,就会想起母亲当年在除夕夜油灯下为我赶做新棉衣的情形;一梦醒来,看到阳光已涂满了塑钢玻璃窗棂,就会想到儿时木窗棂上白油光纸上的光亮……

联想是奇妙的。它与一个人的心情、心境有关,与一个人的敏感度、关注度有关,与一个人的阅历、经验、学识、认知、视野有关……比如,当我抽烟时,就不免想起年少时,村头打麦场上,集体打完麦子之后,为庆祝胜利,队长向村上干活的劳力散发南阳"白河桥"香烟的情景……同时,还爱打开窗子,总想到污染的空气与无污染的空气究竟要靠什么来转换?总想到烟盒上"吸烟有害健康"宣传语与香烟制作销售的自相矛盾。但把烟戒掉后,我似乎并不关注美国最新发现的"抽烟者不易患贫血症"以及有人认为"口腔炎患者大多不会抽烟"的观点。但我总爱联想到抽烟危害健康的具体事例。有位同学的岳父是烟龄很长的老者。他因身体不适做一次常规的肺部检查,医生对他的陪同人员说:"他的肺部已全部是阴影了,他也许已患上肺癌了。"

联想是折磨人的家伙。而奇怪的是,这也正是人比动物高明的地方。而人类正是运用这种特殊的功能去创造、去发展,使自己变得更加聪明和幸福。我们就是运用这种联想,向最大的物体探索。宇宙飞船向无限的空间探索,寻找外星人的存在和人类生存的第二空间;互联网,把世界上的国家联结成一个地球村,把所有人联系在一起,让一个人发布的信息,在瞬间内与世界上的人分享;人们又运用联想向微观物理世界进发,向量子物理进发,科学运用它的功能反过来再造福人类。

这种因一事物而联想起与它相关事物的思维活动,使我们成为世界上最高级的动物,使我们运用这种思维活动,创造了无数的不可能,最终为我们造福。诗人运用它创造意象,让读者透过意象再创造各自的想象;散文家运用它表达真情,向人们传达情感温度和精神向度,引导人们再创造属于自己的想象;小说家运用它虚构故事和制造悬念,吸引人们进入一个形象的新世界,并在这个世界里产生联想。

我们就是要靠上帝赐予的这种"神功",大胆地不仅向未来未知进发,还要向历史进发,更要向不断完善的前进路途和方向进发。

我去年在赵河镇陈庄樱桃沟采风时,发现一个儿童活跃在古老的樱桃树上,他在粗壮而稠密的枝桠间穿梭,像一只猴子,在我们的仰望里表现出他的滑稽、机智、自由、聪明和快乐。我随即拍下了一张照片,命名为《被自然包围的猴子》。每当我凝视这张照片时,总不免联想到:时下,我们能够看到的这样的无拘无束、自由浪漫地活跃在古树枝桠间的"猴子"有多少?他简直是在绿色的海洋里穿梭、舞蹈!他是幸福的,因为他能呼吸到富氧的清新空气。那么,我们的城市呢?目前在我们的城市是否能够看到这种风景呢?的确,目前我们的城市,不是森林而是楼林!我们的城市,最缺乏的就是绿林、绿草、绿叶!我们生存在钢筋水泥构筑的楼林里,最缺乏的就是绿荫、清新的空气和可以轻松自由玩耍的场地。目前,即使有些城市建设了一些绿化了的广场、游园,那也是微乎其微的,和城市需要的,相差很远很远。记得我在十多年前曾写过一首题为《春天里的失踪》的诗,表达过对城市绿化的失意和呼唤:"现在,我分外孤独／坐在城市无树的楼顶／思念远方树影下的爱情……"

我们不能把自己的联想束紧,置放在笼子里;我们更不能用我们的联想将气温调高,在夏日里炙烤我们自己;我们不能用我们的联想,将我们的空气搞得无法呼吸;我们更不能用我们的联想,将气候更改,让不落雪的地方落雪,让不结冰的地方结冰,让冰川融化,让水位下降,让河流干涸,让仅存的小流变成污流……

我们要运用我们的联想,把城市楼林变为绿色的森林,从楼林里走向森林。从小处的某一个小城开始,到大处的某一项国家行动;从小处的某一个规划开始,到大处的全民行动;从培植一小盆花草开始,到楼顶、楼壁、楼道的绿化行动;从爱护一小朵花开始,到护围一方方的草坪、游园、绿色广场……让我们的城市被大自然的林木花草包围吧!从现在开始,也许还不是太晚,尽管这是困难的,把楼林打造成自然界的森林,把城市放置在绿海之中。但我们必须运用我们的联想,朝着这个方向不懈努力!这才是我们城市的希望所在……

我昨晚做了一个梦,奇怪的是,我的梦境里依然存在着联想。我梦见我在看一段新闻视频,屏幕上显示字幕提示"城市绿化已成为全世界各国的国家行动",新闻视频画面显示:世界各国全民皆兵,都在城市的楼顶、楼壁、楼道上栽种树木、花草,每个街道都成了林荫大道,每个家庭都掩映在绿色之中,航拍到的城市简直成为绿色的海洋,几乎看不到一幢楼房和一条裸露的街道……

2017年2月27日—28日

大年初一

在国旗一样殷红的纸上,书写。

用金字墨迹,用唐诗宋词,写就今日的平安与祝福,写就明日的丰收与富足,张贴在三亿多个门框门楣,搭起三亿多座彩门,十三亿人进进出出在五谷丰登的门内,在出门见喜的门外,辞旧迎新。

把国旗挂在高出楼顶的地方,让它迎风招展;把灯笼,挂在屋檐下,让它彻夜通明……

灶台、客厅、雅座;吃鸡,大吉大利;吃鱼,年年有余;吃饺,元宝圆饱;吃糕,黏糕年高……

大年初一,年中第一、唯一,十三亿人百倍珍惜——

时间就此展开,生命就此开始。

从除夕傍晚到黎明前的子夜,再到白昼,鞭炮齐鸣。放烟花爆竹的人,把希望点亮,一股阴影般的烟雾,像一年的阴云,被时间驱散,消失……把心境点亮,一束束光明,一颗颗灿烂的明珠升入天空,把期盼炸响,把夜幕点亮,让斑斓的憧憬绽放!天空明亮!心境明朗!

所有的希望在心中期待。

所有的信念从没有停息……

瞬间的停落,是为了更高的飞翔!

时间在拔节,小草以及麦苗开始苏醒!

人类把时间切割成段落,把日子切割成碎片,把生命分散成逗号、顿号、分号、句号、分节、跳动、延续……把命运改良成花筒,转换,变幻,五彩缤纷……

是期待,几乎让时间停留;是希望,几乎让生命燃烧——

急切的心情携带着祝福和寄托,从除夕开始,用简洁的微信、微博,用精美的照片,用生动的视频,用优美的语音……发送、表达。饱蘸真情和嘱托,充当诗人和记者。怎么告别祖传的信笺?怎么把千里之遥的你,掌控在手中?阅读、欣赏、点赞、分享、祝福……独自搭乘电波,穿越春风和阳光,穿越阴云和雨雪,抵达寄存的疆域——

收藏、回复、存储、记忆……

它用沉默告诉你,时间就此开始;它引领所有的日子开始轮回或飞翔!你就此开始起步,跨越或起飞!它并不能驾驭你今年和来年的命运,你的命运攥在你自己的手中!它是你停歇的码头和港湾,马上又要起航……

一只栖息在枝头的鸟,一条静泊在水中的鱼,一棵遥想在暮冬初春的树,一杯共举在餐桌上的酒,一个存放在心中的希冀……

忘记所有不该记忆的,忘记所有紧张和忙碌的,忘记所有超载欲望的,忘记所有横向和纵向攀比的……

——这是一年中情绪最静默的时段,它并不是风雨欲来前的休止;它是平静的池水,避风的港湾,寄存和交换亲情、友情的暖箱……

虽然阴雨满天,但一颗心灵晴朗;虽然风雪弥漫,但一颗心灵温暖。

大年初一,回家过年,合家团聚。把过去踩在脚下,把开始捧在手中……

牵住爸爸的手向前走一走;挽住妈妈的臂向前走一走;蹚一蹚田径草尖上的露珠;听一听村庄河道的流水声;数一数渠岸枝头飞落的麻雀……你停靠在故乡的时间里永不会迷航!

马上出发,在时间里我是一个勇敢的人!我还会回头,但我不会止步!时间让我生命延长,我让生命拥有重量!我抵达的位置和迈出的方向,永远是故乡所指引的地方——

作者手记:大年初一,每年一次,对于每一个人,都是不一样的;每一个人获得的不仅仅是又增长的一岁;或许还有更多的变化和感悟,增加了经验、成效、成熟和成功,用不一样的感觉观察世界,表达亲情,重新上路……

再过100年,大年初一依然存在,大地上存在着更大的变化和进步,人也存在着许多的东西……这些东西,也许是看得见的有形记忆,或是看不见的精神和灵魂……

请把过去踩在脚下,请将未来捧在手中。

注:此作品发表于:
1.2016年2月14日,山东《德州晚报》副刊。
2.2016年2月19日,《南阳日报·白河》。
3.2016年3月,《新雨》季刊第1期。
4.2016年4月,瑞士苏黎世多语种文学期刊《当代文学》创刊号。
5.2017年1月,台湾《中原文献》季刊第1期。

飞越生命的爱

据《南阳晚报》2007年3月13日报道:"南阳理工学院大四学生燕龙洋,3月3日在弥留之际签下协议,如不治身亡,将所有器官无偿捐献……"

另据《南阳广播电视报》2007年3月21日报道:"3月3日,南阳理工学院生化学院0317班大四学生燕龙洋身患恶性'颞骨肿瘤',在病危中的他用剩余的最后的力量在《山东省遗体捐献登记表》上郑重签下自己的名字,登记表的编号是0536001。0536是潍坊区号,001意味着他是山东省作此决定的第一人……世界卫生组织统计表明,全世界需要器官移植的病人数与器官获得数的比值为30∶1,我国该比值为20∶1。在英美等医疗及相关制度比较完善的国家,一个人捐献的器官组织能够帮助40位患者维持或恢复健康……记者发稿时获悉,3月15日夜,燕龙洋生命之花已经凋谢。按照医学上捐献人体器官的规定,身患恶性肿瘤的燕龙洋,只适合捐献眼角膜。3月16日上午,山东省潍坊红十字会派人赶至寿光,摘除了燕龙洋的眼角膜。他的生命之光永留人间。"

3月13日我在《南阳晚报》首次看到燕龙洋的事迹后,很受感动,在感动之余,就写下了一首歌颂他的诗歌《你的生命之花将在另一片原野里绽放》,于当日发表在"红袖添香"文学网站上我的《晓溪涓流》文集里,当日点击率就达800余次。3月21日,我又在《南阳广播电视报》看到了燕龙洋的事迹报道。时隔几日,这次报道,已经证实了燕的生命已经终结,有关部门已经按他生前的意愿,摘取了他的眼角膜。同时我还了解到他是山东省第一个做出此决定的人。请看他在生命最后时刻表现出的飞越生命的动人之举:一是3月2日他躺在床上已不能言语,他伸出虚弱的手,用最后微弱的力量在纸上歪歪扭扭地写下了他的"捐献器官"的心愿,我看到了他的歪歪扭扭的手迹影印件;二是3月5日清晨他写下了他的病症记录:"舌头在嘴里拗不过来,牙老咬着舌头,吃饭喝水不行,老呛着,左脸没什么感觉,左侧头部感觉很大,不好受……左耳里的那个肿块长得很快……";三是3月9日上午,燕龙洋写下了新的留言:"把社会捐助的钱,除了治病以外,还把以前治病父母欠下的债还上,剩余的再拿出5000元,救助南阳理工学院的贫困生。"此外,我还通过报道了解到关于他的另外的消息,他在一次手术后,给学院同学发幽默短信:"我2月30日结婚了。"同学们好久才明白过来,2月哪有30日呢?3月4日,寿光市几家商场打着"爱,让生命延伸!"的牌子,为燕龙洋开展募捐活动。不到两天时间,社会群众就自发为燕龙洋捐款18374元。来自肯尼亚的外国友人看到燕龙洋的事迹后,亲自奔赴医院探望了他。燕龙洋的事迹感动了外国的朋友,爱跨越了国界走到了燕龙洋的身边……

虽然燕龙洋去了,但他留给我们的印象和思考却是永远的、深远的。我们透过这位年仅23岁的寿光籍南阳理工学院大四学生的感人事迹,看到了他短暂生命的最后闪光!龙洋的生命是短暂的,但他给我们留下的精神财富却是永恒的。他在生命最后时光的作为以及社会对于他的回馈,已经诠释了他生命的闪光对于人们心灵的震撼!他尽管最后能够献于社会的很少,仅有可以给人们光明的眼角膜,但,他最后的表现,给予我们的的确是很多很多……他的品格不仅仅在于能够用他捐献的器官去挽救另外的在病魔之中挣扎的人们,而且还在于能够挽救更多病魔之中的人们不坚强的意志和生活之中健康人的脆弱心灵!对心灵挽救的价值恐怕要远远高于挽救病人本身的价值。这也许就是我要写此文的初衷!

在龙洋病危之时决定要捐献所有能用的器官时,他也许并不知道,能供他人用的器官只有眼角膜。但这是他生命终结时表现出的无私的大爱。他在弥留之际想到的不仅仅是自己,而且想到了别人,想到了用自己的器官造福社会,造福其他病重的人们!这已经说明了在生命的最后时刻,他的精神没有坍塌,他没有绝望!他的爱还充满活力!他的那种博爱大爱还充满着生机!基本上,我们每个人,每个懂得事理的人,可能都多多少少或程度不同地受到过病痛的折磨。我们不禁可以扪心自问一下,我们在病痛之中想到了什么?恐怕不少的人,想到的是这病怎么这么痛,这么难受,这么难治,这么缠人,这么令人失望,这么费钱……但又有多少人能够在病痛中想到将自己已不太多的钱(这里且不说器官)捐给同病房或是同医院的更困难更痛苦的病人?按龙洋所填写的《山东省遗体捐献登记表》的编号0536001,他是山东省有记载的做出这一决定的第一人!这又说明了什么?它说明,在病危之中能够决定捐献自己器官的人并不多。社会对于他的捐献,是在他的动人之举公布于社会之后的行动,而并不是他在做出此种行动之前呼吁社会来救助的。他的行为感动了人们,他的最后的抉择感动了社会!社会对他的爱是一种无私的自愿,也正如他对于社会的无私的自愿一样。且不说我们普通的人们,就说那些在生存中挖空心思、想方设法、违法乱纪、贪污受贿,把社会上的利,把平民百姓中的益,把公家的钱据为己有的人们,在他们健康之时,在他们享受不劳而获之时,他们想到社会了吗?他们想到将他们的爱奉献给社会了吗？

就是像我们这些很安分守己的人，当我们看到燕龙洋事迹的时候，是把它当成过眼云烟，还是无动于衷？是心灵震颤，还是浮想联翩？是联系自我，还是扪心自问？

我看到这两则报道之后，不禁鼻子发酸，热泪盈眶。龙洋在病危之中的表现确实打动了我。他最后用他微弱的力量写下他的决定，写下了他的病中感觉，写下了他将社会捐给他的钱留下 5000 元，捐献给他母校的贫困同学……他用他一生中可能是最后所拥有的微弱力量，在床上躺着，鼻子插着输氧管，侧头枕在枕头上，用笔在纸上艰难地写，艰难地表达他的心愿。他在死亡之门的最后一瞥，闪烁出了他生命的光芒，散发出了他博爱大爱的温暖！这种光芒要照亮多少病痛阴暗中的心灵！这种温暖要慰藉多少曾经冷漠的心灵！龙洋的病情记录中，只有对病情的感受，我们找不到畏惧、忧愁和绝望的字眼！他在手术之后发给同学们的"我 2 月 30 日结婚了"的"幽默短信"，展现了他笑对病魔、乐观向上的一面。他这种笑对病魔、乐对痛苦的表现确使人们受益匪浅。我不禁联想到，我也曾有过所谓的病魔纠缠。在我去年的那次不太漫长的病程中，我的感受或者叫表现只有三点：一是害怕，怕病加重，哪怕是微不足道的病情，也总是害怕它加重，会不会危及生命，有时还产生一些不必要的担心，比如药物是否有效是否有副作用，会不会引起过敏，等等。二是忧愁，稍微一点病痛就担心，就忧郁，就发愁，经不住病情风雨的吹打，稍有疼痛就"无法忍受"，就大惊小怪，总是表现不出"坚强的意志"。在病魔前总是懦弱无能，缩手缩脚，谨小慎微。三是自私，在病中，每时每刻都是想着自我，一切思想、言语都是围绕自己转，让周围的人都围绕自己转，有时甚至自己能够做的，也不去做。

龙洋给我们健康的人树立了榜样！给现在正在病痛中的人树立了榜样！我们从龙洋身上，不仅学到了那种大爱、那种无私，而且学到了他在病痛之中表现出的坚强、乐观。他尽管离开了我们，但他的精神却在我们心中永生！他的眼角膜将使一些在黑暗中摸索的人重见光明！同时，也能照亮病痛中人们的阴暗心灵，以及健康人们的阴暗心灵！

社会向他伸出的援手，捐出的爱心，以及有关新闻部门的关注，表明了社会对他行动的感动和颂扬。那位外国朋友看到他事迹后，亲临医院看望他，这说明了大爱无疆，真爱无国界！龙洋爱人民群众，人民群众爱龙洋。这是他应得的回报。天道酬勤，天道也酬爱！龙洋的光明照亮我们的心田，龙洋鼓励我们博爱，鼓励我们向病魔抗争，龙洋永远在我们心中永生！

2007年3月22日—4月1日

注：此作品荣获大河南阳网 2007 年 5 月份好作品二等奖、第二季度好作品二等奖、年度好作品二等奖。

绽放在都江堰上的生命之花(外一章)
——悼济南军区某师炮兵指挥连南阳籍士官
抗震救灾英雄武文斌烈士(一)

据新华社 2008 年 6 月 21 日报道,出生于河南邓州的济南军区某师炮兵指挥连实习士官学员武文斌,在抗震救灾中因连续奋战,过度劳累,于 6 月 18 日凌晨牺牲在都江堰市抗震救灾一线,年仅 26 岁。另据中新社 6 月 22 日报道,6 月 21 日,在都江堰市胥家镇抗震英雄武文斌烈士的灵堂前,各地群众敬献的花圈已达两千余个,数千群众自发前来进行悼念。

红梅绽放在寒冬雪野,黄菊绽放在岗坡硕秋,雪花绽放在秋尾春头。
在都江堰岸边您的灵堂前,各地群众自发高擎的千万朵花圈之苞,就绽放在您生命的尽头!
万千群众悲痛的哭声奏响了您的生命乐章!千万滴泪珠泼洒成感恩和报答的雨露!
长歌当哭!长歌当哭!

朴素的都江堰人民永远怀念您!您亲手揭开夜幔,重见天日的花朵永远怀念您!折枝重生的老树永远怀念您!
残垣断壁上,您亲手搭建的帐篷和板房里,甜梦和鼾声永远怀念您——
您是生命的天使飞翔在黎明,暗夜在您的身后退却,您生命的花枝支撑起灾难之后的春天,支撑起绝望之后的希望,支撑起都江堰的重生……

都江堰人民手捧着心灵的花朵献给您,在您生命的顶端烂漫成花海——
那红花就是您抗寒抵难的红梅!那黄花就是您劳苦终生的黄菊!那白花就是您辞寒报春的雪花——

这千万朵绽放在您人生之巅的生命之花,永远植根于玉堂镇 7816 个农户的房前屋后,永远绽放在都江堰市地震灾区人民的心头,永远生长在全国人民的生命里……

注:此散文诗发表于:
1.2008年7月22日《青年导报》;
2.2008年8月6日《青年导报》;
3.2008年9月9日香港大公网文化专栏;
4.2009年7月28日南京"金陵之声"广播电台《海上生明月》栏目。
5.2016年1月,瑞士苏黎世多语种文学期刊《当代汉诗》总第10期。
另收入2011年12月由大众文艺出版社出版的诗集《七情:武建华诗选(上下卷)》。

送　别
——悼济南军区某师炮兵指挥连南阳籍士官抗震救灾英雄武文斌烈士（二）

据新华社刘杰 2008 年 6 月 24 日报道,武文斌烈士遗体告别仪式于 6 月 24 日在都江堰市翠月湖殡仪馆举行,两万多名当地群众自发前往送别……

"娃子,一路走好!"
"英雄走好!"
"文斌,都江堰人民永远怀念您!"……

文斌,文斌,我要告诉您——
这是都江堰两万多名群众送别您时高擎的心语,他们要把他们的孩子举过头顶,他们要把您的英名举过头顶,他们要把对您的爱、哀思和祝愿举过头顶……

文斌,文斌,我要告诉您——
都江堰两万多名群众的脚步沉重、沉重……
他们想用悲痛拽住您 26 岁匆匆离去的身影,他们想用哭声压住死神对您的召唤,他们想用泪光照亮您的黑夜……
因为您卸下的板房材料堆成了山,因为您流下的汗水汇成了河,因为您休息的时间太短太短,因为您在都江堰印下的足迹太长太长……

文斌,文斌,我要告诉您——
都江堰两万多名群众在您身边紧紧靠拢,他们想用人墙堵住您的死亡之门!
因为您援救他们的步履太快太快,因为您给他们送的物资太多太多,因为有了您,他们才获得了重生……
他们昨晚在您搭建的帐篷里彻夜难眠,他们昨晚在您搭建的板房里痛哭流涕,他们昨晚喝着您送来的清水无法下咽、无法下咽,他们昨晚吃着您送来的食物时一直哽咽、一直哽咽……

他们想把6月18日凌晨您绽放在肺部的血花,栽在房前,让它长成一朵鲜艳的红玫瑰,永远陪伴他们所有的春天……

文斌,文斌,我要告诉您——
您是人民的儿子,人民永远记住您!
6月24日,是全国人民为您送别的日子,全国人民聚拢的感激和敬仰的泪光,已经将您的世界照亮、照亮……

注:此散文诗发表于:
1.2008年7月23日《青年导报》;
2.2008年8月6日《青年导报》;
3.2008年9月9日香港大公网文化专栏;
4.2009年7月28日南京"金陵之声"电台《海上生明月》节目。
5.2016年1月,瑞士苏黎世多语种文学期刊《当代汉诗》总第10期。
另收入2011年12月由《大众文艺出版社》出版的诗集《七情:武建华诗选(上下卷)》。

缴 枪

　　光棍儿犟王叟养一南阳黄牛为方圆十里八乡之牛王也,红褐膘肥,雄壮高昂。方圆农人羡之,讴之。
　　一日深夜,万籁消尽。犟王叟卧床辗转反侧久未眠,自忖翌日鬻牛王而不舍。其对牛之浓情无以言表。此时,院中一盗贼老大牵牛王麻缰至大门口,盗贼老二门外哨之。然牛王止足,高头昂扬猛挣。麻缰脱手。老大迅即弯腰捡缰,面于前,背肩倾力而前行,若纤夫拉船样大汗淋淋。犟王叟犟,所养牛亦犟。忽牛王洪声哞叫,老大愕然。此时,老大耳边突嗡响喝令:"放开!不放就开枪啦!"声音敦厚而雄浑,高昂而严厉,似牛王之哞声震耳欲聋。老大愈愕然,惊愕之中又突觉后腰有一枪管顶压。老大多年"上班"取牛,屡屡得手,计约百余,然则从未经此之恐吓:牵牛之不成,竟有枪管顶住,莫非丧命呜呼?惊吓之下,丢缰,携老二夺命而逃……
　　顶老大后腰者,犟王叟也。
　　不舍鬻牛而牛又险些被盗,犟王叟一夜未眠:牛王必鬻也!不鬻则遭祸也!不舍亦得舍也!

　　翌日晨,犟王叟早起用扫帚扫刷牛王膘体之毛,欲早餐后赶街市狠心鬻之。正刷间,乡派出所两干警入大门。犟王叟思忖:莫非问贼逮贼也欤?
　　两干警一长一员。犟王叟忙倒茶递烟。
　　所长道:"据说你有枪?缴上吧!不缴,除罚款之外,还……"
　　犟王叟听之愕然,自思忖:"……来者非逮贼也,真惹出祸来了,要逮我不成?枪?什么枪?休想!"
　　犟王叟读过私塾,肚中之墨沤出黄芽芽儿来,遇事总善思善想,善持己见,善察究竟,善顺水推舟……此时,犟王叟脑中生出大田里的勾勾秧来。勾勾秧攀附庄稼而升,盗贼莫非攀附公安之不成?!贼盗牛不成,反告我掖枪而成?未等所长说完,犟王叟脑子一转,闷声闷气:
　　"缴……缴——给你们?不成!"
　　"咋不成?要罚款的!要……"

"要缴也不缴给你们！"犟王叟者，犟出名也。

"那……缴……缴给——谁？"所长碰钉，欲怒而未出，遂将计就计，顺水推舟。

"局长！"犟王叟灵机一动，脱口而出，亦来个顺水推舟。

"那……好……那好！"所长早闻犟王叟乃方圆十里之犟王也。老犟想准的，谁休想劝醒之。无凭无据，亦真拿其无方。量其不会毁枪，不敢逃跑。此老头子难缠也，倒不如先放之再论之。

"那行！那行！"一长一员不得不退避三舍。

世间之事巧成书。世界之大，无奇不有；偶中有奇，奇中有偶；欲至则有，欲至亦无；人生于有无，长于无有。时隔数日一午后，犟王叟所居之小村复来一公安小车，车上走下一温文尔雅小青年干警，至犟王叟家。犟王叟刚从牛市鬻牛返回，又遇公安矣！犟王叟忙倒茶递烟。

青年和声和气："大伯，我是县局的，你不是想见见局长吗？咱们一起去吧！"

犟王叟一怔，然须臾即平静。见？弗见？那日脱口一言，今则成为现实……见即见！弗见自弗见！勾勾秧攀附庄稼如此之速！见即见！能奈我若何？倒非如顺水推舟！犟王叟平静后思忖之。

"那……见就见！在哪儿见？"

"局里！"

"啥时见？"

"现在就可以一起去。"

"去就去！"

"那……那可得把枪缴上。"青年抢抓机遇。

"不成！"

"咋不成？"

"我得先见后缴！"

"也成！"

一小时余，犟王叟被公安车带至城里。

小村热闹非凡。

"老犟被抓啦！老犟被抓啦！"

"老犟这次可不犟啦！"村民议论纷纷。

"老犟有枪！前天夜里我下床撒尿，听见他逼一个人，说不放开就开枪啦！牛王吓得都哞哞乱叫啦！"犟王叟邻居粗毛在给村民们绘声绘色描述……

局长办。茶水、香烟、水果……青年又递水果又让烟。犟王叟一一拒之。他首次见此大官，首次享此待遇，嘴里连道："不！不！不！"两手伸出，推、推、推……心里嘀咕：犯法了还有此待遇？低头不看局长。

局长站起，将一苹果递过来。犟王叟亦站起，推之不掉，接着，顺势乜斜一眼局长，只见局长年龄不大，亦青年也。

"大伯！农村都让缴上猎枪了，你有啥意见？"局长和蔼可亲道。

"应该！应该！"犟王叟答。

"听说你有支枪？"局长道。

"那……那是为了防身！"

"防身是对的，但现在有枪都得上缴……咱内陆平原猎枪也不行。"

"这我知道！但……但我的枪……"

"老笨桩也不行。大伯！"局长见犟王叟没吃苹果，就又递上一支烟。

"那……那我……我没枪……"犟王叟接烟，点着，抽口，吐出，烟雾渐渐消散……思忖：勾勾秧攀附的庄稼不一定都是坏庄稼……但……

"可有人举报，说你掖有枪，请缴上，要诚实，要相信组织……"

诚实？我若诚实，那晚贼还逃不了呢！犟王叟想，脑海里又浮现许多田地之勾勾秧来。勾勾秧攀附庄稼向上爬。那贼还举报我？贼喊捉贼？！贼与公安勾结，再聪明的公安亦无能矣！邪和正勾结，正即不正矣，正与邪是东风和西风，强胜弱败矣！诚实？诚实即诚实！今日即得给局长说说，现在的贼……

"那……那……我……我只能缴……缴一杆——秤啦！"犟王叟虚假时言之流利，诚实时却吞吞吐吐。

"缴秤？秤？什么秤？"局长听得没头没脑。

"就是秤！前几天半夜里，贼牵俺家的牛，俺就是用家里的老秤杆子顶住了贼的后腰，贼才吓跑了呢！俺不这样，也许会挨刀！"

"真是这样？"局长大惊。

"真的！请相信我！我老犟不说瞎话！"

"原来如此！"局长长出一口气，"大伯！委屈你了，我相信你，但我们还得调查一下，你先回去吧！"

半月后，两盗贼落网。

半年后,犟王叟"秤枪"未缴,然乡派出所长因袒护盗贼、渎职误案而缴了枪,被脱下了制服。

犟王叟脑海里长出的勾勾秧,像喷了灭草灵,皆蔫矣!

小村一片安静。

2007年2月10日—23日

写在今日"人类的生日"里

——为今日(丁酉年正月初七)"人类生日"而写

> 在中国古老的创世神话中,将农历正月初七被确定为"人日"——"人类的生日"。这是"人类诞生"的标志。前六天诞生了:鸡、犬、豕(猪)、羊、牛、马。女娲创世,第七天才产生了人类自己。①
>
> ——题记

今天是人类的生日,我把今天的祝福奉献给所有的亲人,让他们在自己的生日里因为有人祝福而倍感亲切;我把今天的祝福奉献给所有思念的人,让他们在自己的生日里因为有人记起而感到骄傲;我把今天的祝福奉献给所有受尊重的人,让他们在自己的生日里因被人尊重而感到欣喜……

我把今天的祝福奉献给在人类路途上,走在我前边、走在我后边和与我同行的人,让他们一个一个都明白,今天是我们人类诞生的日子,也是我们共同的生日。

在人类共同的生日里,我在这个巨大的概念里,用最神秘和因发展而更加神奇的中国汉语,为世界上所有的人祝福、祈祷、点赞和歌颂。

每一个人都是人类中的一员,每一个人都成为"人类命运共同体"中的一员,每一个人在今天都同时住在一个地球村,享受着同一的信息接纳和给予,享受着同一的文明、进步和富足,享受着同一的向前的召唤和进取。我们所有的人,几乎都拥有了同一的向上向善向美的渴望和举止;我们所有的人,几乎都拥

---

① 女娲,中国古代神话传说中的女帝王,她曾炼五色石补天。在中国许多地方,都流传着女娲正月初一造鸡,初二造狗,初三造猪,初四造羊,初五造牛,初六造马,初七才造人的传说。有的神话中还说女娲的肉体变成了土地,骨头变成了山岳,头发变成了草木,血液变成了河流,就像创世的盘古大神一样。这些神话传说,乃是古老信仰在当今民间的延续。古人认为,鸡、狗、猪、羊代表春夏秋冬四季,牛、马代表地和天。所以班固在《汉书·律历志·上》中才说:"七者,天地四时,人之始也。"这是把正月初七叫"人日"的缘由之一。许慎在《说文》中也强调指出:"娲,古之神圣女,化育万物者也。"这就是说,女娲不但是炼石补天的"英雌"和造人的女神,还是一个创造万物的伟大的自然之神。

有了同一的同情弱者、鄙视丑恶、爱护幼小的心理(心灵)。

在人类共同的生日里,我呼唤所有的人,都要成为被尊敬的人。

今日,我愿世界任何一个角落,都听不到枪声、争吵和辱骂声;今日,我愿世界上任何一个国家、任何一条道路上都不会发生一起小小的灾祸;今日,我愿世界上所有的利剑,都从高举中垂落下来;今日,我愿世界上所有的人,都能沐浴到和煦的阳光,所有的天空都没有阴云,所有的大地都没有雪雨,就连寒冷的北方,冰雪也将会融化,太阳的温暖,将所有需要温暖的人,都包容在这春日里——

在人类共同的生日里,大地上的人们,全部进入了春天!一切冬眠的植物,从今天开始复苏;一切动物,从今天开始出发,走进春天。我写一首诗,奉献给天下所有的人,奉献给天下所有的动物和植物,奉献给天下所有的阳光和春风,就是为了庆祝我们人类自己的生日。我写一首诗,奉献给中国的屈原、李白、杜甫、苏轼、艾青、昌耀、海子,以及当代仍在坚持写着诗歌的人们。这是捧给他们的生日礼物,她似一朵纯洁的馨香之花、温暖之花,讴歌人类诞生与发展的生命之花。我也为世界上的诗人们奉上这朵花,让诗歌的纯净为人类的发展而歌唱和洗礼!

在人类共同的生日里,我为目前依然坚持为"人类的生日"开展纪念活动的成都而点赞!那里的广大市民,就是在今日——正月初七,游杜甫草堂凭吊诗圣杜甫,吟唱诗歌,赏梅祈福,庆贺人日,继承中国这一传统习俗。

在人类共同的生日里,我用诗歌为人类,唱一首歌,呼唤世间所有人,像记住"世界诗歌节"一样记住今日——人类的生日!让这一温暖的文化胎记,烙在每一个中国人的心里,让我们成为能够铭记人类诞生和前行的人,成为能够记住自己的人。无论我们走到任何地方,我们人类自己的生日,我们永远都不会忘记——正月初七——人类共同的生日!

2018年2月22日(戊戌年正月初七)急就

劳动颂歌
——写给"为实现伟大复兴中国梦"的劳动者

> 劳动最光荣,劳动最崇高,劳动最伟大,劳动最美丽!
>
> ——习近平

1

天真的小女儿,曾问过这样一个问题:"爸爸,长大后,做什么最伟大、最光荣?"望着稚气的小脸,一霎时,我胸腔洋溢出激动而自豪的波浪,答曰:

"最挚爱的乖儿,若你,梦愿未来征途幸福,莫忘记爸爸春香烂漫里,给你希冀殷殷的嘱托——

"人民劳模精神最伟大!祖国劳动人民最光荣!望你用崇高而伟大的劳动,编织花环般美丽的人生!盼你用智慧的劳动,创造未来新美景!"

2

清晰地记得,长络腮胡子、叫卡尔·马克思的德国人,运用辩证唯物主义和历史唯物主义的科学原理,娓娓道出"劳动创造了人本身",总结出了人类社会发展的基本规律,开创了劳动人民自我翻身得解放的必经道路,确立了共产党人最终实现共产主义的最高理想。而生物学家达尔文,创立了人是由猿进化而来的理论。人类从钻木取火,到今天的手机电脑,人类从四肢蹒跚,到今天的火车飞船,劳动啊,创造了几千年华夏灿烂的文明史!劳动啊,铿锵迈步,科学追梦,一代代人勇往直前——

劳动里,蕴藏着亿万人民的无穷创造力;劳动间,泱泱民族,复兴追梦,中华版图,隆隆凸显;劳动凝聚生产力,推动历史车轮,隆隆前行——

祖先劳动着,聚居着,一路追逐明亮曙光,沿途奔忙,伐木号子里,学会了火的使用,劳动的人类啊,懵懂穿越九州荒凉!

劳动啊!非凡的聪颖,创造出原始的精神文明!黑土塬,黄河畔,薪火不息的远古青烟啊！用太阳春夏的灼热和父母秋冬的煦暖，灌浇不灭，长江万载，贯穿昆仑，绵亘万山！

热爱劳动的祖先！鸣笛长空——新历程启锚，点燃那闪烁的星星之火！燎原，燎原！创造斑斓的文明先史——

耕耘于沃野的劳动，幸福生活绚丽的源泉，汩汩流淌，千万劳动人民智慧结晶的血液，从河姆渡文化到半坡聚址，像慈母香吻的乳汁，哺育滋养，泱泱大中华的瑰丽磅礴！衍生了商代殷墟甲骨，生成了王羲之《兰亭序》天下第一行书，繁衍了汉赋唐诗宋词元曲，孕育了风流人物秦皇汉武！

3

劳动啊，无上荣光！无上荣光的劳动者用生命谱写历史，创造科学，探求真理，在劳动实践中创造新科学——

多少次，骄傲于中国指南针、印刷术等发明开启文明新纪元；无数回，惊叹于地动仪、圆周率采撷科学桂冠。我们咏读郦道元的《水经注》、沈括的《梦溪笔谈》，也拜慕李时珍的《本草纲目》！

至今难以忘怀的是，学生们齐声诵读国学的音韵，萦绕耳畔；幼童对《悯农》的吟咏，不绝于耳！

劳动者啊，伟大光荣！无数风骚人物叱咤风云，群星璀璨，劳动人民啊，人类英雄！剑风呼啸，热血沸腾——

一项项科技硕果，昭示中华儿女幸福的理念；普通的华夏子孙，为祖国光明未来奋力扬鞭，劳动不止，复兴振兴，追求平等，传播劳动改变旧世界的新思想新观念！

九曲奔腾的黄河水，载着农工翻身的梦想；巍峨起伏的长城墙，倾听辛亥枪炮隆隆声；俄国十月革命的春风，吹醒睡狮，唤醒劳苦民众；北京城青年学生"五四"爱国运动，不屈的斗争，送来了马克思主义，促进了中国共产党的诞生！

我们歌咏南湖泛舟不屈的斗争，光明礼赞"八一"南昌城，从中华英雄儿女灵魂革命，到苍茫大地勇改乾坤，中国劳动者迸发出强国富民的恢宏志向，有了中国共产党的英明领导，革命征途焕然一新！

颂歌啊，唱给伟大正确、指导劳动人民前进的中国共产党，是您啊，凝聚劳动人民的智慧，披着社会主义的霞光，用共产主义崇高信念，获取奋发有为、开拓创新的力量！

光荣啊！为人民而劳动的建设者们！近百年来，有一群无产者，他们用特殊的劳动和耕耘,改变着千疮百孔的荒芜贫瘠的祖国大地,他们用劳动的双手开辟了崭新的时代,崛起的东方!用劳动的双手兴起了大国富强的亚洲雄风!

我们的党啊,是花园的园丁,热爱着每一株花茎!浇灌知识,撒播文明,使劳动的大地,更加郁郁葱葱——和谐与民主,团结与安定,幸福与繁荣,自由与平等,美丽与法治公平!

奉献祖国,为人民幸福而敬业劳动!我们为有崇高信仰而倍感生命华贵、光荣!

4

我们的诗章,讴歌为祖国建设而奉献壮丽青春的劳动者,我们的歌唱,颂扬为时代进步而鞠躬尽瘁的楷模。历史沧桑,翻开吧,曾经火热建设的过往——

"宁愿一人脏,换来万户净"!

这朴实憨厚的语言!真情深浓,至今回响耳畔,也会有,一个闪耀史册的场景,令热泪潸然。

少奇深情有力的手紧握时传祥粗糙的大手,主席和工农都是同一的人民,劳动同样普通、光荣!

劳动者默默奉献,他们的天空晴朗、湛蓝、辽远,我总是思忖自问:王进喜那是什么样的铁人精神?把采油钻杆打进地心,击破外国人荒谬的狂言,雪洗中国贫油的耻辱,春风万里,喜讯吹过玉门古关,让世界几十亿人民,注目社会主义中国创造的神话,刻骨铭心。他说:"宁可少活二十年,拼命也要拿下大油田!"

我特别喜欢冼星海的一句哲理名言:"我有我的人格良心,不是钱能买的,我的音乐,要献给祖国,献给劳动人民大众,为挽救民族危机服务。"

历史记忆时代故事,祖国发展日新月异。"杂交水稻之父""全国劳动模范"袁隆平,一个属于中国,也属于世界的名字,他发起的"第二次绿色革命",给整个人类带来了福音。他的"三系杂交稻"技术成果的推广,缓解了世界粮食短缺压力。市场经济高速发展,他却践行着音乐家冼星海的铮骨誓言,屡次推掉国家给予的崇高荣誉,婉言谢绝多项光环,把凝结着毕生心血的先进科技成果一次次奉献,为报效生养他的祖国,在物欲横流的市场浪潮里,他的劳动创造着浩然正气的春天!

"老百姓幸福是我最大的满足",这是吴仁宝的誓言!正是共产党人全心全意为人民服务的崇高革命理想和不懈奋斗精神,才换来了华西村的新时代,富裕美丽的小康家园!

5

　　我明白,党旗上的镰刀和斧头,是劳动者的象征。它来自田野,来自红土地、黄土地、黑土地,镰刀上凝结着亿万人民劳动的汗滴,回荡着劳动的号子和呐喊!这斧头,是钢铁锻打的结果!旗帜上的红,来自万物生长依靠的太阳!我们的党就是要为劳动人民谋福利!全国亿万人民,仰望高扬的猎猎党旗,迎接朝阳,迈向新时代,踏上新长征,劳动创新,锐意改革,实现千载富强、民主、文明、和谐、美丽的中国梦!

　　劳动里,孕育了新时代,开拓了新征程,新时期所开创的劳动新成果,拥有着无可比拟的超速度!

　　今日的耕种,可以不在田间;今日的门店,可以没有卖主;今日的书写,可以告别笔墨;今日的结算,可以不用金钱;今日的交易,可以足不出户……让我们的产品过海跨洋,走向世界!奥运健儿赛场上展现顽强,航天英雄在太空奏响了凯歌!杨振宁、李政道、屠呦呦……华为、海尔、联想、美的、格力……中国国产C919大型客机试飞成功,中国高铁最高时速350公里运营,夺回世界最快的称号……

6

　　光荣啊,劳动!颂扬祖国的劳动者,奋斗的新时代!

　　劳动,如疾进飞驶的动车,载着中国人,在中国特色社会主义轨道上奔驰,奔跑在伟大中华民族复兴的大道上!

　　点亮,点亮!点燃高擎火炬!

　　看,社会主义康庄大道上,走来我们的劳动者!

　　我们的劳动者,怀揣民族振兴的梦想,为社会主义事业劳动!劳动!

　　我们的劳动者,朝气勃勃,锐意进取,成为永远的追梦人!

　　"人世间的美好梦想,只有通过诚实劳动才能实现;发展中的各种难题,只有通过诚实劳动才能破解;生命里的一切辉煌,只有通过诚实劳动才能铸就。"

　　奉献吧!我们的劳动者!在辛勤的劳动中为祖国无私奉献!

　　光荣啊!我们的劳动者!因劳动而伟大、无上光荣!

　　中国梦!劳动颂!大复兴!

祖国进入新时代,"两个一百年"的宏伟蓝图已经绘就,伟大中国从站起来到富起来,再到强起来！这是中华民族伟大复兴的必经道路！我们弘扬创造精神、工匠精神、创新精神！

我们为劳动奉献精神而高歌！年青人啊,莫辜负似水年华,请用您辛勤的汗水,浇灌出璀璨的劳动成果吧！

九经百战的老者啊,莫丢弃您的金智囊,继续抒写您劳动者的奉献之歌吧！"劳动最光荣,劳动最崇高,劳动最伟大,劳动最美丽！"新时代号角已经吹响,让我们高举伟大旗帜,不忘初心,牢记使命,朝着"两个一百年"的奋斗目标,开拓创新,不懈进取,创造中华民族伟大复兴的最新美景！

2018年4月26日—5月1日

注：该文以同题诗歌形式中英双语发表于瑞士苏黎世《当代汉诗》2018年34期。合作者：王欣凯。

白衣天使，人民健康的忠实护卫军
——写在第105个"国际护士节"之际

亲爱的朋友，在春色染绿大地的5月，在百花竞放的5月，我们迎来了第105个"国际护士节"。

亲爱的朋友，在今天这个光荣而喜庆的节日里，我们要把我们的歌声和赞美献给方城县奋战在医务战线的白衣天使们！因为，她们是人民健康的忠实护卫军，是健康方城的忠实护卫者！

早在1912年，这个节日就已经确立。设立"国际护士节"的目的，就是倡导、继承和弘扬现代护理学科的创始人——弗劳伦斯·南丁格尔不畏艰险、救死扶伤、勇于奉献的人道主义精神。

105年来，世界上有多少个国家成千上万的护士们，以自己的实际行动传承着南丁格尔的人道主义精神。而今天的方城县，已拥有了一支2300人的护士队伍，她们以饱满的斗志，乐于奉献的精神，继承着南丁格尔的遗志，为方城人民的健康发挥着各自的光和热！

仅方城县人民医院，就拥有450多名护士，她们和全县护士们一样，在医疗一线兢兢业业地工作，不辞劳苦地奉献着自己的青春年华，用实际行动继承着南丁格尔的人道主义精神！

是谁，如春雨般滋润着患者久旱的心田？我的回答是奋战在医务战线的白衣天使们！

是谁，如夏风般驱散患者那份伤痛的燥热？我的回答是奋战在医务战线的白衣天使们！

是谁，如秋月般照亮患者抵达健康的彼岸？我的回答是奋战在医务战线的白衣天使们！

是谁，如冬日阳光般温暖患者那忧虑的灵魂？我的回答是举不胜举的基层医院的白衣天使们！

正是她们，在这没有硝烟的战场上与病魔站成零距离！

正是她们，在充满呻吟的病房，把微笑定格成无限的希望！

正是她们，娇小的身躯有海洋般博大的胸怀！

正是她们,在奉献的答卷上写满青春无悔,用平凡的歌声唱出不平凡的斗志和奉献!

我就是要说,你们的翅膀掠过哪里,哪里就有幸福,哪里就有希望,哪里就是人间天堂!

有位患者在病房中这样说,美丽的白衣天使,你是我的保护神,你纤细的手抚平了我伤痛的心!我虽与你并不相识,但你献出的爱心却胜似亲人!

有位患者痊愈后这样说,你夜半查房时轻盈的脚步,酣睡中的我浑然不觉!你精心的服务,及时遏制住了我凶残的病魔!

有位病人家属这样说,我亲眼看到,护士们对待我家的病人,有时超过我们的细心!护士们对待我家的病人,就如对待她们自己的亲人!病人的病情犹如晴雨表,时刻都挂在护士们的心头!

我曾问一位护士:"你们为什么无微不至地关心病人?"她笑着对我说:"解除病人的病痛是我们的心愿,挽救每一个生命是我们神圣的责任!"

有位诗人这样说,美丽的白衣天使,你们用对生命的爱,践行着南丁格尔的诺言!你们用温暖的话语,点燃患者求生的希望,激励着患者战胜病魔的信心!你们有菩萨般的心肠,你们是没有硝烟的战场上的军人!

有位护士这样说,我们不应该计较个人得失,我们应该勤勤恳恳守护着充满生命希望的岗位!我们要让所有患者感受到我们的温暖、爱的温暖、生命的温暖!也许,我们的工作注定永远那样平凡,有时还会遇到不理解的患者的埋怨冷眼,但,我们是患者的希望,我们就应该无怨无悔地为他们营造生命的绿色……

是啊!多少个白昼,她们战斗在救死扶伤的第一线!多少个夜晚,她们与死神和病魔抗争!

是啊!治疗时,她们是医生的臂膀!巡视时,她们是患者的亲人!监护时,她们是健康的使者!抢救时,她们是生命的卫士!

是啊!她们精湛的技艺让死神战栗!微笑的服务表达出她们的真情实意!救死扶伤中,她们把生命之火重新点燃!

是啊!白衣天使,雪一般的衣裳,裹着一颗雪一般纯洁的心灵;她们比白云更圣洁,比火焰更炽热;她们在寒风中飞翔,在黑夜里燃烧……

是啊!她们的工作,从一根细微的针开始,一根针既刺痛病魔,也刺痛她们自己的内心!是啊!她们的工作,从一滴水开始,输液管里每一滴水都滴着她们的希望!

是啊!她们的工作,从一厘米开始,体温计里的每一厘米上升或下降都系在她们的心里,每一个刻度,都刻下了她们的细致入微的叮嘱!

是啊！她们的工作，从消灭一个病菌开始，每一个病菌，都是她们的天敌！每一个病菌，她们都要干净彻底地消灭！

是啊！她们的工作，从一个微笑开始，当患者在病痛中失去信心，她们的一个微笑，就能点燃一个生的希望！

我看见，一个儿童高烧40℃的体温下降了，家长们笑了，护士们也笑了！

我看见，一位患者愁苦的表情消失了，护士们心头的阴影也像遇到了阳光，不翼而飞了！

我看见，一位患者的肿瘤取出来了，病人心中压着的那块石头终于扳掉了，护士们的心中同样扳掉了一块沉重的石头！

我看见，一个婴儿开始啼哭了，她们从死神中又夺回了一条生命，这条生命终于又成了大地上的一员！

我赞美所有奋战在一线的护士们，我更赞美我们方城县2300名护士！她们中，荣获县级以上荣誉的不计其数。

如果说，医院是一只苍鹰，那么，护士们就是这只苍鹰的翅膀！

如果说，医疗战线是一座大山，那么，护士们就是这座大山上的绿叶！

护士们的工作平凡而伟大，琐碎而又不易，艰辛而又劳苦；护士有着无私的爱，她们面对性格各异的患者，奉献着海一样博大的情怀！

假若我是一名护士，我就永远坚守着这份平凡而伟大的职业，永远守护着病人，永远给病人生命的希望！

我就是一名护士！我是方城县护士队伍中的一员！

我将一如继往，继续为全县医院的发展不遗余力，为医疗改革发挥出光和热！

我们！将一如继往，继续为方城人民的健康不遗余力，为方城的大卫生建设发挥出光和热，为建设富强、和谐、美丽的新方城做出更大的贡献！

注：此文为2017年5月在方城县卫计委举办的庆祝国际护士节诗歌朗诵会上朗诵的篇章。

家长培养孩子写作能力　观察体验阅读是关键

家长是孩子的第一任老师。要培养自家孩子的写作兴趣和能力,我们作为家长的首先要明白:必须从小引导孩子在参与观察、体验中去获得写作素材,在阅读中获得知识,从而解决写什么和怎样写的问题;要让孩子养成一个写生活经历、写身边事物、写最熟悉的人、读感兴趣的健康书籍的良好习惯。只有这样,孩子们的写作兴趣才会逐渐培养起来,才能解决没啥写、不会写的问题。在培养孩子良好的阅读兴趣和习惯时,可以让孩子从小多读课外书籍,例如他们感兴趣的知识性、科学性、教育性、操作性较强的图文并茂的健康书籍,以及古今中外的经典著作。"读书破万卷,下笔如有神。"对中小学生而言,其实也不例外。书读得多了,知识丰富了,加上又有了写作素材,那么,孩子的写作问题就会迎刃而解,写作能力和水平自然也就会提高。

我的孩子十周岁在五年级学习的时候,我发现,他在每次写作中并没有被难住的时候。另外,在期中、期末以及一些参赛、抽考中,每次作文总能得较高的分数。记得从小学三年级以后,他在语文考试中作文得满分的次数不下五次。就是不得满分,也只是扣1—2分而已。

记得他的第一篇作文就写得很成功。那是他上小学一年级的时候,当时还没有写作课。那时孩子刚满五周岁,我们为了激发他的写作兴趣,就先引导他做些感兴趣的事情,然后再让他将这些感兴趣的事情记录下来,这个过程本身就是引导孩子写作上路的有效途径。2004年春节,我们带孩子到全民健身广场让他用气枪打靶(靶子是一个个吹得鼓鼓的花红柳绿的气球)。这是孩子第一次参加这样的活动,他很感兴趣。我们让他打十发子弹,他第一发就打中了,第二发又打中了,十发子弹他打中了八发。他很有成就感,认为他取得了极大的成功。他为此很高兴,见人就说他这次成功的经历。回来后的第二天,我们循循善诱地对他说:"你最好将你这次成功打靶的经历记下来,作个留念,该有多好呀!"他说:"那写什么题目呢?"我说:"干脆就写《第一次打靶》吧!"孩子说:"好好!"说着他就写去了。孩子第一次写作文,我们没有提前对他说怎样写,但不一会儿,孩子就将文章写成了。我们一看,事件的时间、地点、经过、来龙去脉以及所取得的成绩都写得一清二楚,层次也很分明,逻辑也很严谨。我们只在他的文章最后加上一句:"长大我也要当解放军。"我们认为,孩子第一次写作文,能写成这样,就是很大的成功了。这对他以后的写作兴趣的培养和写作能力的提高,都将会产生较大影响。

还有一次,是他小学二年级的暑假时,我们没在家,只他一人在家。他就突发奇想,给他养的那只小白兔染起发来。他拿来彩色的粉笔,准备了点儿自来水,先将粉笔粉碎,加水调成彩色的液体,抓住小白兔,就给它染起发来。后来,一染就是一身,把小白兔染成了"小花猫"。我们回来后见小白兔成了"小花猫",但我们并没有批评他,反而以此为机会引导他:"你是不是将这个有趣的活动写成文章呢?"他满口答应了。不多时,他就写成了一篇题为《给小白兔染发》的作文。我们提前没有给他命题,他自己命了题,我们也没跟他说怎么写,可他很快就写成了。写成后,我们并没有怎样修改,只给结尾添了一句话。这篇作文被我们推荐到县城关第一小学主办的报纸《小燕子》,很快就在二版头题的位置发表了。

2006年暑假,我们引导孩子观察我们家养的"小猫咪"的动作,借此引导他一连写了20多篇"猫咪系列观察日记"。每篇都写得很真实和生动。我们还将他写的文章发表在大河南阳网通讯员总站上。我们给他申报了大河南阳网通讯员,他成为大河南阳网年龄最小的通讯员。他发表的题为《水是生命之源》的文章还被网友推荐为参赛入围作品,并排在全市45篇入围作品中的第一篇。2007年,我又帮孩子在"红袖添香"文学网站上申请为创作写手会员,将他写的《记一次拔河比赛》《我爱学校的白杨树》等文章发表了上去。这个网站是当时我国最有影响力的文学网站之一,对稿子十分挑剔。在发表时,我对编辑说到了他只有七周岁,编辑老师很感兴趣,最后文章终于得到发表。在很短时间内,《记一次拔河比赛》创下了几千人次的点击率。

写作与读书是相得益彰的。在培养孩子写作兴趣的同时,还要培养孩子爱好读书的良好习惯。从孩子刚刚牙牙学语时,我们就买彩色动物图片和书籍,教他认图写字,培养他爱看书的良好习惯。自从孩子三四岁开始,我们经常给他买来或借来儿童方面的书籍让他读。那时,他对看书就已很感兴趣了。有时,一天能读一本书。从小学一年级开始,我们就给他办了新华书店的借书证,每到星期天总要带他到新华书店去借书读,每次借来两到三本,几天时间,他就利用课余时间看完了,并且每本书要看上好几遍。我们每次出差,总忘不了给他买好书籍带回来。所谓好书就是内容健康、适合儿童阅读、能开发智力的书。有一次我到北京出差,给他买回来了一本漫画集,他特别感兴趣。他对每次我们买回的书总是爱不释手。我们带他外出,总要去书店逛逛,让他在书店阅读,离开书店时,只要是他自己愿意买的书,内容只要健康,我们都大力支持,全部买回。有一次,我带他一同去县新华书店,买回了一套精装四大名著。回来后,孩子太感兴趣,就搬来搬去,归为己有。他搬来《西游记》和《三国演义》阅读,不知看懂没看懂,但总归是翻了个遍。再加上关于《西游记》的儿童书物,《西游记》中的各个情节,他都能作为故事向人讲解。平时,我们吃饭睡觉前每谈到某个问题,他总要把他所看到的与这些问题相关联的故事讲给我们听,这已是习以为常的了。无论谈什么事,他都能运用他掌握的相关知识与我们对话。

孩子刚满九岁时,共阅读各类图书一千多本,写作各类观察日记、心得体会等文章百余篇,共有十余篇文章在市级以上报刊、网站发表,有数篇文章在《小燕子》《文艺苑》发表。《记一次拔河比赛》荣获县关心下一代工作委员会、团县委、《文艺苑》联合举办的写作大赛三等奖。他的作文多次在班级里作为范文被研读,期中、期末语文考试,孩子的作文多次得满分,并在班里被评讲。孩子养成了良好阅读习惯,每次读完书,总要催着大人一同去借书或买书。

2009年孩子小学刚毕业的那年暑假,在我们的引导下,他边做作业边读书,边写作。其中有几天,白天做作业、读书,晚上到新广场边骑车边思考,回来自己主动将构思的文章写下来。几天下来,他共写出了《怪圈》《狗头金》《公鸡和猪》《自首》四篇散文。2010年我将这四篇文章以《怪圈》(预言散文四章)为题,投寄给了当代散文作家文库编委会编辑部,参加散文作品评选大赛。几个月后,此组作品荣获了"2010年度最佳散文新作奖",入选由当代华文文学编辑部、当代散文作家文库编委会主编、中国文联出版社出版的《2010中国散文经典》。2013年春节,孩子刚上高一,我们利用假期带领孩子到南阳汉画馆游览学习,回来后就引导孩子将白天观看汉画的情况写一篇文章。我对他说:"关于这次汉画馆游览,你可写一篇文章,你可自定题目、自定长短、自定体裁。"后来他写成了一篇题目为《片石上的汉代中国》的纪实散文。我帮他投寄给了《人民日报(海外版)》编辑部。一周后,3月23日,此文就发表在该报旅游版上,编辑还特配发了两幅汉画图片。2011年暑假,我们带领孩子去上海、浙江、江苏旅游,一天傍晚,我们来到江苏古镇周庄游览。回来后,在家长的启发下,孩子写成了一篇游记散文《夜行周庄》。此文先后发表于台湾《中原文献》季刊2013年第2期、《散文选刊》2015年第6期、《中学生阅读(高中版)》2015年第7、8期合刊、《当代文学(海外版)》2018年第27期。2014年孩子上高中二年级时写了一篇散文《何为中国梦》,发表在当年《散文选刊(原创版)》第12期,并荣获了2014年度中国散文年会评选二等奖。引导孩子在日常活动中寻找写作题材,既能培养孩子留心观察生活、在观察中思考的习惯,又是培养孩子写作兴趣的好办法。

2015年孩子在高三时期,围绕他身边的人事写成了一篇散文《Z哥的文化氛围》,先后发表在《散文选刊(原创版)》2016年第6期、《当代文学(海外版)》2018年第27期、《南阳日报》2018年9月14日文化周刊书香版。

孩子在上大学期间,由于自幼养成了在日常学习和生活中观察、体验和自觉阅读的良好习惯,写起文章来得心应手。在大一和大二暑假期间,学院组织大学生暑期社会实践活动,孩子据此写了几篇新闻稿,分别发表在中国新闻网、中国人物榜、河南广播网、映象网、《南阳日报》等网站及报刊上。两个暑假,共发表新闻文图稿件20多篇(幅)。此外,2018年5月22日孩子参与主创的"智能无人机植保服务大数据平台项目"荣获2018年全国高校商业精英挑战赛第六届创新创业竞赛全国总决赛一等奖;同年5月22日参与主创的"Coconuttree童装跨境电子零售商务"荣获2018年全国高校商业精英挑战赛第六届创新创业竞赛全国总决赛一等奖;同年6月10日参与主创的"基于'先农'大数据平台的智能无人机植保服务项目"荣获2018年全国高校商业精英挑战赛第六届创新创业竞赛全国精英赛展洽组一等奖,同时该项目荣获2018年内地与港澳地区数字与经济创新创业竞赛入围奖。由于各方面表现突出,他荣获"2018年河南省普通高校三好学生"荣誉称号;在学院先后任班长、学生会新闻部主任、学生会副主席等职。

实践证明,对孩子的写作兴趣、写作能力和阅读习惯的培养,不仅要依靠学校老师,同时,也离不开学生家长。家长和老师共同参与、引导,才能获得成功。孩子的进步主要功劳在于学校和老师,但家长的作用也不可忽视。只要我们共同努力,着力在培养孩子的观察能力、写作和阅读兴趣上下功夫,孩子的写作能力、学业水平一定能够得到提高。

2008年6月28日—9月29日

人活百岁不是梦

人类有幸拥有地球,地球将适合生命存在的条件馈赠于人类。人类在地球上生存、进化,不断探索和进入高度文明。人类向文明进发的最高目标,无非是实现健康长寿、精神快乐、生活幸福、平等和谐、共同富裕。所以,追求健康长寿是人类要达到的最高目标之一。

在中国,过去曾有"人活七十古来稀"的说法。但改革开放以来,人们的物质生活和精神生活水平均有显著提高,人均寿命也在明显提高。"人活七十古来稀"的旧判断已经过时,现在人过七十已是习以为常了。世界卫生组织发表的《2007年世界卫生报告》称,中国男女平均寿命分别为71岁及74岁。国家统计局曾发布消息:根据第六次全国人口普查详细汇总资料计算,2010年中国人口平均预期寿命达到74.83岁,比10年前提高了3.43岁。看来,中国人的寿命已从"人活七十古来稀"转变为"人过七十不足奇"了。未来人均百岁或许也同样不是梦幻。

健康长寿是人类追求的境界。那么,如何实现这一目标呢?查找减短寿命的原因,探索提高寿命的秘诀,是人类首先要努力完成的任务。世界卫生组织曾根据193个成员国提供的2005年数据,在七大范畴内分析全球健康状况,包括死亡率、发病率、卫生服务、健康风险要素、卫生系统、卫生不平等以及人口与社经统计。世界卫生组织表示,饮食仍是影响长寿的要素,艾滋病、结核病则拖低平均寿命水平。据世界卫生组织预测,2030年全球四大疾病分别是缺血性心脏病、艾滋病、脑血管病及慢性阻塞肺炎。届时吸烟导致死亡的总人数将由2005年的540万人,上升至2030年的830万人。同时,精神疾病亦不容忽视。精神抑郁也是导致疾病产生和加重的祸手。

由此可见,改善饮食习惯,改善生活习惯,改善居住环境,减少疾病发生,提高医疗水平,提高精神生活质量,等等,都是实现健康长寿的有效途径。

人活百岁不是梦。就在我们河南省方城县,百岁老人也大有人在。他们已为我们树立了榜样。最近,笔者采访了方城凤瑞街道办南阁村百岁老人周国荣,她今年已过百岁,几年前还能纫针做针线活,现在仍精神矍铄、思维清晰。我们采访后,总结她的长寿秘诀是:心胸豁达,开朗乐观,起居规律,喜吃素食。老人遇事不斤斤计较,与邻里关系融洽,心胸宽广;早晚作息十分有规律,早起早睡,三餐有节制,不暴饮暴食,以素食为主;讲究卫生,规律运动。中医认为:"食者生民之天,活人之本也。"故而有"医食同源""食疗养生"的传统理论。饮食与养生保健是紧密联系在一起的,而在周国荣的身上,反映得更加真切。我们采写的《百岁老人周国荣》的报道已发表在2013年6月21日的《人民日报(海外版)》的健康生活版上。

几年前,我接触到方城县杨楼乡另外一位百岁老人,他总结的饮食习惯是:"多吃土里翻(指红薯、花生、土豆等土内生植物),少吃背朝天(指脊背向上的动物);多吃青黄紫(指蔬菜、水果),少吃油炸煎。"我们从以上两位百岁老人身上,已经看到了他们的长寿秘诀,我们不妨也"拿来借用"。

此外,拥有良好的精神面貌和健康心态,对于长寿亦至关重要。在物欲横流的当下,心态浮躁、金钱至上、精神空虚、盲目崇拜者比比皆是,但这些又恰恰是人们身心健康的杀手。

诸葛亮云:"非淡泊无以明志,非宁静无以致远。"看来,是否能做到淡泊名利、心神宁静是衡量一个人心态状况和精神面貌的重要标志。俗言说:"笑一笑,十年少。"能够做到遇事冷静、波澜不惊、心胸豁达、乐观处事、平心静气、淡泊名利是难能可贵的,也是一个人精神健康所必需的。

我国历史上有不少老人,他们在长寿之路上已捷足先登了。老子不仅是伟大的思想家,而且是伟大的养生家,同时又是一位超百岁寿星。据《史记》记载:"老子百有六十余岁,或言二百余岁,以其修道而养寿也。"老子说:"吾欲独异于人,而贵食母。"这"食母"即"食气","食气"即古人养生之要法。老子在《道德经》中说:"罪莫大于可欲,祸莫大于不知足,咎莫大于欲得,故知足之足,恒足矣。"他主张"见素抱朴,少私寡欲",经常保持一种心平气畅的心理状态,这是他健康长寿的秘诀。

人活百岁不是梦,向人均百岁进发!愿我们以世界上、历史上和身边的寿星为师,保养身心,长活百岁!愿我们健康长寿,不辜负宇宙、地球对人类生命的馈赠!

2015年4月11日

66集电视剧《乡里彩虹城里雨》：
时代壮歌　人民心声

"66集长篇电视连续剧《乡里彩虹城里雨》谱写出了时代和人民的壮歌,实现了艺术和思想的统一。"这是作为方城县作家协会副主席的我,以一名普通观众的身份,在日前召开的电视连续剧《乡里彩虹城里雨》方城审看会上对该剧做出的评价。的确,在审看会上,许多农民工、留守儿童代表在观看中感动得潸然泪下。

五年前,河南省纪实文学作家李阳、薛金玉,通过回到家乡方城进行农村社会调查,精心创作出了电视连续剧《乡里彩虹城里雨》。该剧由于具有超强的现实意义,真实反映了当代农村面貌,深受央视的重视。随后,由中央电视台影视部与河南金玉影视传媒有限公司联合,于2010年把方城作为拍摄地开始进行摄制。当年封镜后,又用四年时间进行了精心制作、修改和打造,现已制作完毕。

该剧讲述的是发生在豫西南某山区村庄疙瘩岭村的故事,时间的跨度从改革开放初期至今,以在改革开放中涌现出的"打工潮"为历史大背景,全方位描述了青年男女外出务工及其留守在家的孩子、老人的生活,展现了当前农村劳动力向城市转移中出现的新矛盾,揭示出新农村建设的紧迫性,着力刻画了耿孝民、九菊等有血有肉的基层组织代表人物形象,塑造了大闯、赵爷、山根、刘爷、张中原、豆妹、彩凤等可亲可爱又可敬的当代农民群像。

别开生面的审看会

2014年9月23日至29日,河南金玉影视传媒有限公司总经理薛金玉携电视剧《乡里彩虹城里雨》,回到家乡河南方城县组织了一场别开生面的审看会。参加审看的既有县领导、专家学者,又有乡镇基层干部、农村教育工作者、农民工、留守儿童、留守老人和留守妇女,还有县妇联会和县关心下一代工作委员会的代表。参加审看的不少人表示,以往审片,只有领导和专家才有资格,现在把片子的裁判权在第一时间交给人民群众,先让当地群众观看,让群众评价、提意见,这对他们而言还真是第一次,他们既感到新鲜,又有一种被尊重的感觉。据了解,像这样将电视剧成品先拿给剧情发生地的人民群众观看评判,听意见,纳谏言,然后再作修改的,在全国影视界也是不多见的。

"我自豪,我是农民工,我的影子在剧中出现。"

方城县券桥乡大刘庄村农民工赵学宝在审看会上说:"这部电视剧写出了一群农民工外出打工的苦甜酸辣和心声,我感到就是在写我。我今年50多岁了,在上海、天津、北京等地打了20多年工。像剧中的山根一样,我的孩子过去也是留守儿童,现在我的儿子和闺女也都在外边打工。回想起这20多年的打工生活,什么苦都吃过,什么罪都受过,看到电视剧里大闯他们住到大桥下,工资被黑心老板拖欠,我掉泪了。在我和我的孩子们的打工经历中,这种事情太多了。自己亲手盖好的大楼,却住不进去。每当这个时候,我就会想到'纺织娘没衣裳,盖高楼的住草房'这句老话,心里酸酸的,但转念一想,我在城里盖过高楼大厦,修过机场码头,在高速公路、高速铁路上都流过我的汗,我为国家建设出过力流过汗。现在,又有这个电视剧歌颂我们农民工,这个剧是对我们农民工的真实写照,想想这,我还真是满自豪的。"

剧中刘英子就是我的化身:亲情缺失,留守孩子很受伤

方城县才艺学校四年级学生爽月(化名)说:"看到电视剧中刘英子、小业等同学为了找在深圳打工的爹妈,偷家里的钱,从方城跑到长沙,差点被人贩子拐卖这一情节,我哭了。我的爸妈也在郑州打工,我也拿过家里的钱从学校偷跑出来找他们,年三十我也在村头等过爸妈回来。平时想爸妈怕外婆知道,我常在夜里用被子蒙住头偷哭,你们大人们永远也不会知道我对爸妈有多么想。"

扶了竹子扶荀子,留守老人很疲惫,我们希望这个剧早点播

方城县杨楼镇赵店村张岗组留守老人李松林在发言中说:"我看了两天《乡里彩虹城里雨》,掉了四天泪,这个剧太感人了,太真实了。俺两口子都60多岁了,四个儿女都外出打工去了,给我们留下了一群里孙外孙,大的十来岁,小的怀里抱,还得种庄稼、喂牲口,受不了啊!可以说,我的日子过得每天都胆颤心惊,如履薄冰,生怕哪个孩子出个闪失,平时跟电视剧中刘爷、张奶过的日子一

模一样。这个电视剧真生活！写出了农村的实际情况和我们的心声,这样的电视剧太少了！打开电视就是动枪动炮,看得小孩们都会动刀杀人了。俺邻村薛庄两个七八岁的孩子在一起玩耍,一个扮抗日英雄,一个扮日本鬼子,扮抗日英雄的孩子一刀把扮演日本鬼子的孩子从前胸捅到后背,孩子倒在血泊中,爷奶感到无法向在外打工的儿子交代,就喝农药自杀了。这留守老人不是好当的呀！希望这个电视剧能早点播,引起社会对我们的重视,让我们留守老人也能过上几天舒心的日子。"

对照主人翁,基层干部有了紧迫感、新思考

方城县杨楼镇赵店村党支部书记薛富贵说:"我当了18年村支书,为村里工作忙得团团转,牺牲过很多个人的利益,没贪过一分钱,自认上对得起天,下对得起地,对得起全村的2000多名父老乡亲。可看了《乡里彩虹城里雨》,对照剧中的主演村支书耿孝民,我找到了差距。耿孝民是留守孩子的爸爸,留守老人的儿子,返村挂职,一挂就是一辈子,一鼓作气把全村带上了致富路。可以说为了村里的老少爷们跑断了腿,操碎了心,一心扑在工作上,连到手的媳妇都飞了,与他相比,我自愧不如。看了这个电视剧,我算找到了学习的榜样,今后我要像耿孝民那样,把村里的工作做得更好。"

"《乡里彩虹城里雨》给了我们乡镇干部三大启示:一是提高了对农村现状的关注度;二是增强了为民服务的主动性;三是增强了加快新农村建设的紧迫性。"方城县二郎庙镇纪委副书记李可看了电视剧后动情地说。

方城县妇联会主席刘飞晓在发言中说,近年来,农村"三留"人员一直是他们妇联会关注的重要问题之一和主抓的重要工作之一。留守儿童问题是当今社会存在的普遍问题,已到了引起全社会高度关注的时候了。方城县现有留守儿童5.8万人,占全县儿童的24.2%。这些年来,县妇联围绕留守儿童做了大量的工作,在一些乡镇设立了"留守儿童之家",开办了"留守儿童书屋",开展了"代理妈妈"活动等,但还不能满足现实的需要,还没有实现农村全覆盖,还没有达到更理想的状态。《乡里彩虹城里雨》中对这项工作所倡导的与我们实际工作相一致,很符合实际。剧中提出的这一社会问题应当引起社会的广泛关注。要想从根本上解决这一问题,就必须做到社会高度关注,社会保障体系完善,义务教育公平,户籍制度改革。《乡里彩虹城里雨》通过透视农村打工族、留守儿童这些现实问题,将会促进人们从根本上解决好这一问题。

时代和人民的壮歌,艺术和思想的统一

"《乡里彩虹城里雨》体现出了'时代性、人民性、艺术性、思想性、地方性'五个特征。"

我认为,时代性主要体现在这部长篇剧作,从时间跨度上,全面真实地记录了改革开放初期至今中国农村的发展变化,具有深远的时代意义。人民性主要体现在它真实地反映了当代农村劳动力向城市转移后,农村所出现的种种新矛盾、新问题,指引了农村从根本上解决"留守儿童、留守老人、留守妇女"这"三留"问题的新方法、新方向,讴歌了农民工、留守老人、留守妇女和乡村党员干部在农村改革大潮中表现出的坚忍不拔、知难而进的精神,体现出了艺术"为人民大众服务,为社会主义服务"的"两为"方针。艺术性主要体现在剧情、表演和剧品制作上。剧情上故事情节曲折跌宕、典型性强,富有感染力和吸引力;表演上,演员表演得真实、形象、生动、感人,情感真挚、语言朴实,每一个细节都符合人物性格和社会现实;制作上,音乐、插曲和旁白都是为剧情需要而设置,起到了画龙点睛、烘托气氛的作用;思想性主要体现在该剧反映了中国农村改革、发展、变化的时代特征,具有浓郁的时代气息,反映了时代主旋律,传达了正能量,讲好了农村故事,传递好了农村声音,提出了农民工的存在价值,如何管理和对待留守儿童、留守老人,新农村建设如何发展,以及土地集约化、农业现代化的发展等一系列社会重大问题;地方性主要体现在作品具有浓郁的地方特色,将方城、南阳,以至河南的风土民情、地方特色、旅游名胜、社会生活都表现得淋漓尽致,富有较强的感染力和吸引力。

注:2014年10月1日发表于中国新闻网。

第四辑

风情:窗外风情

花影

窗 外

我时不时地把目光投向窗外。在文字流淌一阵子的时候,在情绪若夏雨来临前燕子低飞的时候,在春日或冬日的阳光刚刚照在书桌上的时候,把目光投向窗外。大门口外的街道上车流穿梭,像海面上的快艇在往返穿行,笛鸣听起来有点像飞翔中海鸟的尖叫,行人和车辆从大门口进进出出,阳光和暖而平静。

窗外的雪松在慢慢地生长,不知不觉中树荫在扩大,夏阳的炙热被阻隔在窗外,那是一种蔽日的凉爽。当雪松真的被白雪覆盖,中午的阳光照着雪地上两只觅食的麻雀,麻雀在寻找土地。麻雀明白这时只有在土地上才可觅食。它们在雪地上蹦跳着留下两行细微的脚印。阳光一照,这些脚印很快就消失得无影无踪。这是一种微小的生命留下的痕迹,并不可能被更多人观照。在一个大旱天的上午,我看见有两只珍珠颈斑鸠。你望上去,不免会想到美丽但饥渴的少妇。看起来它们不是在觅食而是在寻水。它们干渴得羽毛十分干燥,阳光透过树缝照下来,有一擦即燃的视觉,但它们的眼睛依然水灵。它们几乎找不到水,可在我的视野里,它们意外地找到了水,一个水管的接口处正向外渗水,一分钟两三滴的水量,这两只斑鸠找到了水源。它们仰着头,大张着嘴轮换着接饮那缓慢的水滴。在一场大雨之后,有两只南来的燕子孤零零地栖息在被摧残的开着残花的紫荆花枝头,满身的雨水,羽毛湿漉漉的。它们要起飞必须背负着雨水的重量,它们不语,肩并肩,在等待。它们不时地将满身的羽毛猛烈地抖动,抖落满身的雨水,使身子变轻。在一个秋天的下午,有一只美丽的鸟飞落在窗外低处的枝条上,长长的尾巴一颤一颤的,红色的脊背和灰色的翅膀,它在单独地稍息,很孤独地期待。当你隔着玻璃窗定眼看它,它已不知去向。转瞬即逝的美鸟,已将我刚刚的不快带到了不知去向的远方。

现在,窗外刚下过一场雪。阴云消尽,太阳露出脸,在中午的时候,积雪开始融化。靠窗的一株雪松上和一株玉兰树的叶子上依然覆盖着一层积雪,没有风,枝叶纹丝不动。我突然发现,这株玉兰树这两年长得特别快,树冠庞大,枝叶密集。这时,我就分析它为何生长得这么快。我记起了几年前,在它的旁边还长着一株高于它,也比它挺拔、威武的雪松,它在雪松的身边总是极不显眼。后来发现,那株雪松突然生病,在一个夏季死亡了,枝干全部枯萎,焦黄的色彩在院子里显得离谱。但又很少有人在意,不知什么时候,花工将那株枯萎的雪松刨掉了。这株玉兰树缺少了各方面都优于它的竞争对手,在水分、养分、阳光等生长要素都比较满足的情况下,才真正按照自己本来该有的速度生长。现在的长速才是它本来的速度。其实,一切事物都有它本来的面目和速度,但由于客观现实,同一种能源,有着多方的渴求者。正如我们人并不是具有一方面的渴求一样,而人和事物都是渴求者,只有能源才是唯一的奉献者。

　　窗外,实质上就是一个人透过窗子的视野,这视野以外的世界,那不是窗外,而是你的记忆和想象。几乎每一个人都有他的窗外,不止一个窗外,而每个窗外都是一个不同的世界。窗外即世界,即人事,即自然。因为窗外在你的身边,你在世界之中。窗外的世界、事物表达着不同的人的感觉。农舍的窗外是原野,是庄稼,是野草和小径,是原始,是空旷,是失落,是缓慢。机关的窗外是花园,是草坪,是车场,是假山,是规范,是间歇的紧张和紧张的间歇,是不被人关注的角落。商业楼的窗外是集市,是市场,是亏,是盈,是无休止的紧张和盲从,是自然的搭配和对不自然的搭配的惩罚。哨卡的窗外是一种警觉,是一种分界,是一种广阔和监督。厂房的窗外是运转和劳动,是速度,是最高利益和最低成本的磨合。轮船的窗外是海洋,是浩淼,是空旷,是无际。飞机的窗外是奔跑,是旋转,是期待,是跨越,是宇宙……不同的人,有不同的窗外。别墅的窗外是一种优雅、现代的豪气。茅屋的窗外是一种原始、贫穷和荒芜。没有住房的乞丐没有窗外,他只充当着别人窗外的事物,只能在别人窗外的视野里晃动或安歇。囚徒的窗外是囿困,是改造,是心灵的超常陶冶,是一种对违规灵魂的羁绊……

　　当然,不同的季节有着不同的窗外。窗外随着季节和气候的变换而变化。窗外随自然而变化,窗外也随着人为而变化。一个人的窗外随着身份的改变而变换,可以从茅屋的窗外变为豪宅的窗外,也可以从豪宅的窗外变为茅屋的窗外。

　　最关键的是,我们要通过审视我们各不相同的窗外,获得某种领悟,用平常的窗外陶冶我们不平常的心灵,用窗外的自然,回归我们心灵的自然,把我们各种异常的心绪消解,让我们的行为更接近于自然,更接近于泥土和本源,更接近于和谐和平衡。

2007年12月28日—2008年1月29日

　　注:1.2008年3月此文荣获"星光杯"全国诗歌散文大奖赛散文组三等奖,并入选《2008年度散文精选》。

　　2.2009年南阳文学月刊《躬耕》第3期。

3.2010 年 10 月，荣获由中国散文学会评选的"中国当代散文奖"，并入选由中国散文学会主办，林非、周明、石英主编的《中国散文家代表作集》。

4.2014 年 6 月 13 日，发表于《南阳日报·白河》副刊。

5.2014 年 12 月，发表于《散文选刊（原创版）》第 12 期，并在 2014 年度中国散文年会评选活动中，荣获二等奖。

在春天的明亮里

不是我用思想统摄着这个世界,而是这个世界统摄着我的思想。

我在万物之中,我的思想闪烁着万物之光。万物之思,即我之思。

我的诗,是在万物之中开的花,她在万花之中摇曳、闪亮。

大地之上,我闪烁的光亮,是阳光给的,我的阴影折射出黑夜。

大地的芬芳,唤醒了我的诗眠,尤其是在春天,开启了我的明亮。

在春天,我披着满身的霞光,那是我思想的衣衫!即使坐在角落里,我也是明亮的!即使我在月夜里,也闪烁出春天的光亮!

行走在世界之中,我是春天之鸟,飞翔在天空。前方,就是我的目标;后方,写着我的结果,或者那就是我的巢,或者那就是我回往家乡的路。

我行走的思想里,有阳光的照耀,显得明亮,就像春天的早晨写下的诗行!

我行走的思想里,还有对母亲召唤的回应。这种召唤仿佛从幼年就开始了,我用一生去回应。母亲在遥远的地方,她是能够听得到的。

我不明白我与世界缘何有着这千丝万缕的关联,就像我不明白阳光为什么能够照亮我,我又在光亮中有着阴影一样;就像母亲召唤我,我为什么要回应一样,哪怕母亲在遥远的地方;就像流水为什么永不止息,我的步履以及思想也永不止息一样……

我在世界的行走中,慢慢消解了曾对某物存有的误解或者迷惑。就好像那一角的阴影,跟随太阳光亮的移动而慢慢消失。

我在大地上愈来愈明白许多事物存在的道理。我愈来愈理解万事。这同样是缘于阳光的照亮。

事物的经历,与流水的经历没有两样。流水明白的,也就是我明白的。迂回、蜿蜒冲撞出的声响,使畅流拥有了巨大的勇气和力量!

的确,春天能够告诉我,万物清醒的过程和力量,万物复苏的生命之光,万物吐艳的目的和美丽,我在春天里产生的渴求和希望……

世间万物的生命力,就是不懈追求的生命力!我明白了什么叫优胜劣汰,什么叫自我完善,什么叫循环往复,什么叫不竭动力,什么叫奋发有为,什么叫勇往直前……这些励志的词,在春天显得特别温和、柔软,似流水,在寻找着前方更广阔的水域,那里有波涛和海燕……

尤其在春天的明亮里,我看清了人类与万物的关联,人类在万物之中的生长和梦想……

尤其在春天的明亮里,我的思想愈来愈明晰、跳跃以及芬芳……

2018 年 3 月 22 日晨

注:发表于 2018 年 5 月 4 日《南阳日报·白河》头题位置。

回归的羊群

　　回归，不抬眼寻找路途。从不迷路，向前走。家的方向，在心底闪烁光芒……
　　在中午或者傍晚，一群羊突然闯入视野。战利品装满腹腔，幸福的一团兵士在回归……
　　无欺的无期，不争的远征。和善的目光，抵达相伴共享、各取所需的原野……
　　它们用原始的方式，践行人类永恒的追求——
　　大地的青草取之不尽，河流清澈，永续流动……是谁用纤指在纯净空气中弹奏霞光？是谁站立山巅瞭望，传递更宽阔的和平？
　　用不眨动的双眸注视，表达爱，永远体悟人类青春的初恋……
　　回归，青草无语，注视或者欢送。它们用奉献，向获得者表达无私……树木在风中摇曳稠密向上的叶群。它们一旦折枝，把残酷的命运交付给羊群无争的食物。它们用羊群咀嚼的窸窣声响，述说——无怨不悔，无怨无悔……
　　沿着历史的古道，向前走，似乎踏着曾经的沙石，在流水中行进。它们深陷于古老历史车轮辗转的回声里……
　　不是在探索历史，不是在追溯已往，它们用前进的四足书写历史……
　　在傍晚或者黎明，在宽阔或者狭窄的路途，狂风震颤着周边摇摆着的林木，牧羊者用神鞭的炸响指挥着平安的方向——
　　它们用洁白无瑕的梦想和向往信仰着牧主。
　　永远的胜利，永远的平安，永远的祥和，永远的前方——
　　在关键的时刻，在上天的召唤里，它们用无知供生的胆怯，用无知供生的高呼，轮流抵达一种囊括一切的无私无获的奉献里——
　　羊群无言，无泣；羊群低头，无欺；有步入云端的高雅、高尚和高贵。
　　源头的清新，河流的古老。风之手抚过，自带体温，低头，向前——
　　紧贴地面，啃食青草，自我供养；挤出羊奶，喂养一代又一代阶级兄弟……
　　回归，不是安歇，不是寻找；回归，不是复古，不是讨要……
　　一群羊，回到更阔大的加工厂劳动——
　　反刍，咀嚼，造奶；粉身，供养，传承……

无限的回归,抵达文明的原始……
无边的视野,放牧永生的羊群……

注:发表于:
1.2017年6月9日《南阳日报·白河》。
2.2017年6月23日《河南日报(农村版)》。
3.2017年6月《南阳民俗》季刊第2期。
4.2017年6月在瑞士苏黎世发行的文学期刊《当代文学(海外版)》第21期。
5.2017年9月《新雨》季刊第3期。
6.2017年9月《农村农业农民》月刊第9期。
7.2018年2月,南阳《躬耕》第2期发表《永远的生命之源》(散文组章八章)。其中有《回归的羊群》。

书桌上的小甲虫

在自己的书桌上,我发现有一只小甲虫在向前爬行。

小甲虫要去寻找什么,急促地行走,起码不算跑步,但也没有间歇。它小小的身子,像一个针眼儿的形状和大小。看上去,它温顺而善良,黑黑的,很可爱。

尽管书桌上的报纸是平坦的,那些密密麻麻的成排的黑色小文字,还是已远远超过了它整个的身体。它爬过每一个文字的上面。这时,我像一只大老虎,蜷伏于它的不远处,虎视眈眈。尽管我从未想过做一只大老虎,但此时,对于它,我的确像庞大的老虎。我好像发现了一个对我没有丝毫威胁的弱敌。它明目张胆地从我的眼前走过,我当时并没有想这么多,想的就是用左手指将它按住,然后用力,按死它,再将它扔掉,清理一下我书桌上的"杂物"——"会运动的尘埃"。

我开始按它:第一按,它没有死,翻转一下身体,依然向前爬行;第二按,它仍没有死,翻转两下身体,依然向前爬行,我发现它有极强的生命力;第三按,它死了,尸体就在我的指尖上,并没有发现它垂死挣扎。然后我将它顺手丢向地面。

这时,我的确出了一身冷汗,心潮起伏。我发现,我竟然如此狠心和凶残。是何时,我成为一个恶毒的刽子手、杀戮者!

这时,阳光依然淡淡的,没有风。窗外有小鸟低微的叫声,像歌手委婉的歌唱。我没能看见它们,我想象它们叫着,眼睛清澈而透明,深邃而灵动;精致的头颅长满彩色的羽毛,像蓓蕾那样在风中枝叶间摇曳着,令人爱怜地东张西望,小心谨慎。我想象这些歌唱的小鸟,也许在枝头早已站稳,它们的歌唱以及在枝头的摇曳,给这春天的阳光增添了不少色彩、声感和动感。但有人走过来,它们就悠然地飞离,没有人能够知道它们飞去的方向和要到的地点。然后它们又落下,然后,它们需要觅食了。

而这只小小的甲虫并没有小鸟那样警觉,它用前行去实现自己的目标;或是为它的部队探宝,然后传回信息,或亲口汇报;或是肚子饿了,需要加紧行进,尽快寻找到能够充饥的食物。然而,它走到我书桌上时,却被一个庞然大物残害得一命呜呼!

这时,我凝视着我的书桌,发呆,有着莫名的忏悔。小甲虫对我的书桌不可能造成多大的污染和伤害,它是自然的,春夏之交的小小的生命,我为什么要伤害它呢?书桌应该是文雅的领地,没有三月的风吹,但有和谐的大自然的春暖。

注:发表于:
1.2015年5月27日《河南日报(农村版)》。
2.2016年2月,台湾《中原文献》季刊第1期(总第48卷)。
3.2016年4月瑞士苏黎世多语种文学期刊《当代文学》创刊号。
4.2019年2月《北京文学》第2期。

喂养与试飞

你不冷静观察，就不可能知道它们的秘密。而它们的秘密，又会成为改造我们自己的方法。

在这小城内的一个院落里，一根低低而细细的电线上，有三四只雏燕。它们的羽毛已经接近能够飞行的色彩和长度。很灵巧的头颅，明亮的眼睛，黑色的身子，白色的腹羽，长长的尾巴。它们纤细的两爪，正好能够抓住这细细的电线，仿佛这电线是专为它们准备的。它们若无其事，肯定是不知道，它们双爪所抓住的电线的内部，有着能够转化为光亮和热能的电流。而低低的电线正好适合它们的胆怯。它们东张西望，肯定是看见了我们，但它们无所畏惧。我们好像是它们很早就已经要好的朋友。它们分明也看见了东升的太阳，光线正好照亮了它们的眼睛和羽毛。它们的眼睛和羽毛又反射出温柔的光亮来。它们偶尔"喳喳、喳喳"地叫，像幼童在用小剪刀模仿着大人修剪着某一花枝的声响。

在这小小的空间里，我看见一只燕子一直在雏燕的周围飞翔。它飞得最远的地方也正是那些雏燕能够看得见的地方。看它飞翔的熟练程度，它像是一只成燕。那灵巧的双翼在空中翻转，像是在空中舞蹈，迅速而敏捷，左右旋转，上下翻飞，忽而垂直上升，忽而垂直下降，忽而又掉头急转。它飞行的高度，正好是雏燕们能够试飞的高度；它飞行的范围，正好是雏燕们能够达到的范围。我认为这只燕子，可能是雏燕的父亲或母亲。正在这时，我看见有一只雏燕飞下电线，紧跟这只成燕的身后，左右上下翻飞。雏燕飞行的路线、速度和身姿与这只成燕如出一辙。

我看明白了，这只成燕在这里低空飞行，正是为它的孩子们做飞行示范表演，正是在引导孩子们学习飞行。因为它飞翔的空间很少有飞虫，它不是在捕捉飞虫，它明明是在飞给孩子们看。此情此景，不能不让我想起我们人类做父母的，拉着蹒跚学步的孩子的手教孩子学习走路的情景。

这时，我看见又有一只燕子飞过来，嘴里衔着虫子。当它飞到电线的附近时，一只雏燕飞离电线，迎了上去，并张开了它黄黄的嘴巴。衔虫的燕子分明是只成燕。就在那只雏燕飞到它身边张开嘴巴的一刹那，衔虫的燕子就将口中的食物不偏不倚地送进了孩子的口中，得到食物的雏燕叽叽喳喳地叫了一番，以表达它的谢意。那只雏燕又飞到了电线上,衔虫的燕子转身向远处飞去,又为孩子们捕捉食物去了。

按照人类"母乳喂养"的生理习惯,现在我可以这样说,这只衔虫的燕子可能是雏燕们的母亲,那只教试飞的燕子应该是雏燕们的父亲了。这对父母分工明确,一个在教试飞,一个在捕食喂养。这是个和谐的家庭,孩子们在父母的关照下,一边学习着飞翔,为来日新的生活练就一身本领;一边接受着食物,供养身体,为早日长成强健的体魄,像父母一样尽快成为大自然的一员。

这种喂养是在空中进行的。我这时不由得想起了我们人类制造的飞机在空中加油时的情景。实际上,我们人类远远落后于大自然。人类的发明往往要从大自然中获得启发。大自然喂养着我们人类,大自然是我们人类的母亲。

它们是伟大的,我们人类正在模仿着它们,创造着自己的生活;而它们不可能学习我们,只有我们能从它们身上得到启发。其实,它们这种秘密早已存在,只是我以往没有在意它们而已;而我们人类中的先行者,已经早早地通过对它们的观察和研究,不断改变着我们的生活。也许,飞机仿照鸟飞;空中加油站,仿照鸟类的空中喂养……大自然让我们存在,大自然又给我们以启迪,我们只有把大自然崇敬为神圣的老师,把爱给予大自然,把眼光投向大自然,才会与大自然融为一体,在大自然中立于不败之地。

注:本文发表于:
1.2015年8月26日《河南日报(农村版)·作品》。
2.2016年4月瑞士苏黎世多语种文学期刊《当代文学》创刊号。
3.2016年7月,台湾《中原文献》第3期(总第48卷)

自然光（散文诗三章）

阳　光

　　阳光分明从窗棂泻下来橘黄的明亮。
　　在室内的阳光里阅读，那些关于母亲的文字，温暖得像童年时母亲为我做棉袄的棉花，在油灯下泛着温煦的白光。
　　阳光本身并没有形状和界线，像我们本身并没有衰老。人类按需要设置了墙壁和窗棂，于是我们在阳光下有了阴影……而时间让我们衰老，需要让我们在时间里，设置了阻隔阳光的物障，在我们的额头刻下条痕，又逐渐让我们的头发变成白雪。
　　阳光属于童年，而我在光线的另一边视力模糊。我径直绕过需要，走进阳光里，一切变得分外清晰和明亮，仿佛走进了时间之外，苍老之外……

月　光

　　月光洒下一方的情绪，她时常用水乳的气息，浸润着我们的心。
　　月光朦胧得像雾中赏花，像梦中回忆。
　　月光有时又荡漾成西湖柔波，借助温煦的春风，将一只纸船荡向童年……
　　月光洗涤着市嚣的纷扰，空气中传递着田野的清新，棉田的白絮在月光中摇曳着渴望……
　　月光在回眸中越发朦胧，但心中的期待清晰可见；村边的清河水在月光中流动着追求……
　　世界博大，月光无边。母亲的瞩望彻夜不眠。思念在夜里无边无际。
　　月光被白昼吞噬着，我们行走在白昼里，每天都期待月光的来临……

星　光

　　这些不喜欢阴云的邈远的恒定，在海水一样的蔚蓝里，闪烁着……

并不是微不足道的遥远的微明,其实我们自身只是在你的世界里,你的博大和无边,让人类变得渺小和微弱……

正因为,我们被你包围,我们总想,真正地沐浴在你的心中……

注:此组章分别于:

1.2011 年 1 月 27 日《南阳日报·白河》。

2.2011 年 4 月 25 日《中国信息报》。

3.2011 年 9 月,荣获中国散文学会等单位主办的 2011 年"华夏情"全国诗文书画大赛一等奖,并被收入《"华夏情"全国诗文书画大赛作品集》。

4.2012 年由河南省文联主办的《散文选刊(原创版)》第 3 期,荣获 2012 年度中国散文年会评选二等奖。

小 溪

　　山岩罅隙里第一滴水珠,飞落你歌声的第一颗音符;你白嫩的纤指,悄悄拨动山弦,一支支晶莹的渴望之歌,便开始谱写轻盈的交响……

　　你开始远行,纵使荆棘又湮没你的道路,但你身后的曲径,血染的红杜鹃,却摇曳成欢呼之旗!

　　纵使你在前进中,被山石碰撞成粉碎的泪花,被阻隔得迂回宛转,但你的泪花飘落之后,你前进的道路,依然延伸于脚下……

　　当夜莺在月光笼罩的枝桠栖息成朦胧的雕塑,当人们的甜梦消化白日的疲惫,你依然荡漾月夜的透明;当雷声震绽一朵朵伞花,你依然从容成少女的足音……

　　你不懈的追求注定你道路的曲折,注定你成为江河的根须……

1988 年 4 月

注:此作品为我的散文诗处女作。发表于:
1.1988 年 11 月 29 日《洛阳日报·洛浦》。
2.1988 年 12 月 9 日《青年导报》。
3.1989 年 1 月 23 日《河南粮食报·禾苗》。
4.1989 年 2 月 12 日《南阳日报·白河》。
5.1991 年《莽原》第 2 期。

大雾弥漫

世界如此渺小,视野如此狭窄,心胸被雾霾填满……

这是失去了太阳、蓝天、白云,还是失去了草原、林海、山泉?

是谁把道路上的车流放慢?是谁让我们的目光短浅?难道是我们自己得罪了苍天?我们在世界里被苍天惩罚?我们何时的作为破坏了自然?是苍天让我们及早感知失去天日的滋味,失去道路的滋味,失去河流的滋味,失去庄稼和草原的滋味?

……

当雾霾消退,从小小圈子里跳进光明的人向我发问:你为何如此杞人忧天、疑问连连?

哦,不!不是我杞人忧天,疑问连连!是苍天对我们的惩罚不断!是我们自己把自己系在了一个狭小的天地里——

请体会体会吧——

这是太阳的提前陨落,还是地球停止了自转?这是大自然的瞬间消失,还是我们真正迷失在自我打造的匣子里?

……

当我们数一数拥有时失去的和消失后创造的,以及为我们所掠夺的,就明白了我们是如何把自己一步一步锁进自制的笼子里的……

2015年1月16日晨在能见度不足50米的雾霾中急就

注:沙里途2016年1月31日对《大雾弥漫》评论道:"意象诗只有呈现。"当莎士比亚写到"黎明裹在一件赤褐色的斗篷中"时,他呈现了画家无法呈现的联想。在这行诗中没有任何可以被称为描绘的东西。他在呈现。当我从朋友的诗作中读到意象呈现时,你知道我有多么陶醉!

飞翔的阴影

　　世界上的事物不能不让人迷恋,比如阴影。但有不少人谈到它总要将其抹上一层暗色。当然,阴影多数是在暗处,因为它本身就是暗色调。但有的阴影却在明处,它能够给人以明亮、希望和力量。

　　就比如刚才,这是个初冬的周六上午。温煦的阳光斜斜地从阳台的窗子一直照到室内的半个空间。我从室内的阳光里走过,突然看到有一束阴影从这阳光里掠过,就像一阵风,你没有时间去抓住,你也没能看到它的形状。在瞬间里,或许就一秒半秒的时间,这阴影就飞跑了。我当时感到很奇怪,怎么屋内还会有飞动的阴影?我走进阳台,阳台被阳光填满,温暖得几乎不像冬季,而像春天。突然,又有一道阴影在阳台内飞驰而过,闪电般地,你几乎来不及观察和思考,它就又无影无踪了。只那么半分钟没过,同样又掠过一道阴影。这时,我突然抬起头,透过阳台的玻璃窗向窗外的蓝天望去,原来,有一群鸽子正在阳光里飞翔,它们低低的一群,大约在将不会撞到楼顶的高度,盘旋着飞。这群鸽子约有20来只,有白色的,有灰色的,混杂在一起,簇成一团,在天空飞。它们就围绕着我所住的楼房上空飞来飞去,闪电般急促,转瞬即飞离我的视野。它们在我的屋顶有时顺时针旋转,有时逆时针旋转,有时直直地从头顶斜插下来,给我的阳台带来了一个个飞翔的阴影。这样,大约持续了半个多小时。我为此感到惊喜。

　　我坐在阳台上,沐浴在阳光里,静静地接受着阳光给予的温暖。没有一丝风,窗外也是同样的,窗外的树木纹丝不动。天上更没有云彩。我就静静地观看着它们在我的头顶盘旋飞过,一次、二次、三次……七次、八次、九次……它们好像是为我而飞翔。我找来笔记本和笔,开始写下这文字。就在我动笔写下这文字时,这群鸽子太跟我作怪了。它们不时又低低地从我的楼顶上掠过,几乎要全部撞在楼顶上给我看。我似乎是它们的主人。它们似乎故意在我的面前表演,像舞蹈,没有叫声,我偶尔听到它们飞翼扇动的阵阵声响,它们正在用翅膀为我歌唱。它们给我的室内和阳台留下的阴影,就是它们的飞动的音符,它们拨动我的心弦,让我惊喜,让我感动,让我热爱,让我无法表达我对它们的倾心,类似于它们无法表达对我的热爱。这是我中有你、你中有我的天然的热爱!

　　我知道,它们飞翔的小小的范围,或者这个能够被它们飞翔的阴影笼罩的领地,除了我或许没有另外一个人能如此地观照,它们也无从知晓我正在关注它们。但它们围绕着我的飞翔,所给予我的阴影,是对我偌大的奖赏——这是大自然的奖赏,是和平的奖赏,也是阳光给予它们,而它们又给予我的奖赏!

有时阴影并不黑暗,也不凝滞、死沉;有时阴影是飞翔的、明亮的、有力的、有希望的;有时阴影是一种太平盛世和平欢乐的歌唱,是优美舞蹈一样的飞翔……

当我结束这番记录时,这群鸽子已经回到了它们该去的地方了。这时我记起了我的一首题为《闪电》的小诗:

"没有阴云的一闪,同样耀眼/并没有雷声、风声、雨声/但它的一闪/令周边明亮而温暖。"

注:发表于:
1.2016年2月,台湾《中原文献》季刊第1期(总第48卷)。
2.2016年4月瑞士苏黎世多语种文学期刊《当代文学》创刊号。

地平线上，又升起一轮新日（外一章）
——中国进入新时代献诗

地平线上，又升起一轮新日，光芒照亮万物，黑暗隐退得无影无踪。

大地张开了所有的怀抱，接纳这轮新日永辉的光芒——

所有的树木在风中迎接，伸出了千万只臂膊，把这光明揽进怀里；所有的树叶都张开了手掌，在风中热烈鼓掌；河流开始泛起波光，水声震颤；大山逐渐露出它苍劲和巍峨的身影，无边的田畦，无际的深绿色的麦苗，从睡梦中苏醒；所有的门，都打开了，在透明的庭院里，走出一个个劳作者。

大地上劳作所唱出的歌声，被飞起的白鸽群、天鹅群、凤凰群……用扇动的翅翼掀起了声浪。

他们走在通往理想的新路途上，每一步都是崭新的，每一步都是前所未有的，车轮驶向远方，远方有巨大的成果需要他们搬运。

大地的光芒，无边无际——

所有光明的开启无边无际，所有的开启都进入了新时代，所有的开启都朝着不达不休的新目标迈进，所有的开启，都乘风破浪……

在又一轮新日里，在又一方时间的海里，远航，远航……

2017 年 12 月 26 日午后

把时间用秒针切成碎片

把时间用秒针切成碎片，均匀地撒在听觉和视觉里，靠的是用低微的切割声响，提醒时间既是生命，又是金钱——

必须争分夺秒，也不一定能够成为时间的风向标，或者时间回首的记忆。

我在时间里只是一颗跳动的音符，我串起这些碎片缝织成母语的衣裳，企图套在你灵魂的身上，将你变成一个个小的记忆——

注:1.2018年1月在南阳市委宣传部主办的《南阳宣传》月刊发表《地平线上,升起一轮红日——写在2018年元旦》《把时间用秒针切成碎片》。

2.2018年2月9日在《南阳日报·白河》发表诗歌《把时间用秒针切成碎片》。

3.2018年在瑞士发行的《当代汉诗》第34期发表中英双语诗歌15首。其中有《地平线上,又升起一轮红日——中国进入新时代献诗》《把时间用秒针切成碎片》。

天堂历险

生命于上，越过而存！
停滞遂下，却步则亡！

——题记

也许是一次远行。

我们爬了好长好长的山路，前边是一座山梁。到一个山壁跟前，我们向上望望，很陡峭，那山壁的上边是蓝天。山壁上有星星点点的野树枝，还有一些泛着青色的野草。那山壁上有许多人，弓着腰在向上爬。我们也就向上爬。我们爬了一会儿，爬到了半山腰。好像是刚下过一场雨，山壁上湿漉漉的，有点儿滑。我不时地向下望了望，下边已经深远了，有点儿看不到尽头。我们原来是在悬崖上爬呀！在这悬崖上爬是没有回头路的。我望了望，有点儿晕眩。我知道我从小就有恐高症。恐高症一般都是幼年时得上的。幼年时母亲把我当成宝贝，姐姐也将我当成了宝贝。我不敢碰着，不敢跌倒，更不敢撒手让自己跑。那更谈不上爬树了。小时是住在乡下，乡下是平原，没有山，更谈不上爬山了。直到分配工作后，在一个乡下高中教书时，我才带着孩子们第一次爬山，爬的山也不高，海拔600多米的大乘山。后来我才知道母亲为什么总不放开我，原来是母亲40岁上才有了我，我是三代单传。我就此患上了恐高症。我再往下看时，就更不敢看了。许多的人挤在我的身边，大多数人从我的身边挤过去，向上爬了。我又转过头向上爬，这时心里最清楚，爬过去，才能保命，若退缩，是无法想象的。身后没有道路，是山涧啊！就是有道路也是在山涧的远方啊！

我就继续向上爬。我有时快要滑下去的时候，就迅疾地抓住了一株野树枝，抓住野树枝的时候，脚下打了一个滑，险些跌下去。我这时真太感激这株野树枝了。这野树枝能够救我的命。脚下的陡崖上有许多脚窝，我知道这些脚窝并没有手工的痕迹，都是人的脚尖儿或脚掌抠石的凹处长期磨损形成的。当然，如果没有那些前人用脚磨出的脚窝，也许我们在攀登时会更难，甚至更会有跌下去的危险。正如鲁迅所说，其实地上本没有路，走的人多了，也便成了路。我没有想象和研究从这悬崖上掉下去的究竟有多少人。我只知道所有翻过去的都是幸存者。这里不存在停滞和后退的人。不用说后退,你就是停滞,也就意味着另一种生命的意义。即使你短暂地停滞,那也是为了休整,休整也是为了更进一步地前进。我又向前爬。我的脚下不停地打滑。当我丢下手中那些野树枝的时候,我真有点儿无可奈何。因为我不丢下野树枝,我就不能前行了,我不能前行就意味着另一种生命意义。因为,那野树枝毕竟不会移动,尽管它帮了我,救了我的命。可是我不能不前行啊!当我丢弃这野树枝的时候,我心里很疼,也很酸。我甚至还很害怕。我怕以后的征程中不再能够在危在旦夕时抓住另一株野树枝。我看见前方仍有野树枝,有的枝头上还开着花,红的、黄的、白的,什么颜色的都有,它们在微风中摇曳,有的被人正抓在手中。但它们都是在远处。当然,在我们攀缘的左侧或右侧的不远处或远处,也有许多的野树枝。它们和前方的一模一样,美丽诱人。但它们生存的地方是更陡峭的山崖,它们的脚下没有道路。我们走的地方有道路。当然,这些道路都是前人走出来的。第一个人或第一帮人第一次走这悬崖的时候,我能够想象他们的毅力和胆量。他们用他们的勇气和毅力,更用他们的胆量和生命在为我们后人铺路。尽管这里并不平坦,依然陡峭。但毕竟我们走的路是前边的人走过的。我们并不是拓荒者。

  当没有野树枝可供攀缘当抓手的时候,我更加担心。因为我几乎无所依靠了。我又爬了一节崖坡。有好多人又超过了我,他们也许比我有胆量,也许比我有方法,也许在幼年的时候爬过山,攀过树,或者一生下来就在山窝儿里,像那山崖上的野草。但在我的后面,依然有许多人。这些人中有刚刚爬上山崖的,当然也有开始走在了我前边,后来就走在了我后边的。不管怎样,我们都是在爬,还没有看见或听说有谁往回走。当然,往回走是死路一条的时候,恐怕就是一只鸡、一头猪也不会退缩的,更不用说我们是高级动物——人了。我脚下又打了一个滑,好险。我的心里激跳,好久好久不能平静。这一滑并不是在雨天在平坦的泥路上的一滑,那一滑顶多跌倒,顶多脚腕、胳膊或其他什么部位扭伤。而我现在这一滑,如果滑下去,可不是扭伤的结果,那结果不用说了,你可以想象。我在这一滑的一刹那,本能地弓下腰,迅疾抓住了脚下有千万个脚掌踩过、踏过的那一丛的野草。那野草的茎叶都是条状的。叶子不像平原上的杨树叶那样呈圆形,很脆弱,手轻轻地一拉就断了,就碎在了手里。这些野草没有树上的枝子那样有"枝感",而是柔柔地在手中,还有一种清清的凉意。我不知道这些草,是不是在乡下的沟边儿或河边儿上长着的那些叶子顶结实的条状的"老驴拽",那些"老驴拽"的样子我好像也记不大清了。那些农人叫作"老驴拽"的草就很结实。据说人用手是难以拔掉的,就是驴用牙咬住那些青青的条状的草叶子向后拽时,驴的尾巴恐怕也得一摇一摇地才能咬断、拽断。这也许是农人称其为"老驴拽"的缘故吧！在崖上这些草,我叫不出来它们的名字。但凭我的手感,这些草很有毅力和韧劲儿。我的百斤重的身体往下坠的时候,它竟然没有断,且牢牢地把我系着。我这时最担心的是这些草叶子突然断了,它突然断了之后,可以想象我的身体以及我的生命。我真的感激这些野草！这些永生永世长在山崖上的野草！这些野草好像山里的农人一样,总是默默地、坚毅地活着！原来这些野草不仅本身就是一种生命,就是一抹春天,本身就是一抹山崖上的绿,而且,它们还能够在关键时刻不经意中、无所准备、无所顾及、豁出生命地在挽救着远远重于它们几百倍乃至上千倍的生命的重量！当你的生命获救的时候,当你还要继续攀行的时候,这些草们被你放开,而并不是它们自己挣脱。当你放手的时候,这些草们还摇曳着青青的丛叶,像绿色的旗帜在你的俯视下,在你的手温中,在那山崖的脚窝的旁边,在那你走不太远就几乎看不见它们的那个地方摇曳着身子,在为你欢呼！我该怎样报答这些草呢？这些草们从没喝过牛奶或者绿茶呀！这些草们可也不会坐在你的小轿车里向泰山的方向前行,更不会陪同你坐在大大的能坐下十几个人的圆桌上用餐呀！更不用说她们会到夜总会去载歌载舞了。我怎么报答这些野草呢？她可是救我生命的野草呀！我对此真的无能为力,更想不出任何办法来。如果是旱天,我肯定会将我肩上背的唯一一瓶矿泉水拧开瓶盖儿,将少得可怜的水,且是从山中取出的泉水,浇在它们的根部,让它们也在生命垂危的时候,得到我的拯救。可是,这时刚刚下过一场雨呀！这些草们并不渴,那她们饿吗？她们到底吃什么呢？她们就用柔弱的根须从石头的缝隙里吸取一点点儿山体中的矿泉水吗？人工的化肥哪里去啦？这些野草可从未吃过化肥呀！我真没想到在出行之前带上几粒叫作尿素的化肥籽籽儿了。再见啦！野草！再见啦！拯救我生命的野草！

　　我的心情始终是沉重的。我的沉重不仅仅是为不能报答这些野树枝和野草的缘故,而且,更重要的是我更加担心自己能不能翻过这座悬崖。我的心始终不轻快,尽管我看到那悬崖顶端的蓝天,那阳光,以及我可以想象到的山崖那边那些平坦、宽阔的道路。但,我的心情始终快乐不起来。我又抓住了许多树枝和许多野草,我总算到达了最极端的地方。但是,这看上去并不太远的峭壁真是无法想象。我用手向地下抠,我的手指像钉子,抠下去就像钉子钉在了有薄薄一层较松软的土的石面上,当然,石面的下方就是岩石了,那岩石,手指是无法钉下去的。因为你的肉是有神经腺的,你是有感觉的。

　　当然,你再往下钉,手指是会冒血的。可是,到这最陡峭的地方没有一棵野树了,更没有野草了。这几乎是光滑的石面。这时候我依然向上爬。我知道我的手指和脚趾已经向外渗血了。我不知道我为什么到这地方来,正像我不知道我为什么来到这人间一样。我开始并不知道人的远行就是一种苦难,更不知道一个人从生下来一直到生命的最终点,就是在一种苦难的旅途中爬行。但是为了活命,我还是要向前爬的。我知道我前边的人,以及从我身边过去的人,还有我身后的人,都是为了活命。如果不是为了活命,恐怕谁也不肯在这地方爬。尽管这地方爬着很艰难,但人们,好像是越来越多的人们都挤在这条道上了。我不禁又想到了那些刚刚毕业的大学生们所参加的公务员竞考,大约是数十人、上百人,甚至是上千人中录取一名的那种竞争。但实质上,我在这里爬行,也并不亚于大学生们竞考公务员。那里毕竟没有生命危险。而我出行可是冒着生命危险的。你必须百分之百地跨过去。若百分之九十九地跨过去,那就意味着一个生命走向了终结。这是多么诱人又是多么玄乎的攀登啊!

终于到了顶端。在这顶端的关键部位挤上了许多人。这都是经过大难而不死的人们。越过去这个顶端,你的生命就有保障了。但是,就在这最后的顶端的关口,怎么会有一道人为的铁栅栏呢?这栅栏是钢筋制成的。这些钢筋上还有些许旋转的凸起的纹路。这些钢筋不知道是谁运上来的,确切地说是背上来的。因为这条山道以及绝壁是无法通过车辆的,用飞机也恐是劳而无功的。但这些钢筋的确就在你前面横着,假若是一根就好了,我们可以以此作为攀缘的抓手,这些抓手可比我们已经抓过的野树枝以及野草丛结实得多。但这些钢筋却不能成为帮人的抓手,反而成了一种在绝望之顶的障碍。因为这些钢筋并不是一条,而是许多条,并不是纵向,而是横向,正好挡住了我们的崖路。同时,又不是低低的,而且是高高的、横七竖八的、密密麻麻的钢筋铁壁,大约有两人那么高。这些钢筋栅栏上面还有许多铁丝,呈网状,让人钻不过去。向上爬吧!可是向上爬,你没有攀缘的天赋是爬不上去的。你即使用手抓住了那些钢筋和铁丝,那些钢筋和铁丝也稠密得几乎找不到一个可以容下你脚尖儿的空隙。这些人设置栅栏的目的究竟是什么呢?是为了阻挡人们前进和活命?还是在考验每一个人?或是故意设下一种阻拦你开拓性展望和抵达理想的障碍?还是一种羁绊,让骏马不能腾跃,让思想不能创新,让你的志向不能够实现?究竟是为什么?是先过去的人故意设下的,还是后来过去的人故意设下的,或是一些别有用心的人设下的?这些都是谜。暂且不去考证它,单说如何过这个栅栏吧。

我抓住了钢筋,我的脚尖儿好不容易登在了一个小小的空隙里。这空隙不同于石崖上的脚窝,它太小。这时我想到了从前,让女人们缠脚的那些人的英明!如果让男人们或者女人们再缠一次脚的话,那么我们的脚尖儿也许在这空隙里会扎得更稳些?我时刻都有滑下去的危险!但这种滑下去的危险更甚于在石壁上攀行的危险!我的脚尖儿如果向下滑一下,那么我的手也许就会被我自己的重量坠得松开,然后就是脑海一片空白,滑向无底的深渊。这时可以想象我的手多么有力,多么坚强,多么坚定不移,多么坚硬牢固!我的手被叫作生命的凝聚点最为恰切!这时,我的手指不是树枝,并不亚于钢筋的硬度,不亚于钢筋的清冷。当我右手抓紧后,松开左手时,用左手向上再进展一尺或者半尺时,右手就承受了两个手所要负载的重量。后来我才想象,当一只手抓住钢筋时,它几乎代表了我的生命,包括我的心脏的激烈跳动,以及我的几乎晕眩的头脑,还有更不敢回想结果的那种思想和意识。还有我的眼睛。这时我的眼睛是闭住的,只是在伸出左手或是伸出右手,或是低下头寻找脚尖儿所在的位置时才睁开。除此之外,我的眼睛一直是闭住的。我不敢睁开。我在恐惧面前,不像有些人总是大睁着眼睛表现出一种惊讶,而我根本不可能睁开眼睛。当我又这样向上攀爬一尺或是半尺的时候,每前进一点点,并没有胜利感,我几乎没有了意识和思想。我的脑海几乎成了一片空白,既不像秋收后田野,以及刚刚春耕过的那一望无际的翻着土浪的田畴,更不像刚飘落过的一场雪的大地那样银白和无际。我的脑海偶尔闪过一道闪电,这闪电直连着我的心脏,每当闪电闪过,我的心就激跳。我慢慢前行,想象我这时连地球的小蚂蚁也不如。地球上的小蚂蚁在爬树、爬墙或是爬峭壁时,它们是多么游刃有余,它们的几条腿像在球场上打球一样灵活自如。而我,以及我以外的那些攀缘者们,真是连一只蚂蚁也不如。我知道,实质上,人本身就没有动物坚强,没有动物抵御自然灾害的能力强。更何况,那些小小的动物们,根本不会去设定人为的或叫作"动物为"的那种阻挡自我前进的障碍。我几乎想象不出眼下,人类在发展中,在生存中,在追求进一步的富裕和美好中,在追求进一步的和平与和谐中,为什么还有局部的战争,还有需要六国或叫作六方会谈才能解决的难题,还有为了发展自我而破坏着自我,为了使自我生存而破坏着他人的生存;还有在一方花费着高昂的费用吸纳着城市上空的尘埃,另一方却又人工制造着尘埃,在这里运用科技手段取消着城市的噪音,在这个范围内却又有许多的噪音在诞生着、发展着和充满活力。我听说有人在饥渴到极点时,在没有其他可取水分的情况下,用刀子割断自己的血管,去喝从自己血管里汩汩流淌的并不太鲜红的血液为自己解渴。我还听说,在那饥饿至极的年代,有人吃人的场面!但有人说,这是为了生存,这些问题是无法弄清的。但是只有一点,我是永远牢记的,那就是,尽可能地不要为了生存再去破坏自我的生存。还有,千万不要在温饱或是在富裕之中或之后,忘掉你过去的饥饿,千万不要用你的温饱和富裕奢侈地消耗你自己,更加无羁地贪图你的享受!我们应当经常忆苦思甜,经常想想我们的祖先啊!

当我看到希望的时候,也就是当我的左手快要抓住最顶端的那根比较粗的钢筋时,哦,不是钢筋,而是钢柱的时候,我感到了一种绝望。因为,这根横在高端的柱子光光的,粗粗的,我小小的手无法抓牢。我的手太小了,或者说那柱子太粗了。那柱子不会像钢筋那样能够被抓得牢靠。它太光滑了。我在绝望的时候,想到了退却。但是我怎样退却呢?我根本没有退却之路啊。我的生命意识告诉我:你不能退却,你只有前进!前进,你才能生存!如果停滞,更不用说退却了,你就会没有生命!当你停滞时,你依然在消耗着你自己的能量,你这时无法补充能量了。因为你的手都在坚守着一个支撑你生命的位置。当然这时所有的人都占着了手,占着了脚,没有人会帮助你的。因为没有人能够有机会帮助你了,你只有靠自己的能量,只有靠自己的信心和意志,只有靠自己心中的希望了。这时,天空好像有一些黑色的阴云,挡住了阳光。我根本没心思去看天空了,凭意识感到天空有一些云彩。因为我感到这时没有早些时候那样光明了。

当乌云消散的时候,我的眼前一片明亮。即使这时,我也并没有感到希望的到来。但是,总是会有希望的!我在绝望之顶这样想。我的右手牢牢地抓住钢筋,左手抓那钢柱,但无法抓住。在生命的危险到了极至的时候,不知道哪里来的能量,能使我坚持到最后一秒钟。因为我这时已经是精疲力竭了,稍不小心,定会跌下去。往往量变到质变的转瞬之间,总是有种无法想象的能力。这时我的能量就是在一种莫名之中产生的。同时我也很清楚,往往最后的胜利的希望,总是在你最后一点点的努力之中诞生的!如你真的在仅差一点点之时,就放弃了前行,放弃了生存,放弃了你的希望,你就放弃了你的追求和研究,你就放弃了你的对病魔的抗争……那么,你的一切努力,有时包括你的生命,自然就会从这个世界上消失。世界上的真理,或者叫真美,往往就是在最顶端、最末梢中诞生!好像太阳出来之时,而正好是夜尽之时一样。这时,我用不知哪里来的力量,将左臂向上伸!"你用手抓不住柱子,就不要继续抓了,你应当跨越一下,不去抓那柱子,你应当用你的左臂去擓或者叫作去搂那柱子!你这一跨越,就越过了死亡线!在必要的时候,你不要太守旧!"仿佛有这样的声音在我的耳边响起。这是谁人的指点?这是上帝的呼唤?或者是生命底线的颤音?我不得而知。我这时只知道将左臂向上攀。我用左臂搂住了我的生命!我没有用左手。当左手不能让你生存的时候,你就用你的左臂。我终于擓住了我的生命!那根生命的柱子并不凉,虽然它是钢制的,但它有一种炙热感。我这样牢牢地搂住了那根柱子!我将右臂也向上擓。这个时候,我抓住了稳定,抓住了希望,抓住了生命!尽管这时,我没有用手抓,用的是双臂搂。我迈过去了!我的左腿、右腿都迈过去了!我迈过了死亡的防线!我松了一口气。松气的时候,并没有晕眩,并没有自豪感,更没有胜利之后的快感,我只是松了一口气。

这时我的希望真的来临了！在下栏之时，我发现这栅栏这一面的钢丝并没有那一面那么稠密。几乎我的脚每迈出一步，都有了一个比较牢靠的脚蹬。下来的时候，就容易得多了。有人说上山容易下山难，我说下栏容易上栏难。在我下来的时候，又有许多人超过了我。当然，在我上或者下的时候，在我的身边也有我超过的人。我发现，人们在生命极限"掏命"（姑且让我用一下这个词）之时，并没有多少议论或者叫评论，更没有闲言和碎语，有的只是攀登或者叫前行。这时，我想到了为什么有些人在下来的时候速度那么快，那么不可想象！当我彻底下来的时候，才回忆起，在顶端那句仿佛上帝的话，那并不是上帝的声音，而是一位同行者的声音。我好像看到了那位同行者比我还弱小，看上去比我还胆怯，但是分明是他的声音。他在不能用手帮我的时候，就用声音、用心来帮了我。也许是这声音使我产生了意想不到的力量和意想不到的希望？我得感激和报答这位同行者！他在某种程度上，像那野草和野树枝一样，拯救了我的生命！可我是无法找到他的。这将是我的终身遗憾！

我从那栅栏上下来后，几乎没有了力量。我只是知道，我已经是死不了了。我没有躺下，也没有坐下，而是坚持向前走。走的速度当然慢了，但是我没有放弃前行。下来之后这边的地面并不是陡坡或是峭壁了，而是坑坑洼洼的没有道路的山地，一片远远高于栅栏的山地。当然有许多的杂草，还有许多的野树丛子。我好像是转了几个弯儿，像钻山洞一样，然后就走出了岩壁，走进了一片开阔地，但也并没有现成的道路，只是一望无际的平原。平原远处依然有山脉。这开阔地给我的感觉的确比较良好。我的心情好得多了。

这时我回望一下我的背后。我的背后是一些山岩和峦壁，我是从它们中间的一些缝隙里走出来的。这些山岩和峦壁上并没有那些杜鹃之类的红花，只有一些小小的、白白的、黄黄的、紫紫的小花朵。你若不大注意，很容易将它们丢失掉，丢失在你的记忆里。当我看到这些山花的时候，又想起那些救我命的野草和野树枝。这些小花儿就开在野草和叫不上来名字的野树枝上。我默默地伫立着，向它们庄重地鞠了一个躬！我又转过身向前走，随着人流向前走。我想象我在今后的路途中，也许不一定随着人流去前行。我应该走一下我自己愿意走的路了。

2007年3月4日—8日

雨中旋涡

外面还在下着雨,但我们必须陪同中国教育频道的几位记者前去补充拍摄方城垭口的镜头。记得这天是 2016 年 5 月 16 日。

就是在昨天,我们已经让无人机在上面飞来飞去了,需要航拍的镜头已经够了。但在《河南历史文化博览(地名篇)——方城古县篇》中,南水北调中线垭口和襄汉漕渠两个拍摄点从地面拍摄画面转向航拍画面需要有一个过渡。所以我们决定再去垭口和襄汉漕渠一趟,近距离拍摄一下襄汉漕渠和南水北调垭口的渠水风景。

我们冒雨前去,先拐到襄汉漕渠补了镜头。雨越下越大,没人能够理解我们为什么这样执着。我们头顶雨水、脚踏泥泞拍完了这个地方的镜头,就又转向垭口。

在这里,襄汉漕渠几乎与南水北调中线紧挨着,是平行着向东北方向延伸。宋代襄汉漕渠像历史留下的残骸,在荒芜静谧中大睁着眼睛,杂草和树木成为它的羽毛,它看着我们走进它的灵魂。我们将用现代手法在人们的视野里刻下关于它的历史和记忆。它曾经在向东不远的垭口就停下了脚步,使得史上一个南水北调工程就此搁浅,眼下,这里只剩下一个古代先民南水北调梦幻的残存符号。而现已通水的南水北调中线以更长的身躯、更宽阔的胸怀、更清澈的渠水、更不同的用途,纵贯在襄汉漕渠的身旁,成为"调水"设想的成功见证!

我们在中线北侧的小道上蜿蜒向东,来到垭口身边。雨还在下。渠水清澈,以平静的心态向北流淌。两岸铁栅栏高高的,不时有着"切勿攀爬""不准翻越""不准钓鱼"之类的字样。我们来到"南水北调黄金河倒虹吸"的南边。奇怪的是,昨日紧闭的那扇门竟然开着,没有发现施工人员。我们将车停在门口。我们走进去,向渠水的内岸走去。我们感到来得早不如来得巧。我们向里边走,沿着内部渠岸,根据我们的需要贪婪地摄录着……

在中线曹庄渡桥的一个桥墩附近的水面上,我们发现了一片湍流翻涌的旋涡。这是我们最为惊喜的。我们就是需要这样的画面。清澈的渠水像孩童的眼睛,翻涌的旋涡像激动的孩童的表情。我们为此而激动。这时我想到了梵高的《夜空》。《夜空》中的旋涡,似乎能从眩晕中把握住那岿然不动的心境,就像是迷幻中时隐时现的希望,感觉是那样亲切、舒服。而这幅《雨中的旋涡》,似乎有着相似的心境。这里的构图在运动和变化中,但它的变化并非没有目的,没有方向,这种扭曲和四处碰撞,带着一种向上和向前的挣扎。它让我们看到的是一种激情在压抑之后肆无忌惮地放任地宣泄。它的深蓝表达着一种更深的清澈。它的上游源头的丹江水,经过历史的沉寂和久远的压抑,终于在今日有了一路向北激情发散的机缘了。这些湍流翻涌的旋涡,以万变的姿态恒守着不变,以恒久的不变展现着万变!它似南阳千万人民在默默地表达着一种心声,一种期待,在雨中,似在无人知晓中默默地表达着最为激动的情感!这也许是我们今天要执着地冒雨工作的原因,也是我们将要利用影视向民众表达的真实情感之一。

2016 年 5 月 18 日

第五辑

爱情:女人花朵

新生

女人的花朵

初夏的黎明,东方的曙光漫向黎明的大地,微微的略带凉爽的夏风吹过来。城市的楼林的上空竖起一支支旗杆,笔直地指向天空。蓝色的天,略带微红,略带浅白,那是霞光……旗杆的上端一面面红旗在微风中飘扬,黄色的五星紧紧地簇拥在一起,好像在红海中闪烁……几只鸽子从红旗的边缘飞过去,带着渐近渐远的哨声……在城市街道的朦胧中,楼如林,巷如阡……"沙!沙!沙!"扫帚扫地的声响透过薄薄的霞光传过来,不远处是扫垃圾的女清洁工的身影。扫帚在她们的周围亲吻着地面。几个早读的女孩儿花朵般从她们的身边走过去,馨香四溢……远处的几个工厂的烟囱像旗杆样竖向天空,烟囱的烟雾浓浓的,袅袅而升,在微红浅白的天际画上一道道灰色的线,像微微浮动的条状的云线渐渐消散……

在城市的边缘,在城市与农村接壤的部位,在一幢出租的家属楼房上,有一个普通的阳台像家庭的手掌伸向空中。这手掌上站立着一位少女,她叫娟。她面向太阳升起的方向,梳理着瀑布般倾泄而下的黑发。她边梳边观赏着这城市。这时,太阳刚刚露出半个脸,用大地的琵琶遮掩着羞红的面容。娟转过身,把晨露般晶莹的水滴洒在阳台栏墙上一盆盆蓓蕾初绽的马齿苋上。这是她早些时候从野地里掐回的野花。这野花可能受城市的熏陶,花有点变异,比纯野生的花要大得多,鲜艳得多,也许是城市培育出的,种子散落在了田野里。在掐回马齿苋茎的那天,她找来花盆,装上土,浇上水,将掐来的几枝马齿苋花茎插在花盆的泥土里。没过几天,马齿苋很快就重现了生机,花茎便长出了小芽儿,绽开了花朵。过了些时日,几枝花茎的周围又丛生出一簇簇儿浅红色的枝条来,每个枝条都结满了蓓蕾,渐绽着花朵。她又将新生的枝条掐下几枝分别插在了另外的几盆的泥土里。这些花便又簇生簇长起来。这些花有红的,有黄的。叶茎好吃,还可以入药,性耐旱,活力强……娟边这样想着,边向上边洒着水。花盆"一"字排在阳台栏墙的上端,排列成一道春天的风景。这些红色的、黄色的、艳丽的花朵在太阳初升时即绽开了蓓蕾。花盆里又长出些许野草,青青的,野草的叶尖尖儿竖向天空,与马齿苋茎条上嫩芽的尖尖儿交相辉映。这些绿色的芽芽儿在阳台上像家庭睁向大地的眼睛的睫毛,点缀着晨露的晶莹!一朵朵马齿样的花朵,绽放出了春天的芳菲……

机动车辆的"隆隆"声时而从楼下的路面上传过来。微风透过窗户吹进她的狭小、整洁的房间。自制的窗帘在微风中摆动,窗帘上小猫咪的图案在风中舞蹈。俭朴的卧室也是书房,书本在平淡而朴素的书架格子上整齐地站立着。那台不太先进的电脑还没有被打开,还在静静地安睡……

她忘不了昨天。

因为昨天对于她的意义非同寻常。她心爱的人儿向她传递了真爱的眼神,还有真爱的密语以及吻。这是她有生的第一次尝试。

他叫栋,他俩是大学的同班同学,现在读大三。就是在昨天,栋第一次来到她的房间,开始正式表达他的爱意。娟并不知道他在向她表达真挚的爱意之前曾经也喜欢着另外一个少女——雪儿。她不知道他在爱的十字路口已经徘徊许久了。她不知道他同时喜欢她和雪儿。他认为娟和雪儿长得都很美,在他的心里绽开着两朵花。雪儿是他大学里的同级同学。栋在来到娟的住所之前,曾去了雪儿的住所。雪儿的住所很豪华,室内像院落,花草很华贵,还有流水的鱼池和奢华的洗澡间以及时尚的笔记本电脑。房子是雪儿的父母盖的,他们给了她一层160平方米的房子。这座豪宅坐落在城市中心。室内的钢琴闪烁着锃亮的光芒……栋感到雪儿弹出的旋律有点儿高傲。但她爱他如醉如痴。他也喜欢她,但很谨慎,他并没有正式真诚地表达他对她永久的爱意。因为,在接触中,他时不时地感到雪儿常常有一种淡淡的贪图现成享受、夸口现眼和无所事事的习气,同时还有一种不太明显的依附攀缘、蔑视底层和不甚自立的个性。栋知道他没有多少资格挑剔别人,但他对她总是没有像她对他那样热衷。他感到雪儿爱他的只是他的表面,她并没有对他有本质上的理解。他最担心的是她意志的不坚定性……这些好像在娟的身上都没有。栋昨天来到娟的陋室,他发现这位心上人儿自制的窗帘在微风中飘动,那朴素的书架透出文化的气息。俭朴的床单有条状的蓝红相间的色线,很平展,很洁净,被褥叠得很整齐,像军营里战士叠的那样。屋内并不宽敞,只有雪儿房间的一个角落那么大小,但很紧凑。没有钢琴,但有复读机放出的轻盈的音乐。栋来时,娟的父母没在家,娟的父母在这城里打工,供养着娟和她弟弟上学,到晚上才回来。娟的父亲是建筑工地上的临时工,母亲在城里的一家饭店当杂工。明年毕业就可以不花父母的钱了,娟平时总这样想。栋来到娟的卧室有一种更亲切的感觉。雪儿的钢琴声在他的脑海里浮荡,犹如初冬的风吹皱他平静的心海……雪儿的父母不算是小干部。雪儿对他说过,她父母已经开始为她就业的事跑了。他的脑子里这样想着,从室内走到娟的阳台上。娟抢先来到阳台上,不自觉地站在马齿苋花盆的旁边,想用身子挡住栋的视线,但没有挡住。栋好像就是冲着阳台上这一排小花来的。栋刚才已经透过窗玻璃看到了那一簇簇的小红花和小黄花,现在已经看得更清楚了。这绽放的花朵,小小的,深红的,金黄的,微微地在风中摇曳。栋也许知道了娟故意在挡他的视线。娟也许察觉到了栋已知道了她的用意。她羞红了脸,像马齿苋花在开放。这时,栋和娟同时听到一声火车的鸣叫。他们几乎同时用手掌捂住了自己的耳朵。汽笛声过去,他俩同时放下手来,"咯咯"地笑起来。这时,娟的脸又羞红了起来,顺便说道:"这里太热闹了。"

马齿苋花绽放在上午的阳光下,鲜艳而不娇气,默默而不炫耀,带着大自然的温馨。

"这是我从田野里掐来的,她生命力很强,插上两枝在土里,浇上水,她就活了,并开了花……"娟说道。娟对栋产生好感以至长成"潜爱"也一年多了。她认为栋很朴素、很纯正、很坚韧;她觉得栋的思想很开阔,像天际,也像海洋;她感到栋有一种男人的伟大的魅力,有一种真诚的坚强,有一种豁达、宽宏的气度和溪水般的不懈向前的性格!

栋边听边看,他的心里涨起了春潮!他的心中莫名地产生一种冲动,一种果断抉择的力量!娟默默地在他的心里已经有一年多了。他视野里的娟有着质朴的力量,有着不俗的魅力,有着不凡的气度,有着不屈的性格,像冬梅那样与众不同而又容纳众人,高尚而不高傲,低调而不低俗,纯净而不呆板……

他一年多的徘徊好像在这时停止,定格在十字路口的地方。他面向一条通向娟的道路,向远方瞭望……他不自觉地将手递过去,娟有点儿躲闪。她也许是羞赧,也许是故意,也许是不情愿?这时,这些马齿苋的花茎像选举现场长出的手臂森林,通过了他心中的选项!刹那间,他做出了一个关系他一生的决定:他决定娶她!决不改变!

吻花绽放在阳台上,与马齿苋花朵交相辉映。这吻花对于他俩都是春天的第一朵花朵,芳香四溢。阳光照在他俩的身上,也斜射在简陋的房间里……这时栋和娟觉得这是个极静的世界,街市的喧嚣仿佛停止。在这个被别人忽略的角落,栋仿佛听到了娟把蓝天放进她眼睛里的声音;娟也听到了栋把手放在她手上的声音;栋和娟都听到了吻花绽放的声响……

"我家里条件太差了!"她在吻花绽放之后对他说。她的谦逊诠释着她的与众不同。

"只要你不差。"他在吻花绽放之后对她说。在所有条件中,人是第一位的!他想。

"我家里很穷。"她说。

"贫富不只看物质,还包括精神。"他说。

"那……那我们将来怎么办?"

"只要我们有手、有心,金钱会有的!金钱是手和心的创造!"

"你怕吃苦吗?"

"有现成的金钱,不吃苦,但心苦……创造金钱吃苦,但心甜……"

"你太相信书本了。"她盯住他说。

"不!我相信实际,更相信生活的赐予!"他注视着她的眼睛,他几乎透过这扇窗口,看到了她的心田。

"你为啥总看马齿苋花?"

"因为我看到了一个女人身上绽开的花朵!"

"女人身上还有花朵?"

"其实,每一个女人身上都开有一种花朵。这花朵开在她的魅力中!有的散发着香气,有的散发着腥气;有的鲜艳夺目,有的却暗淡无光;有的早早凋零,有的却绽放永生!"这时,栋想到了他的母亲。他的母亲临终时全村人都掉了泪,全村人都为她送行。因为,他的母亲平生做了千万件好事,哪怕是只需一句话的好事。母亲尽管贫,但她的心很富裕。他认为,他母亲身上开放着一种花朵,永不凋零的花朵。虽然母亲去世了,但这花朵仍在他以及村上的人们心中开放着……"做人,要做本分的人;活着,要活得明白;为人,要为他人……"每到关键时刻,母亲临终的一句话总像钟声在他的耳边回响……

"明年怎么办?"娟问他。他知道这是娟在问他就业的事。

"竞聘!我已与十多个单位联系了!"他说。去年以来,他好像在就业上与择偶上,他用在择偶上的精力要比就业好像更多。因为他最清楚,身上绽放芳香的花朵的女人是未来生活和事业成功的一半。本质决定一切!品质即人的本质!人的品质,即品德,决定一个人一生的一切!比如命运。这些天,美国小说《飘》中郝思嘉的坚韧的、充满希冀的个性令他叹服!她粗糙的手上开满了茧花,但白瑞德依然吻她的手……这茧花就是开放在女人身上的朴素的花朵!这是勤劳的汗水浇开的花朵!这花朵时常在他的眼前摇曳,芳香浸透了他的心灵!他并不是被书本俘虏,而是为一种纯洁的、质朴的、勤俭的、宽宏的、坚韧的气质和魅力所俘虏……通过一年多的观察、比较和体验,他认为雪儿身上开的花,没有娟身上开的花更迷人,尽管娟在外观上某些方面长得没有雪儿更吸引人,尽管雪儿对他要比娟对他更入迷,但他最终还是决定选择娟。他认为娟心里四季都是春天,娟是永不飞落的天使;而雪儿的心里并没有长出常青树。娟的身上,还有一种光芒,一种从心灵深处闪烁出的诱人的光芒!一种具有崇高价值的,具有无限魅力的,具有充满生机的、生命力的、自然的光芒!

阳光普照着大地。大地上到处绽放着花朵,芳馥沁人心脾。栋和娟走下楼梯。

"这楼房虽然陈旧,但楼道很干净。"栋说。

"那是我妈妈的功劳,她每周总要抽时间扫一两次。妈说,这杂居楼上的人都忙,没空扫,又没有清洁工。"娟说。

"你扫吗?"栋故意问。

"节假日回来我扫,我在校时妈扫。"

"谁定的规矩?"

"我。"

"这楼房内住的都是什么人?"

"都是乡下来打工的人,包括我们。"

"你不说我也知道。"

他们穿过一条甬道,向大街的方向走去。阳光照着他们的脸,像春天的两朵花,在风中摇曳……

"魅力不是一张漂亮的糖纸,魅力仿佛是盛开在女人身上的花朵。有了她,别的都可以不要;没有她,任何修饰都无济于事……"英国作家巴里的话在他的脑海里回荡、回荡……

这时,太阳已经升了一人高。远处传来喇叭的声响。

"娟!我上班去了!你那论文里可不要忘了写上——饭店!就是饭店的卫生!就是饭店的肉、菜什么的,不能有污染!这饭店在城市里可是到处都有……"这是娟的妈妈在去饭店上班前对女儿说的一句话。

娟从阳台向室内边走边回答:"记住啦——妈妈!放心——妈妈!"

娟在大学学院里承担着课题组论文报告——《新世纪城市绿化、净化的必要性、可行性以及可持续性》的主笔任务。这篇论文今天一定要完稿。现在城市的肌肉有点疼了!城市绿化、净化时不我待!这是个大问题。不仅仅是空气的问题、电的问题、气的问题……娟想。现在人们为什么总在出问题之后才去认真总结、审视、反思、反悔和弥补呢?为什么在问题出现之前容易忽视?为什么不在问题出现之前去预测、去判断、去预防呢?

……

娟这样想着,电话铃响了。

是栋打来的。

"给你提个建议！"栋在那边说。

"请讲！什么建议？"娟不愿意自己人太客气。

"你写课题论文时更要重视声音的污染。尽可能不要浮浅。比如，中小城市小商贩门店及摊点，还有个体流动小商贩的广告录音喇叭声太聒噪了。这声音有助于赚钱和发展，但不利于环境。我们不能用牺牲自己的一面为代价去发展自己的另一面。另外，一些国家已经开始尝试在城市办公楼、居民楼的楼顶、楼壁种植葱郁的树木和花草了……"

"是的！你说得很对！谢谢！当然还有火车的汽笛与城市的关系……"娟说着，对方笑了，她也笑了。他们都想到了昨天。

娟走到电脑前，坐下。这电脑是她买的"二手货"。

这时，娟卧室里的电话铃又响了。是雪儿打来的。雪儿是娟的好朋友。但栋不知道。雪儿从来没有跟娟说过关于她追求栋的事情。

"你说——你说女人身上开的花应该是什么样的呢？"雪儿突然问起这个问题。

娟没头没脑地听着，不禁笑出声来。这时她透过玻璃窗看见阳台上的马齿苋花红红的，黄黄的，一族族的，在微风中舞蹈，还有两只彩蝶在上边飞来飞去……娟没加思索地顺嘴说："应该是——马齿苋花！"对方仿佛也听得没头没脑……

娟放下电话，又走到阳台上，她认真地观赏起她亲手栽种的马齿苋花来。现在城市里的花太少太少了，她想。

她向楼下远处的街道望了望，街道上车水马龙，人潮如涌。但整个城市并不是郁郁葱葱！大多数地方像荒山秃岭，这就是眼下多数的城市！未来的城市必须是郁郁葱葱的，鸟瞰几乎见不到楼林、房屋，而是像林海，花开遍地，像花园！人们只有生活在绿荫中，生活在大自然的绿草鲜花中，才有生机，才有希望！她想起20世纪70年代初，新加坡旅游局给当时的总理李光耀打的报告，那报告中说，新加坡除了一年四季有直射的阳光外，什么名胜古迹都没有，旅游事业缺乏优势。李光耀在国家旅游局上报的报告上批示道："你想让上帝给我们多少东西？阳光，阳光就足够了！"后来，新加坡就利用那一年四季直射的阳光大量地种植花草。新加坡很快发展成为世界著名的花园城市。

黎明时分那几位负责街道清洁的城妇（夫），这时被城市的人海挤进了某一个角落里。当人们还没有起床的时候，她（他）们已经在街上用心清洗城市了。娟这样想。

2007年1月25日—28日

注:1.有位文学评论家这样评论《女人的花朵》:《女人的花朵》是作者2007年创作的,作者以前瞻性思维,通过意识流的笔法,描写了主人公栋和娟的一次约会,揭示出大学生(青年)择偶、就业、城市绿化、治理城市污染等多个社会问题,倡导了健康的婚姻观、价值观、人生观,表达了城市绿化、净化及污染治理不可等闲视之、人人有责的思想观念,鞭挞了拜金主义、享乐主义的错误人生观。

2.2013年12月,入选中国小说学会主办,雷达主编北京燕山出版社出版的《中国小说家代表作集(中卷)》,并荣获"中国当代小说奖"。

深沉的吻痕

  猫耳洞一位表兄，给我转来后方情人寄给他的血书，他附信道："……边陲赤胆筑起的长城上，飘扬着一面圆形的旗帜！"

——题记

  有生第一次这样触目，才知你真实的色彩：暗淡而不鲜红。

  不知是刺破、割破、咬破，不知是拇指、食指、中指……不能简单地说是海誓，不能简单地说是山盟。海誓山盟是从口腔里飞出的音符，你却是从血管里溢出的琼浆！海誓山盟往往在风中飘逝，你却在人世间永恒地流芳！

  不能简单地认为你固执，不能简单地认为你倔强；世俗认为你轻浮和廉价，我却认为你庄重而高昂！

  可以想象那情景：在一个初春的朔风里，在一个幽暗的夜里，他的嘴唇在边陲紧闭，他的思念在猫耳洞游弋，他并不知道后方的她，正在用破指向他亲吻。

  19个春秋里第一个知音——90个春秋里最后一个知音；不会让别的嘴唇在我的面颊上爬行，金钱和地位夺不走我19个春秋孕育的馈赠……因为，你用生命的雷电驱散前方的阴霾，你用忠诚的赤胆筑起南方的长城！后方的我们才有晴日，北方的我们才有安宁！……当我徘徊在月光下的静夜，看到垂柳旁依偎着的朦胧的剪影，当我步入隆隆的厂矿，拐进那所飘荡着清新歌声的校园，当我走进碧波荡漾的无垠的麦田，银铃般的笑声缀满一个个农庄……后方的我便听到了前方的雷声，便看见了南方的长城，便想到了你……

  这时刻，泪是次要的。然而，她却被泪湮没了……一双滴血的手，倔强而从容地把一个沉重的吻从泪海里捞出，然后装入一个洁白的纸囊里——

  于是，这吻飞翔了——驮着后方一个少女真诚的心和不仅仅一位少女的理解和祝愿。

  前方的他激动了。他的眼睛成了两道温泉的源头。一个圆形的吻，在他的心中烙下深沉的吻痕。

  ——于是，一面圆形的旗帜在猫耳洞飘扬！战友们沸腾的心向后方的人们发问:难道旗帜不可以是圆形的吗?

1989 年 1 月—2007 年 1 月 4 日

注:此作品发表于:
1.1989 年 4 月 17 日《消费导报》。后来有改动。
2.1996 年《合肥重汽报》。

飘逝的红玫瑰……

故乡的天蓝蓝的天,故乡的云洁白的云……

我掐一朵红玫瑰,伫立在故乡清清的河边……

清清河水若缕悠荡的云,带走我多少清清的时光……

孩提时放上的那只纸船呢?母亲说纸船飘到了大海,就变成了大帆,大帆黎明赶月牙,傍晚赶落日,赶走了月牙,赶走了落日,大鱼才在船上跳呢……当那只纸船看不见了,我和帆妹欢跳成了两条船上的鱼。

如今,帆妹乘大船,到大海彼岸研究宇宙船去了。宇宙船赶不走月牙,赶不走落日,宇宙船不捉鱼,捉宇宙的谜底。当白云在天上游弋,我以为那是天海的帆;当飞机在天空飞翔,我以为那是蓝天的船。帆妹的心在那帆上,帆妹的心在那船上。每每这时,我总默默地流泪。

帆妹的心被宇宙船带走了,我的心却失落在海底。我总停泊在时间的海里,任清清的时光随意流逝。我不忍心消沉成海底的岩石,每每企望用泪水将其浮起,但每每失败成水上浮萍,任冷风吹皱我的心。

故乡的天蓝蓝的天,故乡的云洁白的云……

我掐一朵红玫瑰,伫立在故乡清清的河边……

清清河水若缕悠荡的云。我来到清清的河水边,轻轻地放上这朵红玫瑰,若孩提时放上的那只纸船。当那只纸船看不见了,我飘逝了一颗消沉的心……

注:此作品发表于1989年1月23日《河南粮食报·禾苗》。

爱情(外二章)

　　这个词已经远离我的笔锋很久,像乡野傍晚扇动的月牙光亮的风。然而那些久远的召唤,依然像乡村里的母亲站在村口温暖的守望……

　　这古老的遥远和亲近,这曾令人新奇和迷恋的 UFO 光束;这缺失的获得,或获得的缺失,这总是在阴云中穿行的并不圆满的月亮;这并蒂的碰撞的吸引的光芒,这得意忘形的追逐的迷恋;这久旱的风中的春雨,这严酷的冬雪中的炭火;这历史的吸引目光的遗产,这所有的语言文字都无法定义的概念;这东方霞光中的太阳,以及带彩的流云;这西方红云中的夕阳,以及升起的织女与牛郎;这千年缺角的方圆,这万年迷信的追族;这夏季的暑热的风以及蚊虫迷恋的潮湿,这秋天田野的黎明以及低语和暗示;这不尽完美的追求和获得;这半途而废的行走,这途中的阳光一样的消失;这记忆中的盲目、狂热、相持、无奈,这探索中的尝试、谜一般的神秘;这人类永恒的主题,这无法改变的现实,这永久奔月的嫦娥——

　　这个词远离了我的笔锋很久,然而我却把它画为心中永远的明月——

与你相遇

　　大自然的造化,把你摆放在远方,像大海一样宽广、无边、深厚。把我摆放在近处,切着岩罅,流淌出清澈的泉水……

　　大自然的造化,把你洒向天空,在月朗的天空散开、闪亮、流动……

　　把我的目光更宽于光束,投向你,让我的遐想更高于月亮,更高于天河——

　　你久远的存在,我并不知。大自然揭开了晨雾,让我在霞光中看得清晰。与你相遇,我时常听到一种轻柔的音乐,春风一样,大地收起了寒冷的冬羽……

　　宇宙的明亮,纯属于你的造化。与你相遇,我开始在明亮中奔走,像有一种信仰,牵动着我的所有神经,引我从黑暗中,一直走到黎明……

2010 年 4 月 20 日—5 月 12 日

注:此作品发表于 2010 年 4 月 29 日《南阳日报·白河》。

思念是一种生命

　　思念是一种生命,春天的季节,花草萌生或开放,思念也在生长。

　　思念以生命的姿势,春耕相识,播种信念,拔节渴望,收获执著……萌生、滋长和成熟,是一种对时空的跨越,是一种交流与理解的历程;严冬、徘徊或磨难,思念,化为暖流、力量和刚毅,伴你同行——

　　思念是一种生命,是溪流、江河的流动,是绿向蓝天、风向大地的过程;思念的过程是做梦的过程,思念的过程是心灵形象成长或呼应的过程。

　　梦你的时候你在梦里。思念以生命的姿势,把你唤醒:你与生命相约,思念与你相约——

　　珍惜你的每一个相约的瞬间!

1998 年 9 月

凝视

一

阳光,蝉鸣,蝉鸣穿透清河岸边杨树林的叶子,坠落一地。

我们在阴影和蝉鸣中凝视,树影被夏风吹得婆娑,在我们的视线上,翩跹舞蹈。蝉鸣拨动我们紧绷的视线,颤出一首心曲,又一首心曲……

阳光透过叶缝凝视着你:一朵红云在瞬间飞落你的心底——

太阳偏西,我透过一扇窗子,看到了窗外春天的麦子,浮荡着某种秘密。

蝉鸣的夏季,呼唤秋的果实——

2007 年 11 月 5 日

注:此则原题为《蝉鸣下的凝视》。

二

村前树林里蝉鸣声中的凝视早已飘逝,棉田捉棉铃虫时的凝视早已飘逝。

现在,在茫茫人海中,我正凝视两扇窗口。透过窗口,阳光依然眩目,春天的原野,依然一望无际,温馨的气息,依然碧波荡漾……

心迹的路程越走越远,生命的回归越走越近,头上的白发越生越多,面靥上的皱纹越聚越密,唯独爱情、亲情越活越年轻。

当我凝视你的时候你正凝视着我,我们的不期而遇是一种缘分;当我的视线最先移开你的窗口,你的窗口依然向我明白地敞开;当我又一次凝视你,你的窗口仍然向我敞开着,一动不动,光亮一闪一闪……

原来,凝视生于近距离,长于爱壤里。我感觉,一场雨将飘落在我们下一次的凝视里……

2007 年 9 月 13 日

注:此则曾发表于2008年《大地诗刊》总第42、43期特大号。

三

　　现在,多少年以后的现在,你依然不敢凝视我。多少次的邂逅,多少次的不言而去,多少次的绵绵回忆……

　　现在,你也许还不知道,当年从你身边飞来的一只野雁,曾把我的鸿雁咬伤,折翅的鸿雁,在风中跌落……

　　从此,你便没有了我的音讯。

　　现在,我们都衔着草叶和根须,早已筑就了自己的鸟巢。在相距不太远的树林里对视,低吟或者歌唱。

　　风吹林木,呼呼地响,我们的鸟巢在风中摇曳。秋雨打湿林木,叭嗒叭嗒地响,我们的鸟巢被雨丝穿透,我们躲进各自的巢里,冰凉冰凉……

　　也许,心灵的河流在远方交织;也许,闪光的视线在梦中撞击;也许,压抑的呼唤在喉管里哽咽;也许,神秘的梦想卡在门槛……

　　当春尽夏来,燥热难耐,当夏风吹落叶子的泪滴,当夏蝉在夏秋之交的枝叶上挣扎着尖叫,当暮秋的蝉鸣被秋风冻僵……我们才感到秋天来临,我们才明白:

　　原来硕果不属于我们,我们的凝视已姗姗来迟,岁月的黄土已掩埋了我们的肚脐——

　　你为什么不敢凝视我,像我们不敢面对岁月的流逝……

2007年10月10日—11月3日

如果你的光芒照亮我的阴影

一

　　莫为表面所迷惑,表面似无风的海面,似春天或秋天中午的阳光,似普通的农夫耕耘的原野,即使黄牛惊慌也几乎沉浸在无动于衷之中。习惯的常态千层万层,笼罩在表面。寒风刺骨也几乎面不改色。远处的尖叫或者声声铜锣响在五月的街角,我仍无动于衷于一种经久世面的老成。即使在夏天炎热的气浪里,我几乎也不流汗,不被炎热蒸发。季节的变换或者一日的温差侵袭着我的时空。冬天的寒风和雪花袭击着我飞翔的灵魂,田园里长满人工修剪的花束,飘荡着制作的香气,花朵脆弱、短命,色彩并不真实。尽管如此,我也被现实的拘谨修剪成一墙多枝的栅栏,困围着一株时常结满玫瑰蓓蕾的花枝。小鸟在栅栏之外飞翔或歌唱,白云集结,晴空的银河闪烁着星光……

二

　　如果春风撕开我的面纱,如果雷电摧毁我的栅栏,如果上帝让我恢复真实,如果我拥有一方所有人都向往的空间……我曾拥有的青春的门扉就会被春风打开,我曾拥有的沉睡的欲望就会被雷电击醒,我曾拥有的童心就会被上帝松绑,我曾拥有的荡扬沙尘的空间,就会被纯净的天空填满;我会一个人走进无边的沙漠,并携带一颗心和渴望,我会把你的渴望斟满夜晚的酒杯,我会挥舞小小的笔书写出经久不衰的谣曲。

　　如果你走近我,我会敞开门扉接纳你的阳光;如果你让我像月光亲吻大地一样亲吻你,我的光芒会在月夜的玫瑰上舞蹈;如果你亲手揭开我久封的面纱,我会像一个少年跟随溪流一样跟随你的指引……你会透过刚刚开启的窗口瞭望到一望无际的大地,大地上山峦起伏,万木葱郁,麦浪若春天的碧波无限展开;如果你愿意,我们会一同去一个新天地——

　　无限的生命在充满生机地生长,河水流动着春天的花瓣,山巅上鸟鸣催动着白云的翅膀,向远方飞翔……

三

　　如果你的光芒照亮我的阴影，如果你的甘霖飘洒在我的田野，如果你的火焰融化我的冰心，如果你的话语若春晨霞光中杨树绿叶的婆娑，如果你的面纱折叠后放入箱底，并与我同样真实地走近，我的歌声透过栅栏的缝隙，春鸟一样扇动着自由的翅膀飞向蓝天。这个世界就会变小，变成一个人烟稀少的伊甸园。

　　我们有春天阳光的照射，但缺乏阴影；我们有夏日的雨丝，但缺乏低沉的黑云和狂风；我们有冬天的白雪，但缺乏刺骨的寒冷；我们拥有争执、研讨，但缺乏相互的攻击或陷阱……一个本真的世界流动着纯净的河流，山峦烂漫着映山红，空气阳光一样清新，大地呼吸着被霞光过滤的透明，我们仿佛被圣水涮洗，闪烁着思想的光芒……

2009 年 3 月 15 日—8 月 13 日

回眸(组章)

回 眸

当我转身回眸,发现你还在伫望。月光朦胧,微风扇动着树的翅膀。树叶分明是在招手送别——

原来目光和月光一样朦胧,朦胧成一段心迹。心中的祝福,由月光传递……

清河水在向南流淌,潺潺的心音,延伸着刚才的低语。偶尔,蛙声响起,夹杂一些夜籁。我不走动,这些声音就不会停息……

夜中的目光,无法闪亮;夜中的心海,无法平静;夜中的风,无法停息;夜中的你,无法离去……

2008 年 12 月 18 日

注:发表于:
1.2009 年 6 月 25 日《通辽日报·西辽河》。
2.2011 年第 3 期新疆《绿风》诗刊。

天阴了

天阴了。似乎这冬日城市的上空,有点寂静。铁塔在灰布上竖立,太阳这时在屋顶也无能为力,遥望斑驳的墙壁的窗,都睁着黑洞洞的眼睛……

天阴了。远在一方的你,一定能看到我这时的表情。我想要说出的事情,一定也在你心中了。当我把心灯点亮,照亮的不仅仅是你的心房……

天阴了。太阳总会露出笑脸……

注：发表于：
1.2009 年 7 月下半月《诗刊》。
2.2011 年第 3 期《绿风》诗刊。

距 离

在一种仰望里，我咀嚼到距离的滋味；在一种俯视里，你爱得好苦涩。你播种的油菜花般芬芳的文字，使我的汗水在夏日的蝈蝈声里，流淌得很慌张。我放牧的思念的白云，可曾在你梦的阳光里游弋？

假如我们能平视着亲吻，将会是和谐的风景……

1988 年 11 月 16 日—2006 年 12 月 31 日

注：发表于：1990 年 12 月 4 日《青年导报》。

第六辑

思情:思想情感

接春

渺 小

我时常体验着一种渺小。一种渺小并没有对应庞大的地球、太阳系、宇宙。一种渺小往往对应着一种渺小。一种渺小不仅仅是一件事,不仅仅是某一天,不仅仅是完成的一个任务,不仅仅是一个人站在这个世界上、站在大地上、站在人群中、站在家庭里、站在黎明、站在暗夜、站在灯光下……

面对一只蚂蚁,我并不伟大;面对一块卵石,我并不伟大;面对一片绿叶,我并不伟大;面对一支河流,我并不伟大;面对一座山岗,我并不伟大;面对黑夜和天空,我并不伟大;面对我的童年,我并不伟大;面对我的来路,我并不伟大;面对我的父亲,我并不伟大;面对我的母亲,我并不伟大;面对我的妻子,我并不伟大;面对我的儿子,我并不伟大……

他们似乎都大于我,都强胜于我,都给予于我,都让我在他们身边行走,都让我在他们内部行走,都曾经或者一直让我明白什么,让我懂得什么,让我思考什么……他们让我坚定,让我坚守,让我爱,让我被爱,让我高兴,让我幸福……

面对渺小,我仅是他们的一个存在,一个支点,一个看见的事物,一个简单的寻找者,一个雷同于万事万物的生者……

我知道我的生命是有限的,我所做的事情是有限的,我所发挥的作用是有限的,我的一切努力都是有限的……

就比如,我的渺小甚于小草。小草并不渺小,小草拥有春天的色彩,拥有众多的种粒,拥有庞大的根系,拥有顽强的生命力,拥有超常的团结力,拥有非凡的忍耐力,拥有扎根泥土、默默无闻的坚守力,拥有与世无争、互不侵扰的宽宏度,拥有宁死不屈、临危不惧的坚韧度,拥有恒久的低调、持久的冷静,拥有在大难面前沉着应对、不慌不忙的淡定,拥有灿烂而不张扬,坚定而不逐流,谦逊而不自卑的性格……

我的渺小还甚于雪花。雪花并不渺小,雪花拥有世间最纯洁的白,透彻纯净的通体,拥有向低处飞翔的庞大梦想,拥有坚忍不拔、锲而不舍的追求,拥有报告季节冷暖的先觉,拥有虽生命短暂但并不郁闷踌躇的豁达,拥有全身心奉献于阳光与大地的无私,拥有不求所得只求奉献的崇高……

我的渺小并不蕴藏于伟大之中,往往伟大从渺小中起步,伟大又蕴藏于渺小之中,往往伟大拒绝空谈,拒绝高调,拒绝盲目。往往伟大来于天空,来于高远,来于无边。往往伟大拥有卓越,拥有雄伟,拥有崇高,拥有超常,拥有不朽,拥有永远和永恒……

这些我都不具备。

但我的渺小喂养着我,丈量着我,成全着我;我的渺小教会了我如何做人,如何从小草、雪花以及伟大中汲取营养,如何做一个既顶天立地又扎根大地的永不自卑的人;我的渺小成为我止步时的动力,犹豫时的坚定,临危时的淡定;我的渺小成为我生命中的真实,历史中的存在,时空中的记忆,遗忘中的再现……

2015年8月21日—10月16日

注:发表于:
1.2015年第1期《躬耕》杂志。
2.2016年5月26日《河南日报(农村版)·作品》。

放 弃

　　放弃是件很不容易的事。它的不易,缘于不舍、犹豫、踌躇或者软弱?或者依恋,或者棘手?或者它本身的意义?或者它带来的转变、丢失?你对于它的犹豫不决,不只说明你的性格,还说明你的视野、见解、态度,以及你的无能为力……

　　放弃一般要忍受一番疼痛。这种疼痛正是你所要放弃的遗憾,这种疼痛反而又给了你新的认知、视野、作为!这种疼痛也许能陪伴你许多日,甚至许多年。它几乎成为给你的教化、警示、经验或教训。当这种疼痛一旦消失,你即真正跨越了一道沟坎,走到了应该拥有的坦途。但有时,你又像跨过了平缓,步入了曲折或陡峭,你对它又仿佛是无能为力。

　　放弃需要割舍一段的来路。它几乎成为你回望来路的一种丢失。你舍弃了你要丢弃的,你又获得了你要得到的。你的丢失正是你的获得,你丢失了黑的,你得到了白的;你丢失了白的,你得到了黑的。它们几乎是平等的。它们几乎是在肯定与否定之间,否定与肯定之间。仿佛是夏秋之交、冬春之交一个人切肤的感悟。

　　放弃又往往是一种不情愿。你为什么要放弃?你首先要掂量你放弃之后的所得,你是一个会算计的人,你的每一个行动都要达到一种完美。当在一种极其不情愿的情形之下的放弃,是面临着一种外在的压力,而不得不舍。而一般所有的放弃都是为着新的获得,而在不情愿之中的放弃,又要获得到什么?无论如何,既然你放弃了,你肯定就要获得一种东西。世界不存在绝对的丢弃或获得。随着你的不情愿在时间的磨砺中的消失,你将会得到一种比较完整的东西,你将步入一个新的领域,你成为新领域的主人。

　　放弃是对身体的一种割舍。丢掉累赘,丢掉多余,丢掉痛苦,丢掉纠缠,丢掉记忆……丢掉你的一块肿瘤或疼痛,你将成为轻松的新人。新的生命就从你的割舍开始,新的天地就此为你打开,阴云消散,夜幕拉开,迷雾消失,道路就明明白白地铺在前方,你不会为你的割舍而牵挂。丢弃错误,获得正确;丢弃阴暗,获得光明;丢弃迷途,获得来路……

　　放弃是为了真正地获得。放弃是对过去的告别或否定,又是对未来的开拓和肯定;放弃是一种封存,又是一种开启;放弃是继往开来,又是开拓进取。

　　放弃又不可盲目。真正成功的放弃,将会得到真正成功的获得;真正成功的放弃,是要经历严格的运筹;放弃所具备的应是充分的准备;放弃并不是绝对地丢掉,它是为记忆增添经验,为来日开辟新径;学会放弃,就能够学会获得。放弃不是盲目地丢弃,而是有准备地为了新的获得。放弃是自我的修正,又是自我的完善。

2015 年 8 月 21 日—10 月 16 日

　　注:发表于 2015 年第 1 期《躬耕》杂志。

拒 绝

　　当你被拒绝时,你才会尝到拒绝的滋味,你才会想到你也曾经拒绝过他人,你才会感到你的自尊被伤害,你才会产生一种懊丧,一种欲望落空的失落感,你才会想到你今后将在什么情形下拒绝他人,你才会感到拒绝与被拒绝有着不同的伤感,你才会想到拔腿就走,用一种气度诋毁对方,你才会重新整理你的欲望,或者把你的欲望关在自然的情形之中,你才会把欲望准备得更加充分完美,你才会预测抛出欲望时是否会被拒绝……而当你受到拒绝时你应该用何表现,去掩饰你内心的伤口,你才会暗自下定决心,持守着某种行为来抵抗对方;你才会拥有某种灵感或抵消某种灵感;你才会在某种徘徊中迈开步子或从某种步子中步入徘徊;你才会想到你有何不妥之举、之求;你才会将满足的缺口越拉越大,把你的自尊和虚荣装进去,然后拉封,你才会感到孤零和忧伤,甚至绝望;你才会孕育某种报复力,发奋积累,你才会将它作为一种磨砺,将你的棱角予以磨平,使你有着比较光滑的外表,把欲望装进拒绝的熔炉好好拷打,锻造出一身的刚强;你才会不轻易地拒绝他人,让他人感到你是一个逐步成熟的人;你才会另有所想,转换目标,以达到你不获得无法忍受的目的,至于你再次被拒绝之后,你也许将这种企图放进时间里,进一步发酵或者彻底地被打消……

　　拒绝是一种限制,同时又是一种放纵;拒绝本身并不明白它所要达到的效果,它只是一种人为的态度和表现;拒绝同时又是一种规范,一种矛和盾的碰撞,它也许不能产生火花和炸响,它也许不能产生另一种对于一方或双方的伤害;拒绝本身实质上在某种程度上或某一个角度是一种进步,也能让一种超越心灵极限的行为止步或转移,甚至消亡;有时拒绝又反而给你一种安慰,那当然是当你把发热的额头降温之后才有的感觉;拒绝又是一种教诲,即便你当时无法接受,但在你日后或更长的路途中,它会闪烁出光芒,照亮你某种隐藏多年的迷惑或将错误一扫而净,它将成为你后来所有生活或路途中的记忆和镜鉴。

　　拒绝又是一团迷雾,一旦烟消云散,拒绝便露出了它应该归还给你的和你所要谋求的那个欲望的满足。拒绝本身必须尊重它的主人的精神旨意,不会自发地改变。

面对拒绝吧！正确地面对拒绝是一种超越！

注：发表于 2015 年第 1 期《躬耕》杂志。

让存在大于消失

在城市,在某一个街道,在某一个居民区,在某一个村庄,如果你注意,你肯定会在某日的夜晚或白天听到一种低沉、悲伤、凝滞、呜咽,有时也激扬的哀乐,看到一列悬挂挽联的车队。这肯定是又一个人从这个城市或乡村消失了。这是亲人们为消失者发出的悲怆的信号,这是亲近的存在者在为消失者吊唁、祈祷或送别。消失者有年长的也有年轻的,有黑发送白发的,也有白发送黑发的。有情者为什么愿意去瞻仰和送别?一个形象,在这个世界上即将永远消失,最后的一瞥能播下永久的记忆。你会感到,一个亲近的形象怎么会消失得那么突然、匆忙?那么不可预测,那么仓促而不留情面?你会认为他(她)几天前还是健康的人,几天前他(她)还见到你,几天前,你还听到他(她)的声音,你还与他(她)打交道,尤其是他(她)的容貌还在你的脑海浮现,他(她)的声音还在你的耳畔回响⋯⋯

你肯定会回忆你们最后的一面。这最后的一面是最珍贵的一面,像翻过去的那张日历,将永远地不复存在了。为什么当他(她)消失之后,你才会最容易地记起那最后的会面?从此,你还会愿意忆起他(她)的长处,总结他(她)的优点;你还会忘记或是不愿忆起他(她)的缺点,以及他(她)曾经对于你的伤害;你还会原谅他(她)存在时的不足,而为他(她)的消失而悲伤和流泪;你还会不由地联想到你自己,联想到你自己于人世的价值和意义,总结你自己报答恩人和社会的举动是否到位,从而反思你自己的过错;你还会开始改变你过去的武断和盲目以及你的不全面;你还会在这个生与死间的门槛之外徘徊,一眼望向黑夜,又一眼瞥向白天;你还会想到一个人一生的重量在消逝之后,也便化为火化场上空的一缕青烟;你还会感到在你的心灵上具有重量的人却能够在你的记忆中永存!⋯⋯

当然,在追悼会上,你会心悸,你会流泪,你会悲伤得成为软弱者,你会接受一次生命的洗礼,你会重新反思你走过的路,你会想望你的未来,你会以一次消逝作为你珍惜生命的警告,你会想到一个人活着最重要的就是要造福于人,奉献于人,施德于人,感恩于人,你会想到一个人活着最关键的应是大度、忍让、宽宏和原谅,你会明白一个道理:自愿送行者的多少与一个人存在时奉献、造福于社会的程度以及其品德的高下成正比。你会丢下一个个沉重的包袱,轻装走进新的维护生命的生存世界,你会随着时间的推移不断地越来越多地留恋一个消失的亲近的人的存在……

假若你的父亲或者你的母亲已经消失,你会感到你曾愧对过他(她),你会后悔你对他(她)的关照与你应该对他(她)的关照相差甚远,你会在清明节纪念他(她)时,查找自己曾经表现的不足……是的,一个存在者的消失给你增添了多少的记忆和展望,给你丰富了多少的知识和感知,让你对生命和人生有了进一步的认识……是的,你会越发走向成熟,你会越发认识消失对于存在的意义,你会面对消失而珍惜存在,你会在存在中感到庆幸,你会更加明白你生存的意义,你会认为一切的存在都是一种合理,你会感到黑格尔的这一观点无比真切,你会为你的未来的消失作必要的准备,你会更加友善待人,报效祖国和社会,你会提升你生存的价值,取消你生存的阴影,你会用你的劳作闪烁你的光芒,你会用你的温馨温暖这个社会,你会用你的德能优化你的形象,你会倍加珍惜你的每一年、每一月以及每一日,你会作为一个存在者与一个消逝者相比较,你会用你的存在推迟你的消失,你会面对消失而好好地存在……

是的,你会关注自然界能源的消失,更加珍惜你所消费的能源;你会类比人的消失与自然的消失;你会把你和他(她)以及他(她)们化为自然的统一,你会发奋地努力使你的存在远远大于消失……

2007 年 11 月 19 日

注:发表于 2008 年第 9 期《躬耕》。

站在你的用品和食品的背后

每当你使用一件用品,你也许没有意识到它们无语的力量!当你将一小撮茶叶丢进你的茶杯,然后便提起茶瓶向茶杯里倒进开水,你便可以悠然地喝着你的茶水。但你想没想过,你的茶水的形成,实际上是一个并不简单的过程。你的干渴可能会在瞬间里就消失,你积蓄的邪火可能会在瞬间里就被扑灭。但你也许没有想到在这个过程中已经有几支队伍在为你服务:茶杯的玻璃、不锈钢,或是陶瓷,茶瓶的胆或是外壳,茶叶和开水……这些物品的背后却有着一支支的队伍在辛勤地劳作着……

每当你食用一种食物,你也许没有意识到它们被粉碎的苦衷!你用你的牙齿咔嚓咔嚓地将它们嚼碎,然后将它们变成你所需要的营养和能量。你用你的味觉能够分辨出它们的酸甜苦辣,用你的嗅觉嗅到了它们的味道。当你咀嚼这些食物的时候,你的视野里是否浮现出一支支队伍?麦子在夏日的阳光里被农人收割又装进工人制造的机器;雪白的面粉被搬运车辆又运到了你的身旁;那朴素的白菜也是在落雪的天气里被农人拔掉,又垛进地窖里封存,然后在你需要的时候被送到了你的身旁;那猪或是鸡生长肉质的过程,是它们吃了人喂的食物之后成长的过程,那猪肉或鸡肉又经过厨师的烹饪才变得香酥可口……

在一张稿纸和一支钢笔的背后,在一张办公桌、一本词典和一本百科书的背后,在一个键盘和一台电脑的背后,在一把钳子和一节电线的背后,在一部手机和一台电视机的背后,在一件鸭绒袄和一张席梦思床的背后,在一粒药物和一台健身器的背后,在一口铁锅和一台液化气灶的背后,在水龙头的水哗哗淌和暖气管的暖气默默向前流动的背后,在三室一厅雪白的墙壁和空调散发冷气的背后,在你坐的沙发和小车的背后,在你眼睛老花而戴上老花眼镜的背后,在你大病一场,在医院里得到痊愈的背后,在你的某一个项目得到成功,举起奖杯的背后……你也许没有意识到,有许多的人正向你拥来。他们给你送来温暖、凉爽和舒适,给你送来速度、安全和方便,给你送来思想、知识和智慧,给你送来快乐、幸福和希望,给你创造条件,使你畅通无阻……又有许多的人正从你的身边走去,他们给你带走饥饿、干渴和失眠,给你带走痛苦、徘徊和忧郁,给你带走挫折、失败和失望……

你每天都在运用这些队伍给你送来你所需要的,你每天都在运用这些队伍给你带走你所不需要的。你每天都在靠这些队伍度过,你每天都在靠这些队伍消磨或享受着你的一天,但你也许每天都会对它们视而不见……

假若一场洪水漫过你的周围,你需要的一切援助又迟迟未到;假若一场暴雪封堵了你的四周,你需要的一切全部冻结;假若一场战争使你的周围化为一片废墟,你需要的一切化为乌有……你将成为地球上的什么?是蚂蚁、小鸟还是黄牛?是白云、星星还是落日?当这个时候,你的一切用品和一切食品都化整为零,你成为一个无助的人!你的浪漫、潇洒、得意以及狂妄哪里去了?你的悠闲、想往、满足以及高贵哪里去了?你的欲望、情感、爱情哪里去了?你的欺诈、自私、阴谋和野心,以及你的贪图、享受、铺张和高傲哪里去了?……你将成为饥渴、冷冻甚至死亡的俘虏!

假若生产你的用品的原料就此枯竭,假若生产你的食品的土地化为海洋,你站在岸上面对枯竭的空无发出长叹,你面对的是否就是死亡?这并不是一次荒诞的设想!包括你的一切所用所食都将重新开始!你是否悔及你的过去?悔及你过去的奢侈和放荡,虚度和狂想?你脑海的空无正如你面前的海洋,你双手的空空正如你所用的一切的枯竭,包括你的眼泪的水分也是有限……你最好面对你的用品和食品好好想想。

所以我说,每当你使用一件用品时,包括你不爱使用的和不愿接近的,每当你食用一种食品时,包括你不愿吃的和不愿喝的,你最好站在它们的背后,或者站在它们背后的立场上,好好看看想想它们背后那一支支队伍的日出而作、日落而归的辛勤和劳苦,以及日落而出的披星戴月和夜以继日的创造!好好看看想想它们所存有的那许多的优点和长处,好好看看想想它们背后资源的渐乏和来之不易。这时候,你也许将会珍惜你的每一件用品和每一种食品,以及你的每一天和你每一天的每一个细节、每一秒钟……

2007 年 3 月 27 日—28 日

注:发表于 2007 年 12 月 19 日《青年导报》。

站在世纪的交接点上

在一个世纪与另一个世纪的交接点上,你能够站立在这点上遥望星空和注视大地,能够在心灵里充满律动地站立着,回想你的过去,审视你的现在,憧憬你的未来,这是一种拥有生命、面对生命、希望生命的特殊享受。

一个世纪的年限对于宇宙、对于历史、对于生命的永恒而言,是一个美好的瞬间,而对于一颗小草、一朵小花、一个人生,却是一种伟大的漫长,一种宽广的给予,一种厚重的奖赏。

你一旦拥有了时间、空间和生命,你一旦在这生命里前进过、胜利过、享受过,你的生命便拥有了一定的价值。

在2000年世纪之交的日子里,你该做些什么,才会对一个世纪负有责任?在你的人生里,你该做些什么,才会对你的生命产生意义?

世纪之交证明着一个漫长阶段的过去,一个新的阶段的启始。当你跨过这个瞬间,你首先应考虑的是你该拥有几个这样的瞬间,正如你该拥有几个生命一样。

你是人类的一员,你给人类做些什么,留些什么?

一滴水对于未来的意义,一颗树对于未来的意义,一朵小花对于未来的意义,以及你的人生对于未来的意义,正如你的言语、举止对于你人生的意义一样。

人类在前进、发展和步向文明,你的一切对于前进、发展和文明意味着什么?

世纪之交的日子是一次美好的跨越。在你所熟识的人中,包括你的祖父和祖母,你的父亲和母亲,不是所有的人都能拥有这一美好的跨越。而我们却拥有了这一跨越!

在你尚未结识的人中,也许有的同样不能拥有这一跨越。一个世纪可以孕育许多生命,但一个生命往往不可能经历一个世纪。

这个跨越的瞬间,给你的是时间的价值和生命的意义。在你的生命里,你若对于这一跨越无动于衷,或是顺其流逝,那么,你将拥有一种悲哀!

在你的生命里,你若在这一跨越里干一些有损于人类和生命、有损于进步和文明的事,那么你更会拥有一种悲哀!

时间对于人是一种生命的奖赏,生命对于人,应是永无休止的给予、永不讨价的奉献!

世纪之交的日子向你诠释着生命的意义。在你的生命里,你信仰什么,你守候什么,你崇拜什么,对于你的人生意义重大。

你是人类的一颗微粒,而人类和社会又是一颗颗微粒的组合。你的一切是孕育美丽的花朵,还是造就龌龊的粪土?

没有沙土飞扬的空间,是草蔓编织和根须交合的结果。空气需要清新,河水需要清澈、人类需要美丽净化的环境。

思想应是一条前进的净化的河流,你的眼前是光明、是黑暗,你的眼前是平坦、是沟壑,在每一个瞬间里,你将迈向何方?

我们已经跨入了新世纪。这个全新的世纪犹如冉冉初升的太阳,霞光四射,光芒万丈。

在这新世纪的日子里,我们应该好好想一想,我们应该做些什么,我们需要做些什么。

我们需要的是珍惜生命,珍惜每一寸光阴;需要的是信任和谐、信任文明、信任进步和信任发展,需要发挥各自的光和热,共同创造新世纪的辉煌!

2006 年 12 月 6 日

掬在肩上的心

掬在肩上的心,最怕的,是它的掉落。

那么,为什么要将心放在肩上呢?干脆把它装进胸腔里多好。不是让你非要将心掏出来,放在肩上,或许是因为它非离开胸腔不可而蹦出来,落在你肩上的,你似乎对它无能为力?

它落在你肩上,你的肩也肯定不是树枝,也肯定不是小鸟了。而树木和鸟,从没有把心放在肩上过。它们仿佛从没有为某事担忧过。树枝是自由的,它可以被风吹动,自由地前后左右晃动;没风的时候,它还可以独自静立和思考。它不动声色地就将多余的树叶丢了下来。即使有焦黄的枝叶,在绿枝叶中突显,但也没有看见过它的烦恼,它好像从没有疑虑过一样,被风吹动得潇洒、自由、幸福,时常让我仰慕。小鸟多么自由,它可以无忧无虑地飞离、飞落和歌唱。小鸟从不怕一支羽毛掉下来,有时还自己用尖喙将多余的羽毛啄下来。鸟的潇洒,更是从"从没有眼泪"开始的,我从未听到过它的哭泣,甚至一点埋怨声也没听到过,它从来都是在歌唱,或者欢语。小鸟始终是我的榜样。

而人呢!人总是多情、多感、多疑和多变,总是连自己都无法战胜,自己老被自己打败。有时甚至是自设圈套自己钻,自制苦恼自己受!总是把简单的复杂化,把轻松的沉重化,把明白的糊涂化,把渺小的扩大化……

雾霭之后是晴空,你总以为是阴雨;山峦那边是湖泊,你总以为是叠嶂;陡坡过去是坦途,你总以为是沟壑……

把心放在肩上,你的步履肯定会受到阻碍,你的情绪肯定会多一层忧虑,你决策时肯定会犹豫不决……把心放在肩上,你最怕的是心掉下来,被摔伤或摔碎,怕流血。当你的一切担心都是多余的时候,你身在庐山却不知庐山真面目,你总是跳不出自制的羁绊。而实质上,天空是晴朗的,大地是碧绿的,生机勃勃!河水向东流,树向上长。即使是阴雨天,雷电也不会故意找到你,只要你有防范意识。而这种防范意识却是一种道德的规范或是良心和认知的造就。

要相信自然,相信真理,相信规律;要相信自我和他人;要相信历史是前进的,战争不会随意发生;要相信一切生长都是向上的,就连向下生长的根须,同样也是向上生长;要用真诚的心去换取真诚,要用真诚的行动去获取真诚;要把心捧在双手上,给人看,不要放在肩上,放在肩上最容易摔碎。心宽敞,事事顺畅;心胸广阔,情意悠长;心无疑虑,诚明如镜;不欺人,不被人欺;不骗人,不被人骗;不哄人,不被人哄;不坑人,不被人坑;不疑人,不被人疑……

世界之大,万物皆大!世界之小,万物皆小!

把心放在胸中,把心捧在手上;把所有的人及事装在心中,当作爱,滋养……

把多余的担心丢在脑后吧!让它滚落到北山坡的沟壑里去吧!

2017年8月19日午急就

一切,刚刚开始

1月1日,这是一个与往常相同的白日,不同的地方,只是在次序上它排列在第一。然而,这个排序,也是人们的作为,而它自己并不知道。

它的刚刚开始,又意味着什么?这些意义,又都是人们的赋予?

而往往人们在遭受某种冲击之后才赋予某些意义或行举——

2008年雪灾凶猛而至,人们方知天下还有如此之大雪!提防大雪之念,才开始在人们心中生根。

大气的污染才刚刚开始,不!它的严重性才刚刚开始体现,人们的治理才刚刚开始。是谁最早开始警觉?他就是这具有划时代意义的启蒙骄子!

至于城市的绿化,它的意义联结着空气。而空气又联结着人类疾病、死亡以及警惕!而那第一个警觉的意识,又代表一个时代的刚刚开始!

水,以及污染,以及枯竭,正警示我们——

太阳可以给予我们光明和温暖,但不可以给予我们水!任何有限性,都是无限性的开始;任何的开始,都有一个微妙的起始;任何的开端,都有一个神奇的警示!我们要善于发现,并善于抓住这一警觉、警醒和警惕——

水的污染,成为水的纯洁的警惕!水的有限,成为水的无限汲取的警惕!

不管这种警觉出自一位伟人,还是出自一位诗人,出自他一首小诗最末一行,或是最后一个词语,时代,就此开始,一个新生命就此开始!

一位诗人的超越自我,是从一首诗开始。而他的孕育也许达到几十年的光景。他认识到,老路已经成为自我的羁绊或杀手,他开始警觉,对于他,创新或脱胎换骨,才刚刚开始!

世界之大,无处不存在着永恒和起点!无处不存在着无端以及新生!世界在不断接受打击之中变得聪明和成熟。人类不断接受着震惊和刺激,才不断在惊醒中认识世界和自己!

刚刚开始存留于所有的空间,所有的黑暗,所有的心迹和神秘!

它也许像一面船帆,在你的视野里引领;北风之吹,大雪之苍;骄阳灿烂,炎热而至!生命的开始,已经开始宣告着生命的结语!世界不存在永远的消失和永远的存活!大地和万物征服我们!让我们聪明起来,在挑战之中翻新自己!

洪水而临前,背水而战之;狂水之不流,驱除其阻梗;乌云之集聚,闪电之划破!神灵!神灵!神灵指挥着每一个刚刚的开始!

诗歌!它是心灵乌云中的闪电!它将驱散所有精神中的郁结和阴霾!它将唤醒一切迟钝、犹豫和彷徨!

一旦心灵被打开,天地一片明亮,诗歌的使命,才刚刚开始!人类将开始接受这一事实!

2016年1月1日—10日

请把你放进历史

1

你千万不要以为你多么了不起。当你把你放进历史,你就会很渺小。这时,你的生命也就成为一株小草或者季节里的一滴水。其实,历史和大地一样,也和银河一样。当你把你放进银河,你也就成为一颗明灭的星星。

你一旦感到,生命如此漫长,像烦恼一样漫长,你就把你放进历史。我们总会从历史之中找回自己。

2

当我们从历史中知道一些沙漠,原本是海洋的化身;当我们知道一些山峰,曾经是海洋里的岛屿;当我们得知一只古代箭镞和一枚古代钱币,诠释出一个朝代的征战和金融;当我们攀登上万里长城,感知到秦朝防御工程的雄伟和民工劳作的苦难;当我们翻阅历史,感知祖先古远,朝代轮换,荣衰更迭,明星明灭;当我们明白我们每开创一个历史的先河,先河之水又流入历史……我们就会感到历史的悠远和我们智慧的灿烂以及生命的短暂,我们就会从历史的铜镜中照亮自己。

是的,把你放进历史,你就会更尊重历史和现实。你就会更自然地生存而放弃虚张、躁狂和迷茫。你的心胸会更开阔,记忆会更清晰和悠远。你会把一个完整的你放进沙滩,像鹅卵石一样接受阳光的抚吻。你会把亲人当成至宝,把敌人当成朋友。你会把黑夜当成白天。你会主动地在干旱中用你的湿润温润大地。你会用你的光芒照亮阴影,用泪光托起感恩。你会自觉地赶到善良和仁慈的会场。

3

把你放进历史。这时,你就成为《诗经》里的一句,也会成为宋词里的一句,还会成为元曲里的一句。你的生命在历史的夜里,总是像夏夜的萤火虫那样点亮夜幔。你的童年就在你的心里存活永远,你的光亮就在你的心灵闪烁永远。你会走在时间的海里,感到游刃有余,像清河水里的游鱼那样自由自在……

请把你放进历史。你会放下你久久难弃的欲望和贪婪。你会把它们泡进水里,走进你本真的空间,干你想干的事情。你会像从幽径里走出,来到一个豁然开朗的天地,你会挣脱藤蔓的缠绕,你的天空蔚蓝,白云像草原中的羊群游走或者飞翔……

请把你放进历史。你会进入宁静的远方,像白天的喧嚣走进午夜,而你从午夜走进白天。夏日的蚊虫都憩息在阴角,复制的商品和复制的艺术都停泊在夜里。微风撩拨起你的头发,打开你的心扉,弥漫着春的烂漫和秋的韵味……

请把你放进历史。你会摒弃你的高傲和自卑。因为你在历史的皇帝面前会成为乞丐,而在乞丐面前你又会成为皇帝。你在西汉张骞面前会成为闺女,而在闺女面前你又会成为张骞。你在地球之上会成为蚂蚁,而在蚂蚁面前你又会成为伟人……

4

我们把我们放进历史,就要谙熟历史,就要知道尧舜的来历,就要知道太阳的来历,就要知道灭绝的来历。比如最后胡杨的根为何在沙漠之中平行延伸,以及茎为何无声哭泣,滴落盐碱的泪滴。就要让你的名字成为你新发现的星体的名字。就要让你的诗歌成为历史,或者让你的发明成为效益……

我们把我们放进历史,就是要看清今天,或者让今天的白昼伸向明天,或者把日益耗减的资源总量保持在最大的程度,把灾难减少到最小,把死亡迫压得最低,使它们变成人类的俘虏,把战争消亡,让和平扼住挑衅的喉头。让地球所有的人同住一个村庄,让春天在中国穿过2008南方罕见的冰雪,让我们对一些事情具有高认知,比如,对凶猛的超越性危害估计和防御到最高,或者让诺贝尔文学之类的奖项多多降落在中国的领地。或者让在月球之上人类的生活片段早日传递给中国大地,让中国走向世界的每一个角落,让世界在中国每一个角落里存活……

5

请把你放进历史,不是一般的存入、放弃或者消逝。主要是想让你不仅认清自我,而且也认清他人、他物和他事,以及历史,通过不懈地进取才能书写历史的原理。把你放进历史,不仅要延伸白天,而且还要缩短黑夜。让心灵永远明亮,让夜晚在休眠之中如同白昼。

请把你放进历史,还要接近明天。就像黎明,你站在地平线上伸出双手接纳第一缕霞光。

或者,在湖边或海岸观看水中日出的风景。当今天成为昨天,明天就成为今天。但今天始终存在着一个明天。我们接近明天,主要是用历史的清水洗净我们的双手。这样,霞光在手上才会闪烁出本真的光芒。我们还要用历史的白巾擦亮我们惺忪的眼睛,让历史的铜镜映照出明天的蔚蓝和光芒……

把你放进历史,你永远不会忘记历史。历史也会记住你的美德、创造以及诗性的觅迹……

2008 年 3 月 22 日—29 日

跟我18年的办公桌

我刚来的时候,走到三楼你的身旁,我就发现你已静静地弓下身,迎接我的到来!

你若是直立的人,你已经四肢着地趴下18年了;你若是四条腿的牛,你已经四肢着地站立18年了。这是从我来到你的身边时算出的数字。

你黄色的身子,像牛;你默默无言,像牛;你平坦宽阔的脊背,每时每刻都在接纳着我,像牛……你的身子越来越重,你现在已吃得饱饱的了,你不知道我多少次清理过你的胃肠。你吃了多少纸片,又吐出了多少纸片;你吃了多少文字,又吐出了多少文字。你吃了多少"方宣[1989]×号",又吐出了多少"方宣[2007]×号"。当我吃饭的时候你停下,当我吃过饭来到你的身边,你就开始吃那些纸片、文字和文件。有时,你吃的纸片、文字和文件还没有消化,就被我掏出;有时,你吃的纸片、文字和文件还没有咀嚼,就被我塞进胃里。吃这些纸片、文字和文件,就是你的职责、你的使命和你的职业,你毫无怨言,你总是默默地等待着我在你脊背上轻伏……

从你的脊背上掠过多少新闻又掠过多少时光;从你的脊背上溜走多少疲劳又溜走多少期盼!我陪伴着你,旭日的光线从我的脊背滑向你的脊背;我陪伴着你,夕阳的余晖从我的面颊滑到你的身上!你用沉默接纳过我多少次凝思,你又用平坦和宽阔拂落过我多少委屈或激动!我的忧虑多少次像阴云从你的脊背上飘过,我的哀叹多少次像流云从你的脊背上滑落!我的笑声多少次像歌声从你的脊背上掠过,我的愤怒多少次面对着你的平静而渐渐消减!

你浅淡、空旷、天然的木纹,见证我多少思想的船和期待的帆!你斑驳渐增的伤痕,映照着我渐多渐深的颊纹!当你的橘黄渐渐变淡变浅,我的银发一丝丝地飞落头顶!

你被阳光照亮的木纹,是我在责任田里翻动的春耕的土浪?我用笔耕耘土地播下的文字,是我播进田里的种子?一行一垄一面一方,在你的土浪里发芽和生长!当我播下的种子开花溢出芳香,国内外的读者用嗅觉分享我的花香!当我播下的麦子泛黄结果,国内外的读者用目光收割我的麦田!

当我的文山将你的四肢压折压垮,你"咔嚓"一声落下一角!当我用砖头支起你被压断的一肢,你又用平坦宽阔的脊背接纳我的轻伏！当日历一天天从你的身上翻过,你每次都是用坦荡的负载接纳明日的黎明！

　　跟我 18 年的办公桌,将我 18 年的沉思、期盼、踌躇、等待一次一次地收容！跟我 18 年的办公桌,将我 18 年的思想、希冀、忧郁、烦恼一次一次地放飞！跟我 18 年的办公桌,你匍匐着身躯犹如我弓着的腰,你默默无闻犹我的无闻默默！

2007 年 3 月 27 日—29 日

20年前后的时间生命

在火化场追悼一个36岁的生灵。当这个早殁的生灵被推进炉膛,外面的烟囱便随即冒出一股青烟,青烟飘荡在蓝天,消散在几分钟的时间里。有西北风刮着,阳光不十分和煦。家属的哭泣声随青烟飘散,在寂寥的空旷里显得微不足道。当家属从向西开着的小窗里取出骨灰盒时,追悼的人又一次聚拢。这是对这个生灵最后的道别。追悼者已抓不住远去的生命,一些在大厅里显得寥寥的哭声已抓不住生命,我们低沉的情绪同样抓不住生命……

实际上,生命和时间一样来去匆匆!但失去的生命总会给我们以陶冶、警示和告诫!过往的时间也总会给我们以反思、提醒和教诲!假如这个36岁生命还会回忆的话,20年前他还是一个16岁的少年,他或许刚上高中。20年后他却与世界诀别。现在,我不愿去追寻他缘何患肝癌而早逝。现在,我却不禁联想到了再过20年的我们。20年前近在咫尺,20年后并不遥远。20年前和20年后是相对的距离。现在,我们就站在这个交接点上。我记起了20年前我们村边清河流淌着的清水,我们在沙滩上寻觅着水鸟用白石籽儿堆成的鸟巢和鸟巢里有黑斑点儿的水鸟蛋;到夏季,我们在村边河道的"大水坑儿"(河道转弯处的水塘)洗澡;我们在村上的榆林或槐林里捉蝉,用弹弓追赶斑鸠和山雀。20年后的现在,我们村边的清河,"大水坑儿"变成了小水池,仅容下几只顽皮的鸭子,河道夏季断流,秋季浑浊,冬季薄薄的冰下没有了流水;在村上,被我们称作黄鹂的鸟儿早已销声匿迹……有时,我们不免想到,再过20年,清河会不会更名为"清干河"?

20年后的现在,我们已到不惑之年的同龄人已经苍老,我们的双鬓已飞落上了霜雪,皱纹在日渐加深和增多,视力在下降,逐渐看透了一些事情,弄明白了一些事情,性格有些变化,没有20年前那样有棱有角,朋友有点减少,同学有点疏远,亲情有点淡化,我们反而又搞不懂了许多事情。这些事情20年前能够搞懂,但现在我们越来越糊涂……现在,我们对生命的认识却越发清晰。有时,我们把我们的生命放在秋天的枯草中去观看,放在河流中去观察,放在世纪中去瞭望,放在布满星星的银河或人类历史中去观察,放在地球的某一经纬度交叉点上遥望,放在地面上蚂蚁的队伍里,让蚂蚁与我们的生命相糅合……我看到我们的生命时大时小,时高时低,时长时短,时而光芒耀人,时而阴沉暗淡……不过,现在,我们的孩子正在长大,一年长出二寸高,孩子增长着知识和个子,我们变得更加老诚、呆板和无为;我们仿佛看破了红尘,看到了日过正午,就是落日,看到了白日最终进入黑暗;我们的颈椎有点儿疼,在冬季尤其不太耐寒,夏季总爱流汗;我们现在更加想念20多年前那些鸟们、鱼们,还有桃林的花、杨林的蝉、菜园的蝶;想念亲手用疼爱喂养的那只斑鸠,那只还带着弹弓伤痕的斑鸠;更想念家养的那条叫"四眼"的黑狗,它矮矮的个子却有高速追赶野兔的本领:猎枪的飞弹射中它的前腿,它依然坚毅地追,有时,猎枪子弹没有射中那只兔子,但"四眼狗"却追上了兔子,将兔子咬死,在猎人面前炫耀……我们总追念20多年前单纯的同学、童稚的口音和简单的思想。是的,同村的叫大妮的同学,在上学的路上总离你那么远,总不愿跟你说话;还有同班的那位女同学在早上上学的路上,总是靠近你行走,听你讲一些道理和事情;同班的另一位女生的裤带头儿像蛇在她的腰部舞蹈,你也羞于提醒她一声……当我们看到现在华贵的古铜色老板桌时,不免想起小学时代我们曾用过的泥板桌,我们为了让桌面光滑,用滑石在桌面上打磨;当我们穿上现代的"波司登"羽绒服时,总又想起幼年时衣服破了向妈妈要衣服穿,妈妈没钱拒绝买,我们就为此哭闹……

  再过20年,我们相对于现在肯定比较富裕。我们的道路更宽阔,更平坦,车流更稠密,路两旁的树木更风景化,或者树荫更阔大;我们的住房更宽敞,更舒适,更现代,更适应我们的需要,更能按照我们的需要听从我们的摆布,更富有回归感,更接近于自然;我们的城市更大,楼林更高,灯光更亮,更富于色彩,水、电、气的流速更快,更不容易停顿和间歇,空气的纯洁度更高,城市绿化也相对普及和提高;我们手里剩余的钱更多,商机更多,消费意识也在更合理地改变,享乐的质量和意识也会有很大的改变和提高;我们的爱情观、婚姻观、生育观、人生观都会发生前所未有的变化;我们的信息观、世界观、地球观、国际观、宇宙观都会发生前所未有的变化;我们每个人与世界联系得更加紧密,我们人与人联系得更加紧密,我们各地的信息全球化的质量更高,出口产品更全球化,几乎世界上任何一个国家的家庭都有我们的产品;我们对恐怖袭击、自然灾害、战争的警觉和自我免疫能力明显提高……

  再过20年,我们人类现存的癌症、艾滋病之类的世界性难题可能会得到解决,非典、禽流感之类的病毒可能会被消除,或变异,或更新,或再生;我们人类,尤其我们中国,缺水、缺煤、缺油之类的能源危机的呼声会高涨,并且会新增一些可替代的新能源。今日的《中国水危机》中写道,华北地区的海河流域,大小300多支流,无河不臭,无河不干,地下水严重超采,600亿立方米不可补给的深层地下水资源采空了一半以上,形成了超过 4 万平方公里的地下水漏斗区,这个水漏斗区的面积位居世界第一。今日另有数字显示,西亚弹丸之地的以色列是世界上公认的缺水国家,人均年用水量 370 立方米;而作为中国首善之区的北京,这项指标只有区区的 200 立方米……再过 20 年,以上这些区域或数字还会增加或减少,我国北京等重要城市的年"买水"支出并不是 2008 年之后的 24 亿元人民币的投入。再过 20 年,南水北调、西气东输的力度更大,需求更高。再过 20 年,我们比现在更明白珍惜资源,更明白违背规律的发展会对发展本身带来惩罚,在发展中寻求回归、本源、生态、再生的力度加大,保护生态环境的意识和行为更强。现在,破坏自然后我们所得到的惩罚已经明显显现。但现在,我们可能会对某些可能遭到的惩罚仍存有模糊认识,就像 20 年前我们不可能会感到,20 年后的 2008 年初,我国南部大面积遭受 50 多年罕见的雪灾一样;不可能想到,地球变暖会对人类有如此极端的惩罚。而实质上,更多的极端的意想不到的惩罚还在后面。也正像现在,我们根本不可能会想到 20 年后所发生的大自然对人类的惩罚一样。我们往往容易"吃一堑",才能"长一智",很难做到"不吃堑也长智"。我们更应明白:过去、现在、将来,正好是"时间生命"的概念。我们时常应长三只眼睛:一只眼看过去,一只眼看现在,一只眼看将来。作为一个人,最好用 20 年这个"时间生命"去丈量自己的人生。每个过了 20 岁的人最好都能用三只眼睛看待自己的人生:看 20 年前的昨天,看 20 年后的今天,看再过 20 年的明天……

再过 20 年,我们会运用更多的风能发电,用更多的阳光取暖,用更多的绿色温润我们的生命……我们更适应自然,更会用自然维护我们的生命。但是,仍有一点是谁也无法抗拒的,那就是时间对于我们每一个人像清河的流水一样不会停止!清河的水一旦停止,我们的生命也就停止。20 年后我已进入老境,我已在老龄化的轨道上行走,我不可能会有青春的气息,反应更迟钝,更胆怯和模棱两可,更不善于表达,更不善于肯定或否定什么,更和蔼待人和乐于助人,更弱化私愤,更免于争端和较劲,更忍让和大度,更原谅和宽容……

我们只有永远记住并践行这样的诺言:用 20 年前的童心、青春经营现在;用 20 年的经验安排今天;用过去 20 年的教训改造和完善自我,用以往 20 年的成功激励自身;用未来 20 年的世界眼光、现实理想和合理期盼铺平脚下的道路;用过去、现在的成功实践和将来的科学预见和判断奏响 20 年"时间生命"的人生乐章和人类乐章……

2008 年 1 月 2 日—2 月 12 日

注:1.此作品荣获2008年大河南阳网第一季度好作品评选一等奖。
2.发表于2008年第9期《躬耕》杂志。

片羽拾录

1.燕儿

你是追春的吗？有了你,我可是不败的春花呀!

2.阳光

我看见阳光的色彩了,是红色的。现在我才明白阳光为什么温暖,她利用红心的色彩发出热量,她的温暖比羽毛还要轻,她的光芒比泉水还要透明。她有时还要跑到室内,将阴影照亮。我终于明白了她为何既温暖又明亮……

3.你(一)

你属于世界,世界属于你,这正如你从大地走来,你终又走回大地。

4.回归

回归是不可能的,但是我们为什么还要回归,因为我们想找到真正的自己。回归并不是倒退,反而是一种进步。正如你蓦然回首,花丛中的花朵正向你张开笑脸。我们的回归,就是寻找初心,记住初心。

5.光芒和风吹万物

阳光普照着万丛草木,然而,只有那么几片反射出光芒!风吹动着万物,多少事物因风而动,而闻风不动的往往用手抓紧了大地。

6.天空

  天黑了下来,而月亮却升了上来;阴云密布了,而旱情将要结束。

7.我

  我用我的双耳聆听世界,我用我的双眼注视前方,我用我的双足站立在大地上,我用我的双手改造世界。
  我听见了你的声音:"前方!前方!明亮向你招手!"我听着你的声音,坚定地迈着向前的步履。

8.你(二)

  谁人告诉我,你的存在?而我又时常因你的存在而坚定信心!

9.飞鸟

  一只飞鸟从阳光中飞过,她留给我的是遥远的想象。

2013 年 8 月 16 日

10.闪电

  在黑白之间,发生着质的转换,冷极至热,热极至冷。闪电与雷声同时发作,闪电是巨变的信号,雷声是巨变的阐释,黑白之变,只是一瞬。

2015 年 12 月 11 日

11.错误

  错误往往是隐身的,往往在正确里面充当正确。你要想识别它,必须手持真理,用更高的知识、技能、美德结构成更高水准的鉴别力。不然,它将会永远隐身于正确之中,直至最终被真理驱除。

12. 历史与文化

历史构成文化,文化又构成历史。我们在历史中丰富文化,我们又在文化中传承历史。文化记录着我们的历史,历史又展示着我们的文化。拥有文化,就拥有历史。

——2016年11月19日下午参观方城县刚刚开业的"四馆两中心"(图书馆、文化馆、博物馆、规划馆、新闻中心、演播中心)片感。

13. 记忆

人的记忆是奇妙的。有时的忘记是真实的,而有时的忘记却是虚假的。但记忆本身却没有真假之分。

2016年11月30日晨7时

14. 功夫在平常

功夫在平常,就是把临阵的刀放在平常磨。这样,一旦"打起来",就不至于慌张,不至于盲目,不至于打无准备之仗。功夫在平常,实质上就是关注过程,关注量变,关注积累。这样,你才有可能成为有准备的人,成为在机遇到来时,能够抓住它且能获胜的人。

15. 画上句号的事情

每当一件事情画上句号的时候,事情就变成了事物,成为一个整体了。它对于你是有生命和力量的。同时,它已赋予你一种希望了。它是你工作和奋斗的结果,不管这件事情最终能够给你带来多少慰藉,但它已经是你努力的结果了,已经成为你的经验了。你应该更加珍惜它的过程和它带给你的欢乐。

2016年12月4日晚

16.好梦

　　好梦,它是你理想的提前实现,又是你日常所思的开花结果。好梦不长,但是精髓;好梦有时会成为你的向导,只要你不懈奋进,就一定能变成现实。好梦与现实的距离,就是你奋进的路途……

2016 年 12 月 5 日晨

17.支持

　　支持是一种情缘。或者被支持方的举动、行为、事业得到你的赞同,被打动,或被支持方遇到困难、遭遇灾害,你给予的一种增援或声援。支持首先不能盲目,它必须在一种框架内,在一种道德或正能量的规范内,在一种法治的许可内,才具有生命力,才具有社会效益,才受到欢迎。支持本身没有姓氏,没有观点,没有阶级,支持是一个人或一帮人,一个地域或一个国家的援助行动。它代表着一个人或一个区域或一个国家的观点,能增进友谊,促进发展。

2016 年 12 月 9 日晨

18.劳动

　　只有通过劳动才能获得属于你的,你拿到的时候才理直气壮;不劳而获的东西不属于你,你拿到的时候就会谨小慎微。即使拿到了,早晚还是要交给属于他的人。所有的制度、框架、栅栏,都是设给不劳而获者的障碍。这种障碍是明亮的陷阱,要是你一意孤行,那么,早晚要落入陷阱。这正如你不劳而获的东西一样,早晚还是要归还给那些劳动的人。

2016 年 12 月 13 日晚

19.防患于未然

　　"防患于未然",这是"患"给人们带来的经验。这种经验是从多少个"患"的教训中得来的。这是来之不易的结论,也是来之不易的忠告。它让我们思考:什么需要从小处着手,什么需要从小处防备;什么还没有预测到,什么还没有达到标准;什么需要开阔思维,什么需要长远眼光……既然如此,我们何不把先人的经验——从教训中总结出来的经验——当作行动的指南去践行呢?这样我们就会少走弯路,或避免灾难。我们往往把历史当作一面镜子,这面镜子就是标尺,让我们对比一下,是否有过头的,是否有不足的,是否有拿错的,是否有没拿的……我们可以通过一面镜子,借助太阳的光芒,照亮我们的阴影或迷惑不清的问题,让我们看到更远的地方,让我们所遭遇的"患难"减少到最少最小……

2016年12月13日晚11时

20.自然修复

　　庄稼需要耕耘,树木需要修剪,人类需要教化,这些都是自然的表现。自然本身有着自我修复力,自然的自我修复力同样是环境的造化,或者叫自然修复得更适应环境。适时者存,逆时者亡。生命在自然修复中发展,不断地淘汰和继承,不断地破除和创新,才会更加充满生机和希望。人类在自然修复中会愈加聪明和进步,它会用战争制造邪恶,它又会用战争消灭邪恶,但最终它会用文明和进步消灭战争,走向共同的成长和繁荣。除非遭遇超乎人类自我防御和抵抗能力的自然灾害,人类绝不会自取灭亡。

　　注:2016年12月16日上午在方城县人民文化广场人民剧院参加戏曲电影《子夜惊梦》首映式观感。

21.消灭于萌芽

　　消灭于萌芽——当然这种萌芽必是逆向的或是阴暗的。明明消灭于萌芽要比消灭于茁壮轻易得多,但是人们又往往疏于这样做。原因是缺乏对萌芽状态的重视或对其危害性的认知。而人们又往往待到事态发展到成熟爆发时或难以维持时才开始研究对策。这样付出的代价要大得多,而其带来的危害已显而易见。防患于未然就是这个道理。而这本身需要的是预见性、重视性和警惕性。

2016 年 12 月 16 日晚 22 时

22.溪水

溪水为什么向前,即使遇到层层阻梗,她也蜿蜒前行。除了她要向着已确定的远大理想和奋斗目标奋勇前行外,她给我们最重要的启示还有一条,就是她顺势而行,遵循着自然的规律而前行。如果她违背了自然规律,将寸步难行。这也是她最终能够到达目标,实现自己远大理想的真正原因。当然,尊重规律之外还要坚持不懈,勇往直前,那么,最终的胜利一定属于她。

2016 年 12 月 17 日

23.时间流水

流水,看得见,但抓不住;时间是流水,看不见,但能抓得住。抓时间的方法,就是利用,就是挤。只要你学会了挤时间,学会充分利用时间,时间在你身边就会成为金子,你就抓住了时间。时间对于每一个人都是平等的。时间老人将时间均分给了每一个人,只是看谁能够抓住。谁能抓住,时间在谁身上就会延长。时间还会通过你的努力馈赠给你成果——所有浪费时间的人永远也拿不到的成果。

2017 年 1 月 27 日(农历腊月三十)

24.自然与人

人与自然和谐相处,是最平安的、快乐的、幸福的。人若有善心,动物和草也会有善意!愿我们被自然包围,自然也融入我们。

2017 年 1 月 28 日(农历正月初一)与朋友拜年之语

25. 付出与获得

付出与获得在对等的时候,是最平衡的,也符合了自然。所以人是平和的,像阳光一样,春风一样,心平气和。一旦二者出现了反差,反差越大,失衡越重,在心理上就愈难以接受,一切矛盾就出来了。原因是它打破了自然,违反了平衡。付出过高而获得甚微,或者欲望过高而得到微少,那就会出现心理上的反差,心理上的反差表现在情绪上,有时会难以抑制,所以矛盾就出来了,变得激烈了。心平才能气和,就是这个道理。所以,我们只有以平常的心态对待一切,不欲望过重,不透支支出,便会成为一个自然人了,像自然的树木那样平静站立,接受阳光和风雨。

2017 年 2 月 5 日午

26. 一直舍不得丢弃

虽然有些东西对于我们已经没有用了,但我们一直舍不得丢弃。这是何时养成的习惯?舍不得丢弃,是因为我们不愿意让它们消失,像阳光和风一样。实质上,而我们最终却被世界丢弃了,但我们还在世界里。

2017 年 2 月 9 日午

27. 我们拿什么返还阳光?

阳光出来之后,雾就散了,我们的心里也宽敞明亮了。当阳光消失的时候,我们意识到它的珍贵。我们像需要空气一样需要阳光。阳光对我们始终没有吝啬过,就像母亲对我们一样。而我们拿什么去返还阳光呢?用我们眼睛的澄澈或是用心灵的明亮?用花朵的艳丽芬芳,或是用果实明晃晃的亮光?而它们依然因为阳光才芬芳和明亮。我们究竟拿什么返还阳光呢?

2017 年 2 月 9 日午

28.完美

　　隔一段时间,你再去修改,也许会发现原来不能发现的问题。听一听别人或者行家的建议,你再去修改,你也许像工匠一样,将你的作品打造得更加完美。仿佛一切事物都在向完美进发,而完美又往往没有终点。假如我们有时间、精力、智慧,就会将已停止打造的事物再进行打造,使之更接近完美无缺。

2017 年 2 月 19 日晚 22 时

29.智者与庸者

　　智者是把每一天都当作前进的铺路石;庸者用一生也找不到一块前进的铺路石。

2017 年 2 月 19 日晚 22 时

30.阴影(一)

　　我仿佛刚刚明白,影子是由光造成的;如果没有光,也就没有了影子。比如我的影子,当然,我必须存在,如果只有光,没有我,影子也是不存在的。那么,我就可以这样推导:如果我是存在的,那么,我心灵的影子是什么形成的呢？是光形成的?那么,这个光又是什么?是能够让我不在黑暗里行走或是能让我发现了什么的存在？而它本应是不伤害我的,除非它的光超出了我的承受力。那么,我又如何对待这些光呢？

2017 年 2 月 20 日晚 22 时

31.怪现象

　　仿佛寒潮只属于早春？是的,寒冷是冬天的本真。就像你在海里见到海浪,那是不足为奇的。而在海岸见到海浪,这对于你,就是一道风景了。一种潮流的形成,往往不是无缘无故的。它似乎达到一种平衡才不遗余力地前进,或突如其来。这其实,都不是"怪现象"。任何"怪现象"都是出自你的意识,或认知。当你对"怪现象"形成的原因了如指掌了,也就见怪不怪了。

2017 年 2 月 20 日晚 22 时

32.月光

月光越来越少,我们要把月光当阳光来运用。

2017 年 2 月 21 日凌晨 2 时

33.戒心

在某种情形下,我已对她产生戒心了,但她不知。

这正如我走在一棵大树下,大树上有许多鸟儿,它们在开会,叽叽喳喳的,好不热闹。而我怕它们有粪便落在我身上,就绕过树走过去。而树和鸟们不知道——有一个人对它们存有戒心。

我相信,她是遵从自然的,而我不是。这表明了她是大度的,假如她知道了我有戒心。

而鸟们始终不知道我有戒心。它们才是真正的自然。

2017 年 2 月 22 日午

34.阴影(二)

是因为有光,才有我的阴影,还是因为有我,才有阴影?我知道二者缺一不可,究竟谁是谁的父亲?究竟谁是谁的儿子?

而内心的阴影就不一样了。内心的阴影不是因为光,也许有了光,内心的阴影就会消失。内心的阴影是因为有了心结,那么,心结就是内心阴影的光了?

那么,心结又是如何解开的?那就要靠自然的光了。

而心结永远不是光芒的阴影。但内心的阴影需要自然的光芒来照亮……

2017 年 2 月 23 日晚 23 时

35.阳光涂亮了窗棂

阳光在一场大风之后,用乳白的光涂亮了红漆木窗棂。白油光纸透着月光的色彩。窗外有人走过,只留下一抹阴影。独自醒来,想象父亲早已骑着自行车踏上路途。母亲的切菜声显得单调,鸡鸣、狗吠、打水的辘轳声敲击着白窗纸。远处的对话,听起来像耳语。你永远不会明白他们所描述的具体事物。

太阳在一场雪之后,用橘黄的光涂亮了白塑钢窗棂。吊兰在窗棂上,低垂着青叶条。远处的树冠在蓝房顶上,冒出半头的棕色发丝。红旗像一个舞裙摆弄着身姿。天空被窗纱细密的纹路织成了渔网,扯挂在空中,被阳光照射濡染。有隆隆的车声,以及鸡鸣、鸟鸣,偶有响亮的鞭炮声……

2017 年 2 月 24 日晨

36.与诗人对话

俄罗斯诗人曼德尔施塔姆说:"我将不向大地归还,我借来的尘土。"我说:"我将不向大地讨要,我已拥有的尘土。"

爱尔兰诗人叶芝说:"在我年轻时我的缪斯是老年的;在我老年时我的缪斯是年轻的。"我说:"在我中年时,我的缪斯既是老年的,又是年轻的。"

中国诗人王家新说:"写作,在一阵陡峭的黑暗里。"我说:"写作,在一阵陡峭的光明与黑暗的变幻里。"

另一位诗人说:"她侧躺在那里,像是春天温柔的分水岭。"我说:"我们只有在这时,才能看到诗人的想象。"

2018 年 10 月 24 日

37 阴影及其他

我眼中的阴影,只能透过光明看到黑暗时,才会显现。

那颗星,不仅在黑夜里闪亮,所以,它对我才有巨大的吸引力。

是先有黑暗？还是先有光明？这与"是先有鸡还是先有蛋"仿佛是一个问题。

吸引力是一个场，它的中心是一个核。而光芒的方向，恰恰相反。

万无一失，的确是一个胜利。而它的母亲，也许是万物万失。

她对她的胜利感到意外，而她向她的行走，却没有丝毫意外。

她的吸引力在于她30年前，给你写的一首诗。而30年后，她的吸引力仍在于她写给你的那首诗。

此时，有两件事需要我去办理。而实际上，此时，仍有许多事需要我去办理。

2018 年 10 月 24 日

38 志愿创造

我用眼睛采摘一篮一篮春天的花朵和芳香来，存储在心中，让其发酵。然后我用手让她们在我精神的花圃里再绽放出来。我仿佛歌唱着招引我的朋友们前来观看，让他们边赏心悦目，边感受芳沁肺腑。

2018 年 11 月 6 日

39 神秘的事物

神秘的事物实在太多，它就在我们中间出没。但当我们看透了它的本质，它也就像是生长在光天化日之下的一株苦楝树，在我们面前明明白白。

2018 年 11 月 6 日

40 对水感到失望

　　我们感到骄傲,因为,我们能够向风、向阳光要电;我们又感到失望,因为,我们却不能向风、向阳光要水。那么,我们向哪里要水呢?如果我们到了真正没有水的时候,我们也就不会需要电了。

2018 年 11 月 6 日

第七辑
友情：友情永远

秋色

面对你们，我如此激动

——致《诗刊》2007年10月号（下半月）迎接全国青创会青年诗人作品特集《青春万岁》的诗人们

面对你们，我如此激动！在上午的阳光像往常一样沐浴着窗外的时候，淡淡的光线透过窗玻璃，照在我书桌上的《诗刊》10月号《青春万岁》上，你们好像不期而至。我翻阅着你们的面孔，感触着你们的气质，聆听着你们镶嵌在白纸上的歌声。我不知道我为何如此激动，我的眼睛已经湿润，我无法用我的心灵温润你们的心灵！我已经哽咽，我无法面对你们说出我的激动……

也许，我对你们的爱已经深刻；也许，你们的歌声早已震撼了我的心灵；也许，我对你们的爱还不太执着；也许，我距你们的路途还很遥远……

尽管，尽管我们是同一条道路上的生灵；尽管，尽管我们的年龄相差不大，但是，我总离你们那么遥远；但是，你们总是与我相爱相拥……

我知道，你们走过的路途曲折，荆棘曾将你们的心灵刺伤刮伤。但你们的执着流淌成山涧的溪水，你们面对顽石有时被撞击得粉身碎骨，但你们朝着远方迈进，迈进……你们用你们的眼光抵御权势和金钱的诱惑，你们用你们的笔尖开垦一片片精神的荒原，你们用你们的真情温暖一颗颗冰冷的心，你们用你们的阳光照亮一片片阴影，你们用你们的哲思拨开一层层雾帐，血染的红杜鹃在你们的身后摇曳成欢呼之旗！

你们的目光如此忧郁，忧郁得不能不让我心潮起伏！我知道，那缘于你们对民众和自然的至善至爱，但你们的视线总是直视前方和仰望光明，那是你们的渴望总朝着蓝天、白云和太阳的火红！我知道，只有这样，你们的思想才会飞翔、永恒！你们的面颊如此美丽，美丽得不能不让我一见钟情！我知道，那是因为从你们的心灵飞出的歌声太美太美。你们的衣着如此有民族特色，让我仿佛走进了你们的家园。我知道，你们的歌声代表了一个民族，代表着一个民族的心声！你们在田野上播种着亲情、依恋、爱情和激动！你们的歌声已经像春鸟飞落在你们故乡的田野、山川！你们的播种已经不能不使远方的亲人、友人和歌者幸福而激动！你们的青春如你们的歌声，在大地上常青常青！

面对你们，我如此激动，如此激动，我的泪水已经淹没了你们的歌声……

2007年10月22日—11月11日

曾经的足迹

现在,我才明白,我们缘何走在一起——

那是苍天的赐予!

我们缘何又分离?那是苍天的赐予!

同学即同穴,同穴即同巢。我们既是同穴走出的蚂蚁,又是同巢飞出的鸟翼。作为蚂蚁,一滴雨水就是一场灾难;作为鸟翼,一番扇动就是一片天地!

我们是同一母亲生下的孩子,是姐妹兄弟!

是谁让我们失去联系?就像年岁叠加,一次又一次。让时间停留,我们无能为力。

是谁让我们衰老?那是自然规律。我们在增长年岁的同时,也在增长着经验和知识。

我们共同坚守在那片狭小的天地里,36年,年复一年,日复一日。

我们从青春走向衰老,我们从无知走向有知;我们知道我们原本十分浅薄,我们后天倍加努力,修炼自己;我们对一个标点也是那样一丝不苟,我们对一个次差错也会那样追悔。

我们迈出每一步都如同迈上一个新台阶,那样坚定、执著、坚强、有力;我们不想活得柔弱、渺小,我们每时每刻都在展现伟大;我们用蚂蚁的执着和鸟翼的刚毅,向温暖进发,向光明进发,向幸福进发!

我们用数十年展现无私,就是想在人间体现我们的价值!

我们想让人生充满光辉和诗意,虽然我们留给世间的光芒十分微弱,但我们一生都在证明:我们已经来过!这世间,有我们的光芒和记忆,有我们的歌声和足迹——并不足矣!

前方的路途,还十分遥远;前方,依然会留下,我们曾经的足迹——

2017年4月22日23时草就

注:此文为作者写下的方城师范81届文科班同学相聚感怀随笔之一。

一遇的风景[1]

> 36年的相离相聚,构成我们永恒的风景……
> ——题记

大地上的树木被风吹动,改变着颜色。麦子用金黄传宗接代,我们用半个世纪的脚步,走进这一天——

用36年的相离相聚,构成我们永恒的风景……

我们曾走过分离后的36年路程。走到今日,才开始共同丈量我们既往的历程。

我们从什么时候才开始回头?我们从什么时候才开始成熟?

从那一天,我们各奔前程开始,我们就把我们的事业用双手举过头顶。阳光照着,光明而炽热。我们尽力把我们的影子一下抛掉——

我们后来才发现,我们与树木一样,总抛不掉自己的影子。但是,我们各自拥有的那片阳光是明媚的。我们在行走着成长,在风和阳光中,增添绿叶,在每年的春天开花,秋天结果,用夏雨的激情泼洒汗水。每当我们的果实被人摘走,它甜蜜了谁的心?我们并不多问。

我们胜利的喜悦总像开在心田里的花朵,孤芳自赏,其乐无穷……

36年前我们分离时的那张合影,现在已成为一张老照片,装着我们所有人的心以及面容。时间,对我们是珍贵的。我们好像没有时间打开这张老照片。但36年的风尘遮不住我们青春的面容,是它促使我们奋进,还是我们从来就不甘落后?是它促使我们衰老,还是我们从来就不愿衰老?

我们在36年的行进路程中栽下许多树木,用春天的绿叶以及花朵,调节着一路的风景,使夏天和秋天更加迷人!它们长成了丛林,我们也构成了风景。我们的每一片叶子都是绿色的,用它们构成一个一个的季节。尽管我们的手背和面颊已经长出了老树皮,但我们始终用丛生的嫩芽,打开每一天的黎明……

我们相距得其实并不遥远,但我们为何很少能够相见？是大地的风尘还是手头的忙碌,使我们相隔遥远？

我们相近不相见,相远更向远。

我们知道,这并不是因为我们没有情感。我们是一支独特的队伍,年龄的差异以及特殊的男女比例使我们这支队伍成为一道独特的风景。

我们仿佛相隔千山万水,但我们各自守护一方田土,成长成色彩不同的风景。我们用一片片绿叶召唤着春天的来临,我们又用一颗颗果实向彼此的胜利招手——

我们长成了一棵大树,因此我们更趋于成熟。我们生下的孩子,就像我们亲手植下的禾苗,接受雨露。我们用我们对世界的爱,培育这禾苗;我们用我们的成熟和经验浇灌他们。他们在我们的呵护下茁壮成长。我们看到他们优于我们的成长而心中惊喜,我们看到他们也长成了参天大树,我们依然用我们鲜艳的花朵以及果实,与他们相呼相应,争奇斗艳。我们望着他们的花朵以及果实,内心充满甜蜜和激动。我们用我们的挥手,让他们勇往直前,让他们寄托我们的深情。

让我们抽出闲暇打开那张老照片。仿佛是从2017年7月22日聚会这天开始,我们才开始意识到36年前分离的深层意义,以及36年后一聚何等珍贵。

"方师记忆"微信平台,用现代数字互联功能把我们连在一起。从此,我们的行踪已不是谜,我们的话语已不是独语,我们的成果已没有远山阻隔,我们的面容已没有雾障隔离。这个群落是进步的标志还是时代的赐予？就像当年,我们通过一张高考试卷,从田地里拔出泥腿,从四面八方走到了一起,开始构建我们今生一遇的独特风景⋯⋯

昨日的行踪,今日的风景。今日的风景,明日的历史。大地之大,让我们相隔遥远；大地之小,让我们心心相依。

"人活着,就是要站立！就是要站成一棵树木,站成一棵能够接纳风雨、泼洒阴凉的树木！挺立人前,令众人仰慕⋯⋯"

当年的誓言成为半生的导航,当年的理想成为今日的现实！是的,无论我们长得有多高,无论我们的光芒有多强,我们都站在大地上,构成一种风景,都融入了这多彩缤纷的世界,并为这世界增添着色彩——

一生能有几相遇,百年万语几暖心。"一生能有几相遇/百年万语几暖心/长途行程几兄弟/半生走来几知音?"②"36年今相聚/你的面孔非同往日/但我能读出你36年的辉煌业绩/把你亲切的容貌写进我的历史/永远留存在我的心里……"③

举杯!为了今日相聚!

干杯!为了幸福明日!

"接天莲叶无穷碧,映日荷花别样红。"④

"桃花潭水深千尺,不及汪伦送我情。"⑤

别了,情相依……

再见,待明日……

2017年8月4日—8日

注:1.此文为作者写下的方城师范81届文科班同学相聚感怀随笔之二。方城师范79级文科班,共56名同学,是1977年恢复高考后,于1979年走到一起的,1981年毕业。同学们分布在南阳、方城、唐河、南召、新野、镇平、邓州等县市,该班内共2名女生,54名男生,当年最小的16岁,最大的近30岁。本届共招生两个班,一文科,一理科。

2.此诗句见作者的诗《人生有几——方城师范81届文科班同学聚会感怀》。

3.此诗句见作者的诗《相聚在今日——写在方城师范81届文科班同学2017年7月22日聚会之时》。

4.此诗句见南宋诗人杨万里的《晓出净慈寺送林子方》。

5.此诗句见唐代诗人李白的《赠汪伦》。

一支笔的歌唱
——献给辛勤耕耘在方城县一线的新闻爱好者

1

新闻是历史的草稿——这里曾经发生了什么,这里正在发生什么,这里将要发生什么……

这里已发生的或将要发生的,想让你知道,想让他知道,想让所有不知道的人知道……

不仅让你们知道,还想让你们得到感悟和启发,还想让你们朝着一条成功的道路进发——

写下成功,写下失败,写下教训;写下典范,写下英雄,写下英灵;写下成就,写下经验,写下渴望……

2

新闻是信息的列车,列车把信息运送给需要的地方,运送给需要的地区和国家。

新闻是经典的底稿,新闻记载的现实和憧憬,就是历史的现实和憧憬。

这么简单的名词、动词、形容词,这么短小的简讯、消息、通讯,它是历史的一片叶子!

这么冗长的记载、连缀的回忆,这么严肃的观点、论点和背景,这么长久的发生、进展和持续……

它已经是历史的一个门窗。我们在10年后打开,我们在100年后打开,我们在1000年后打开这个门窗回望——

我们站在未来的某一个支点上,我们看到南阳盆地的东北沿,有一个叫方城的地方,曾经发生的一切,曾经的生活以及曾经的梦想……

3

  新闻是书写现实前沿的歌唱。一支笔书写是历史的逗点,但一支笔书写20年,却是一个领域的华章!

  一支笔书写方城,是单薄的;一支笔书写106万方城人民,是单薄的;一支笔书写2542平方公里的土地,是单薄的。但一支笔描绘的线条,却是方城现实的一道光芒!它照亮了你们阅读的此在和已往——

  一支笔书写20年,就是20年激动的泪水在流淌,就是20年滚烫的汗水在流淌!

  每一行的文字都翻动着春耕的土浪,每一篇的文字都站立成垄垄麦子和方方林莽!

  一支笔的领唱就是工厂机器隆隆声的回响!就是千万个强劲音符的跳动和交响!

  我们渴望的,就是用一支笔持久的墨迹,记载历史、现实和梦想!我们所渴望的,就是因一支笔的歌唱,在100年之后或者更远,我们能够记起曾经的发生、发展和辉煌……

2013年4月6日于家中

  注:作者在2013年方城县全县旅游通讯员新闻写作培训班上做新闻写作辅导讲座后,向与会的通讯员朗诵此诗。

与文友王欣凯

今日王欣凯来见我,是上午。

应该说王欣凯是最忠实地崇拜我的人,也是我的文友。

早些时候,他第一次见我,是经过几番周折的。据他说,他一次去郑州到他姨父(某省报原主编)家,发现了我的首部诗文集《天镜》,才知道近在本县且与他相距咫尺之地,还有一位作家、诗人。他说,他是通过拜读我《天镜》才"认识"我的。他说,通过阅读,他才发现在家乡方城竟然还有一位文风如此令他喜爱的大家、诗人。他捧起《天镜》就爱不释手,通宵达旦地读。临别,他求他姨父:

"你是否能将我推荐给武建华?我想拜他为师。"

"前些年,我们曾多有联系,这几年已失去了联系,不知他是否还在原单位工作。你要想找到他,就找一个方城的文人打听,肯定能找到。"

这时,他又求他姨父:

"这本《天镜》,能否让我拿走好好读读?"

他姨父同意了:"那你就拿走吧!"

记得这本《天镜》是2008年刚出版后,我寄给他姨父的。那些年,我们经常电话联系,有一次,他从郑州返乡(他家在方城),还曾约我见面相聚。

王欣凯从郑州回来后,就着手打听我的消息,按他姨父说的方法,找方城文人。

他在县某网络公司上班,平时工作很忙,虽爱好文学,读了不少的书,但对本县的文学界还是很陌生的。所以,他凭记忆,再也想不起哪位方城文人。后来,他就向他的弟弟打听,想试问一下他弟弟是否认识方城的某个文人。他弟弟听后突然说道:

"哎,这容易,我同学的爸爸贺金锋就是方城的文人,他一准知道武建华。"

王欣凯听了很高兴,就让弟弟找到他同学,打听到了贺金锋。

他通过贺金锋得到了我的手机号,还让贺金锋先跟我联系。贺金锋联系了我,说有一个叫王欣凯的文友想见我,请我接待。

贺金锋的电话打过来没多久,我就接到了王欣凯的电话。

他说一定要见我,并拜我为师。

当天,王欣凯就见到了我,他终于实现了他多日来的愿望。

王欣凯看上去有30多岁,身材瘦高,很机敏和健谈。他说,他是来拜师的。我说,我称不上老师,咱们是文友即可,可以相互切磋。

他说,他看到《天镜》中的作品,就被打动了。知道原来作者是方城人,就决定要拜见我,并想拜我为师。我为此感到不安。我立即找来近年来我出版的诗集《七情(上、下卷)》《时间的片羽》赠给他,又找来一本2016年我在市级以上报刊公开发表的文学作品的复印件合订本赠给他。为此,他高兴至极,且强调让我在这个合订本的扉页上写:

"赠给学生王欣凯,恩师:武建华。"

我哪能这样写呢?可在他的坚持下,我不得不这样写了。

随后,我们加了微信,他也开始读我发在朋友圈的文学作品了。看后,他每每进行评论。通过他的评论,我知道他很有文学基本功和作品欣赏能力。

比如,他对我的诗歌《轻轻走进大地》的评论如下:"涓涓细细的行文流水,很有书卷气的洋洋洒洒。特别喜欢您的作品,总是独具匠心,让人赞叹,您的语言华美清雅,具有个性美。"

再如,他对我的散文"片羽拾录"系列之《阳光照亮了窗棂》有如下评论:

"武老师的作品,总是有意境美。在抒情性作品中,虚实相生,情景交融,具有旋律美、诗意的空间,让人回味无穷。短短的小文,却写出了两个时代的人对窗棂的感觉,道出了时代的变迁。"

且不说他的评论是否贴切,但足见他是读了不少文学方面的书的,且具有超常的理解力、想象力、表达力,同时对文学还有一种痴爱。

又过了一些日子,他来电话,说写一首诗,想让我过目修改。我同意了。虽见过他的评论文字,但未见他的诗作。他传来的诗歌是写劳动光荣的。乍一看,令我惊诧:这么长一首诗啊!大约有150多行。作为一个初学者,一开始就能写出这么长的诗歌。且不说诗歌是否达到了一定的水准,单说这反映宏大题材的巨制,就是老手也很难驾驭的。而王欣凯却写了出来。

缘于爱才之心,无论这首诗写得如何,我也得认真阅读、修改。我拿出一周多的业余时间,认真阅读了这一诗作,并且作了大量的修改、规范,以及核对谬误。篇幅如此大,同时又是写"劳动"这么宽泛宏大的题材,加上他的作品还比较稚嫩,我在修改中,是极其费力的。但我认为,若认真修改,它在一些小报小刊上也许能够得到发表。当时正值"五一"前夕,习近平总书记在4月30日给中国劳动关系学院劳模本科班学院的重要回信刚刚发表,习总书记对劳动的价值和意义予以高度评价。所以我确定了这样的标题和题记:

标题为《劳动颂歌——写给"为实现伟大复兴中国梦"的劳动者》。

题记为"劳动最光荣,劳动最崇高,劳动最伟大,劳动最美丽!——习近平"。

我在修改中,发现他的诗句中的生僻词、自造词很多,都需要一一修改。除去删除的,凡我修改和添加的句子和词语,都用红色字书写。这样下来,此诗大约有三分之一以上的词句都被标上了红色。我对所涉及的历史事件、政治用语,都一一进行了核实、规范。同时,在一些地方还增添了必要的段落。修改好后,我就将这首布满红色字迹的诗歌返传给了王欣凯,欲让他感知,我为什么这样修改,以便使他由此得到提高。

定稿后,首先发给县文联主办的文艺类报纸《裕州心声》,该报随即分三期连载发表了,后又传到海外某文学期刊,该期刊另加上我的15首诗,在2018年第34期一并发表。这些诗得到了主编的充分肯定,主编回信说:"《劳动颂歌》等16首诗歌,被推荐给美国著名文学翻译家宋德利,这位翻译大师同意将16首诗歌全部翻译,且登载在海外诗刊上。"

看来功夫没有白费,这也对王欣凯是个极大的鼓励。

又过了一段时间,王欣凯来电话说,他想以红二十五军血战独树镇为题材写一首长诗。我说可以的。他说他打算写两个部分:一是写血战独树镇的具体事件以及感悟;二是以血战独树镇的胜利阐释红军取得胜利的原因。之后没过几天,他就将所写的第一部分发了过来,我一看,又很惊诧,又是洋洋洒洒100多行。我从心中感到了王欣凯的勤奋努力好钻研的韧劲儿。

今天,王欣凯又来见我。这次通过他的谈话,我对他的读书情况有了更新的认识。看来他真是一个好读书的人,在繁忙的工作之余,他还要坚持读书。谈到文学,他一连说出了一串中国现当代著名作家和诗人的名字,且能说出他们作品的某些特点,比如冰心、郭沫若、郭小川、李季、萧红、艾青、穆旦、食指、顾城、北岛、舒婷、海子……同时还说出了海子自杀的真实原因。当我谈到泰戈尔的作品时,他同样一口说出了他的作品的特点。看来,王欣凯对诗歌等体裁文学作品早有研究了。

当谈到目前他为何在百忙之中还要坚持诗歌创作时,他说:"不图名,不图利,主要是图个乐趣,通过对艺术作品的品读和创作来填充自己的业余生活,使自己的生活富有意义。"

的确,在当今经济大潮中,多少人一味地追求金钱和享乐,不读书不学习,看手机,玩游戏,整日浑浑噩噩。而在繁忙的工作和生活中,王欣凯却没有忘记读书学习,追求文学艺术,把业余时间全部用于读书和写作。可以想象他在写每首长诗时,从开始构思到一行行地写作,不厌其烦修改再修改,直到自己满意为止,这中间要花费多少精力和时间,要熬多少个深夜啊!

2018年7月19日—20日

飞翔的信鸽

在方城的每一个角落,在10年3600多个日日夜夜,在阴云密布、风雨交加的夏天,在北风呼啸、雪花飞扬的冬日,我都能看到有一只信鸽,从某一个地方起飞,抵达某一个角落——

她从方城城区西环北路的楼阁里起飞,她从一个工厂车间的机器隆隆声里起飞,她从四里店乡深山一个需要社会救助的贫困家庭里起飞,她从一名全国劳模艰辛劳作的劳动现场起飞,她从城东新区滚烫的沥青沙石旁起飞,她从方城第一宾馆南二楼会议室的会场起飞,她从县委常委会议室一次重要会议的决议中起飞……

她衔着缕缕春光飞抵一颗颗蒙昧的心灵,让颗颗心灵瞬间打开门扉!

她衔着串串金色的麦穗飞抵人们的面前,报告着一则消息:

"2002年到2012年方城粮食总产连年开创历史新纪录。"

她衔着方城产业集聚区风电的风和中南公司人工金钢石的光,把方城节能、创新的喜讯,传递给所有人……

她衔着舆情视点、丰产技术、健康指南,把时代的风采、人类的智慧,传递给所有人……

从10年前啄壳出雏的稚嫩,到今日翱翔天宇的刚强,你的眼睛闪烁着敏锐的光芒,鸟瞰山峦林木,摄取鸟语花香。你的足迹紧贴大地泥土,紧跟民众踪影,亲近基层,以民为本。无论风是向北还是向南,向东还是向西,你总从光明的领地起飞,始终朝着朝霞的方向飞翔!

你坚强的双翼扇动着主旋律的风——

把党的大政方针传达,把真善美的传统美德弘扬,把方城人民日出暮归的勤劳和才智讴歌,把方城改革开放的辉煌业绩唱响、唱响……

你以风的速度和光的明亮飞翔,你在飞翔中歌唱!

劲翼在10年风雨中扇动,永不停息,传递着春天的花香,报告着秋天的金黄,记录着昨日的辉煌,遥望着明日的梦想……

我始终被你吸引,被你吸引,你始终让我端详,让我端详……

在如今你10周岁的生日里,我并不以为你稚嫩和渺小,我总为你的丰盈和成熟而骄傲,请让我送去我的衷心祝福——

祝愿你茁壮成长、茁壮成长,展翅高翔、展翅高翔……

2012年11月22日

注:此文为纪念《方城消息》报成立10周年而作。

第八辑
诗情:诗性内外

日出

诗　人

　　一名诗人往往是经历过非常人的特殊经历才渐渐形成的。他的思维,尤其是想象力是非同寻常的;他的个性,尤其是判断力、探掘力是非同寻常的;他平静的心境以及抑恶扬善的渴望是非同寻常的;他在面对虚伪、欺诈时的胆略和果敢是非同寻常的。他善于表达,善于发现,善于同中求异、异中求同;他善于捕捉非常人所不关注的、所忽略的、所视而不见的事物,并将其阐释、展现以及引发;他善于把个人的评价、旨意以及倾向深埋于语境的下面,让人们在审视中去二次挖掘;他善于把客观的现象赋于哲理之中,或从客观中运用哲思展现出一种思辨;他善于创造出一种意象境界、意象世界、意象现实、意象存在,赋予一种思想向度和观念,然后奉献给人们;他善于创造出一种高于现实的景点、景区让人们观赏。他不善于关注人们的注意力、人们的评价、人们的责难或谩骂,他关注启迪、引领、倡导、鞭挞、讨伐、批判。他在思想领域、精神领域是先行者、先驱、先哲、先知、先觉,他不混同于龌龊之中,不与人同流合污,不人云亦云。他君临天下一般鸟瞰现实,概括客观,运用一种非常人所拥有的形象思维绘出一种生动的现实意象,来培育人们的想象力。他高瞻远瞩,运用历史的、世界的、现实的、未来的眼光打量万事万物,瞭望天空和未知。他站在地球的一隅、一点,张望今天的宇宙,想象过去和未来。他的生活也许潦倒,他的思想、想象、世界观、价值观从不潦倒,他厌恶丑恶,讨伐丑恶,痛恨丑恶,诅咒丑恶。他运用爱戳穿恨,他运用恨激活爱,他运用沦陷、死亡批判假善、假真、假美,他运用生命、灵魂拯救真理,他运用汗书写、运用泪书写、运用血书写。他运用疼痛书写,运用委屈书写,运用压抑书写,他在暗处书写光明,他在明处痛击黑暗,他运用流浪、饥饿、困苦探索真理,寻求光明,追求善美。他乞丐般接纳给予,他痴人般奉献哲理,他运用深陷的境遇构筑春天,构筑蓝天,构筑白雪。他将所有的时间投入探索之中。他是精神、哲学、真理、正义的制造商,他是世俗的无所事事的常人的囚徒。他运用闪光逃避,即像夜幕中的流星。他在深夜发光,即像夜海的灯塔。他在白天沉陷,即像深居于世的思想家。他运用个人之苦之疼之痛之哀,去擦拭民众之苦之疼之痛之哀。他运用心灵的闪光照亮时间的黑暗。他创造的成果,即诗歌,"是文化与智慧的风向标"(何建明语);他创造的成果,在文学的范畴之内,具有文学的意义,而"文学不是欲望的加油站,相反,它应是欲望的制动器,它的核心意义是要展现出人类心灵的高度以及活着的勇气,它拒绝在俗世里沉溺,保持着批判的姿态,最终目的是创造一个真善美的理想世界,并发现一种值得我们为之折腰甚至为之牺牲的精神"(麦家语)。

一名诗人,最终将成为历史和未来的记忆,被继承和仰慕,成为永远的伟大、光明和进步,成为无际的地平线和无边的世界,成为永恒的存在和生命!

2015 年 7 月 22 日

注:发表于 2015 年第 1 期《躬耕》杂志。

诗歌将填补未来的物质残缺
——诗集《七情（上、下卷）》代后记

诗歌的吸引力在于她的无限崇高和动人

好像走过了许多的路程，这路程是曲折的、艰难的。这路程就是我的诗歌的路程。当我停下脚步，回望既往的道路，我的肩头并没感到丝毫的轻松。这种感觉源于诗歌的伟大、崇高、神圣和诗歌赋予我的无限的追寻。但我觉得我是应该长出一口气的，因为我的第一本诗集《七情（上、下卷）》将由大众文艺出版社出版，终于可以与读者见面了。这也可以却我多年来的一个夙愿，我总算完成了一件应该完成的有意义的事情。

现在我首先想跟老师、同事、同学、朋友、文友及读者说的一句话是：诗歌是崇高的，诗歌充满感动，诗歌前景广阔。这也是我在新诗创作的路上孜孜以求的真正原因。

诗歌的崇高是无限的。它的崇高主要表现在其思想的深远、意境的广阔、语言的极限以及永无休止的上升，就像太阳和月亮的升起一样，而它只有升起，却永远没有沉落！它又迥异于科学理论，科学理论是发现了问题，再去破解，而诗歌每时每刻都会发现问题，探索问题。诗歌是"构建生命里的诗性……诗歌比思想更深刻和宏阔，比哲学更充满智慧和道理……诗歌是深邃之上的感性和意象。诗歌是伟大的理性，是最大的哲学和美学"（陈原语，《北京文学》2012年第3期）。诗歌的崇高使我每时每刻都有一种敬畏感，这种感觉远远超乎崇敬，里边有一种畏惧感。我在对诗歌的苦苦追寻中愈来愈害怕诗歌。这种害怕不是因它的前景和多数人的不理解、不接纳，而是因诗歌太难以追求了，太难以达到了。诗歌的无限崇高使我感到太艰难了，而它具有的魅力、吸引力，又迫使我永远不会停下来，这也许是我今生的永恒选择！正因为它在思想、艺术、历史上的无限崇高和世界性，我的诗作才永远地显得稚嫩，永远地不成熟，在它面前永远是一个孩子！

诗歌充满着感动。诗歌的感动让你猝不及防，让你永久难忘。诗歌的感动的传达往往借助于诗人的真情挚爱、悲悯情怀、深远哲思和他创建的令人神往境地；借助于诗歌题材的典型性和语言的极致性……我热爱诗歌创作，首先是因

为诗歌给我带来的感动。诗歌的题材令人感动。无论是"朱门酒肉臭,路有冻死骨",还是"谁知盘中餐,粒粒皆辛苦",诗歌所表现的现实令人感动。另外,令人感动的现实又都可以走进诗歌。为纪念在汶川地震的救援中英勇献出生命的河南南阳籍士官武文斌烈士,我写了两首诗《绽放在都江堰上的生命之花》《送别》。我是含着感动的泪水写下这两首诗的。"现实把你打倒,你才有可能打倒读者!"这里的"打倒",就是指被感动得几乎倒下。我的《七情》中的许多诗作,都是在我为一种现象、一种典型事件所感动后,含着泪水写下的。《低飞的白鸽翅》,就是我看到一位年轻漂亮的少妇在用她白皙的手给男人擦皮鞋的情景后写下的。我的感受是:首先诗人被感动,然后诗人的诗才会感动人。

  诗歌的前景是广阔的。这是永远不可动摇和怀疑的!诗歌的未来是乐观的。因为高雅的艺术都具有永恒的生命力!这种生命力是越发旺盛的。永恒的生命都是美好的!发展不等于文明,富裕不等于文明;真正的富裕是建立在文明之上的,文明将会填补物质富裕的残缺。诗歌将充当主要角色满足未来人们物质富裕之后的文化渴求。随着发展,诗歌将会逐渐深入人们的生活和内心;人们也将会运用诗歌为他们服务,为他们美化生活、装点内心。现在企业、商店的命名和广告用语的改观,已足以证明大众对诗歌及诗歌语言的认识和运用:比如近年来人们对理发店的命名的认识就有一个由低到高的升级过程,从店名的不断升级上足以看出人们对诗歌的运用的深入:"理发店"→"名剪坊"→"丝露发语"→"上海发图"……海子的"面朝大海,春暖花开"一时成为房产开发商的流行广告语。尽管这种运用是局部的、浮浅的,但它说明普通大众正在认识诗歌、学习诗歌和运用诗歌(大众学习运用诗歌,绝不会影响诗歌的发展)。随着物质文明水平的提高,人们的文化素质、欣赏水平、文学涵养也会提高,未来人们对文化艺术的需求也会提高。早在20世纪20年代,印度诗人泰戈尔已经尝试了"调和人类文明两极化"的努力(参见诺贝尔奖评委会主席哈拉德·雅恩1913年对泰戈尔获奖诗集《吉檀迦利》的颁奖词)。大众越来越亲近诗歌、欣赏诗歌、运用诗歌,只能说明诗歌的普及性增强和大众文学素养的提高,这并不会消解和淹没诗歌的灵性,诗歌在更多的追随者中行走得更潇洒和决然!诗歌作为文学的引领者必将首当其冲地走进人们的需求之内,成为人们的抚慰者!所以,未来诗歌的前景的广阔性不仅体现在诗歌追随者的增多,喜爱者的增多,而且还包括借助诗歌改变精神面貌的人的增多!也正因为如此,我对诗歌的未来充满信心!诗歌美好的未来坚定着我朝圣诗神的永恒信念!

诗歌的前途在于它愈来愈走向人民

当然,诗歌在未来将会愈来愈走向人民,走向大众;诗歌未来将大众化、人民化;人民、大众也将诗歌化。未来文明的程度将取决于大众对诗歌等艺术作品的接受程度和运用程度。所以,诗人一定会走出室内、走出内心、走向原野、走向阳光、走进人民之中。也只有这样,诗歌才有前途;诗歌才能满足未来人民大众对它的需求。

诗歌源于劳动,诗歌终将回馈劳动。这是诗歌生存和发展的必然规律。

正因为如此,我的《七情》诗集也就遵从了这一规律。我在诗论《阳光下的诗行》中这样写道:

"人民是太阳,诗歌是阳光中的风、玫瑰和疤痛!"

此诗的首段是这样写的:

"阳光扇动着太阳的翅翼/诗扇动着阳光的翅翼/太阳是诗的沃壤/诗是太阳的花馨!"

只有"诗歌从幽径中走向原野"(见诗集《七情》诗情集首篇),诗歌才会有前途。"诗歌的繁荣是构建在更多读者愿意接受且能够欣赏之上的心灵花园!"(见诗集《七情》诗情集中《诗歌应从幽径中走向原野》)。

《七情》诗集中无论是《亲情集》《乡情集》《民情集》,还是《风情集》《思情集》《爱情集》,都是从人民中、人民的生活中、从大自然中选取题材、汲取营养而孕育出的"诗歌儿童"。我的诗歌是为大众服务的,而不是单纯为诗人、为诗歌理论家服务的,所以说,我的诗歌是为人民而写的!

作为诗人,必须拥有超乎常人的敏感嗅觉;作为诗人,必须拥有一种超乎常人的挚爱人民和挚爱生活的情感;作为诗人,必须用含泪的眼光去观察世界、去感悟生命。

诗人必须用劳动书写劳动!

诗人必须用劳动感受劳动!

诗人必须用劳动讴歌劳动!

诗人只有在情感的世界里观察和体验生活,才能表达出代表普通民众的普通生活情感!只有诗人代表了大众的普通生活情感,诗歌才会拥有更多的读者,诗歌才会在思想和艺术上站稳脚跟。

人民是思想的源泉,也是艺术的源泉!

诗歌的伟大在于它的平凡和光明

但诗歌又是平凡的、平常的。而往往伟大都处于平凡之中;伟大是平凡孕育的孩子!诗歌的平凡主要是因它具有一种想得到更多人的理解和祝福的殷切渴望! 西班牙诗人阿莱桑德雷说:"诗人,勇敢的诗人,一直是位显影师,实质上,诗人是预言家、先知……他是启发者、灯塔、斗士及玄妙地掌握命运锁钥的主人。"诗人"寄语人类,声援愿望"(参见阿莱桑德雷1977年获诺贝尔奖时在颁奖会上的演讲)。"诗歌可以让每一个人选择,诗歌也可以选择每一个人;选择诗歌的人可以有各种各样的目的,而诗歌选择诗人却只有一个目的——用真诚、才华、艰辛完善诗歌、发展诗歌!"(谢明洲:《经历诗歌》)诗歌的平凡还表现为它有一种代表着普遍民众的美好憧憬,它不想让世界存在丝毫的"偏见",它的发现、它的创造都是为它的憧憬服务的。它的憧憬亦即诗歌想要达到的高度,这种高度即在灵魂之处,诗歌的高度超越了天堂也超越了地狱的高度——诗歌的平凡就表现在它为人民创造光明!去帮助人们产生一种追求向上向善向美的力量。它的平凡还表现为,它不具有永久沉默的天性,它是"任何一种枷锁所无法禁锢的心灵之鸟"(谢明洲:《经历诗歌》)。诗歌的平凡还表现为它倡导正义、和平和纯净,她以一个"普遍勇者"的身份,终将会抖掉身上的尘埃,站在世纪与灵魂之上,迸射出光耀寰宇的光芒……

注:1.诗集《七情:武建华诗选(上、下卷)》已由大众文艺出版社出版发行。
2.2013年7月,此文发表于台湾《中原文献》季刊第3期(总45卷)。

诗歌以宝石般的尊严站立大地

我并不是一直在强调诗歌的位置及其重要性。我只是想弄明白一些人关于诗的偏见或误解的根本原因。我明白世上任何一个领域或行业,都不可能成为所有世人向往或行动的目标,但这些领域或行业的确又是相互联通着,补充着,依存着。同时,这其中又都会有一个先行者,或者先知者,而所有旗帜性的先驱,总会对后来者或者此领域有着恒久的引领、感化或者昭示。

诗歌也是一样,它从稚嫩走向成熟,从简单走向复杂,从单一走向多元,从一点达到广域。这恰恰与文字的进化相反。文字的笔画数量以及写作方法,将会愈来愈趋向简单化、便捷化。我们的祖先从凿石、结绳、刻骨开始记录事件,到运用竹简、纸张、印刷、毛笔、钢笔,再到当下,数字化,人们一键敲击,替代笔墨……

而诗歌却恰恰相反。它从祖先的第一支山歌、第一支劳动号子,变成一首诗歌开始,尽管在文字书写上愈加简单,但其创意、指代、表达以及内涵却愈加复杂而深刻。从一个事件的简单记录到一种意识、一种思想、一种记忆、一种情感、一种指向、一种艺术的再现和承载,这就是诗歌由简到繁的发展历程。

每一首诗都是一种艺术创造,一种运用语言表达的精神再造或发明,一种艺术性的多棱镜多层面的反光。一首诗歌一路发展、演变、脱胎,愈加多元化地成熟,以至在某一个时段或精神领域成为旗手,以至追随者和探索者愈来愈众,以至它愈加照亮更宽阔的境域。这都是诗歌发展和成长的结果。

"诗歌是最古老、最具有文学特质的文学样式。古今中外的诗人们,用凝练的语言、充沛的情感以及丰富的意象来高度集中地表现社会风貌和人类精神世界。诗歌随着人类的文明史一同萌芽、生长,诗歌和历史一样古老,而又和青春一样年轻。诗歌是在各民族开放出的最初的文明之花。"(赵红丽主编:《最受读者喜爱的诗歌·前言》,外文出版社2012年2月出版)

不能说对诗漠然视之者是无知的,但可以说他是对事物缺乏敏感度。什么是诗(这里指的是最优秀的现代诗)?好诗就像一个人在原野中行走,突然在草丛中发现了一支最鲜艳最美丽的奇葩;更像是一个人在暗夜里行走,突然发现天幕上一道亮光;还更像是地质考察者在山峦上突然发现了一块闪光的宝石。

这些,都能使你的眼睛突然一亮,你的视界和思想突然被打开!

诗歌并不会强加于任何一个人,因为诗歌就是那支奇葩、那道亮光、那块宝石。她不会主动走向你,只有你主动寻求她,才有可能获得精神慰藉、心灵净化和意志提升!

我曾在一首题为《有一种歌唱》的诗中写道:

"她用生命,催促精神基因的着床／只有历史、未来以及神灵／永远明白这一切——／人类精神物质的行脚／一直无限地上升、上升——"

孔子说:"不学诗,无以言。"诗歌不仅内涵广博,而且饱含语言的精华!诗歌以宝石般的尊严站立大地。它每时每刻都在等待着谋求者去发现,去感知,去珍爱,去探究!

2016年3月19日

诗或者诗人

你伴随着人类的诞生、发展而诞生、发展。你是最早概括、论述和表达人类生存生活的语言！你在人类历史的延展中，无不充当着先知、先觉和先驱！你在黑暗中往往成为闪电，划出一个个时代的端口！你往往充当旗帜而独树一帜！你是大地上的犁铧，闪光，开垦着人类精神和灵魂中的坚土！

在危难之际，你不可能袖手旁观！你往往冲锋陷阵！你又在前进中充当旗手！你是划时代的召唤！你不可能停留，哪怕是在最艰难的时刻，你往往以勇者的身份，决然前行！

人民大众不会永远不接受你。因为大众不可能永远扮演着迟钝和消极的角色，一旦其知识、感知、行为达到了一定的高度，你自然成为他们的先导而被敬仰和关注！

在某个时段，你受冷落是暂时的，这正如极端的优异，往往一开始知之者甚少，极端的优异不可能永远地不被人知。不要用急躁的心理去被接受观察。你并不会盲目地发展和存活！你是在永恒的深度探究中不断打造自己的成熟！你和人类一样，不断地感知世界、认识自然，不断地经受磨难而逐步步入成熟！

你时常告诉我：不要忘记追寻、探掘；不要忘记正义、正直；不要忘记哲学、真理；不要忘记善良、美丽！不要忘记关心、关怀；不要忘记大地、民众；不要忘记疾苦、悲悯；不要忘记真情、同情……

你从不会被污染！因为你本身代表着纯洁和纯净！你从不会黑暗！因为你是光明的旗手！你是乌云中的闪电！你是暗夜中的群星！你是春雨，你润泽着万物，使它们复苏！你是暴雨，你荡涤着龌龊空气中的尘埃！

你的超越自我，是从一首诗开始的！而你的孕育也许经历几十年或几百年的光景！你认识到，老路已经成为自我的羁绊或杀手！你开始警觉，对于你，创新或脱胎换骨才刚刚开始！

你从没有限界,你从没有国界!你放眼无际,吸纳所有的精华!你创新无限,吐露千年芳华!你可以抵达任何一个人的心灵!你可以抵达任何一个国家的心灵!

你依靠精确和简短闪光!因为你始终是美玉和宝石!你以含蓄著称!因为你既是一面湖水,又是一抹月光!你既是一缕春风,又是一片阳光!

你从不会气馁!因为你的前方,总有一轮太阳!

你坚信诺贝尔文学奖获得者法国象征派诗人佩斯在《受奖演说》中的话语:

"……在精神面前,悬起能够更敏感地反映出灵之机运的镜子。在这个世界中,唤起更适合根本人类的人类状况。重要的是让集合的灵魂更大胆地与世界上灵魂能源的循环结合起来。核能当前,诗人的粘土作用于其意图而言,已经足够了吧!的确,人类只想要有粘土。"(1960年荣获诺贝尔文学奖的法国象征派诗人佩斯的受奖演说)

你的队伍会逐渐庞大,因为有千万个歌手正在路上!你同时拥有着另外的使命:

"……双手捧着太阳而不炙伤,把它像火炬般地传给后继者!"(1979年荣获诺贝尔文学奖的希腊诗人埃利蒂斯的受奖演说)

一旦心灵被打开!天地一片明亮!你的使命,才刚刚开始!人类将不断地开始接受这一事实!

2016年1月2日—10日

阳光下的诗行

> 人民是太阳,诗是阳光中的风、玫瑰和疤痛!
>
> ——题记

1

　　阳光扇动着太阳的翅翼,诗扇动着阳光的翅翼。
　　太阳是诗的沃壤!诗是太阳的花馨!
　　诗的尊贵的美和雅,在阳光下绽开蓓蕾;诗的纯洁的白雪和游动的白云在阳光下闪烁银光。当太阳收敛翅翼,诗便黯淡无光!诗闪耀着太阳的灵魂之光!
　　蛰居于阴冷褐暗而无味之处的诗,从花丛中伸出杂草的叶尖和旁斜的藤蔓,阳光的恩宠遁去。

　　那些花朵鲜妍馥郁,蜜蜂和彩蝶在阳光下频频萦绕。芬芳,这诗的魂,并非是躲在暗夜里的磷火的微光,而是所有没有嗅觉问题的人都能嗅到的芳菲,即使在暗夜里,诗也以黑亮的眼睛寻找光明!

　　那开向太阳的缤纷炫目的色彩,闪烁在诗的永恒的生命里!
　　那低垂的、故作多情的;那旁出的、故作奇异的;那低俗的、故作大众的;那玄虚的、故作深奥的……太阳以阴翳的姿势障蔽光明的视线!

　　诗以真理和永生的仰慕走向太阳,告别失去观众的自赏的孤灯!诗承载着太阳的艰辛逃离苦难,使大地之上的命运根植春天;诗拒绝负荷自我的行囊走向太阳的背面,将踏着自己的阴影走向暗夜,走向失却温暖和真理的阴冷……
　　即使是诗的自我,也闪烁着超我的渴求希望的光芒!

　　人民是太阳——
　　诗是太阳的光芒!

——太阳放射着眼睛聚焦的光束。
——太阳闪烁着心灵闪亮的光辉。
——太阳表露出灵魂震颤的激动。
——太阳展开着心潮澎湃的汹涌……

2

诗人,以他想象的翅膀将阳光中的事物,丢进记忆的海,激起飞旋的银浪,或是让那些声音飞落他的世界,像流星划过天宇。

诗人,让那些光撞击他的视野,闪耀出求真、向善、思美的光辉,或是用他思想的画笔,饱蘸想象的霞光,画就老虎的花纹和蓝天下天鹅的翱翔,画就一个斑斓缤纷的新世界——

诗人,用她棉絮般的词语饱蘸她的情感、感悟和美德,将罹难的忧伤化为令人欣赏的诗行,用她丰盈、悠远的心灵之芳菲书写民众的渴望……

诗人,让民众通过他创造的美,再造一个美的世界!

3

诗人,以他的眼光透过阳光,捕捉微尘、飞羽和香馨;以他的视线像阳光射向黑暗的光柱,发现黑暗中的事物;以她的心灵,挖掘一些包括他自己在内的心灵的真谛,然后,在阳光下除潮、杀菌或检阅。

诗人,以他的同情、悲悯、尊严和责任,愈合阳光下的疤痕的裂纹,驱赶阳光中的噪音、尖叫和谎言。

诗人,以他的火热,熨平那些凸凹的心和深深的泪痕,或是以他的博爱拥抱锐利的刺尖和阳光下的凶险。

诗人,以他的平衡轻抚失重的一端和失调的心绪,或是以他的双手把花朵捧给蓝天,把甘霖捧给焦渴,把阳光捧给阴云!

诗人必须走向太阳,站在太阳的立场上,辉映太阳;以敞开的心扉,接纳阳光,高擎怜悯之心,鸟瞰大地的弱小,挥舞正义之剑,穿透隐晦的阴影;走向太阳,诗人必须闪烁出真善美的光芒,驱逐假恶丑的魔影,张开豁达的胸怀,包容严冬的冷冰;走向太阳,诗人必须竖起伟大的身躯,招揽仰慕的目光,荡漾悠扬的旋律，赢得听众的注意力。

　　诗人必须走向太阳，以柔韧的张力，越过曲折、沟壑和高峰，必须挺起坚韧的脊背，以扬起的风帆永向光明！

　　走向太阳，诗人必须以爱的痴迷，用脚板开垦血汗的河道，以无限的追求和永恒的跋涉步向明天！

　　当诗人的脚步踏入太阳的直射点，诗人将以火热的身心全部走出自己的阴影，拥抱极昼的光明！

2007 年 5 月 19 日—7 年 1 日

诗歌应从幽径中走向原野
——我的诗观(一)

首先必须明确：诗歌的前途是大众的，但文盲不属于诗歌的大众，无所事事者也不属于诗歌的大众；诗歌应从幽径中走向原野，才能走向光明。

诗歌是从大众劳动的号歌中分娩出来的；大众的热爱和温暖是诗歌的襁褓；诗歌从民间的语言中一路走向人类语言的巅峰！

但人类语言(思想、艺术)的巅峰绽放的花朵，并不是脱离群众的，它是万众的焦点，同时也是共鸣，是激荡心海的发明和创造！

诗歌必须从胡同一样的幽径中走出来，走向宽阔，走向原野，才能拥有光明的前途。

原野是广阔的，无边的；原野上有河道、树木、山峦和村庄；原野上有花朵和爱情；原野上有悲悯之源；原野上有不可抗拒的进步力量和历经众多灭顶之灾而不毁的生命……

原野每时每刻都招引着诗人的目光；原野有许多的震源令诗人震撼；原野有许多的感动令诗人流泪；动人的诗歌往往产生于诗人的感动和泪泉……

原野不仅包括广阔的田野和众多岛屿一样分布在庄稼海里的村庄；原野还包括城市，城市楼林就是人类种植在原野之上的生命森林；城市的水、电、气流动着原野的血脉。脱离了原野，城市即成为死岛。

那些优秀的尚无法摆脱小我的诗人们也是原野之中的生灵，但过于"深奥"的小我诗歌无不在幽径之中穿行；幽径之中总没有灿烂的阳光，大众的视线为幽林或一些莫名的建筑物所遮挡；而幽径又通向狭窄和宽阔，通向幽暗和光明。

诗歌的前途是光明的！诗歌的前途在原野上，在大众中！诗歌从大众中来，当然必须还要回到大众中去！

但诗歌走向原野，走向大众，并不意味着走向通俗和浮浅，并不意味着走向无色和无味。诗歌走向原野是以一种更高艺术的姿态走向人类，是以一种更鲜艳的色彩走出苍白，是以一种更富有情感、更充满生机的生命走出枯萎，走向春天，走向渐升的民众欣赏水平；诗歌走向原野，同时还要以一种更完美的形象走进专家、学者研究的视野；诗歌将以公众乐见、专家乐研的艺术高度走向原野。

诗歌的繁荣构建在更多读者愿意接受且能够欣赏之上！

诗歌的读者将会是更多的！诗歌的未来是繁荣的！

2008 年 7 月 5 日午

注：发表于：

1. 2008 年 8 月 6 日《青年导报》。
2. 2010 年 6 月入选《当代文学选萃》"翡翠号"。

诗歌是绽放在语言顶巅上的艺术花瓣
——我的诗观(二)

1

诗人应把目光投向人民,假若人民是太阳,诗便是阳光中的风、玫瑰和疤痛。

诗人应从小我表达中解脱出来,走向承载人类和历史的责任区。

诗人应关注民生,以人为本,表达悲悯情怀,开启希望和理想的天窗,扇动想象的翅膀,产生一种前进的探掘力量……

2

诗歌题材像地震和风暴一样冲击诗人,让诗人流泪、痛心,让诗人跌倒,甚至受伤;然后,诗人以火山一样的喷发、海啸一样的冲击,展观真情、想象和思维……

诗歌的表达是自由的,不求定格的。但诗歌必须是自然的、美丽的、向善的、向上的。

诗歌的前途在于读者的认可、接受,以至喜欢和共鸣,以至感动和流泪,或者因此鼓足勇气重新上路……

3

诗歌是语言顶巅的艺术表达。

诗歌是人类语言艺术的锋芒。

你拥有了诗,你首先拥有了中国乃至世界的语言表达顶巅,这种顶巅,时刻飘飞着想象的云,弥漫着真情的温暖,绽放着美丽的花朵……

2008年4月7日凌晨

注:发表于2010年6月入选《当代文学选萃》"翡翠号"。

走在情感的世界里
——诗集《七情》代自序

亲人们从你还没有出生之时就开始爱你了,你的被爱从你诞生于母体之后就开始了;亲人们对你的爱一直坚持到你从这个世界上消失,甚至更远,而你对他们的爱是从何时开始,又到何时而终?亲人们对你的爱切肤贴心,而你对他们的爱有多深沉?

移民们总恋着故土,我们总恋着故乡。故乡是一个人生命的源头,就像一株草或一棵树用根抓住的部分,直至草木枯萎,根也枯萎,就是枯朽的那把灰土,也不愿离开生养它的故土。你一旦离开故乡远走高飞,你的心就像草根一样,牢牢地抓住故乡的泥土……

我们只要是一个有思想感情的人,就不可能不关注民生民情,不可能不对民生民情赋予情感,赋予爱。因为我们本身就是民众的一员,我们时时处处都要用爱的眼光去打量,他们的疾苦总会穿透我们的心,我们总先于他们流泪,他们总是比我们坚强……

实际上这个世界无处不存在风光,风光是宇宙的造化,包括一切的事物。我们被风光包围。这些风光就是孕育我们生命生长的温床。我不可能对阳光或雨、草木或泥土无动于衷,因为爱得深沉,我的两眼总满含泪水。如果我再透过泪光观赏它们,这个世界就变成了情感世界,到处都在欢乐和流泪,到处都有幸福和悲伤,到处都有爱和报答,包括清晨的花朵、中午的阳光、傍晚的草茎……

是思想驾着情感的骏马,还是情感驾着思想的骏马,在原野或宇宙间驰骋?如果你把宇宙万物都赋予了思想,那么你在这个世界上就成了哲人;如果你把宇宙万物都赋予了情感,那么你在这个世界上就成了有情人。

爱情的力量是无穷的,它可以使地球或宇宙变得光明或黑暗;爱情是一种生命,它从幼儿的牙牙学语一直到烟尘飘渺。爱情是一种真理,爱情始终靠向往驱使,变得灿烂;爱情总又携带些许遗憾,就像月之圆缺,花之枯荣。

　　我始终不愿意谈论诗歌,但我始终可以写诗。诗赋予我生命,我赋予诗情感。诗歌同样是生命,它生长在阳光之中,大地之上。诗歌的馨香能够温润一颗冷躁的心灵。诗歌是纯洁的,神圣的,光明的,向上的,向善的。它不仅是绽放在人类语言峰巅的花朵,同样是绽放在人类思想和情感峰巅的花朵,还是绽放在人类艺术峰巅的花朵。我们不能以任何理由轻视或玷污它,诗歌最终定会以顶峰艺术之姿走向大众,走向繁荣,走向永恒……

2011 年 6 月 6 日

　　注:此文的七个自然段,原依次为作者诗集《七情》中《亲情》《乡情》《民情》《风情》《思情》《爱情》《诗情》七个辑子中的小序言,出版前作者又综合为本诗集的《代自序》。

在"世界诗歌日"里

1

在这个"世界诗歌日"里,请你走进诗里,度过你的节日。

这是全世界爱诗的人自己的节日。每年的 3 月 21 日,请记住这个日子。在这个"世界诗歌日"里,你像采撷一缕春天的花香一样,把一缕春天的阳光掬于你手中。你就站在原野上的花海里,尽情吸纳属于你的花香,尽情在阳光中沐浴。这花香和阳光都是属于你的,因为你现在已经属于一个自由的人了。

2

这个节日是联合国教科文组织 1999 年确定的,它是属于世界上爱诗的人自己的节日,当然也属于你的节日。

在这个"世界诗歌日"里,你可以听一听《为你读诗》里的诗句,让你的灵魂拥有片刻的自由;你还可以亲自打开一本属于你的诗集,低声朗读;你可以不管有没有听众,你就是你最好的听众,你又是你最好的朗读者。

你把诗中的美丽、馨香、朦胧和悠远,全部据为己有,你还可以走进诗歌活动中,放开你的喉管歌唱,呼唤"和平、非暴力、容忍";你可以与戏剧、舞蹈、音乐以及绘画等艺术进行对话,从孤独中走出去,开辟一方艺术的领地。

因为它是属于你的,你爱它,它也爱你;因为你已经属于一个自由的人了。

3

在这个"世界诗歌日"里,你可千万不要忘记好好度过。尽管你已被事务挤压得喘不过气来,但你一定要劈开一道霞光,让自由的时间照亮你!哪怕是片刻的光阴。这一段自由时间的闪光,能够照亮你近乎阴暗的领地。你可以默吟唐诗里的一句,或宋词里的一句,你可以背诵一句雪莱、但丁的诗,你还可以走进广场或田野草地,高声朗读《海燕》里的句子,因为你已经属于一个自由的人了。

4

在这个"世界诗歌日"里,你还可以奔走四方,约见你的朋友。你告诉他们,今天是你的节日。既不是你的生日,又不是你的结婚纪念日,而是你神圣的诗歌节日。因为,它属于你,而不属于别人;因为,你已记不清什么时候起,诗神已将你拥进它的怀里了,诗神把爱的种子种进了你的心灵里。从此,你就开始接受一种诗神的给予;从此,你的想象和敏感总是超乎常人,甚至你的视野、见解、世界观、生命感,都独到、不同寻常,甚至你的品格、道德以及金钱观,都充满着一种高尚。因为,你知道,狭窄、阴暗、嫉妒,以及单纯的富裕、独霸的行为、狂热的暴力,它们都不属于你……

5

在这个"世界诗歌日"里,你明白世界上唯有人民是最伟大的,因为你拥有了他们,而他们也拥有了你。你把他们的疾苦作为你自己的疾苦,你把他们比作太阳。

你曾经在一首诗里说:"人民是太阳,诗是阳光中的风、玫瑰和疤痛!"

你明白人民像阳光一样明亮,你离开人民,就会走进黑暗的世界!

今天,在节日里,你就把一首给人民的诗,写进阳光之下,写进春天,写进你的心里!

6

在这个"世界诗歌日"里,你还要明白,爱护大自然应该是天下的大爱。

你明白,你本身同样来自于大自然,又终将回归于大自然!唯有大自然是你的上帝,你的母亲。它把你拥入怀中,你又把它举过头顶,它是你的太阳和圣神!

今天你就抓一把黄土或黑土。

今天你就捧一瓣花朵或一枚草叶。

今天你就掬一捧泉水或海水。

今天你就捏一粒麦子或大米。

你像孩子辨认母亲一样认真地辨认、拜读。它属于你的母亲和你的诗!它永远都是你奉为上帝和母亲的诗歌！你像它爱你一样把它作为永恒的神灵！

7

在这个"世界诗歌日"里，既然如此，你把人民和自然都当作上帝，那就把你的诗歌写给可爱的儿童，写给慈善的母亲、清澈的水以及无边的稻田吧！那就把你的诗歌写给劳碌中的听众，让他们在流汗中得到一抹清新的凉风！那就把你的诗歌写给残疾者，让他在盲区里能够听到你读给他的优美的诗歌！那就把你的诗歌写给玉米们，让它们的金黄，在阳光下闪烁出秋天丰收的光芒！那就把你的诗歌写给一汪污浊的水，把它过滤成青山流下的泉水，让它弹奏出清脆的琴音……

8

在这个"世界诗歌日"里，让我们回归人民和自然，让我们回归高尚和文明，让我们回归属于人类的真正的天空和大地！让我们把诗歌活动做成大众参与的朗诵会，让我们捧出玫瑰的诗歌，向世界表达我们的爱意！让我们成为一个真正的诗人，站立于大地！用你的歌唱，呼唤所有的文明和所有的人，让你的期待成为一种永恒的现实——

"纯洁的大地上，诗歌在那里歌唱！"

9

在这个"世界诗歌日"里，我更加相信，诗歌将以宝石般的尊严站立于大地！诗歌将弥补未来的物质残缺！诗歌将会以公众仰慕的姿态走向人民，走向世界的辉煌！

作于 2017 年 3 月 21 日 "世界诗歌日"

注：1999 年 10 月至 11 月，在法国巴黎举行的第 30 届会议上，联合国教科文组织决定将 3 月 21 日定为世界诗歌日。自 1999 年开始，每年的 3 月 21 日成为联合国教科文组织选定的"世界诗歌日"——无论民族、无论肤色、无论年龄，凡是热爱诗歌、创作诗歌的人们，都把每年的这一天，视为全世界诗人自己的节

日。联合国教科文组织确立"世界诗歌日",目的是希望为世界各地人们举办的各项诗歌活动提供一个契机,进而能够带动人们开展不同层次的诗歌运动。同时,"世界诗歌日"的出现,也有利于小出版社进入图书市场以及年轻诗人的作品的出版;有利于人们回归吟唱传统;有利于诗歌通过"和平、非暴力、容忍"这样的主题活动,与戏剧、舞蹈、音乐以及绘画等艺术形式开展对话、拉近距离;有利于诗歌摘掉"过时"的帽子,让全社会重新感知和认识诗歌的价值。

《北京文学》引领我重返创作

我与《北京文学》结缘,纯属偶然。

《北京文学》引领我重新拿起了文学创作的笔。

那是2006年九十月份,我突然接到了河南省作协寄来的两本《北京文学(精彩阅读)》期刊。后来知道,这是《北京文学》开展的向各省作协会员免费赠送杂志的活动。我当时正请假在家养病。收到这两本杂志后,我认真地拜读了,觉得《北京文学(精彩阅读)》从封面设计到专栏开设,都很独特,尤其是发表的作品,篇篇好看,篇篇精彩。这些纯净的文学作品,不知不觉中,唤起了我对文学的重新爱好,重新点燃了我的创作欲望。自此,我开始做两件事:第一是订阅《北京文学》,同时,我还向周边的文学爱好者和县里的新闻通讯员推荐这本杂志;第二是利用业余时间重新创作文学作品。

我出生于20世纪60年代,是河南省南阳市方城县人。20多年前,我在县某高中任语文教师,对文学十分爱好,经常练笔。1988年、1989年曾在《莽原》《中国青年报》《河南日报》《躬耕》等报刊发表过少量诗、散文、小说等作品。但从1989年4月调入县委宣传部工作后,一直从事新闻、外宣工作,由于平时工作任务繁重,思想压力大,慢慢地对文学的爱好淡化了,阅读文学作品的时间也少了,写得也就更少了。尽管在新闻事业上取得了一定成绩,比如,21年来共在国内外各类新闻媒体上发表了2000多件新闻作品,并有近百件新闻作品荣获市级以上奖励,但对此我并没有多少成就感,整日处在工作的紧张和压力之中,有10多年干脆停止了纯文学创作。从接触到《北京文学》开始,我就利用工作之余的时间,恢复文学创作,并开始发表文学作品。2008年9月,作家出版社出版了我的第一本文学作品集《天镜》。我的《天镜》序言的题目是《纯净的你,唤起我的重爱》,就是讲述《北京文学》如何引领我重返文学创作之路的。三年多来,我创作了大量的诗歌、散文、小说作品,共在《诗刊》《北京文学》《拉萨晚报》《中原文献》《通辽日报》《南阳日报》《躬耕》,以及台湾《中原文献》等报刊发表诗歌、散文作品近百篇,8次荣获全国性文学征文大赛奖励,14篇诗歌、散文作品入选年度选本。

通过近年来的投稿实践,我深切感到:《北京文学》是我从事文学创作以来,所遇到的最关注自然来稿、最重视培养作者、最关心未成名作者作品的文学刊物之一！这与编辑们的辛勤努力，不放弃每一个作者、不放弃每一篇作品的责任心和极大的热情是分不开的。我接触的《北京文学》的第一位编辑是白连春老师，我们尽管没见过面，只是电话联系，但他对我这个未曾谋面的作者是十分热情的，并能在交流中指导我写作。尽管他没有发表我的作品，但我对他的印象极好极深刻。我接触的《北京文学》的第二位编辑是师力斌老师。那是2009年5月中旬，我的组诗《大地萤光》荣获了中国散文学会组织的第二届"新视野"杯全国文学作品大赛二等奖，我去北京参加颁奖会和笔会之后，挤出一个下午，带着十多篇诗歌、散文作品，去前门西大街的《北京文学》编辑部。我见到了一位编辑，他热情地接待了我，并把稿子留下，对我说："我这段时间将手下的紧活忙完之后，会认真看你的作品，我叫师力斌。"回到家后我就耐心等待。过了一段时间，一天上午，我打电话给师编辑，巧的是，师老师说他正在看我的作品，让我下午打电话过去问情况，我对此很高兴。到了下午，我没有打电话，心想，师编辑那么忙，不必追得那么紧，给他更多的时间，干脆明天再与他联系。到第二天下午，我才打电话过去，师老师说："昨天一下午我一直等着你的电话呢！你的散文《天镜》和诗歌《蒲公英》，我准备推荐发表。"又过了一段时间，我突然接到了师编辑的电话，他说："你的《天镜》已通过了编审，请耐心等待发表。"我这时高兴极了。这是我在《北京文学》上发表的第一篇作品！今年4月初的一天，《北京文学》的刘红老师打来电话要散文《天镜》电子版，并通知我说"今年第5期定发你的散文《天镜》"。我在电话里对她说："请将第5期《北京文学》加印10份，我要购买，费用从稿费中扣除。我会将这本刊物发给县里和我要好的几个文学作者和有关领导，让更多的人了解这本文学期刊。"前两天，我收到了编辑部寄来的两本第5期《北京文学》(这是免费寄给发表作品的作者的)，也收到了我购买的那10本和我订阅的那一本，我已有13本第5期《北京文学》了，我为此很高兴。我将把它们发放给文友们，让更多的人阅读到这本精品杂志。

《北京文学》以纯净向善的情怀唤起了我对文学的重爱，又以阳光一样的热爱唤起了我对它的敬重！在物欲横流、精神需求淡薄的当下，人们的心灵更需要文学的陶冶和净化，以达到物质需求和精神需求的平衡。在《北京文学》创刊60周年之际，我衷心祝愿《北京文学》这株文学之树更加枝繁叶茂，永远充满生机和活力！

注：发表于《北京文学》2010年10期。同年10月，入选《北京文学》创刊60周年丛书《记忆与足迹》。

一生读书　快乐一生

一生读书,快乐一生。寻书、买书、藏书、读书、写书、出书,是我半生的书事经历和书缘轨迹,一个人若一生爱好读书,与书结缘,那他将拥有快乐的一生。

幼时家境贫寒,虽然我从小爱书,但却无书可读。上小学时,父亲从微薄的工资中挤出一点儿,为我和姐姐订了一份《解放军文艺》杂志。每期到来,我就如获至宝,爱不释手,边读边将好句子抄在笔记本上,抄下来的一行行歪歪扭扭的文字,像农人一垄垄地播种农作物的种子。接下来,开始寻书、借书读。春节期间到城北舅家走亲戚,我从表哥那里寻到了《钢铁是怎样炼成的》《青年近卫军》《金光大道》《艳阳天》《播火记》之类的小说。对"拿来"之书,更是如饥似渴地读,就连走在上学的乡间小路上,也边走边读。

在方城师范上学时,我从微薄的生活费中节省下来5元4角钱,到县新华书店购买了一本《现代汉语词典》,它成为我几十年来读书、写作的"词语老师"。一次在减价书堆里,我发现了一本薄薄的何其芳散文集《画梦录》,当即买下,回去百读不厌,此书成为我最珍贵的藏书之一。其中的文章均是作者20岁左右时创作的散文精品,优美的意境,如诗的语言,对我当今的写作产生了深远的影响。

从师范毕业后,我被分配到县第七高中任教。在工资极低的情况下,我用平时节省下来的钱,经常到书店选购自己喜爱的书,比如《契诃夫小说选集》《郭沫若全集》等。有一次在同事那里发现了泰戈尔诗集《游思集》《园丁集》,第一次接触到外国诗人的诗集,我如鱼得水,像哥伦布发现了新大陆,终于找到了最崇拜的文学大师。

选购最喜爱的经典书目,阅读和收藏,是件最快乐的事。书一到手,就不愿丢失或废弃,我都把它们珍藏起来。目前,我家中书房书柜里已摆满了珍爱的书。诸如"四书五经"、《史记》《资治通鉴》《红楼梦》《水浒》《三国演义》《西游记》《辞海》,还有唐诗宋词类的书;艾青、昌耀、海子、王怀让、汗漫、泰戈尔、拜伦、雪莱、特朗斯特罗姆等中外大诗人诗歌全集;李佩甫、二月河、行者、周同宾、廖华歌等河南作家的作品集;历届荣获鲁迅、茅盾文学奖的作家的作品集,以及历届诺贝尔文学奖获得者的作品集;历年中国诗歌、中国散文权威排行榜作品集,等等。

　　寻书、读书、藏书、写书是我耕耘施肥的过程,而发表作品、出版作品则是我秋收的过程。藏什么书?读什么书?如何读书?我认为:"书之若海,藏其经典;古今中外,好书'拿来';文之若林,择其精良;一书到手,择优精读;一文之中,汲取精华;精读精品,去伪存真,消化吸收,归我所有;每日必读,每读必思,每思必记;读书养眼,开阔视野;读书养心,修身养性;与书结缘,终生快乐。"

　　"书到用时方恨少,事非经过不知难。""博学而笃志,切问而近思,仁在其中矣。"数十年的书缘轨迹,是不断丰富自我,提升阅读、写作水平的过程,也是修炼自我、陶冶性情、净化心灵的过程,同时还是有意义地幸福生活、快乐生存、度过诗意人生的过程。

　　"如何让创作参与到当下时代精神文化的构建之中,也就是说,如何使文学创作嵌入到当下社会、文化、政治、经济、自然等现实之中,运用诗歌、散文艺术地再现出来,并能使大众读者乐见和受益。眼下,我正在寻找这类优秀文学书物。"这是我目前经常思考的问题。文学创作与现实最重大的事件和问题联系起来,这也许是对一个作家而言最有难度的事情。比如现代新诗如何反映现实而又艺术性地出彩,达到思想性、艺术性的完美统一,使公众和评论家都能够接受和乐见。眼下,这样的诗集更难以寻到。而自己的创作如何与众不同,如何从众多的作家中脱颖而出,从多端杂芜的"信息文学"中脱离出来,更能反映现实,更受读者欢迎,这是我目前思考和关注最多的事情。近期我将从《人民文学》《诗刊》《星星》《北京文学》《散文》《散文选刊》《莽原》《绿风》《躬耕》等国家、省、市三级纯文学期刊中,观察中国当代诗歌、散文的创作走势,汲取其营养,化为己有。

　　注:2018年1月5日《南阳日报·书香南阳》发表《南阳日报》记者董志国以此文为基础撰写的武建华专访《一生读书　快乐一生——作家武建华谈读书》。

书　缘

古人云:"不积跬步无以至千里,不积小流无以成江海"。任何事物都有由小到大、由弱变强的过程(反之亦然)。我与书之缘犹如此。对我而言,寻书、买书、藏书、读书、写书、出书,即是我的书缘轨迹。

幼小时,家境贫困,书境荒芜。父亲是小学校长,母亲师范肄业,全家从城里下放到一个叫王土文庄的小村庄,我家也算是个"知识分子"家庭了,但家中并没有几本书。在冬季农闲时,尤其是大雪封门时,村上老少爷们都聚集在生产队的牛屋里,燃上麦糠火,靠浓烟暖房取暖,围坐下来听父亲讲《三国演义》《水浒传》中的故事。当然,幼小的我也是最热心的听众之一。受父亲的熏陶,我幼小的心灵里播下了爱书的种子,就像山岩罅隙滴出的第一滴泉水。

到后来,父亲从微薄的工资中挤出一点,为我们姐俩订了一份《解放军文艺》月刊。每期到来,我如获至宝,爱不释手。边读,边将好句子抄在笔记本上,像一行行播种着知识的种子。接下来,就开始寻书、借书读了。春节期间到舅家走亲戚,从表哥那里寻到了《钢铁是怎样炼成的》《青年近卫军》《金光大道》之类的书籍。"拿来"之书,不可荒置,就如饥似渴地读。就连走在上学的乡间小路上,也边走边读。

初中毕业后,我萌生了想练习写作的念头,但苦于没有指导写作入门的书籍,写作根本无从下手,像盲人出行一样茫然。有一次在上学的路上碰到了初中毕业班班主任王老师,我心想,他是教语文的,又爱写作,肯定有指导写作方面的工具书,便张口向他借。王老师遗憾地摇了摇头说:"我也没有这样的书。"

1979年我考入河南省方城师范后,虽有了课程书籍,但课外读物也寥寥无几。我从每月不足20元的生活费中省吃俭用节省下来几元钱到县新华书店买了一本《现代汉语词典》,成为自己几十年来读书、写作的"汉语老师"。记得一次到县新华书店买书,在减价书堆里,发现了一本薄薄的何其芳散文集《画梦录》,花几毛钱当即买下。回去百读不厌,此书成为我至今收藏的最珍爱的书籍之一。其中的文章均是作者的早期作品,优美的意境,如诗的语言,对我当今的写作产生了深远的影响。

师范毕业后分配到县第七高级中学从事语文教学。在工资极低的情况下,用平时节省下来的钱,经常到书店去选购自己喜爱的书。比如《契诃夫小说选集》《郭沫若全集》《冰心散文集》等。有一次在同事那里发现了泰戈尔的《游思集》和《园丁集》,第一次接触到外国诗人的诗集,我如鱼得水,像哥伦布发现了新大陆,认为自己终于找到了最崇拜的文学大师。后来跟同事商定,此书不予奉还!至今我仍收藏着这两本书。如今,我已买到了好几个版本的《泰戈尔散文诗全集》。

书至吾手,均不忍弃。这也许是我爱书的表现之一。不管是政治、经济、法律书籍,还是订阅的报刊,更不用说是文学读物了。每一本到手,均不愿丢失或废弃,都能珍藏起来。这样,时间长了,家中书籍便堆积如山了。早些年,由于家庭经济拮据,根本没能力购买书柜。但书堆起来又不便阅读,就请来木工将自家院中的一棵椿树伐掉,做成了一个一米多宽的简易书柜,也算了却了我的一个心愿,并将珍贵的书物摆了上去。随着书量的增多,自己发表新闻、文学、论文作品的报刊原件的增多,目前,在书房内新增的书柜里,已摆满了珍爱之书。诸如:"四书五经"、《史记》《资治通鉴》《唐诗宋词》《红楼梦》《水浒》《三国演义》《西游记》《辞海》;艾青、昌耀、海子、王怀让、汗漫、拜伦、雪莱、泰戈尔、特朗斯特罗姆等中外大诗人诗歌全集;李佩甫、二月河、行者、周同宾、廖华歌等河南、南阳作家群作家作品集;历届鲁迅、茅盾文学奖作家作品集和历届诺贝尔文学奖作家作品集;历年中国作家协会创联部、中国诗歌学会、中国散文学会、《诗刊》社等国家权威文学部门组织编写的诗歌、散文年度排行榜作品集等等。此外,存书中还有连年自费订阅的《人民文学》《诗刊》(上下半月)《散文选刊》《北京文学》《散文》《海外文摘》(文学版)《星星》《莽原》《奔流》《绿风》《躬耕》等刊物,存书已达万余册。

寻书、读书、藏书是我学习积累的过程,而写文章、发表作品、出版书物却是我产出的过程。自 1988 年开始发表诗歌、散文、小说处女作以来,已在《诗刊》《星星》《散文选刊》《北京文学》《人民日报》(海外版)《莽原》《奔流》《绿风》《躬耕》等百余家报刊发表文学作品 800 多篇(首);在《人民日报》(含海外版)、《经济日报》《光明日报》《农民日报》、香港《大公报》《紫荆》、美国《侨报》、法国《欧洲时报》、中新网、中国网、凤凰网等中外新闻媒体发表新闻作品 3000 余篇(幅)。2008 年以来,先后出版了诗文集《天镜》、诗集《七情:武建华诗选(上、下卷)》《时间的片羽》。其中《天镜》荣获"2010 年中国散文家征文大赛图书奖";诗集《七情:武建华诗选(上、下卷)》荣获第七届"祖国好"华语文学艺术大赛图书金奖;诗集《时间的片羽》荣获全国第二届百家诗会图书一等奖。20 多年来,100 余篇诗歌、散文、小说等作品获市级以上征文大赛奖励,荣获市级以上新闻奖励

50多次。2010年,还被评为全国诗文书画先进工作者,近百篇诗歌、散文、小说作品入选多种全国性文学选本。部分作品被译至国外,数十首诗歌入选美国孔子学院中英双语《阅读》教材。散文荣获2012年度、2013年度、2014年度中国散文年会评选活动二等奖。诗歌《在平顶山上鸟瞰麦子》荣获中国作家协会主办的"三苏杯"全国诗歌大赛优秀奖,诗歌《泥土的气息(外二首)》荣获瑞士"骑士杯"诗歌大赛特等奖。作品被翻译为多个语种,在国外文学期刊发表。

"书山有路勤为径,学海无涯苦作舟。"坚持数十年的爱书、购书、藏书、读书的习惯,不仅使自己陶冶了情操、丰富了知识,而且还提高了写作水平。长期写作、发表作品,得到了上级文学创研部门的肯定。2001年,我被吸收为河南省作家协会会员。2013年,先后加入中国诗歌学会、中国散文学会。同年,被评为"南阳市十佳书香个人",主要事迹在南阳市委党报《南阳日报》上宣传报道。

"书之若海,择其精良;文之若林,择其经典;一书之中,择优精读;一文之中,汲取精华;古今中外,好书'拿来',精读精品,去伪存真,消化吸收,归我所有;每日必读,每读必思,每思必记;读书养眼,开阔视野;读书养心,修身养性。"这便是我几十年坚持读书的读书心得。

"书到用时方恨少,事非经过不知难。""博学而笃志,切问而近思,仁在其中矣"。数十年的书缘轨迹,是我不断丰富自我、提升阅读、写作水平的过程,也是修炼自我、陶冶性情、净化心灵的过程,同时,也是有意义地幸福生活、快乐生存、度过诗意人生的过程。

注:此文入书时有改动。发表于:
1.2013年8月16日《南阳日报·书香南阳》。
2.2017年10月台湾《中原文献》季刊第4期。

简议《诗刊》的《茶座》及组诗《鹰死的时候，飞得最高》

《诗刊》"茶座"，开辟了一个"诗歌大众争鸣园地"，它表明了对高雅艺术诗歌的评说，不仅是诗评家的义务，也是广大读者的义务；它将引领诗歌走出"象牙塔"，走向原野，回归到人民创造诗歌的艺术本源里……

我认为，人民是太阳，诗是阳光中的风、玫瑰和疤痛……诗歌的吸引力在于它的无限崇高和动人；诗歌的前途在于它愈来愈走向人民；诗歌的伟大在于它的平凡和光明，诗歌将弥补未来的物质残缺，读者共鸣是文学的生命，诗歌将以宝石的尊严站立大地。

《鹰死的时候，飞得最高》这组诗的最大特点是短小、简洁、含蓄、富有哲思。最完美的应该是《鹰》，仅仅6行，将鹰是大自然的一部分，鹰装点大自然的价值意义含蓄地呈现给了读者。具有臧克家的诗《有的人》的语言风格，平淡中富有深意，白话中深含哲理。《雪花如果知道》精炼简洁，不把需要说出的说出，让读者在阅读中想象出来，具有读者"再创造"的价值意义。

但这组诗的部分诗作，存在向上向善向美力量的欠缺；在概念表达上有模糊和令人费解的地方。《透明的绳子》尾节没有什么必要，没有说出什么意义，若用"它始终拧不紧你／它让你感到轻松和依恋"，也许会好些。《鹰死的时候，飞得最高》最好的是第二节，建议第三节第二行删去；尾节也没有说出鹰的生命意义，前面写羊、猫作铺垫也无什么意义。若三、四节的第二行都去掉，两节都成为一行，可能会更好些。

2014年4月16

注：2014年6月，《诗刊》第6期（下半月刊）《茶座》栏目以武晓溪为署名发表此篇短评。

附　录
对武建华作品的评论与报道

为人民而歌,为自然而写
——访南阳诗人、作家武建华

张高峰 马庆赐

如果一位作家在文学上能够取得特殊成就,他就必须拥有一种独有的艺术风格。武建华数十年来坚持不懈地搞业余文学创作,始终植根于人民和大地的土壤之中,形成了他为人民而歌、为自然而写的朴素自然、富有哲思、寓意深刻、以文化人的独特艺术风格。无论是他的诗作还是散文、小说之作,均注重切入时代,关注民生,讴歌自然,既浅显易懂使读者喜爱,又富有深意引大家品评。他是时代的记录者,为人民而歌,为自然而写。他在接受采访时这样告诉笔者:"文学作品具有'默化力量',这种力量必须是向上向善向美的,只有具有这种力量,才能够满足大众和大地所拥有的仁爱向善、昂扬向上的精神需求。"

一、植根乡愁,创造自己的精神家园。

从旧日泥土里滋生出精神指认的根须,并终而汇聚催发出"乡愁"繁花,正是诗人武建华诗歌所创造的精神家园的乡愁情结。他的文学创作已历经30多年,在这默默的耕耘里,他在他的诗歌里涵容了复杂的"乡愁"主题与生命意象书写,如浓在心尖的亲情乡情、生养在土地上的良善道德追求等方面。围绕人性"七情"的诸种诗意探索,渗透出时空跃迁中人类存在境遇内难解的命题:"乡愁"元素成为诗歌永在路上的时代表达。因此主体抒情的视点便较为精敏地呈现为"反观"的记忆打捞与捕捉。诗人对于时代主体性的期待,在诗歌里呈现为对于生于斯长于斯的人民,发自心灵的强烈歌赞和抚慰。武建华以其个人的社会印迹,行思在地域性美感特征的深处,满载着遥远的乡愁,留下南阳盆地的乡土生存经验。这乡愁如河般流经诗人记忆的心房,使我们疼痛,使我们在现代性荒凉的风景里,回望已逝村庄曾有的诗意感动。正如诗人在诗歌《飘飞的羽毛》里写下的那样,"生命从死亡中起飞,寻找再生的源地",原乡虽然已经历史性地消失,但它也定会在我们的追忆里重生。诗人"耕锄"不懈,将诗性的船锚深深地抛进了故乡——那一片久违了的记忆大海,光亮粼粼波动,闪现出澄澈的思想活力。

诗人武建华所创作出的诗歌,带着来自泥土的记忆,叙事中展现出个人生命体验的视景。在诗歌更充分地实现以不丧失艺术性为代价的介入社会现实意义上，他的诗歌富有既往诗歌文化积淀，也相应地不断实现着新的传统延续。诗歌评论家程光炜曾认为"艾青的诗学贡献摄其要者，主要集中在富有张力的意象创造、立体化和散文化形式构筑，确立个体生命与时代精神相共振的新型关系"，借此来体察武建华的诗歌风格追求，也是契合的。正是"个体生命与时代精神共振"，源于土地的歌唱，使得他的诗艺形式的张力增强。武建华的诗重意象营造，朴素的情感韵律中富含散文化冥想特色，给人以明亮的忧伤诗意美感，激发出浸透生活的坚实思索。现代性的"乡愁"布满远离故乡漂泊的生存体验，词语对存在的寻找，充满着记忆对诗歌光辉闪现的赐福。

"只要我面南伫立，泥土的气息就扑面而来，刻在岸上的皱纹，隔着月光凝视，挂在草尖上的笑声和泪珠，他们不亚于春风，不亚于秋雨。"（《泥土的气息》）

"泥土""田野""故乡的清河"这些意象，源自诗人对乡土大地的诚朴热爱。他的诗歌里满溢着仁爱的芬芳，"扑面而来""又时常摇醒我的迷梦"。这些始自民间的"乡愁"元素，既有以往诗歌意象的碰撞，也有诗人自我情感的注入。"河流"与乡土的风物往往作为情感的客观对应物，恰似"粒粒乡愁"融入诗人回眸的感怀之中，带有鲜明地域性的"苞谷""红薯"等意象成为诗人汇聚乡愁的具体化表达。有时诗人对于"乡愁"的眷恋，丝丝化为追忆亲人的思念和忧伤，如《母亲》："想让母亲喝一碗现成饭，这是我多年的心愿。这天我终于挤出了闲暇，做了一碗现成饭，端给母亲，可到她长年一人居住的屋里，发现她已经出远门走了，怎么也不提前打个招呼……"

诗歌里对于亲人的思念之情，感人至深。诗人对生命经验的抒写，转化为对"出远门的母亲"具体细节性的意象摄取，揭示生存的同时，也隐隐地拷问着自我灵魂。伴随着对父母的一种愧疚感，流露出诗人对于昔日乡土亲情深沉的爱，亲情裹含着"乡愁"沉沉的疼痛。对具体历史生存情境的诗意呈现，使诗中的歌赞与怀念之情成为水乳交融的一体，这和诗人淳朴的表达旋律、开阔的诗境是分不开的。

武建华力求在自己的生命感受中写出精神故乡，诗篇中积淀了浓厚的文化归属感，他以崇高而广博的生命心象来书写原乡记忆的心灵复归，犹如时代里"奔跑着呼唤宁静"的光亮。对于存在境遇的勘探，诗歌中标出了"语言的吃水线"，也成为了心灵静美的"休止符""令周边明亮而温暖"。面对时代的迷津，正如诗人所说出的那样"前方是哪里？前方是田头还是海岸？是落日还是时间的边缘？"然而不管时光如何流转，我们依然会在历史记忆里看到诗人返身站立，遥望那一片精神的原乡:"然而那些久远的召唤,依然像乡村母亲站在村口的温暖的守望……"

诗如此,散文亦然。在 2017 年度中国散文年会上,武建华荣获二等奖的散文《回望村庄》(见 2017 年《散文选刊》下半月第 10 期),其中对他自幼生长于斯 30 年的故乡小村王士文庄的"乡愁情结"的深度表达:"……成群叔在西北地的风雪中,永远熟睡在了装满黄土的架子车的车轮旁,陪伴的黄狗惊慌失措……""舅爷用火石取火,用火纸燃烟,用麦秸糊房。舅爷的胡子在下巴上挂成了冰挂。清苦的日子,比冰挂还要清寒。""头顶白雪回望小村,远方的守望,站成我一生的灯塔!消失的面影,又在庄稼地里丛丛而生……"

回望村庄,即牢记乡愁!诗写乡愁,即表达怀念!乡愁流淌成体内的血液,闪烁成根壤的光芒!"远方的守望,站成我一生的灯塔!"这"灯塔",正是作者不忘初心的远行之塔,一生向上向善向美行走的生命之塔!

二、笔耕不辍,秉承自己的使命责任。

在接受采访时,武建华说:"笔是我生活和工作的工具。像农人右手执的牛鞭,左手牵的缰绳,一刻都不能放松,笔已成为我生命中的一部分了。手持一支笔数十年不弃不离,是因为笔是伟大的,它富有创造性,而后让更多的人畅游于我用笔创作出的精神家园,不论通过文学作品,还是新闻,都希望能够使人们得到精神的慰藉和思想的启迪。所以我说,对于作家、诗人和新闻写作者来说,一支笔拥有着使命和责任,一支笔拥有着创造力和引领力,一支笔拥有着光荣和担当……这正是我始终秉持一支笔的真正原因。"

谈及写作爱好,他认为,他的写作爱好是从莫名的吸引开始的。也就是说,他不知道什么时候就爱好上了写作,从小就喜欢通过文字传输自己的思想,关注富有诗意的事物。在李许庄学校上初中时,教语文的王老师把他的散文习作《麦收》在班上朗读,他把农民在麦海里割麦时晃动的草帽比作大海里的"点点白帆"。武建华在幼小的心灵里储存下了这一富有诗意的优美意象,从此得"悟",这便是他对诗歌意象的第一次感悟,这个意象也许是对他的写作爱好的最早启蒙。另外,或许是幼年受爸爸爱向农民讲《三国演义》《水浒传》的故事,妈妈爱写日记的影响。总之,他的写作爱好是在潜移默化中得以孕育的。

与具有较早受到文化熏陶的文学创作者相比,他认为自己是文学上的"先天不足"。想当作家的想法是在 1979 年他考入方城师范学校后才有的。当时全国的文学热潮曾风靡一时。从师范学校毕业与同学们告别,他就用一首题为《离别》的诗赠送他们。最早公之于众的诗歌是发表在方城师范学校内墙报上的一首诗。真正的文学练笔应该是 1981 年从师范学校毕业后被分配到方城县第七高中任教后才开始的。他参加工作后的第一首诗歌习作是《杨叶吟》。在春天，他看到杨树的叶子在春风中"膨胀"得很快，几乎在几天内，就将稠密硕大的绿叶呈现给了大地和春天。他深受启发，虽然几次尝试写作《杨叶吟》，而最终以失败告终，但从此他的文学练笔一直没有停止。他的小说处女作是 1988 年 6 月 25 日发表在《南阳日报·白河》上的《痛定之余》；散文处女作是 1988 年 11 月 29 日发表在《洛阳日报·洛浦》上的《小溪》；诗歌处女作是发表在 1989 年第 1 期《躬耕》上的《护林人》。"怕冻坏树木的根／你用脚印网成厚厚的被／一株走动的树／收获的季节才开花"便是《护林人》中的句子。他的三个处女作像小草，植根于大地，决定了他以后创作的文学作品的本土性、田园性、朴素性和人民性特点。

武建华认为他是诗歌的迟步者，但他却是诗歌的痴爱者！他所说的迟步，是因为他在高中教学期间，才开始真正阅读到国内外名家的诗歌。最早阅读的国内诗人的诗歌是郭沫若、冰心、艾青的诗；最早阅读的外国诗人的诗歌是泰戈尔的《游思集》和《园丁集》。《游思集》和《园丁集》是他任教期间借阅一位同事的两本薄薄的诗集，他就此爱不释手。泰戈尔的诗歌对他创作思想影响极为深远。他的作品的现实主义笔法、反映人民大众生活的创作理念，以及哲理性的诗思等，多是受泰戈尔诗歌影响的结果。后来，他阅读到了诺贝尔文学奖获得者的诗歌集，接触到了许多国外诗人名家。另外，他还喜欢何其芳、艾青、昌耀、海子、王怀让、汗漫等诗人的作品。这些诗人和作家，都是他在文学路上崇拜的人，对他的创作影响很大。

三、用心写作，以优秀的作品来感染人、打动人。

他早在诗集《七情：武建华诗选》的后记中就系统地提到过他的诗歌观念。比如：诗歌的吸引力在于它的无限崇高和动人；诗歌无时不充满着感动；诗歌的前景是广阔的；诗歌的前途在于它愈来愈走向人民；诗歌的伟大在于它的平凡和光明，而往往伟大都寓于平凡之中；"诗歌将弥补未来物质残缺""诗歌以宝石般的尊严站立大地"。从这些诗歌观念中，我们不难看出诗人所具有的"诗歌要走向大地，要书写人民，要从人民大地中采写诗歌"的大家智慧、广阔视野和坚定信念。武建华认为，正是诗歌的伟大和崇高，才决定了他的诗歌创作的终身性。

《七情》是他的第二部诗集。他用饱含着爱心的诗人眼光,洞察世界万物,然后以诗作创造和表达。换句话说,把世界万物作为题材,以诗歌形式予以展现,这也许是诗歌的使命。如果把诗人比作飞鸟的话,他必须"携带着人民的情感和心声飞翔",才能具有立足之本。《七情》用七种情感将其中的作品归类为七个辑子:即《亲情辑》《乡情辑》《民情辑》《风情辑》《思情辑》《爱情辑》《诗情辑》。这些诗篇都是携带着人民的情感和心声去构思和创作的。文学家要为人民而歌,要着力营造人民的精神故乡,只有这样,文学才有希望。

武建华说,麦家曾这样阐述文学的意义:"文学不是欲望的加油站,相反,它应是欲望的制动器,它的核心意义是要展现出人类心灵的高度以及活着的勇气……最终目的是创造一个'真善美'的理想世界,并发现一种值得我们为之折腰甚至为之牺牲的精神。"刘醒龙曾这样阐述文学的方向:"……好的散文一定要懂得心痛,一定要发现仁爱,一定是从灵魂深处喷发出或者流淌出的感怀情愫。"(均见 2014 年 6 月 20 日《人民日报(海外版)·名流》。武建华认为:"文学具有默化力量,这种力量应是作家的责任和担当。"

"诗歌无时不充满着感动。"武建华说。而当下令人感动的诗歌是比较少的。谈及打动人的诗歌,我们认为,武建华的诗歌多数是能够打动人的。他的《侍奉母亲的茅草》在多家报刊发表,多次获奖,不知有多少人读着这首诗潸然泪下。有位机关干部流着泪反复读这首诗,然后就给他母亲打电话问寒问暖,反思自己因工作忙回去太少。有一位记者站站长读到武建华的诗歌《谁在唤我的乳名》时,发短信给武建华:"你的这首诗,太打动我了,我想回家的想法十分强烈。"武建华回复道:"那就回去看看吧!回到生你养你的大地的襁褓里……"《谁在唤我的乳名》中这样写道:"我已被热闹得充耳不闻了 / 我已被闪烁得视而不见了 / 我似乎成了聋人和盲人 // 反而这时我更能看到一种光 / 照亮了我的来路 / 我更能听到一种声音 / 改变着我的行程 // 这时,我径直往回走 / 越走越接近 / 来路的方向—— // 我更听清了 / 前夜的歌声,以及 / 谁在唤我的乳名——"武建华的同学、诗人卧白,得到诗集《时间的片羽》后,爱不释手,连夜阅读,儿子几次催他吃饭,他都不应声。后来他一气写成了 15 首读武建华诗歌后的感悟诗歌。

一位叫斐然的读者在读到武建华的散文《下午》(见 2015 年 2 月 6 日《南阳日报·白河》后,曾发表评论:"文章最令我感动的,是作者所处的精神高度。他对这个世界充满了眷恋、敬畏与感恩,对这个世界中最微不足道的部分怀着深深的爱意与温柔的疼惜。有了这样一颗心,石头可以开花,江水可以倒流。这也让我再一次拷问起文学的意义——每个人内心都有一个比现实存在更加美好的世界,好的文学作品就是打开这个世界的钥匙,它让人沉静、引人思考、助人发现真理,从而有勇气活出爱来。如此,我们这如寄的一生才不虚此行;如此,文学才不仅仅是一项娱乐,更是一种引领。"

四、坚持读书写作,奉献出有温度的作品。

谈到读书和写作,武建华认为,一个人若一生爱好读书,与书结缘,那他将快乐一生。他说,寻书、读书、藏书、写书是他耕耘施肥的过程,而发表作品、出版作品则是他秋收的过程。藏什么书?读什么书?如何读书?武建华认为:"书之若海,藏其经典;古今中外,好书'拿来';文之若林,择其精良;一书到手,择优精读;一文之中,汲取精华;精读精品,去伪存真,消化吸收,归我所有;每日必读,每读必思,每思必记;读书养眼,开阔视野;读书养心,修身养性;与书结缘,终生快乐。"

多年来,他善于学习,把读书、藏书、写书当作自己的一大爱好,并注重学以致用,把向上、向善、向美不仅作为写作新闻、文学作品的价值指向,而且还作为美化个人心灵、修炼自身的精神向度。同时,他还把学到的东西运用于主抓的对外宣传工作实践中,使本职工作与个人爱好融会贯通,相互补充,相得益彰。

"书到用时方恨少,事非经过不知难。""博学而笃志,切问而近思,仁在其中矣"。武建华数十年的书缘轨迹,是不断丰富自我、提升阅读、写作水平的过程,也是他修炼自身、陶冶性情、净化心灵的过程,同时,也是他有意义地兴致工作、幸福生活、快乐生存、度过诗意人生的过程。

我们谈及近期的关注,武建华说:"如何将创作参与到当下时代精神文化的构建之中,也就是说,如何使文学创作嵌入到当下社会、文化、经济、政治、自然等现实之中,运用诗歌、散文手法艺术地再现出来,并能使大众读者乐见和受益。眼下,我正在寻找这类优秀文学作品。"他说,把文学创作与现实中重大事件和问题联系起来,这也许是一个作家最有难度的事情,比如现代新诗如何反映现实而又艺术性地出彩,达到思想性、艺术性的完美统一,使公众和评论家都能够接受和乐见,目前这样的诗集更难以寻到。而自己的创作如何与众不同,如何从众多的作家中脱离出来,从多端杂芜的"信息文学"中脱离出来,使自己的诗作更能反映现实,更受读者欢迎,这是他目前思考和关注最多的事情。近期他将从《人民文学》《诗刊》《北京文学》等国家、省、市三级纯文学期刊中,观察中国当下现代诗歌、散文的创作走势。

武建华心系人民,关注民生,关心重大事件。他与三入火海救人的英雄王锋是同乡,王锋的英雄事迹被报道后,他根据王锋从被烧伤、到社会各界捐款、医院救治、再到最后不幸去世,以及南阳、方城人民接他回家、与之告别的整个过程,历时半年之久,创作出了组诗《绽放在火海里的生命之花》(共13首),讴歌英雄、悼念英雄,以表达对英雄王锋的赞美、怀念之情。此组诗在北京《雷锋》杂志、《南阳日报》等报刊发表,并入选《星星诗人档案(2016年卷)》《时代先锋》《烈火英雄》《关爱乐章》等多家选本。

我们由此可以领略到武建华的文学大志和为人民而歌、为自然而写的责任担当。采访结束时,武建华反复强调了他的文学必须嵌入现实、关注时代的文学观念:"文学创作与现实最重大的事件和问题联系起来,而又达到思想性和艺术性的完美统一,出精品,展新彩,使公众和评论家都能够接受和乐见,这才是时代艺术家所追求的。"

一首首、一篇篇富有艺术性、思想性、人民性的诗歌、散文作品的创作和发表,像一道道喷泉,喷射出他的思想智慧和精神浪花!我们期待武建华继续坚持用他那生花的妙笔书写出更加璀璨夺目的诗篇。

注:本文作者张高峰,北京交通大学海滨学院著名诗人、文学评论家,师从郭宝亮、陈超先生,主攻当代小说、当代诗歌研究。马庆赐,新闻从业者、河南作家协会会员、军旅作家。

本文发表于:

1.2018年7月在瑞士发行的《当代文学(海外版)》第27期。

2.2018年9月《南阳工人》(玉都)季刊秋期刊。

3.2018年第11期《躬耕》。

原乡记忆里，我们如何点亮内心的灯盏
——谈诗人武建华诗歌的乡愁元素

张高峰

在社会历史性变化的现代性浪潮里，精神家园方位的确认和回返，与诗歌如何记得住乡愁，进而有效面对生命经验的主题，越发成为诗人探索诗歌题材的历史承载力的应有之意。也正是在此意义上，诗人往往成为时代精神势能和重量的言说者，在抒写记忆的视野里深深地扎下文化的根系节脉。"乡愁"作为普遍性的人类情感，一直以来都是文学，尤其是诗歌所倾心关注的内容，对于原乡的书写，往往连带着诗人对精神家园的皈依。在如今现代性去根化的趋势里，"乡愁"已经不仅仅只限于对于故乡的思恋，也更为本质地象征着生命个体可温暖栖息的生命本源之地。

从旧日泥土里滋生出精神指认的根须，并终而汇聚催发出盘诘不断的"乡愁"繁花，正是诗人武建华诗歌给我留下的印象。他的文学创作已历经三十多年，在这默默的耕耘里，他在他的诗歌内容里涵容了复杂的"乡愁"主题与生命意象迹写，如浓在心尖的亲情乡情，生养在土地上的良善道德性追求等等方面，围绕人性"七情"的诸种诗意探索，渗透出时空跃迁中人类存在境遇内基本而难解的命题：乡愁，"乡愁"元素成为诗歌永"在路上"的时代表达。因此主体抒情的视点便较为精敏地呈现为"反观"的记忆打捞与捕捉。诗人对于时代主体性的期待，表现在诗歌里呈现为对于生于斯长于斯的人民，发自心灵的强烈赞歌和抚慰，这正如诗人诗学观所表达出的那样："人民是太阳，诗是阳光中的风、玫瑰和疤痛……"，这如风如疤痛的诗思，也便在生命的轻与重间，持续抵达离乡土记忆越来越远的乡土想象，成为现代性行程里社会思想的时代痛结。武建华以其个人历史化的社会印迹，行思在地域性美感特征的深处，满载着遥远的乡愁，留下南阳乡土宽厚的生存经验，这乡愁如河般流经诗人记忆的心房，使我们疼痛，使我们在现代性荒凉的风景里，回望已逝村庄曾有的诗意感动，正如诗人在《飘飞的羽毛》里写下的那样，"生命从死亡中起飞，寻找再生的源地"，原乡虽然已经历史性地消失，但它也定会在我们的追忆里再次苏生。诗人"耘锄"不懈，将诗性的船锚，深深地抛进了故乡——那一片久违了的记忆大海，光亮粼粼波动，闪现出澄澈的思想活力。

在武建华的诗歌创作当中,他以自己的生命体验不断拓展着诗性空间的延伸,诗歌内部充满与历史镜像里生活细部的对话,更为深切的诗歌抒情受惠于我们伟大的诗歌源头的持久影响,回响着《诗经》民间风韵的遗绪。当然,这里更多地是指向诗人将诗艺的凝炼投入以往的生活体验之中,体现出较为强烈的"风雅"传统精神,连同真实的社会变迁省察,与历史涓流点滴的疼痛欢乐,都深蕴其中。自20世纪90年代以来诗歌现场不约而同地转向不同程度的叙事性实验,诗人武建华所创作出的诗歌,带着来自泥土的记忆,叙事性中转化着个人生命体验的视景,在诗歌更充分地实现以不丧失艺术性为代价的介入社会现实意义上,富有既往诗歌文化积淀,也相应地不断实现着新的传统延续。诗歌评论家程光炜曾认为,"艾青的诗学贡献摄其要者,主要集中在富有张力的意象创造、立体化和散文化形式构筑、确立个体生命与时代精神相共振的新型关系",借此用来体察武建华的诗歌风格追求,也是契合的。正是"个体生命与时代精神共振"的自觉民间立场,源于土地的歌唱,使得他的诗艺形式的张力增强,重意象营造,素朴的情感韵律过程中富含散文化冥想特色,给人以明亮的忧伤诗艺美感,激发出浸透生活的坚实思索。现代性的"乡愁"布满远离故乡漂泊的生存体验,词语对存在的寻找,充满着记忆对诗歌光辉闪现的赐福,代表性的诗篇有《泥土的气息》《流经生命的河》等:

　　　　我嗅到了洋槐花的暗香。在潮湿里
　　　　摇曳着枝干,簇动着花束,碰撞着头颅
　　　　串串笑声,沿着花香坠入泥土;粒粒乡愁
　　　　在泥土的气息中生根,发芽;片片枯叶
　　　　在暮秋或冬风中飘逝
　　　　泥土的气息氤氲着,使乡村和田野
　　　　弥漫着一拨一拨的生机
　　　　……
　　　　只要我面南伫立,泥土的气息就
　　　　扑面而来:刻在岸上的皱纹
　　　　隔着月光的凝视,挂在草尖上的笑声和
　　　　泪珠……它们不亚于春风,不亚于秋雨。
　　　　　　　　　　　　　　——《泥土的气息》

　　故乡的清河,一直在我心中流淌

> 她的宽阔和悠长
> 成为我生命的海岸线……
>
> 她时常是我梦中的温床
> 她又时常摇醒我的迷梦
>
> ——《流经生命的河》

"泥土""田野""故乡的清河"意象，源自于诗人对乡土大地的诚朴热爱，在诗歌里满溢着仁爱的芬芳，"扑面而来""又时常摇醒我的迷梦"。这些始自民间的"乡愁"元素，既有以往诗歌意象的碰撞，也有着诗人自我情感的注入，"河流"与乡土的风物往往凝视为情感的客观对应物，恰似"粒粒乡愁"融入诗人回眸的感怀之中，带有鲜明地域性的"苞谷""红薯"等意象成为诗人汇聚"乡愁"的具体化表达，"冬雪飘落，薯窖柴封／南阳盆地缘上的人，又开始吃着红薯／取暖越冬……"。有时诗人对于"乡愁"的眷念，丝丝化为对亲人的追忆，缓缓的抒写里按捺不住流淌着一股动人的思念和忧伤，如《雪人》《母亲》《侍奉母亲的茅草》《捉棉铃虫的妹妹》等：

> 多少年了，我的眼前，总有一个雪人
> 在晃动：一个雪人骑着自行车
> 在乡间雪路上，向城里的方向晃过来
> 白雪，刺伤了我的眼睛。一转眼
> 雪人就不见了。我飞下雪沟
> 将雪人"打捞"上岸。我用身体支起
> 一个僵硬的身躯，并擦掉他满身和
> 满脸的冰雪。这时，我才看清——
> 雪人竟然是我的父亲：瘦骨嶙峋
> 他顶不住落雪的北风——
> （他明白：正在县城读高中的我，明天
> 就没餐票了）
> 这时，父亲骑的自行车
> 还在雪沟里躺着，百余斤的面袋子
> 与白雪的色彩一模一样……

多少年了,我的眼前,总有一个雪人
在晃动……
——《雪人》

想让母亲喝一碗现成饭
这是我多年的心愿
这天我终于挤出了闲暇
做了一碗现成饭,端给母亲
可到她长年一人居住的屋里
发现她已经出远门走了
怎么也不提前打个招呼
——《母亲》

把绿色的棉铃咬个洞,钻进去
咬破一个个温暖的希望
这是妹妹,站在棉田的夕阳下
捉棉铃虫时的心情——
……
村庄灯火通明
妹妹回到家里,妈妈已把油灯挑明——
"工分太狠,比虫狠,二十条才一分!"
"工分不狠,是穷狠……"
——《捉棉铃虫的妹妹》

  诗歌里对于亲人的思念之情,感人至深,诗人对"雪人""出远门的母亲""夕阳下捉棉铃虫的妹妹"等具体细节性的意象的记忆摄取,在揭示生存的同时,也隐隐地拷问着自我灵魂,伴随着对父母的一种愧疚感,暖暖的情感流露出诗人对于昔日乡土亲情深沉的爱。波兰诗人辛波斯卡曾有"呼唤雪人"的抒发,而武建华写下的"雪人"则满满地呼唤着情感的依恋,充满着对父亲深深的眷念,精准而极为动人心弦地传达出父亲背负苦难的生命律动,没有极为真诚的生命体验和生存敏识,不会写出如此有痛感的诗篇。那"落雪的北风"里,"晃动"的"雪人"艰难地骑行在乡土大地,亲情裹含"乡愁"沉沉的疼痛溢于言表,具体历史生存情境的诗写浮现,使得歌赞与怀念之情凝结为水乳交融的一体,这和诗人淳朴的表达旋律、开阔的诗境是分不开的。

　　武建华力求在自己的生命感受中写出精神故乡,诗篇中积淀下浓厚的文化归属感,并且以崇高而广博的生命心象来迹写原乡记忆的心灵复归,犹如时代里"奔跑着呼唤宁静"的光亮。对于存在境遇的勘探,诗歌标出了"语言的吃水线",也成为了心灵静美的"休止符""令周边明亮而温暖"。面对时代的迷津,正如诗人所说出的那样,"前方是哪里?前方是田头还是海岸?是落日还是时间的边缘?"然而不管时光如何流转,我们依然会在历史记忆里看到诗人返身站立,遥望那一片精神的原乡:

　　然而那些久远的召唤
　　依然像乡村母亲站在村口的温暖的守望

　　注:1.此文为武建华诗集《七情》代序。发表于《南阳日报》2016年5月27日;2016年7月,南阳《躬耕》第7期。
　　2.本文作者系北京交通大学海滨学院著名诗人、文学评论家。

文学的默化力量
——武建华散文《下午》读后
武斐然

我有幸读到了我市作家武建华发表在今年2月6日《南阳日报·白河》的散文《下午》,从此,我进一步感受到了文学的默化力量。

读完此文,我的第一感觉就像是吃了一粒清凉的薄荷糖,入心入肺,去火降燥。

且不说那自然而然的起承转合,且不说那赋予静物生命的精妙比喻,且不说那平淡之中寓意深远的思想境界,单是一气呵成的流畅文笔便让我心中汨汨流淌出一脉清澈明快的小溪。

武建华的业余文学创作起始于20世纪80年代,因为我爱好文学,我们相识已久,我拜他为师,又敬其为长者。如果不认识他,我会饶有兴致地跟随着他笔下的文字去构建一个个场景,略微严肃地想象作者的气质容颜。但是因为对他相当熟悉,所以在阅读时,总会因其平中出奇而忍不住噗出声来。常言说,功夫在文内。他看着我长大,我看着他执著地秉持着一支笔,从满头青丝到须发染白。我知道,一篇文章的形成并不是轻而易举的,有时要经过有意无意的半生或大半生的准备。他的《下午》,把我们都司空见惯的身边事物通过笔触转化为艺术中的世界,让我们从中得到领悟和教化。

文章最令我感动的,是作者所处的精神高度。他对这个世界充满了眷恋、敬畏与感恩,对这个世界中最微不足道的部分怀着深深的爱意与温柔的疼惜。有了这样一颗心,石头可以开花,江水可以倒流。这也让我再一次拷问起文学的意义——每个人内心都有一个比现实存在更加美好的世界,好的文学作品就是打开这个世界的钥匙,它让人沉静、引人思考、助人发现真理,从而有勇气地活出爱来。如此,我们这如寄的一生才不虚此行;如此,文学才不仅仅是一项娱乐,更是一种引领。

我很高兴在这篇文章中读出了他对生命的喜悦,这种喜悦是揉合了老人的历练与儿童的天真的一种超然;我也很欣喜地看到文中音乐、美术和文学的艺术交融,这使得那位深藏不露的作者摇身变成一位导演者,我们都成了看戏的人。真有意思!

《下午》更为高超之处在于他对时间的艺术描绘和深层哲思。从文首对"秒针"不息执著旋转的倥偬的描写,到文中"旧挂历与新挂历并肩站成时年更替的微状态",再到"这个下午就像一池水面波动的深潭,它静默于一个人的视野里和心境中。它似乎在践行着时年的拔节,或者进行着一种平静时日的轮回",作者道出了客观存在对于时间的解读,又暗含了"人类在时间里的无能为力的掌控和更改、时间对于人又是多么珍贵"的深意。"在人的世界里,心迹和时间一样不可能停留,是需要和满足拨动着时间。正是因为我们不满足于拥有,人在生命中才开启诸多的'重启','重启'有时意味着搁置或淘汰,但这种'重启'永远向时间讨要我们永恒的需求:天与地、博与厚、高与明、创与造、清与洁、悠与久……"我们由此便不难从中领悟到其阐释出的"时间和人的关系",也就是全文的最大亮点:时间永不会停留,人们不可以阻止和更改时间,但人们可以珍惜时间,有效地利用时间,向时间讨要我们正当的需要!人类应随着时间的延续而上升,在短暂珍贵的时间里,应创造更高的价值和文明!

——这也许就是文学的力量!一篇短文的力量也许是微不足道的,但它足以彰显出其内在的力量!

如果非要说点儿不足,个人认为整体风格细腻有余,洒脱不够。这可能跟个人性格和人生经历有关,不过这也许正是他的文风的魅力所在。"横看成岭侧成峰",一家之言,不一定正确。

武建华在地市级以上报刊发表的文学作品及获奖年表
（1988—2018）

1988 年

6 月 25 日，《南阳日报·白河》发表小说处女作《痛定之余》，共计 800 字。

11 月 29 日，《洛阳日报·洛浦》发表散文处女作《小溪》，共计 700 字。

12 月 9 日，《青年导报·摇篮》发表散文诗《小溪》，共计 700 字。

12 月 22 日，《南阳日报·白河》发表散文诗《小溪》，共计 700 字。

1989 年

1 月 23 日，《河南粮食报·禾苗》发表散文诗《爱的跋涉（三章）》：《小溪》《飘逝的红玫瑰》《等待》，共计 3000 字。

1 月，南阳《躬耕》文学月刊第 1 期发表诗歌处女作《护林人》，共计 12 行。

4 月 17 日，《消费导报》第四版发表散文诗《深沉的吻痕》，共计 1100 字。

8 月 15 日《河南农民报·春泥（今《河南日报》农村版）》发表诗歌《护林人》，共计 8 行。

1990 年

12 月 4 日，《青年导报·摇篮》发表诗歌《距离》，共计 13 行。

1991 年

1 月 10 日，《洛阳日报·金谷园》发表诗歌《别瞬》，共计 12 行。

2 月，河南省文联主办的《莽原》文学期刊第 2 期《散文诗十家》栏目，发表散文诗《小溪》，共计 700 字。

9 月 17 日，《青年导报·摇篮》发表小小说《拜》，共计 500 字。

11 月 13 日，《南阳日报·白河》发表小小说《拜》，共计 500 字。

1992 年

2 月，吉林人民出版社《新村》杂志第 2 期发表小小说《拜》，共计 500 字。荣获该刊举办的全国"新苗杯"小小说大赛优秀作品奖。

1993 年

5月16日,《中国青年报》第三版发表小小说《拜》,共计500字。

1994 年

?月?日,《南阳日报》一版头题发表报告文学《爱心涌动在方城》,共计2500字。

4月3日,《河南日报》一版头题发表报告文学《为了一个家庭的新生》,共计3000字。荣获1994年度南阳市好作品三等奖。

4月27日,《青年导报》二版头题发表报告文学《爱心涌动在方城》,共计2500字。

1995 年

1月21日,《南阳晚报》第四版发表散文《酒不宜醉业宜醉》,共计1500字。

1月25日,《南阳画报》第三版发表散文《酒不宜醉业宜醉》,共计1500字。

2月22日,《南阳日报·白河》发表散文《母亲》,共计2000字。

1996 年

?月,《合肥重汽报》第89期第四版发表散文诗《深沉的吻痕》,共计1100字。

3月1日,《南阳日报·白河》发表散文《卖春联》,共计2000字,合作者瓮金明。

1997 年

1月2日,《南阳晚报》第二版头题发表报告文学《黎明前的呼唤》,共计3500字。

2月14日,《河南日报》第一版发表散文《券桥街头吹年响》,共计1000字。

2月14日,《河南日报》第四版发表纪实散文《一块人工倒计时牌》,共计1500字。

4月24日,《人民日报(海外版)》第三版文艺副刊发表纪实散文《一块人工倒计时牌》,共计1500字。一是荣获《人民日报(海外版)》文艺部迎香港回归征文二等奖;二是荣获南阳市1997年对外好作品一等奖。合作者李大鹏。

5月,《今日中国》杂志第5期发表纪实散文《河南方城民间说书戏(文图)》,共计 3000 字。

5月,《中州统战》杂志第 5 期发表纪实散文《一块工人倒计时牌》,共计 1500 字。

5月12日,《南阳晚报》第四版发表纪实散文《方城黄石砚》,共计 1500 字。

5月22日,《南阳日报》第三版发表纪实散文《方城黄石砚》,共计 1500 字。

5月26日,《世界信息报》第八版发表纪实散文《方城黄石砚重现昔日光辉》,共计 1500 字。

6月,台湾《中原文献》季刊第 2 期(总第 28 卷)发表纪实散文《方城民间说书戏》,共计 2500 字。荣获 1997 年南阳市对外好作品二等奖。

7月,《中国工商》第 7 期发表报告文学《爱国者行动——记方城县工商联合会会员、残疾青年杜庆东》,共计 5000 字。荣获 1997 年南阳市对外好作品一等奖。

7月14日,《世界信息报》第八版发表纪实散文《中华名吃——博望锅盔》,共计 1000 字。

8月18日,《世界信息报》第八版发表纪实散文《三国古城名吃——方城烩面》,共计 1000 字。

8月22日,《人民日报(海外版)》第三版发表纪实散文《南阳博望坡的变化》,共计 3000 字,荣获 1997 年度南阳市对外好作品二等奖。合作者姬明富。

9月16日,《河南日报(农村版)》第四版发表散文《方城烩面》,共计 1500 字。

9月19日,《河南日报》第二版发表散文《方城烩面》,共计 1500 字。

11月25日,《人民日报(海外版)》第七版发表纪实散文《神秘奇特的方城小石猴》,共计 1000 字。

12月2日,《人民日报(海外版)》第七版发表纪实散文《方城黄石砚》,共计 1500 字。荣获 1997 年南阳市对外好作品二等奖。

12月4日,《河南日报(农村版)》第四版发表散文《方城拐河关帝庙与晋代诗画石》,共计 1200 字。合作者贺金锋。

12月,香港《紫荆》杂志发表散文《卖春联》,共计 2000 字。合作者瓮金明。

1998 年

1月5日,《世界信息报》第八版发表纪实散文《方城小石猴带给你"好时候"》,共计 1000 字。荣获 1998 年南阳市对外好作品二等奖。

1月13日,《人民日报(海外版)》第七版发表纪实散文《拐河关帝庙与晋代诗画石》，共计 1200 字。合作者贺金峰。荣获 1998 年南阳市对外好作品三等奖。

2 月 4 日，《南阳日报·白河》发表诗歌《白蝴蝶，白蝴蝶》，共计 16 行。

2 月，香港《紫荆》杂志第 2 期发表纪实散文《券桥街头吹年响》，共计 900 字。荣获 1998 年南阳市对外好作品三等奖。

2 月 9 日，《人民日报（海外版）》第七版发表纪实散文《三国古城名吃——方城烩面》，共计 1000 字。荣获 1998 年南阳市对外好作品三等奖。

3 月 3 日，《南阳日报·白河》发表诗歌《侍奉母亲的茅草》，共计 26 行。

3 月，《中州统战》杂志第 3 期发表纪实散文《方城黄石砚》，共计 1500 字。

3 月 31 日，《人民日报（海外版）》第七版发表纪实散文《我国现存最早的长城——楚长城》，共计 1000 字。荣获 1998 年度南阳市对外好作品三等奖。合作者李迎年。

4 月 21 日，《南阳日报·白河》发表南阳作家水兵的诗论《做一丛感恩的茅草——读武建华诗〈侍奉母亲的茅草〉》。针对 3 月 3 日发表在《南阳日报·白河》诗歌《侍奉母亲的茅草》进行评论，共计 2000 字。

7 月 19 日，南京"金陵之声"广播电台《海上生明月》播送纪实散文《方城豌豆粉浆面条》，共计 1000 字。

7 月 23 日，《世界信息报》第六版发表纪实散文《方城豌豆粉浆面条》，共计 1000 字。

7 月 27 日，《中国改革报》第二版发表报告文学《方城农家女竞办彩礼企业》，共计 2000 字。

8 月 1 日，《人民日报（海外版）》第四版发表散文《省下彩礼铺富路》，共计 2000 字。

8 月 13 日，《南阳晚报》发表纪实散文《中原名刹普严禅寺》，共计 2000 字。

9 月 17 日，《人民日报（海外版）》第八版发表纪实散文《方城豌豆粉浆面条》，共计 500 字。合作者刘贤。

10 月，台湾《中原文献》第 4 期（总第 30 卷）发表纪实散文《博望散记》，共计 3500 字。荣获 1998 年南阳市对外好作品一等奖。

11 月 6 日，《人民日报（海外版）》周末版发表纪实散文《两位刘绍棠，一片方城情》，共计 1500 字。荣获 1998 年度市对外好作品三等奖。合作者马庆赐。

11 月 11 日，《人民日报（海外版）》中华文化之光《龙吟》专栏发表散文《河南民间说书戏》，共计 2500 字。荣获 1998 年南阳市对外好作品二等奖。

12 月，人民日报出版社出版的报告文学集《卧龙群英谱》第 5 卷收入长篇报告文学作品《共洒心血育英才——记全国科学实验学校方城县第一初中》，共计7500字。

12月,人民日报出版社出版的报告文学集《卧龙群英谱》收入长篇报告文学《魂系坦途》,共计5000字。

12月,人民日报出版社出版的报告文学集《卧龙群英谱》收入长篇报告文学《为了造就跨世纪教育人才》,共计6500字。

12月,人民日报出版社出版的报告文学集《卧龙群英谱》第5卷收入长篇报告文学《荒漠兴学者之歌》,共计6000字。署笔名华玲。合作者王小玲。

12月,人民日报出版社出版的报告文学集《卧龙群英谱》第5卷收入长篇报告文学《万丈高楼平地起》,共计6500字。这是作者用笔名止戈首次发表的作品。

12月14日,《河南日报》第六版发表报告文学作品《省下彩礼铺富路》,共计2000字。

12月29日,《南阳日报·白河》发表诗歌《小草》,共计31行。

1999年

2月23日,《人民日报(海外版)》第七版发表纪实散文《券桥街头吹年响》,共计1500字。合作者冯金声。

10月27日,《中国旅游报》第四版发表纪实散文《"好时候"与小石猴——记河南方城的石猴雕刻》,共计1000字。

10月,台湾《中原文献》季刊第4期(总第31卷)发表纪实散文《券桥街头吹年响》,共计1500字。合作者冯金声。

11月,中国侨联主办的《海内与海外》杂志第11期发表纪实散文《方城小石猴送给你"好时候"》,共计2000字。

12月,台湾《中原文献》季刊第4期(总第31卷)发表纪实散文《方城小石猴送给你"好时候"》,共计1400字。

2000年

1月,台湾《中原文献》季刊第1期(总第32卷)发表纪实散文《千载道观炼真宫重放异彩》,共计1400字。

1月,台湾《中原文献》季刊第1期(总第32卷)发表纪实散文《百岁老人黄秀山的长寿秘诀》,共计1000字。

5月1日,《南阳日报》一版头题发表长篇报告文学作品《现代农业的曙光——方城实施行动计划纪略》。共计5000字。

6月,台湾《中原文献》季刊第3期(总第32卷)发表纪实散文《方城拐河关帝庙与晋代诗画石》,共计1500字。合作者贺金锋。

8月18日,《河南日报》第六版发表散文《方城炼真宫(文图)》。共计1000字。

2001年

1月,远方出版社出版的文学作品集《七峰春晓》收入散文《雪落无声》,共计3000字。

2月,香港《华夏风情》杂志第2期发表纪实散文《方城觅古》,共计5000字。荣获2001年南阳市对外好作品二等奖。

2月15日,《南阳日报·白河》发表散文《雪落无声》,共计2000字。

2002年

1月,香港《华夏风情》杂志发表纪实散文《三国名吃——方城博望锅盔》,共计1500字。

2月,中国外文出版局主办的《对外大传播》(今《对外传播》)第2—3合期发表纪实散文《千载道观炼真宫》,共计1000字。

4月,台湾《中原文献》季刊第2期(总第34卷)发表散文《雪落无声》,共计3500字。

2003年

7月,台湾《中原文献》季刊第3期(总第35卷)发表报告文学作品《人是春生画是春——记河南方城县券桥乡农民画家程春生》,共计3500字。

10月,香港《华夏风情》月刊第10期发表报告文学作品《古裕州根艺源奇葩》,共计3000字。

2004年

5月13日,南京"金陵之声"广播电台《海上生明月》播送纪实散文《中华名吃——方城博望锅盔》,共计1500字。

5月26日,《人民日报(海外版)》第六版发表纪实散文《方城博望锅盔》,共计1000字。

7月,香港《华夏风情》杂志第7期发表纪实散文《方城博望锅盔(文图)》,1000字。

10月,台湾《中原文献》季刊第4期(总第36卷)发表纪实散文《薯类深加工革命》,共计1500字。

2006年

4月,台湾《中原文献》季刊第2期(总第38卷)发表民谣《颂汉代博望侯张骞》,共计19行。合作者郭春霞。

11月20日,香港《大公报·收藏天地》发表纪实散文《秀压群芳黄石砚:河南名砚再现昔日光辉(文图)》,共计3500字。合作者朱晓娟。

2007年

7月,散文《燕龙祥:飞越生命的爱》荣获大河南阳网5月份好作品二等奖、第二季度好作品二等奖。

9月,台湾《中原文献》季刊第3期(总第39卷)发表诗歌《生命的根壤》,共计24行。

9月,散文《病房设考场,产妇心愿偿》荣获大河南阳网2007年8月份好作品二等奖。

10月,散文《大爱无疆:捡来的残儿赛亲生》获大河南阳网2007年9月份好作品一等奖。合作者赵保银。

11月21日,《青年导报》社会周刊第十四版发表诗歌《一滴泪(外一首)》:《一滴泪》《低飞的白鸽翅》,共计57行。

11月,南阳《躬耕》文学月刊第11期《汉诗前沿》栏目发表长诗《轻轻地走进大地》,共计72行。

12月10日,《南阳日报》·白河》发表诗歌《一滴泪》。共计30行。

12月15日,《人民日报(海外版)》第六版发表纪实散文《方城人爱读海外版》,共计1000字。

12月19日,《青年导报·社会周刊》第十四版发表散文《站在你的用品和食品的背后》,共计1800字。

12月,台湾《中原文献》季刊第4期(总第39卷)发表散文《无声的爱》,共计6300字。

12月,散文《燕龙祥:飞越生命的爱》荣获大河南阳网2007年好作品二等奖。

2008 年

2月4日,香港《大公报·收藏天地》发表纪实散文《传承中国民间文化的"石猴王"王中义(文图)》,共计3000字。合作者朱晓娟。

3月,南阳《躬耕》文学月刊第3期发表诗歌《躺在街角过夜的人(外一首)》《躺在街角过夜的人》《风雪中的弹奏》,共计70行。

5月,台湾《中原文献》季刊第2期(总第40卷)发表散文《芦草》,共计3000字。

6月10日,南京"金陵之声"广播电台《海上生明月》栏目发表诗歌《绽放在都江堰上的生命之花——悼抗震救灾英雄武文斌(一)》,共计35行。

6月21日,南京"金陵之声"广播电台《海上生明月》栏目发表诗歌《送别——悼抗震救灾英雄武文斌(外一首)》:《绽放在都江堰上的生命之花——悼抗震救灾英雄武文斌(一)》《送别——悼抗震救灾英雄武文斌(二)》,共计73行。

6月24日,《青年导报》第八版发表《燃烧的春光》,共计17行。

6月,陕西省作协主办的《当代文学选萃》季刊(翡翠号)发表武建华诗歌小辑。发表诗歌两首,并配发诗评一篇。两首诗分别是《侍奉母亲的茅草》《白蝴蝶,白蝴蝶》。诗评是《做一丛感恩的茅草——读武建华诗〈侍奉母亲的茅草〉》(作者水兵,此诗评曾发表于《南阳日报·白河》。荣获陕西省作协组织的"首届当代艺术家杯2008年全国文学作品大奖赛"二等奖。

7月22日,《青年导报》第十五版发表诗歌《绽放在都江堰上的生命之花——悼抗震救灾英雄武文斌(一)》,共计35行。

7月23日,《青年导报》第十二版发表诗歌《送别——悼抗震救灾英雄武文斌(二)》,共计39行。

8月6日,《青年导报》第六版发表诗歌《绽放在都江堰上的生命之花——悼抗震救灾英雄武文斌(一)》,共计35行。

8月6日,《青年导报》第六版发表散文诗《诗歌应从幽径中走向原野》,共计1000字。

8月11日,《青年导报》发表诗歌《雪中红梅》,共计22行。

8月20日,《青年导报》第六版发表诗歌《躺在街角过夜的人》,共计26行。

8月,由作家出版社出版文学作品集《天镜》。

8月,诗歌《低飞的白鸽翅》在河北省邢台市文联组织的"星光杯"全国诗歌散文大奖赛中荣获三等奖,并入选《2008年度诗歌精选》,共计28行。

8月,散文《窗外》荣获河北省邢台市文联组织的"星光杯"全国诗歌散文大奖赛三等奖,并入选《2008年度散文精选》,共计1300字。署名武晓溪,这是作者以武晓溪为笔名首次在图书中发表的作品。

9月,南阳《躬耕》文学月刊第九期发表散文《二十年后的时间生命(外一章)》:《二十年后的时间生命》《让存在大于消失》,共计6000字。

？月,新疆《火种诗刊》第13期发表长诗《轻轻地走进大地》,共计72行。

10月29日,《南阳广播电视报·梅溪》发表诗歌《永远的茅屋》,共计33行。

12月,黑龙江《大地诗刊》总42—43期(特大号)《青年诗人百家》栏目发表组诗《武建华的诗(五首)》:《室内的阳光》《躺在街角过夜的人》《凝视》《低飞的白鸽翅》《一滴泪》,共计107行。

2009年

1月,台湾《中原文献》季刊第1期(总第41卷)发表诗歌《父子三代的童谣》,共计42行。

3月,南阳《躬耕》文学月刊第3期发表散文《天镜(三章)》:《窗外》《芦草》《天镜》,共计9000字。

4月,散文《二十年前后的时间生命》荣获大河南阳网2008年第一季度好作品一等奖。

4月22日,西藏《拉萨晚报·日光城》发表诗歌《明白》,共计21行。编辑从红袖添香文学网站上的作者文集《晓溪涓流》中选载。署笔名武晓溪。这是省级报纸首次转载武建华的文学作品,也是他用武晓溪笔名首次在报刊中发表的作品。

4月,南阳诗人诗选《汉风》发表诗歌《侍奉母亲的茅草》,共计27行。

5月,组诗《大地萤光》(共7首)荣获中国散文学会组织的"第二届'新视野'杯全国文学作品大奖赛"二等奖。作者于5月21日—25日在北京富来宫温泉山庄参加了颁奖大会和笔会。组诗《大地萤光》7首分别是:《躺在街角过夜的人》《低飞的白鸽翅》《风雪中的弹奏》《修鞋人》《护林人》《雪人》《绽放在傍晚的红玫瑰花瓣》,共计147行。

6月25日,内蒙古《通辽日报·西辽河》发表诗歌《回眸》,共计12行。

7月,中国作家协会主管的《诗刊》第7期下半月刊《新荷集》专栏发表诗歌《天阴了》,共计9行。

7月,台湾《中原文献》季刊第3期(总第41卷)发表诗歌《侍奉母亲的茅草》,共计27行。

9月28日,南京"金陵之声"广播电台《海上生明月》栏目播送纪实散文《返乡创业谱华章》。共计 2000 字。

10 月，诗歌《远村，隆起庄稼的岛屿》荣获由宁夏区委宣传部组织的庆祝宁夏自治区成立 50 周年"润丰源"杯全国诗歌散文大奖赛二等奖，共计 40 行。作品入选中国文化出版社出版的获奖作品集《遥远的蓝》，配发作者简介。

10 月 29 日，内蒙古《通辽日报·西辽河》发表长诗《永远的茅屋》，共计 80 行。

11 月，《青年导报·中原风》发表诗歌《在三月的晴空下出生》，共计 24 行。

11 月 11 日，《南阳日报·白河》发表诗歌《永远的茅屋》，共计 14 行。

12 月 3 日，《南阳广播电视报·都市周刊》发表诗歌《修鞋人》，共计 30 行。

12 月 12 日，《青年导报·中原风》发表诗歌《躺在街角过夜的人》，共计 26 行。

2010 年

1 月 15 日，西藏《拉萨晚报·日光城》发表诗歌《仲冬的傍晚》，共计 22 行。编辑从红袖添香文学网站上作者的文集《晓溪涓流》中转载。署笔名武晓溪。

1 月，2009 年发表在南阳《躬耕》文学月刊第 3 期的散文《天镜》参加《躬耕》文学月刊 2009 年度"庆祝建国 60 周年优秀文学作品"评选活动荣获优秀奖。

3 月，《当代文学选萃》季刊（钻石号）《当代诗风》专栏发表长诗《永远的茅屋》，共计 80 行。

3 月，南阳市委宣传部举办庆祝建国 60 周年"沧桑巨变看河南"征文大赛活动，诗歌《远村，隆起庄稼的岛屿》荣获三等奖。

4 月，南阳《躬耕》文学月刊第 4 期发表长诗《永远的茅屋》，共计 120 行。

4 月 14 日，《南阳日报·白河》发表诗歌《春雪（外一首）》：《春雪》《振翅的声响》，共计 21 行。

5 月，《北京文学》第五期《真情写作》专栏发表散文《天镜》，共计 3000 字。

6 月，北京《当代华文文学》季刊第 2 期《新诗》栏目头题发表诗歌《不倒的玉树——写在青海玉树"4·14"地震后数日》，共计 65 行。

6 月，《当代文学选萃》季刊（翡翠号）发表散文诗（诗论）《诗歌应从幽径中走向原野（外一章）》：《诗歌应从幽径中走向原野》《诗歌是绽放在语言顶巅的艺术花瓣》，共计 2000 字。

7 月，参加由中国作协、河南省委宣传部主办的平顶山"三苏杯"全国诗歌大赛。诗歌《站在平顶山上鸟瞰麦子》荣获 2010 年平顶山"三苏杯"全国诗歌大赛优秀奖，并入选《平顶山"三苏杯"全国诗歌大赛获奖作品集》，共计 47 行，由河南文艺出版社出版。

7月,2008年由作家出版社出版的诗文集《天镜》参加2010年全国散文作家征文大赛,荣获中国散文学会组织的2010年全国散文作家征文大赛图书奖。

7月29日,《南阳日报·白河》发表诗歌《与你相遇》,共计21行。

8月20日,国家统计局主办的《中国信息报》第六版发表长篇报告文学作品《河南方城:走出旅游经济困境的历史选择》,共计5000字。合作者张天庆。

9月4日,内蒙古《通辽日报·西辽河》发表诗歌《拉耘锄的人(外一首)》:《拉耘锄的人》《镰刀》,共计40行。

9月,13日至19日参加中国作家协会主管的《诗刊》杂志在安阳召开的"全国诗歌创作研讨会"。

9月,散文《窗外》入选由中国散文学会主办、林非、周明、石英主编,作家出版社出版的《中国散文家代表作集》,共计2000字;作者的创作成果词条及照片入选《中国散文家大辞典》。

10月,《北京文学》第10期发表散文《〈北京文学〉引领我重返文学创作》,共计2000字。

10月,《北京文学》创刊60周年丛书《记忆与足迹》发表散文《〈北京文学〉引领我重返文学创作》,共计2300字。

10月,作者被评为"影响中华·2010年全国诗文书画先进工作者"。作者于当月25日—29日在钓鱼台国宾馆参加"影响中华·2010年全国诗文书画先进工作者表彰大会";在国家会议中心参加"影响中华·2010年全国诗文书画高层论坛"。

10月,散文《窗外》荣获由中国散文学会组织颁发的"中国当代散文奖",当月18日—20日参加了在北京瑶台山召开的由中国散文学会主办,林非、周明、石英主编的《中国散文家大辞典》《中国散文家代表作集》首发式。

11月,中国作家协会主办的《诗刊》2010年增刊发表诗歌《白蝴蝶,白蝴蝶(外一首)》:《白蝴蝶,白蝴蝶》《燃烧的春光》,共计24行。

11月,台湾《中原文献》季刊第4期(总第42卷)发表诗歌《出生地》,共计25行。

11月,台湾《中原文献》季刊第4期(总第42卷)发表诗歌《躺在街角过夜的人》,共计19行。

12月12日,《青年导报·中原风》发表诗歌《麦子》,共计49行。

12月,北京《当代写作》季刊第4期(总第8期)封二发表2010年8月14日"2010年全国散文作家论坛和征文大赛"表彰大会参会人员合影。个人诗文集《天镜》荣获此次征文大赛图书奖。

2011年

1月27日,《南阳日报·白河》发表散文诗《自然光(三章)》:《日光》《月光》《星光》,共计2000字。

2011年,诗歌《永远的茅屋》(发表在2010年第4期《躬耕》),荣获南阳市人民政府表彰的2008—2010年度南阳市第五届文学艺术优秀成果奖三等奖。

2月,《当代写作》季刊第2期发表诗歌《燃烧(外一首)》:《燃烧》,共计29行;《燃烧的春光》,共计12行。该刊同期发表2010年10月27日上午在钓鱼台国宾馆参加影响中华2010年全国诗文书画先进工作者表彰大会作者与参会人员合影及作者传略。

3月,《绿风》杂志第3期《红豆花开》栏目发表诗歌《回眸》《天阴了》,共计22行。

3月8日,南阳《楚风汉韵·文学》发表诗歌《三月的烂漫》,共计30行。

4月,台湾《中原文献》季刊第2期(总43卷)发表诗歌《礼花开春》,共计11行。

4月,《躬耕》文学月刊第4期发表《三月的烂漫(外二首)》:《三月的烂漫》《温暖的棉花》《泥土的气息》,共计117行。

4月25日,国家统计局主办的《中国信息报》第六版发表散文诗《自然光(三章)》:《日光》《月光》《星光》,共计2000字。

5月27日,《南阳日报·白河》发表诗歌《渠水,从我的心脉流过……》,共计40行。

7月,台湾《中原文献》季刊第3期(总43卷)发表诗歌《三月的烂漫(组诗4首)》:《三月的烂漫》《温暖的棉花》《泥土的气息》《喑哑的鸟》,共计86行。

9月16日,《南阳日报·书香南阳》发表邢栋(河南工业大学高级工程师)的书评文章《〈天镜〉照耀前程——读武建华文学作品集〈天镜〉》。

9月,散文诗《自然光(三章)》:《日光》《月光》《星光》,共计2000字,荣获中国散文学会、神州诗书画报社、北京华夏博学国际文化交流中心主办的2011年"华夏情"全国诗文书画大赛一等奖,并入选《"华夏情"全国诗文书画大赛作品集》。25日,在北京召开了表彰大会。

9月24日,《人民日报(海外版)》第七版发表《耀古烁今黄石砚(文图)》。共计2000字。合作者王小玲。

10月21日,《南阳日报·白河》发表《光阴(散文诗二章)》:《时间的片羽》

《下午》,共计 2000 字。

10 月,《光阴（散文四章）》:《时间的片羽》《下午》《方向》《在阳光的阴影里》,共计 4200 字。荣获由中国解放区文学研究会、北京市写作学会、北京世纪百家国际文化发展中心主办的第三届"祖国好"华语文学艺术大赛一等奖,并入选《祖国好——华语文学艺术文集》（第 3 卷）。

10 月,台湾《中原文献》季刊第 4 期（总 43 卷）发表纪实散文《烁古耀今黄石砚》,共计 2300 字。

11 月 17 日,南阳《楚风汉韵·文学》发表邢栋（河南工业大学高级工程师）的书评文章:《〈天镜〉照耀前程——读武建华文学作品集〈天镜〉》。

11 月 18 日,《南阳日报·白河》公布获奖名单:武建华的诗歌《渠水,从我的心脉流过……》荣获市"移民情诗歌有奖征文"活动优秀奖。此征文活动由《南阳日报》、南阳市移民办、南阳诗歌联谊会联合举办。

12 月,由大众文艺出版社出版诗集《七情:武建华诗选（上下卷）》,共计 32 万字。

2012 年

3 月 2 日,《南阳日报·白河》发表诗歌《温暖的棉花》,共计 22 行。

4 月,台湾《中原文献》季刊第 2 期（总第 44 卷）发表长诗《永远的茅屋》,共计 80 行。

4 月,台湾《中原文献》季刊第 2 期（总第 44 卷）发表散文《天镜》,共计 3000 字。

5 月,《绿风》诗刊第 5 期《短诗精粹》栏目发表诗歌《喑哑的鸟（外一首）》:《喑哑的鸟》《礼花开春》,共计 29 行。

8 月 28 日,《河南日报（农村版）·家园》发表散文《天镜》,共计 3000 字。

9 月,《躬耕》第 9 期《躬耕论语》栏目发表关于诗集《七情:武建华诗选》(上下卷）》的长篇文学评论《用真情和哲思观照世界的精神高地》,此评论文章为诗集的序言,共计 5600 字。作者朱晓娟。

2013 年

3 月,由河南省文联主办的《散文选刊（原创版）》第 3 期发表散文诗《自然光（三章）》:《日光》《月光》《星光》,共计 2000 字。在 2012 年中国散文年会评选活动中荣获二等奖。此活动由《海外文摘》杂志社、《散文选刊》杂志社主办,12 月在北京召开表彰大会。

3月,《南阳地税》第3期《域外飞鸿》栏目发表诗歌《渠水,从我的心脉流过……(外一首)》:《渠水,从我的心脉流过……》《在移民新村村口》,共计51行。

3月22日,南京"金陵之声"广播电台《海上生明月》栏目播送纪实散文《河南方城黄石砚:千年瑰宝绽新辉》,共计3000字。

4月12日,《南阳日报·白河》发表《携带着真情和哲思关照世界的精神高地——武建华诗集〈七情〉简论》。作者朱晓娟。

5月2日,南京"金陵之声"广播电台《海上生明月》栏目播送报告文学作品《飞翔的信鸽——记河南省方城县邮政局青年邮递员马玉丽》,共计1500字。合作者时向征。

6月28日,南京"金陵之声"广播电台《海上生明月》栏目播送纪实散文《河南方城百岁老人长寿秘诀》。共计1500字。

6月28日,在《南阳日报·书香南阳》的《创刊一百期 读者话书香》栏目发表对《书香南阳》版的评价。

7月,台湾《中原文献》季刊第3期(总45卷)发表诗论《诗歌将填补未来物质残缺——〈七情〉后记》,共计5600字。

7月15日,南京"金陵之声"广播电台《海上生明月》播送《创新带动战略助推方城经济跨越发展》,共计2200字。合作者张中坡。

7月19日,《南阳日报·书香南阳》发表《与书之缘》《读书心得》《人物简介》及作者近照。摄影曹登。

8月16日,《南阳日报·书香南阳》发表散文《书缘》,共计1000字。

8月23日,《南阳日报·白河》发表散文《天镜》,共计1000字。

9月,《躬耕》文学月刊第9期《汉诗前沿》栏目发表组诗《田野里的庄稼(共8首)》:《麦子》《红薯》《苞谷》《甘蔗林》《拉耧锄的人》《雪光中的苞谷棒》《镰刀》《拴在老槐树上的黄牛》,共计175行。

10月,在河南省文联主办的《散文选刊(原创版)》第10期发表散文《天镜》,共计2000字,在2013年中国散文年会评选活动中荣获二等奖。此活动由《海外文摘》杂志社、《散文选刊》杂志社主办。12月在北京召开表彰大会。

10月21日,南京"金陵之声"广播电台《海上生明月》栏目播送《两刃张合绘古今——记河南省方城县博望镇民间剪纸艺人赵聚德》,共计2700字。合作者时向征。

11月2日,南京"金陵之声"广播电台《海上生明月》栏目播送《金梨飘香国内外——记河南省方城县博望黄金梨专业合作社董事长高山峰》,共计5500字。合作者时向征。

11月26日,南京"金陵之声"广播电台《海上生明月》栏目播送《方城县:农业改革试验区改出农村新面貌》,共计1500字。

12月,短篇小说《女人的花朵》入选由中国小说学会主办、雷达主编、《北京燕山出版社》出版的《中国小说家代表作集(中卷)》,共计6200字。

2014年

1月1日,《人民日报(海外版)》第七版,发表报告文学作品《河南剪纸艺人两刃张合绘古今》,共计2000字。合作者时向征。

1月,武建华词条及近照入选由中国小说学会主办、雷达主编、北京燕山出版社出版的《中国小说家大辞典》。

1月,台湾《中原文献》季刊第1期(总第46卷)发表纪实散文《河南方城百岁老人周国荣的长寿秘诀》,共计1500字。合作者时向征。

4月11日,《南阳日报·白河》发表诗歌《春(外一首)》:《春》《春雨》,共计25行。

4月,武建华词条及近照入选由中国广播电视出版社出版、中国当代文化名家档案编委会主编的《中国当代文化名家档案》。

6月,《诗刊》第6期下半月刊《茶座》栏目发表对组诗《鹰死的时候,飞得最高》的短评,署名武晓溪。

6月13日,《南阳日报·白河》发表散文《窗外》,共计1800字。

8月,《北京文学》第8期发表诗歌《红薯(外一首)》:《红薯》《镰刀》,共计26行。

8月,《躬耕》第8期发表组诗《南水北调中线渠首一位移民的述说(14首)》:《南水北调中线渠首一位移民的述说》《在移民新村村口》《田野之春》《流经生命的河》《在故乡的某一个中午》《那些玉米们》《捉棉铃虫的妹妹》《四月的麦子》《那片永不荒芜的土地》《一次洪水的烙痕》《故乡》《父亲母亲》《茅屋暖箱,寄存我一生的金黄》《回望》。共计300行。

12月,《散文选刊(原创版)》第12期《精短美文》栏目发表散文《窗外》。共计1000字。

12月15日,散文《窗外》在"2014年度中国散文年会"评选活动中,荣获二等奖。当日,《海外文摘》杂志社、《散文选刊》杂志社在北京召开了表彰大会。

12月,《新雨》季刊发表诗歌《温暖的棉花》,共计20行。

2015 年

1月17日,《人民日报(海外版)》发表纪实散文《六旬老人全景记录南水北调(文图)》,摄影孙宇,共计2000字。

2月6日,《南阳日报·白河》发表散文《下午》,共计1800字。

3月,《新雨》季刊发表散文《下午》,共计1800字。

5月22日,《南阳日报·书香南阳》发表记者专访文章《带着人民的情感飞翔——访我市知名诗人、散文作家武建华》,共计6000字。作者为《南阳日报》文化周刊部主任董志国。

5月27日,《河南日报(农村版)·作品》发表散文《书桌上的小甲虫》,共计1000字。

6月,《散文选刊(原创版)》第6期《精短美文》栏目发表散文《下午》,共计2000字。

7月,台湾《中原文献》季刊第3期(总第47卷)发表纪实散文《河南方城县老姐妹拥有"虎头生活"》。

8月7日,《南阳日报·白河》发表散文《城市的声音》,共计2000字。

8月26日,《河南日报(农村版)·作品》发表散文《喂养与试飞》,共计1500字。

8月28日,《南阳日报·白河》发表组诗《97岁老兵刘庭振的抗战记忆》,共3首:《97岁老兵刘庭振的抗战记忆》《陈赓赠送的鞋子》《子弹从肚脐下穿过》,共计45行。

9月16日,《今日中国》杂志发表纪实散文《河南方城博望锅盔——三国军中压缩饼干(文图)》,共计1000字。摄影时向征。

9月24日,《人民日报(海外版)》发表纪实散文《方城老姐妹的"虎头生活"》(文图)》,共计1000字。摄影陈学峰。

9月,诗集《七情:武建华诗选(上、下卷)》荣获第七届"祖国好"华语文学艺术大奖赛图书金奖。作者于12日参加了在北京京西宾馆举行的颁奖大会,著名作家王巨才、孙希岳、李广仁、张虎、萧鸣、曾凡华为获奖者颁奖。

10月22日—25日,作者在北京市通州区文化馆参加《海外文摘(文学版)》签约作家创作笔会。作者被聘为《海外文摘(文学版)》签约作家。听取了著名作家韩静庭、刘庆邦、王彬、摩罗的文学讲座。

11月6日,《南阳日报·书香南阳》发表消息《诗集〈七情〉获图书金奖》。

12月11日,《南阳日报·白河》发表诗歌《流经生命的河》,共计20行。

12月,《新雨》季刊第4期发表诗歌《流经生命的河》,共计30行。

2016 年

1月,《躬耕》杂志第1期发表散文组章《诗人及其他》,共4章:《诗人》《拒绝》《放弃》《渺小》,共计5000字。

1月,瑞士苏黎世多语种文学期刊《当代汉诗》总第10期发表《绽放在都江堰上的生命之花(组诗)》14首:《绽放在都江堰上的生命之花》《礼花开春》《田野之春》《燃烧的春光》《油菜花》《温暖的棉花》《红薯》《镰刀》《泥土的气息》《喑哑的鸟》《白蝴蝶 白蝴蝶》《捉棉铃虫的妹妹》《四月的麦子》《流经生命的河》,14首共253行。该刊在欧美国家发行,被有关部门批准为中小学校中文教学朗读教材。

1月,《绽放在都江堰上的生命之花(组诗)》,参加瑞士苏黎世《当代汉诗》杂志社举办的首届"骑士杯"诗歌大赛。其中《泥土的气息》《捉棉铃虫的妹妹》《流经生命的河》三首经过评委投票,最终荣获大奖赛特等奖(共六名,排名第四),武建华被授予"骑士诗人"荣誉称号。获奖作品登载在该杂志获奖作品专号(2016年第11期)上。三首共70行。

1月,瑞士苏黎世多语种文学期刊《诗眼》第1期(创刊号)《实力诗人》专栏发表《武建华诗选(11首)》:其一,《崖上的根须(组诗)》6首101行,分别为《飘飞的羽毛》《忙碌的小巷》《在母亲的怀里》《崖上的根须》《蓦然回眸:一滩白骨》《相见》;其二,《永远的伤痛(组诗)》5首56行,分别是《刺刀挑起的孩子》《参军,就是为了报仇雪恨》《陈赓赠送的鞋子》《子弹从肚脐下穿过》《永恒的伤恨》。两部组诗共计11首157行。《诗眼》第1期封二发表:武建华近照及简介。

1月,《躬耕》第1期发表散文组章《诗人及其他(4篇)》:《诗人》《拒绝》《放弃》《渺小》,共5000字。

2月14日,山东《德州晚报》副刊发表散文《大年初一》,共计1500字。

2月19日,《南阳日报·白河》发表散文《大年初一》,共计1500字。

2月,台湾《中原文献》季刊第1期(总第48卷)发表散文《室内的光(两篇)》:《书桌》《飞翔的阴影》,共计3000字;散文《河南方城:远端教育志愿团科技下乡忙》,共计1500字。合作者陈新刚。

2月,台湾《中原文献》季刊第一期(总第48卷)发表散文《河南方城:远端教育志愿团科技下乡忙》,1500字。合作者陈新刚。

2月28日,瑞士苏黎世多语种文学期刊《当代汉诗》编辑部向作者发来贺信。贺信中说:"热烈祝贺武建华先生'骑士杯'获奖作品被欧洲孔子学院选为语言学习阅读教材!"

3月,《新雨》季刊第1期发表散文《大年初一》,共计1500字。

3月18日,《南阳日报·白河》发表诗歌《鸟声从天空飞过》。共27行。

3月,瑞士苏黎世多语种文学期刊《当代汉诗》总第19期将武建华作为重点诗人推出,在压卷位置《首席诗人》专栏发表:1.在封二以《中国诗人武建华》为题,发表作者巨幅照片、作者简介、诗观、喜欢的中外诗人、编辑部对武建华诗歌作品的推荐语。推荐语中说:"诗人武建华,诗歌带着浓郁的乡土情怀,关注时事,关注民生,是一位带着良心写作的诗人、作家。武建华的诗歌,被海外孔子学院选为课外阅读教材,翻译成多种文字在海外广为传播,反响强烈。"2.发表组诗《廉政素养》和组诗《故乡》,共20首。其一,组诗《廉政素养》9首,分别是《相见》《纯洁的酒》《姓公的公车》《多能而正直的金钱》《另一番风景》《韧性的工作》《有一种歌唱》《党人:微笑的花朵》《前方》,共150行。其二,组诗《故乡》11首,分别是《南水北调中线渠首一位移民的述说》《在移民新村村口》《三月的烂漫》《暗哑的鸟》《故乡的酒》《温暖的棉花》《母亲》《侍奉母亲的茅草》《雪人》《我的父亲母亲》《故乡》,共210行,两部组诗共计360行。3.转发2015年5月22日《南阳日报·书香南阳》发表的《南阳日报》文化专刊部主任、记者董志国对南阳诗人、散文家武建华的专访文章《携带着人民的情感和心声飞翔——访河南省南阳市知名诗人、散文作家武建华》,6000字。4.发表该刊编辑部的编后话:"2015年12月,诗人、作家武建华的诗作三首《泥土的气息》《捉棉铃虫的妹妹》《流经生命的河》,荣获瑞士苏黎世多语种文学期刊《当代汉诗》杂志社举办的首届'骑士杯'诗歌大奖赛特等奖,武建华被授予'骑士诗人'荣誉称号。该组诗在海外被翻译成英语、法语、德语、意大利语,在欧洲主流媒体被转载,被海外孔子学院选为诗歌阅读教材。西方读者从诗人武建华充满浓郁乡土气息的诗行里,体悟到诗人细腻的情怀,感受到诗人营建的精神家园给读者带来的无尽思索。本期刊载武建华获奖诗作《泥土的气息(外二首)》及诗歌翻译(英文版),以飨读者。"5.中英文对照发表获奖诗歌三首:《泥土的气息》《捉棉铃虫的妹妹》《流经生命的河》。6.封底发表武建华获奖诗集《七情:武建华诗选(上、下卷)》封面照片。7.封底以日语发表诗人武建华简介。

5月,新疆《绿风》诗刊第3期,发表《飘飞的羽毛(外二首)》:《飘飞的羽毛》《忙碌的小巷》《故乡的酒》,共计32行。

5月6日,《南阳日报·白河》发表散文《走进赵河樱桃沟》,共计1000字。

5月21日,组诗《廉政素养》荣获"2016年'东方美'全国诗联书画大赛"金奖。该大赛是由中国萧军研究会、北京市写作学会、世纪百家国际文化发展中心主办的第七届评选活动。5月20日至23日在北京钓鱼台国宾馆颁奖。作品入选《东方美全国诗联书画作品集(2016年卷)》。《廉政素养》共9首150行。

5月26日,《河南日报(农村版)·作品》发表散文诗《渺小》,共计1500字。

5月27日《南阳日报》文化周刊发表北京交通大学著名诗人、文学评论家张高峰的评论《原乡记忆里,我们如何点亮内心的灯盏——谈诗人武建华诗歌的乡愁元素》,共计4500字。

5月27日,《南阳日报》社会早刊发表诗歌《燃烧的旗帜(一)》,共计17行。

6月,《新雨》季刊第2期发表诗歌《走进赵河樱桃沟》,共计52行。

7月,南阳《躬耕》第7期发表张高峰对武建华诗歌的评论《武建华诗歌的乡愁元素》,共计4500字。

7月,台湾《中原文献》第3期(总第48卷)发表散文《喂养与试飞》,共计1500字。

8月,瑞士.苏黎世《2015当代汉诗精品双语诗选》(2015当代汉诗双语年鉴)中、英双语发表组诗《故乡(14首)》,共计280行。

8月12日,《南阳日报·白河》发表诗歌《燃烧的旗帜(二)》,共计26行。

9月,《南阳民俗》季刊第3期发表组诗《燃烧的旗帜——致王锋》7首,158行。

9月《南阳工人》季刊秋期发表组诗《燃烧的旗帜》7首。共计158行。

10月9日,《南阳日报》社会早刊发表诗歌《绽放在火海里的生命之花——写在2016年10月4日北京八宝山革命公墓王锋遗体告别之际》,共计34行。

10月17日,《南阳日报·社会早刊》发表诗二首:《王锋,南阳人民接你回家——写在10月16日南阳社会各界迎接火海英雄王锋骨灰返乡之际》《燃烧的旗帜》,共计60行。

11月,由人民出版社主办的《雷锋》杂志发表组诗《绽放在火海里的生命之花——致火海救人英雄王锋(共12首)》,共计370行。

12月,《星星》诗刊社主编的《星星诗人档案(2016年卷)》收入《守住木炭,创造春天》(外一首)。

12月25日,《南阳日报·白河》发表散文组章《小村记忆(共3篇)》:《头顶白雪回望村庄》《从券桥桥孔望过去》《永恒的生命之源》,共计2000字。

12月,组诗《廉政素养(共9首)》在《中国文艺名家传世作品集》编委会评审活动中荣获特等奖。12月10日上午,在中国现代文学馆召开表彰大会,并向获奖的中国文艺名家颁奖。作品入选《中国文艺名家传世作品集》,共计150行。

2017年

1月,在《天津诗人》春之卷季刊发表诗歌《茅草》,共计30行。

1月,台湾《中原文献》季刊2017年第1期发表散文诗《大年初一》,共计1300字。

1月,中州古籍出版社出版的《烈火英雄——追记英雄王锋生死攸关的136天》收入诗歌《燃烧的旗帜》《王锋,南阳人民接你回家——写在10月16日南阳社会各界迎接火海救人英雄王锋骨灰返乡之际》,共计50行。

1月,当代中国出版社出版的《时代先锋——礼赞方城县三入火海救人英雄王锋》收入诗歌5首:《燃烧的旗帜(一)——致河南方城三入火海救人英雄王锋》;《燃烧的旗帜(二)》;《守住木炭 创造春天——致火海救人英雄王锋之妻潘品(一)》;《绽放在火海里的生命之花——写在2016年10月4日北京八宝山革命公墓王锋遗体告别之际》;《王锋,南阳人民接你回家——写在10月16日南阳社会各界迎接火海救人英雄王锋骨灰返乡之际》,共计150行。

2月17日,《南阳日报·白河》发表诗歌《春花》,共计13行。

2月,《南阳工人·玉都》2017年春卷《诗歌苑》栏目发表组诗《绽放在火海里的生命之花——悼河南火海救人英雄王锋》6首,分别是《你在花海中》《女儿画给爸爸的一幅画》《锲入大地的印章以及天空挥舞的手臂》《王锋的高度》《绽放在火海里的生命之花——写在2016年10月4日北京八宝山革命公墓王锋遗体告别之际》《王锋,南阳人民接你回家——写在10月16日南阳社会各界迎接火海救人英雄王锋骨灰返乡之际》,共计250行。

4月,武建华出版第4本新诗集《时间的片羽》,收录了200多首新作。

4月,台湾《中原文献》季刊2017年第2期发表散文诗《走进赵河樱桃沟》,共计1300字。

5月,中国文化出版社出版的《中国文艺名家传世作品集》收入组诗《廉政素养》9首,并荣获《中国文艺名家传世作品集》编委会评选特等奖。9首诗歌分别是《相见》《纯洁的酒》《姓公的公车》《多能而正直的金钱》《另一番风景》《韧性的工作》《有一种歌唱》《党人,微笑的花朵》《前方》,共计160行。

6月9日,《南阳日报》发表散文诗《回归的羊群》,共计1100字。

6月23日,《河南日报(农村版)·作品》发表散文诗《回归的羊群》,共计1100字。

6月,《南阳民俗》季刊第2期《文学原地》栏目发表散文诗《回归的羊群》,共计1100字。

6月,在瑞士苏黎世发行的文学期刊《当代文学·海外版》第21期发表散文组章《永恒的生命之源》8 章:《回归的羊群》《头顶白雪回望村庄》《从券桥桥孔望过去》《永恒的生命之源》《你让我明白为何消灭战争》《走进樱桃沟》《再进樱桃沟》《迟步的记忆》,共计 9000 字。

8 月,在《河南诗人》总 44 期《大方阵》栏目发表组诗《十四行》4 首(配发头像及简介),分别为:《其中的十四行》《留言的十四行》《消失的十四行》《果实的十四行》,共计 56 行。

9 月,武建华被《散文选刊》聘请为特约作家,于 9 月 22 日至 24 日应约参加了《散文选刊·下半月(原创版)》举办的 2017 年第 3 期作家班,聆听了《诗刊》主编助理刘立云、《十月》副主编宁肯、《中国作家》原主编艾克拜尔·米吉提的现场授课。会议期间接受了杂志社主编蒋建伟颁发的《散文选刊》特约作家聘书。

9 月,《农村农业农民》月刊 2017 年第 9 期 A 版《乡村情话》栏目发表散文诗《回归的羊群》,共计 1100 字。

10 月,《散文选刊·下半月(原创版)》2017 年第 10 期发表散文《回望村庄》,共计 1000 字。本散文荣获由《海外文摘(文学版)》《散文选刊》主办的 2017 年度中国散文年会评选活动二等奖。

10 月,台湾《中原文献》季刊 2017 年第 4 期发表散文诗《书缘》。共计 2700 字。

10 月,《南阳日报·白河》发表诗歌《谁在唤我的乳名?》,共计 13 行。

10 月,《南阳宣传》2017 年第 10 期《艺海拾贝》专栏发表诗歌《九月,开满村头的牵牛花》,共计 19 行。

11 月 22 日,《南阳日报·社会早刊》发表陈新刚、张中坡的通讯《追忆英雄情切切,成风华人感天地》,文中报道武建华根据火海英雄王锋的事迹撰写的 13 首诗歌的事迹。

11 月,《南阳民俗》季刊第 4 期《宛地杂说》栏目发表散文诗《永恒的生命之源——写给方城县券桥乡李许庄村王士文庄》两章:《头顶白雪回望村庄》《从券桥桥孔望过去》,共计 2000 字。

11 月,《连云港文学》第 11 期(总 318 期)发表诗三首:《九月,开满村头的牵牛花》《谁在唤我的乳名?》《一只麻雀,总是用枪口对准我》,共计 43 行。

12 月,在瑞士苏黎世发行的文学期刊《当代文学·海外版》第 26 期发表两部英译双语组诗《中国之香(8 首)》和组诗《九月,开满村头的牵牛花(3 首)》。组诗《中国之香》8 首分别是《这种香,一直弥漫着……》《这种香,不仅仅是从木瓜花上起飞》《这种香,饱含着树木周身转化的瑰宝》《我们走进这林海里,在金光中仰慕》《它想让世界明白什么》《这里紧贴泥土的深耕,并不局限于泥土》《它是写入山冈的现代诗歌》《我嗅到的是中国之香》。中英文双组诗共计 200 行。

12月,在瑞士苏黎世发行的文学期刊《当代文学·海外版》第 26 期发表《南阳日报》记者董志国撰写的《作家武建华读书感悟》。配发作者简介及图片。

12月《南阳工人》玉都(冬季刊)发表诗歌三首:《九月,开满村头的牵牛花》《谁在唤我的乳名？》《一只麻雀,总用枪口对准我》,共 41 行。

2018 年

1月,河南省文联主办的文学期刊《奔流》发表诗歌三首:《崖上的根须》《飘飞的羽毛》《故乡的酒》,共 30 行。

1月在瑞士发行的《当代文学(海外版)》第 27 期以中英双语发表诗歌三首(加作者简介):《九月,开满村头的牵牛花》《谁在唤我的乳名？》《一只麻雀,总用枪口对准我》,中文共 41 行,英文共 86 行。

1月在瑞士发行的《当代文学(海外版)》第 27 期全文发表张高峰、马庆赐撰写的武建华的长篇专访《为人民而歌,为人民而写——访河南南阳诗人、作家武建华》,共计 1.2 万字。

1月,在瑞士发行的《当代文学(海外版)》第 27 期发表武建华在 2017 年 12 月 9 日中国散文年会颁奖大会上与著名作家刘庆邦的合影。

1月,在瑞士发行的《当代文学(海外版)》第 27 期发表武建华曾经出版的四部诗集封面(图)。

1月,在台湾《中原文献》季刊第 1 期(总第 50 卷)发表散文《城市的声音》,共计 2500 字。

1月 5 日《南阳日报·书香南阳》发表《南阳日报》记者董志国撰写的武建华的专访文章《一生读书,快乐一生——作家武建华谈读书》(含作者简介),共 2000 字。

1月,在南阳市委宣传部主办的《南阳宣传》月刊发表诗歌 2 首:《地平线上,升起一轮红日——写在 2018 年元旦》《把时间用秒针切割成碎片》,共计 41 行。

2月,《躬耕》第 2 期发表《永远的生命之源(散文组章 8 章)》:《回归的羊群》《头顶白雪回望村庄》《从券桥桥孔望过去》《永恒的生命之源》《你让我明白为何消灭战争》《走进樱桃沟》《再进樱桃沟》《迟步的记忆》,共计 8000 字。

2月 9 日,《南阳日报·白河》发表诗歌《把时间用秒针切割成碎片》,共计

11行。

3月,在河南省人民政府发展研究中心主办的《农村农业农民》A版第3期发表散文《回望村庄》,共计1500字。

4月《似水年华》杂志副刊《北上广文学》杂志创刊号发表组诗《远方》10首,分别是:《远方》《挂在山顶上的红日》《光阴》《胜利与失败》《老花镜》《开始松动的牙齿》《慢慢弯下的腰》《活着》《萝卜花》《清明雨》,共计32行。

4月,《老人春秋(下半月)》第4期"散文随笔"栏目发表散文《回望村庄》。共计1500字。

5月2日,海外文学杂志《当代汉诗》第二届"骑士杯"评选揭晓:武建华被评为2017年度十大诗人(排名第四)。

5月4日,《南阳日报·白河》发表散文《在春天的明亮里》,共计1500字。

5月《似水年华》杂志副刊《北上广文学》杂志第2期发表诗歌两首:《雪人》《母亲》,共计35行。

5月,《上海文苑》等七家微刊联合评选武建华为最佳诗人奖。诗歌《轻轻走进大地》为其代表作。发表于2018年5月24日《上海文苑》。

6月,《似水年华》杂志副刊《北上广文学》杂志第3期发表诗歌5首:《崖上的根须》《飘飞的羽毛》《故乡的酒》《忙碌的小巷》《在母亲的怀里》,共计50行。

7月,《似水年华》杂志副刊《北上广文学》杂志第4期发表组诗《田野之春》9首,分别是《礼花开春》《振翅的声响》《春雨》《燃烧的春光》《油菜花》《春天的小草》《天野之春》《追逐光和温暖的花朵》《春天里的失踪》,共计140行。

7月,在瑞士发行的《当代汉诗》第34期发表诗歌16首,其中中英双语15首。以中英双语发表的诗歌分别是《劳动颂歌——写给"为实现伟大复兴中国梦"的劳动者》《轻轻走进大地》《地平线上,又升起一轮红日——中国进入新时代献诗》《把时间用秒针切成碎片》《小草》《远方》《挂在山顶上的红日》《光阴》《胜利与失败》《老花镜》《开始松动的牙齿》《慢慢弯下的腰》《活着》《萝卜花》《清明雨》。另中文发表的诗歌《打开一扇人类原点的窗——2018年4月30日与文友闲游河南省方城县二郎庙镇大乘山森林公园感言》,同时配发作者诗歌中描述的该公园的图片。双语共计700行。单首共计14行。《劳动颂歌》单首诗与王凯合作。

7月,台湾《中原文献》季刊第3期(总50期)发表散文《回望村庄》,1500字。

9月《南阳工人》(玉都)季刊秋期刊发表张高峰、马庆赐撰写的武建华的长篇专访文章《为人民而歌,为人民而写——访河南南阳诗人、作家武建华》,共计

1,2万字。

12月,《躬耕》第11期发表张高峰、马庆赐撰写的武建华的长篇专访文章《为人民而歌,为人民而写——访南阳诗人、作家武建华》。

12月,散文《芦草》荣获2018年度中国散文年会评选二等奖,发表2019年《散文选刊》第2期。

(河南省方城县人民广播电台新闻部主任王小玲整理)

无法确定的命题(代后记)

武建华

这本《阡陌情》是我的第一部散文集。对于命题,我比给自己的孩子起名还要纠结和周折。这缘于本人学识谫陋和遇事苛严。这部书历时十年,而孩子却在母亲的腹里孕育十月。所以,对这个我怀胎十年的孩子,我并非仅在命名上觉得艰难。无论是之前出版的诗文集《天镜》(2008年8月,作家出版社),还是之后出版的诗集《七情(上、下卷)》(2011年12月,大众文艺出版社)和《时间的片羽》(2017年2月,团结出版社),在命题上都曾颇费周折。人们常说,题目是文章的眼睛,而书名,无疑更是一部书的眼睛。而这个眼睛不仅要明亮,还要能够表达它内心的秘密。这也是我对此苛严的真正原因。

这部书,从一开始构成"八情"的框架,我就着手考虑书名了。随着文章整理的日臻完备,对于书名的思考也就愈加深入。而每命一个题目,都是一开始满意,最后不满而否定。在集中整理书稿足足一个多月的时间里,先后共想出了近50个题目,比如《大地萤光》《窗外》《无声的爱》《雪落无声》《自然光》《回望村庄》《大地深情》《一地暖情》《八情书》《情感世界》《阡陌情》……

我在写文章时,多数的题目都是在写作过程中或在完成写作后完成的。而这个命题,是在书稿的整理、修改、校对过程中逐步进行的,直至书稿整理即将完工时,马上要出自行设计的样本时,才最后确定了两个题目:《阡陌情》《八情书》,但还是没能确定用哪一个。在这个过程中,我还将这些题目发送给一些要好的老师和文友征求意见。

而我最终确定运用《阡陌情》书名,也许是缘于我的整个集子所表现出的本土、朴素、人民性的风格。本书收录的120多篇散文作品全部源于大地和人民,即全部是以大地和人民为题材而写作的,饱含着来自大地和人民的普通情感。

总之，离开了大地，离开了人民，我的作品即成为无根之源。书中所罗列的"八种情感"分别是：亲情、乡情、民情、风情、爱情、思情、友情、诗情，它们都是大地上的情感，都是人民的情感。而"阡陌"又是纵横于大地上的土地经络或土地血脉，它蜿蜒、错综、交互、流淌，构成一体。而正是这种情感，才能构成大地的情感、人民的情感。

在此赘言本书命题的周折，似乎是题外之话，虽它仅代表本书十年艰辛之一斑，但由此足可窥见全书十年艰难形成之全貌。

本书所收入的文章，其中80%均在地市级以上报刊公开发表过，且有部分在市级以上文学大赛中或海外的文学大赛中获奖，并入选国内外多种文学选本。书中相关文章的下方注释和书尾《武建华在地市级以上报刊发表的文学作品及获奖年表》中都有显示。这并不是为了炫耀，而是为了记载。

曾有人问我："你平时工作繁忙，还要牺牲节假日、双休日和八小时以外的休息时间，坚持搞业余文学创作，这样一坚持就是30多年（不过，20世纪90年代和21世纪初文学写作上成果稀疏，而新闻写作上成果丰盈——作者注），你为的是什么？"我的回答很简单：

著述非为何，闲来图自乐；
文学吸引力，迷我终不辍；
修身又养性，增长知识多；
赠书结师友，普及静心学！

此外，得知我要出版散文集，中国作家协会副主席高洪波，中国书画艺术协会副会长曾昭成老师，著名书法家、书法理论家孙敦秀老师，著名书画家刘嘉斌老师等作家、书画大师都为本书题写了书名。大师们题写的书名我都传到了出版社，出版社编辑老师根据封面设计风格的需要，最后选用了高洪波主席题写的书名。在此，特向几位书画大师致歉。另外，还要特别感谢鲁迅文学院研究员、中国散文学会副会长王彬，文学博士、著名诗人、文学评论家、《北京文学》副主编师力斌，著名文学评论家、中国艺术研究院中国文化研究所研究员摩罗，北京交通大学海滨学院著名诗人、文学评论家张高峰，《当代文学·海外版》总编辑、画家张造云等几位老师，他们为我的散文作品进行了简评。此外，《诗刊》编委、《诗探索》主编林莽老师为本书封面提供了他的绘画作品，特致谢。在此书初校中，文友韦新超、姐姐武庆华、外甥女莹莹、妻子王小玲都付出了一定的努力。在此一并致谢！

本书是一部当代散文集。共收入散文作品120多篇。分为亲情、乡情、民情、爱情、友情、风情、思情、诗情八个部分。

　　作品以饱满的真挚情感、独特的生命体验,通过捕捉自然和社会生活中的人和事,进行细致的描绘和透视,饱含着对人类、自然的关爱和思考,富于哲理和情趣,形式上不刻意雕琢,语言质朴、自然,字里行间洋溢着浓浓的人间真情。既记录时代,又瞭望未来;既倡善向美,又弘扬仁爱;既可作乡土史志观,又可作精神净化剂。具有以文载道、以文化人之功效。